U0165847

日語進階必備！

日語擬聲・擬態語

姜英蘭 主編

邵豔姝、劉富庚 副主編

書泉出版社 印行

序　言

　　在許多語言中都有擬聲、擬態語，日語與其他語言相比所用的擬聲語、擬態語更加豐富。日本人在各種場合裡廣泛使用擬聲、擬態語，使語言更加生動、活潑，具有生動性和形象性，可以說日本人的生活離不開擬聲、擬態語。但是，學習日語多年的中高級程度的人當中，仍有不少人在閱讀日語的文學作品或者觀看日本的影視戲劇時，對一些細節理解得不夠透徹，而這通常與對擬聲、擬態語的理解程度有一定的關係。因此，要學好日語、瞭解該民族的文化，更應該掌握好擬聲、擬態語的意義、用法、語感以及其內涵。為此我們編寫了《日語擬聲擬態語》，希望能為讀者在學習上應用提供更好用的工具書。

　　本書共收集整理了1200多個擬聲、擬態語，主要是在日常生活中常用的辭彙，以及曾經出現在日語檢定中的相關辭彙。根據其意義、用法分為以下五章：一.人的情感與身體狀況、二.人的行為、三.事物的狀態與聲音、四.食物的滋味、五.動物的聲音。每章皆按照五十音的順序排列。每個辭彙均對於聲調、中文意思、用法說明等依序進行了詳細的分析，且附上了兩個以上的例句。所舉出的例子均為簡短、實用並具有趣味性的句子。另外，針對在意義、用法上相近、容易混淆的辭彙，更進行了較深入的辨析，希望幫助學習者更加徹底、全面地瞭解與運用。

　　真誠地希望本書能成為各位讀者的良師益友。由於編者程度有限，書中若有錯誤或不妥之處，還希望廣大讀者予以指正。本書在編寫過程中參考了國內外很多前輩和同仁的寶貴的文獻資料，編者謹在此表示誠摯的謝意。

目　次

人的情感身體狀況

一 人的情感與身體狀況

1 あつあつ ⓪（擬態）／火熱、熱戀。

用法 形容東西看起來很熱或兩個人的關係非常親密的樣子。

例句 ◗ テーブルの上にはあつあつのご飯がおいてある／飯桌上放著熱騰騰的飯。

◗ ハワイはあつあつの新婚(しんこん)カップルでいっぱいだった／夏威夷到處可以看到親親熱熱的新婚夫婦。

2 あっさり ③（擬態）／爽快、坦率。

用法 形容人的態度、性格很乾脆、坦率。

例句 ◗ あの人はあっさりした性格(せいかく)だから、そんなつまらないことにはこだわらないだろう／他是個爽快的人，所以對那種無聊的事情是不會計較的。

◗ 私はあっさりした人が好きです／我喜歡性格坦率的人。

3 いきいき ③（擬態）／活潑、生氣蓬勃。

用法 形容健康活潑的樣子。

例句 ◗ あの人はいつもいきいきとしている／他總是很有精神。

◗ 彼女は今の仕事(しごと)を始めてからいきいきしている／自從她開始做現在的工作之後，就顯得精神飽滿。

4 いじいじ ① (擬態) ／自卑、畏縮、害怕。

用法 形容意識到自己的弱點而消極、情緒消沉的樣子。

例句
① 自分は容貌が悪いと思い込んで、いじいじしてばかりいる／認為自己的相貌差而感到自卑。

② いじいじとした煮え切らない態度だと人から好かれない／畏首畏尾、猶豫不決的態度是不會被人喜歡的。

③ ひねくれて陰気で、あのいじいじした態度がたまらなくいやだね／乖僻又不開朗，那種畏縮的態度真令人討厭。

5 いそいそ ① (擬態) ／高高興興地、興沖沖地。

用法 形容由於期待的事情即將實現，所以很著急的樣子。

例句
① 彼女は晴れ着を着ていそいそと家を出た／她穿上漂亮的衣服興沖沖地出門了。

② 康子に誘われて、敏行はいそいそと出かけた／接到康子的邀請，敏行高高興興地出門了。

6 いちゃいちゃ ① (擬態) ／親熱、親暱。

用法 形容兩個男女在他人面前行為舉止過於親熱的樣子。

例句
① 公園でアベックがいちゃいちゃしている／在公園裡有一對情侶表現的很親熱。

② 日本では公の場でいちゃいちゃするのは嫌われる／在日本很忌諱在大庭廣眾之下過於親暱。

③ あの若いカップルがいちゃいちゃしている／那對小情侶很親熱。

7 いらいら ① (擬態) ／著急、焦躁、焦急。

用法 形容又氣又急的樣子。

例句
- 待ち人が来なくていらいらする／等的人不來心裡焦急。
- あまり愚図なので、いらいらした／因為太遲鈍，讓人著急。
- 注文した料理が来ないので、いらいらした／點的菜還沒來，讓人著急。

8 うかうか ① (擬聲、擬態) ／隨隨便便、不留神，馬虎大意。

用法 形容精神不集中，不專心，糊裡糊塗的樣子。

例句
- うかうかして足を滑らした／沒留神滑了一跤。
- うかうかしているうちに、締切日に遅れてしまった／無意之間，截止的日期已經過了。

9 うきうき ③① (擬態) ／興高采烈、興致勃勃。

用法 形容因為有好事，心裡非常高興的樣子。

例句
- 修学旅行を前にして、子供たちはうきうきしている／在校外教學旅行前，孩子們都興高采烈。
- 母と一緒に暮らせると思うとうきうきする／一想到能和媽媽一起生活就興奮不已。
- 恋人から手紙をもらって、井上さんはうきうきしている／井上先生收到了戀人的信，喜不自禁。

10 うずうず ①（擬態）／著急、憋不住。

用法　形容想做某種事情的慾望相當強烈，想得不得了。

例句　❶ 外に出たくてうずうずする／憋不住想出去。

❷ おいしい食べ物が食べたくてうずうずしている／恨不得馬上就吃到好吃的食物。

11 うっとり ③（擬態）／出神、沉醉、心曠神怡、神魂顛倒。

用法　指被美好的事物所吸引，忘記其他事情的陶醉狀態。

例句　❶ ピアノ協奏曲にうっとりと聞きほれる／聽鋼琴協奏曲，聽得出神。

❷ 彼女の見事な演技は観客をうっとりさせる／她的精湛演技令觀眾傾倒。

❸ 現れたのが天女のような美しい女なので、ただうっとりして見とれていました／因為出現了一位天仙般的美女，只感到神魂顛倒地看入迷了。

12 うとうと ①（擬態）／迷迷糊糊、似睡非睡。

用法　形容剛剛入睡的狀態。

例句　❶ 電車の中でついうとうとと眠ってしまった／在電車裡不知不覺地打起盹兒來了。

❷ やっとうとうとしだしたとき、電話のベルが鳴った／就在迷迷糊糊快要睡著的時候，電話鈴響了。

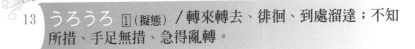

13 うろうろ ①（擬態）／轉來轉去、徘徊、到處溜達；不知所措、手足無措、急得亂轉。

用法 ①表示毫無目標地到處亂轉。②形容拿不定主意和不知如何是好。

例句 ❶ゆうべ11時ごろ、怪しげな男があの家のドアの前をうろうろしていた／昨晚11點左右有個形跡可疑的傢伙在那家門前徘徊。

❷子供の誕生を待つ父親が病院の廊下をうろうろしている／等待孩子出生的父親在醫院的走廊裡來回踱步。

❸慌ててふためいてうろうろする／急得到處亂轉。

14 うろちょろ ①（擬態）／亂轉、瞎轉。

用法 形容來回亂轉的樣子，令人感到麻煩、煩躁。

例句 ❶そううろちょろされては邪魔になるばかりだ／你這麼來回亂竄，只會添麻煩。

❷新聞社に入ったばかりのころは、先輩の後をうろちょろとついて回るだけだった／剛進報社時只是跟在前輩後面四處打轉。

❸道の真ん中で子供がうろちょろしているのはまったく運転手泣かせですよ／小孩子在馬路中間亂竄，會讓司機感到困擾。

15 **うんざり** ③（擬聲、擬態）／厭煩、厭膩、（興趣）索然。

用法 由於持續同樣的狀態或反覆做同樣的事情，感到厭煩或失去興趣。

例句 ❶長（なが）ったらしい話で人をうんざりさせる／廢話連篇令人厭膩。

❷ちっとも仕事（しごと）が片付（かたづ）かなくて、もううんざりだ／工作老是做不完，真是煩透了。

❸こう毎日パーティーでは、どんなご馳走（ちそう）でもうんざりだ／這樣每天聚餐，什麼美味佳肴都會吃膩的。

16 **えーんえーん** ◯（擬聲、擬態）／哇哇。

用法 形容孩子大聲哭的聲音或樣子。

例句 ❶あかちゃんはえーんえーんと泣（な）きます／小嬰兒哇哇地大哭。

❷子供（こども）がまたえーんえーん泣（な）きだした／孩子又哇哇地哭起來了。

17 **えんえん** ◯（擬聲、擬態）／哇哇。

用法 形容孩子放聲大哭的聲音或樣子。

例句 ❶子供（こども）のえんえん泣（な）き声（こえ）が聞こえてきた／傳來了孩子哇哇的哭聲。

❷あかちゃんはえんえんと泣（な）いています／小嬰兒哇哇地哭著。

解析　『えんえん』與『えーんえーん』之差異

『えんえん』與『えーんえーん』兩者均形容孩子大聲哭的聲音或樣子，但是兩者的程度不同。『えーんえーん』要比『えんえん』哭的程度更加厲害一些。

18 おいおい ①（擬聲、擬態）／嗚嗚、哇哇。

用法　形容嚎啕大哭時發出的聲音或樣子，多指大人。

例句
1. 大の男がおいおい泣き出した／大男人嗚嗚地哭了起來。
2. 子供を亡くして、両親ともおいおい泣いた／因為喪子，父母都嚎啕大哭。
3. 彼はおいおいと声を上げて泣いた／他哇哇地放聲大哭。

19 おずおず ①（擬態）／提心吊膽、畏畏縮縮、戰戰兢兢。

用法　形容感到恐懼或缺乏自信而怯生生、猶豫的樣子。

例句
1. 少年はおずおずと自信なさそうに右の数字を指差す／少年畏畏縮縮毫無自信地指著右邊的數字。
2. 彼女は相手の言葉に圧倒されたが、おずおずと異を唱えた／她雖然被對方的話語所壓倒，但還是怯生生地提出了不同意見。
3. 自信があるから、少しもおずおずとしたところがない／由於有自信而毫不膽怯。

20 おたおた ① (擬態) / 驚慌失措、慌裡慌張、手忙腳亂、不知所措。

用法 形容因不知所措而慌張的樣子。

例句
- そのくらいのことでおたおたするな/就這麼點事，你慌張什麼。
- 初出勤（はつしゅっきん）でなれない仕事（しごと）におたおた手間取（てま）って、何もしないうちに一日終わってしまった/由於剛上班工作上不得要領，什麼事都沒做就過了一天。
- 家出（いえで）をした娘の置手紙（おきてがみ）を見て、父親はおたおたしてしまった/看到離家出走的女兒留下的紙條，父親急得團團轉。

21 おちおち ① (擬態) / 安靜、安心。

用法 形容無法安下心來做事的樣子，與否定表現相呼應。

例句
- 心配（しんぱい）で、夜もおちおち眠（ねむ）れない/因擔心，夜裡也難以成眠。
- 試験（しけん）が近（ちか）づいて、おちおちとしてはいられない/考試快到了，靜不下心來。

22 おどおど ① (擬態) / 恐懼不安、提心吊膽、誠惶誠恐。

用法 形容不安、恐懼、沒有自信的樣子。

例句
- 大切な茶碗（ちゃわん）を割ってしまった女中（じょちゅう）は主人（しゅじん）の前でおどおどするばかりで、弁解（べんかい）一つもできない/女傭將珍貴的茶杯打破了，她在主人面前只是惶恐不安，連一句辯解的話也說不出來。

👿 面接の時<u>おどおど</u>してはだめだよ／面試時太緊張可不行。

👿 初めて演壇に上がった時は<u>おどおど</u>して固くなった／初次上講臺時提心吊膽的，很緊張。

解析

『おずおず』與『おどおど』之差別

兩者都是形容因為害怕而缺乏自信的樣子。『おずおず』是形容因為害怕、緊張行動遲緩，但是還能採取一定行動；而『おどおど』則形容非常害怕、不安，無法採取行動。

---

23 <u>かさかさ</u> ① (擬態) ／ 乾燥、乾巴巴的。

用法 形容沒有水分、油性的樣子或感覺。

例句 👿 秋になると<u>肌</u>が<u>かさかさ</u>になってくる／一到秋天，皮膚變得乾巴巴的。

👿 毎日<u>寒風</u>にさらされているから頬が<u>かさかさ</u>だ／每天被寒風吹的臉乾巴巴的。

---

24 <u>がっくり</u> ③ (擬態) ／ 頹喪、突然無力地、立刻洩氣。

用法 形容情緒突然消沉或體力突然下降的樣子。

例句 👿 <u>がっくり</u>と<u>首</u>をたれる／突然無力地垂下頭來。

👿 テストに<u>落第</u>したのだから、<u>がっくり</u>するのも<u>無理</u>はない／沒通過考試而無精打采的，是可以理解。

👿 六十を<u>過ぎて体力</u>が<u>がっくり</u>落ちた／過了六十歲，體力突然下降了。

人的情感 人的行為 物的狀態 食物滋味 動物聲音

25 がっしり ③（擬態）／健壯、粗壯、結實。

用法 形容身體健壯的樣子。

例句
① 体はがっしりしているが、性格はおっとりしている／身體很粗壯，但性格很溫文儒雅。

② 彼はラガーで、がっしりとした体つきをしている／他是個橄欖球隊員，有一副健壯的體格。

③ 彼は性格のがっしりした頼もしい青年だ／他是個體格健壯、靠得住的青年。

26 かっと ①（擬態）／發火、勃然大怒、大發脾氣。

用法 形容突然生氣、發怒的樣子。

例句
① 父は短気で、すぐかっとなる人だ／父親很性急，遇到什麼事就立刻發火。

② これにはぼくもかっとなった／對於這件事我也大發了脾氣。

27 がやがや ①（擬聲、擬態）／吵吵嚷嚷、喧嘩。

用法 形容很多人聚集在一起喧嘩的聲音或樣子。

例句
① がやがや騒がないでください／請不要吵吵嚷嚷。

② 授業中、学生がいつもがやがや騒ぐから教師はたいへん困る／上課時，學生總是吵吵嚷嚷的，教師很為難。

28 からから ⓪（擬態）／乾燥、乾枯。

用法 形容一點水分也沒有，乾透了的樣子。

例句

① 応援で怒鳴っていたため、のどがからからだ／因為大聲加油，喉嚨都乾了。

② のどが渇いてからからだ／口乾舌燥。

③ のどがからからだ。ビールが飲みたい／喉嚨渴得要命，想喝啤酒。

解析

『かさかさ』與『からから』之差異

兩者都是形容缺少水分的樣子，用法很相似。但是『かさかさ』主要形容表面上乾燥的狀態，『からから』主要用於形容喉嚨乾渴的狀態。

29 がらがら ①④（擬聲、擬態）／嘶啞；魯莽、心直口快。

用法 ①形容嗓子嘶啞，發聲困難的狀態。②形容人的性格粗魯，心直口快的樣子。

例句

① その大臣はがらがらした声で答弁した／那位大臣用嘶啞的聲音進行了答辯。

② 田中さんの奥さんはがらがらした女性だ／田中夫人是個心直口快的女人。

③ トラックの運転手さんにがらがらした人が多いのは仕事が仕事だから仕方がないさ／卡車司機多數是外表粗魯的人，這是由於工作的緣故，沒有辦法。

人的情感
人的行為
物的狀態
食物滋味
動物聲音

30　からりと ②（擬態）／爽快、個性開朗。

用法　形容性格直爽、開朗的樣子。

例句　● 彼女はからりとした性格だ／她性格開朗。

　　　● 妻は嫌なことはすぐ忘れるからりとした性格だ／妻子的性格直爽，不愉快的事情很快就忘掉。

31　がりがり ◎（擬態）／骨瘦如柴。

用法　形容瘦得皮包骨的樣子。

例句　● ダイエットをしてがりがりになった女性は魅力がない／減肥後瘦得皮包骨的女人沒有魅力。

　　　● 子供たちはみんな飢えてがりがりにやせて、目ばかり大きく見開いていました／孩子們飽受饑餓，骨瘦如柴，只有兩隻眼睛睜得大大的。

32　かんかん ◎（擬態）／大怒、大發脾氣、大發雷霆。

用法　形容非常生氣的樣子。

例句　● あいつは今かんかんになって怒っている／他正在大發雷霆。

　　　● カンニングを知って先生はかんかんになった／知道學生考試作弊，老師大發脾氣。

33 がんがん ① (擬態) ／頭疼得厲害。

用法　形容頭疼欲裂的樣子。

例句　● 風邪で頭ががんがんする／由於感冒頭疼得厲害。

　　　● 頭ががんがんして、とても起きていられない／頭疼得厲害，不能起床。

34 ぎくっと ⓪ (擬態) ／嚇一跳、大吃一驚。

用法　形容做壞事被發現時吃驚的樣子。

例句　● 先生の話を聞いてぎくっとした／聽老師一講，吃了一驚。

　　　● 男はひき逃げの捜査をしている刑事に呼び止められてぎくっとした／那個男子被調查肇事逃逸的警察叫住後，驚恐不已。

35 ぎすぎす ①⓪ (擬態) ／骨瘦如柴、枯瘦。

用法　形容骨瘦如柴的樣子。

例句　● あの子供は骨ばかりでぎすぎすしている／那個孩子瘦得皮包骨。

　　　● もともとやせてぎすぎすした子だったが、きれいになったじゃないか／原來是一個骨瘦如柴的孩子，現在變得這麼漂亮！

36　きちんと ② (擬態) ／整齊、整潔、端正。

用法　形容外表整潔、端正的樣子。

例句

- あの人は<u>きちんと</u>した身なりをしている／他穿得整整齊齊。

- 教師が<u>きちんと</u>した服装をしていないと信用を落とすことになる／教師如果儀表不端正，會失去信譽。

37　ぎょっと ① (擬態) ／大吃一驚、心噗通跳。

用法　形容突然遇到意外的事情或受到驚嚇而感到緊張。

例句

- おもちゃの蛇が本物に見えて<u>ぎょっと</u>した／玩具蛇像真的一樣，嚇得頭皮發麻。

- 彼は証拠を見せられ<u>ぎょっと</u>なって青ざめた／他被人拿出了證據，嚇得臉色蒼白。

- いきなり背中をたたかれて<u>ぎょっと</u>した／冷不防被人拍了一下後背，嚇了一跳。

38　きりきり ① (擬聲、擬態) ／絞痛、劇痛。

用法　形容針扎似的劇烈地疼痛的樣子。

例句

- どういうわけか下腹が<u>きりきり</u>痛む／不知怎麼回事下腹部絞痛。

- 胃けいれんで、腹が<u>きりきり</u>痛む／因為胃痙攣，肚子感到劇烈地疼痛。

- 頭が<u>きりきり</u>痛んで、目も開けていられないくらいだ／頭劇痛得連眼睛都睜不開。

39 きりっと ③（擬態）／整齊、端正、有稜有角。

用法 形容表情、體形、服裝等端正整齊，給人一種神清氣爽的感覺。

例句
❶ 彼はいつも服装がきりっとしている／他總是穿得整整齊齊。

❷ 早朝ジョギングで一走りすると、気持ちがきりっと引き締まるんですよ／早晨慢跑一會兒，精神會振奮起來的。

❸ そこには目とも口元がきりっと締まった美少年がいた／那裡有一個眉目分明的美少年。

40 くさくさ ①（擬態）／不痛快、不舒暢、悶悶不樂、鬱悶。

用法 形容感到鬱悶，心情不爽快的樣子。

例句
❶ 今度の失敗を考えるとくさくさする／想起這次失敗就不痛快．

❷ 梅雨でくさくさする／因為梅雨而內心煩躁。

❸ 最近どことなく体の調子が悪く、気分がくさくさします／最近總覺得身體不舒服，所以心情鬱悶。

41 くしゃくしゃ ①⓪（擬態）／混亂、亂成一團。

用法 形容心裡混亂，不平靜的樣子。

例句
❶ 一日中部屋にこもって、気持ちがくしゃくしゃしてきた／在房間裡呆了一整天，心裡亂糟糟的。

❷ 私はいま頭の中がくしゃくしゃで、考えがまとまらない

／我現在腦子裡一片混亂，拿不定主意。

解析

『くさくさ』與『くしゃくしゃ』之差異
『くさくさ』是形容由於事情進展得不順利而情緒低落、悶悶不樂的樣子。『くしゃくしゃ』是形容心情失去穩定、平靜，而處於混亂的狀態。

42 くすくす ①（擬聲、擬態）／竊笑、小聲笑、哧哧地笑。

用法 形容不發出聲，偷偷笑的樣子。也形容小聲嗤笑的聲音。

例句 🍃 女の子が二人、顔を見合わせてくすくす忍び笑いをしている／兩個女孩子，互相看著偷偷地在那兒暗自竊笑。

🍃 子供たちはくすくすといたずらっぽく笑っている／孩子們調皮地哧哧偷笑。

43 くたくた ⓪（擬態）／精疲力盡、渾身發軟。

用法 形容非常疲憊的樣子。

例句 🍃 旅行でくたくた疲れた／因為旅遊累得精疲力盡。

🍃 毎日遅くまで残業があって、くたくただ／每天加班加到很晚，累得精疲力盡。

44 ぐちゃぐちゃ ①（擬態）／發牢騷、嘮叨。

用法 形容嘮嘮叨叨地抱不平，讓人感到煩躁的樣子。

例句 🍃 今になってぐちゃぐちゃ言っても、後悔先に立たずだ／事到如今說什麼都沒用，後悔莫及。

② 女房にぐちゃぐちゃ言われどうしで嫌になる／老婆嘮嘮叨叨地說個沒完，真是煩透了。

45 ぐったり ③（擬態）／精疲力竭、十分疲乏、有氣無力。

用法 形容肉體上、精神上十分疲勞的樣子。

例句 ① 歩き疲れてぐったりと腰を下ろした／走得精疲力盡，一屁股坐了下來。

② 連日の高熱でぐったりする／因連續幾天發高燒，渾身沒勁。

46 ぐでんぐでん ⓪（擬態）／爛醉如泥、酩酊大醉。

用法 形容爛醉如泥的樣子。

例句 ① 夕べはぐでんぐでんに酔っぱらってしまって、何も覚えていない／昨晚喝得酩酊大醉，什麼也記不得了。

② 彼女はぐでんぐでんの酔っぱらいに絡まれた／她被爛醉如泥的醉漢糾纏上了。

47 くよくよ ①（擬態）／煩惱、愁眉不展。

用法 形容為了總是忘不掉過去不愉快的事情而煩惱。

例句 ① 終わったことをいつまでもくよくよするな／不要為過去的事情而煩惱。

② そんなことでくよくよすることはない／不要為那種事想不開。

人的情感　人的行為　物的狀態　食物滋味　動物聲音

48　くらくら ①（擬態）／發暈、眩暈。

用法　形容感到頭暈，要暈倒的樣子。

例句　車の中で、急にくらくらしてしゃがみこんでしまった／在車上突然頭暈，於是就蹲了下來。

目がくらくらするような高さまで登った／登上了叫人眩暈的高度。

49　ぐんなり ③（擬態）／沒有力氣。

用法　形容失去生氣和活力而衰弱的樣子。

例句　ぐんなりと椅子の背にもたれている／懶洋洋地靠在椅背上。

彼の頭は血まみれになって後へぐんなりと垂れている／他滿頭是血，有氣無力地靠在後面。

50　けたけた ①（擬聲）／嘻嘻地笑。

用法　形容輕薄的、尖銳的笑聲。

例句　ちょっと失敗しても、女子学生の連中はけたけた笑うんだ／稍一出錯，那些女生就嘻嘻地笑出來。

彼女はまたいやらしくけたけた笑い出した／她又嘻嘻地笑起來了，真教人噁心。

51 げたげた ① (擬聲) ／嘿嘿地笑。

用法 形容咧著嘴，卑鄙、庸俗地低聲笑。

例句 ❶ あの男、酒を飲むとげたげた笑ってばかりいる／那個
男人一喝酒，就咧著大嘴嘿嘿地笑。

❷ 工員らしい男たちが野卑な冗談をとばしてはげたげたと
笑い声をあげている／像是工人的男人們，開一些下
流的玩笑，就嘿嘿地笑起來。

52 げっそり ③ (擬態、擬聲) ／急劇消瘦；掃興、失望。

用法 ①形容身體急劇衰弱的樣子。②形容驟然失望而無精
打采的樣子。

例句 ❶ 下痢してげっそり痩せた／因腹瀉驟然消瘦了。

❷ 入学試験に落ちて彼はげっそりする／他因沒考上學
校，垂頭喪氣。

❸ その知らせを聞いて、みんなげっそりとして立ち去った
／聽到那個消息，大家都失望地離去了。

53 けらけら ① (擬聲) ／咯咯地笑。

用法 形容清澈的笑聲，給人完全放鬆的感覺。

例句 ❶ 恵子は大興味を起して、けらけら笑いながら聞いている
／恵子非常感興趣，咯咯地笑著聽。

❷ けらけらと笑ってごまかしているけれど、あいつ何か知
っているよ／那個傢伙在咯咯地笑著敷衍過去，不過
他好像知道點什麼。

人的情感　人的行為　物的狀態　食物滋味　動物聲音

 54 げらげら ① (擬聲) ／哈哈大笑。

用法 形容大聲地、毫無顧慮地笑出來的聲音。

例句
- 面白い漫画を読んでげらげら笑った／看了有趣的漫畫哈哈大笑。
- 老人は大きな口を開けて、げらげらと笑う／老人張開大嘴，哈哈大笑。
- 落語を聞いて、観衆はげらげら笑い出した／聽著單口相聲，觀眾哈哈地大笑起來。

 解析
『けたけた』『げたげた』『けらけら』『げらげら』之差異

『げらげら』是形容一般的、哈哈大笑的聲音，而『げたげた』是形容放蕩的笑聲，給人一種庸俗、下流的感覺。『けらけら』與『けたけた』都是指清澈、尖銳的笑聲，但是『けらけら』並不會給人負面印象，而『けたけた』則給人一種輕薄的感覺。

55 けろけろ ① (擬態) ／旁若無人、若無其事、滿不在乎。

用法 形容即使發生使人掛念的事情，仍然泰然自若的樣子。

例句
- 授業中、彼はけろけろ漫画を読んでいる／上課時，他旁若無人地看漫畫書。
- 仕事中、彼女は事務室でけろけろ食物を食べている／工作時，她在辦公室滿不在乎地吃東西。

56 けろり ② ③（擬態）／若無其事、滿不在乎、乾乾淨淨、全都。

 用法 形容即使發生重大的事情，仍然保持鎮靜、泰然自若，不會受到什麼影響。

例句 ❶ 約束^{やくしょく}があったのに、けろりと忘れていた／有約會，可是早已忘得乾乾淨淨。

❷ みんなが怒^{おこ}っているのに、彼はけろりと腰^{こし}を落^おち着^つけている／大家都在生氣，可是他卻若無其事的。

解析 **『けろけろ』與『けろり』之差異**
『けろり』與『けろけろ』都是指不管在什麼狀態下，都能泰然自若，若無其事的樣子。但兩者相比，『けろり』恢復正常狀態的速度要更快。

57 げんなり ③（擬聲、擬態）／疲備不堪、厭膩、沮喪。

 用法 形容感到厭煩，沒有心思做事。

例句 ❶ 毎日同じものばかり食べさせられて、げんなりだ／每天都吃一樣的東西，已經厭倦了。

❷ 勝^かてると思っていた試合^{しあい}に負けて、監督^{かんとく}はげんなりと肩^{かた}を落^おとして引き上げる／本以為這場比賽會贏，結果輸掉了，教練沮喪地垂下肩膀退場。

58 こちこち ⓪（擬態）／緊張、死腦筋、頑固、硬邦邦。

用法 形容身心高度緊張，處於僵硬的狀態。

例句 ❶ 面接^{めんせつ}のときはこちこちになってしまった／面試的時候緊張得全身僵硬。

🛫 あいつは頭が<u>こちこち</u>だから、いったん決めたことは変_かえたりはしない／他那個人是個死腦筋，一旦決定了的事情就決不改變。

59 ごつごつ ①（擬態）／生硬、粗野、硬邦邦。

用法 形容凹凸不平、不平滑的樣子。

例句 🛫 労働者_{ろうどうしゃ}の手は<u>ごつごつ</u>だ／工人的手很粗糙。

🛫 丈夫_{じょうぶ}な品_{しな}だが、ちょっと<u>ごつごつ</u>だ／東西倒是很結實，但就是有點粗糙。

60 こんがり ③（擬態）／黑黝黝的、黝黑的。

用法 形容皮膚曬得變成健康的膚色。

例句 🛫 その娘は肌_{はだ}を小麦色_{こむぎいろ}に<u>こんがり</u>と焼_やいてきた／那個女孩回來時皮膚曬成小麥色了。

🛫 海水浴_{かいすいよく}に行って、彼は<u>こんがり</u>と日焼_{ひや}けした／他去做了海水浴，曬得黑黝黝的。

61 さっぱり ③（擬態）／直爽、坦率。

用法 ①形容性格坦率、直爽。②沒有令人擔心的事情，心情爽快。

例句 🛫 担任_{たんにん}の先生は<u>さっぱり</u>した気性_{きしょう}の人だ／級任老師是一位性格直爽的人。

🛫 彼は<u>さっぱり</u>した性格_{せいかく}の持_もち主_{ぬし}だ／他是一個性格坦率的人。

🛫 言いたいことを言ってしまって、胸_{むね}が<u>さっぱり</u>した／把

想說的話都說出來了，心裡覺得很痛快。

62 さばさば ①(擬聲、擬態) ╱ 爽朗、痛快、輕鬆舒暢。

用法 形容不爲某一件事所糾纏，灑脫的樣子。

例句 ❶借金を払ってさばさばした╱還清了欠款，心情輕鬆
了。

❷彼女はとてもさばさばしている╱她非常地爽朗。

❸そんな人とはいっそ別れたほうがさばさばするよ╱和那
種人分手很痛快。

63 さらりと ②(擬態) ╱ 爽朗、乾脆地。

用法 形容性格、態度很乾脆的樣子。

例句 ❶過去のことはさらりと忘れた╱把過去的事情忘得一乾
二淨。

❷今までのことはさらりと水に流す╱把以前發生的事情
乾脆地付之流水。

64 しくしく ①(擬聲、擬態) ╱ 抽泣、抽抽搭搭地哭。

用法 形容抽泣的樣子或哭聲。

例句 ❶あの子はお腹が痛いといって、しくしく泣いている╱那
個孩子說肚子疼，在抽抽搭搭地哭。

❷女の子が物陰に隠れて、しくしく泣いていた╱有個小
女孩躲在暗處抽抽搭搭地哭。

65　しっかり ③（擬態）／成熟、健壯。

用法　形容人的性格、思想、體質等很成熟、可靠的樣子。

例句 ❶あの人はしっかりした人だ／他是一個很健壯的人。

❷若いが、なかなかしっかりした考えの男だ／那個男人雖然年輕，但思想很成熟。

❸あの娘はまだ小学生であるが、しっかりしている／那個女孩子雖然還是個小學生，但很成熟。

66　しっとり ③（擬態）／滋潤、濕潤；沉著、安靜。

用法　①形容適度地有濕度、水分的樣子。②形容性格、表情、舉止等很沉靜的樣子。

例句 ❶このクリームを朝夕使っていたら、肌がしっとりと潤ってきた／早晚用這個面霜，皮膚變得滋潤了。

❷彼女のような人は京美人というのかね。上品でしとやかでしっとりした婦人だね／像她那樣的人就叫做京都美人吧。是個高雅、嫻靜、穩重的女子。

67　じとじと ①⓪（擬態）／濕潤、濕漉漉、潮濕。

用法　形容因為有水氣或潮溼，使人感到不舒服的樣子。

例句 ❶緊張のあまり、手のひらがじとじとと汗ばんできた／因過於緊張，手掌上濕漉漉地有點冒汗了。

❷梅雨のときはじとじとして気持ちが悪い／梅雨季節潮濕得很不舒服。

68 しなしな ①◎（擬態）／非常柔軟。

用法 形容身體非常柔軟的樣子。

例句 体操選手（たいそうせんしゅ）の体はしなしなしている／體操選手的身體非常柔軟。

あんな細（ほそ）いしなしなした体で30キロという荷物（にもつ）を背負（せお）うんですよ／她的身體那麼纖細、柔軟，卻能背30公斤的東西。

69 しみじみ ③（擬態）／深切、痛切、懇切。

用法 形容某種情感滲入到內心的狀態。

例句 わたしは外国語（かいこくご）の必要をしみじみと感じた／我深深地感到外語的重要。

この事に対して、しみじみと反省（はんせい）しています／對於這件事情，我深刻地反省。

彼は友人（ゆうじん）に自分の心境（しんきょう）をしみじみと打（う）ち明（あ）ける／他對朋友傾吐自己的心情。

70 じめじめ ①（擬態）／憂鬱、陰鬱。

用法 形容性格內向、消極、陰鬱。

例句 あのおばさんにはじめじめしたところがなくて好きだ／因為那位大嬸很開朗，所以我很喜歡她。

あの人はじめじめとした性格（せいかく）だ／他性格很憂鬱。

71 しゃあしゃあ ⓪（擬態）／恬不知恥、若無其事、滿不在乎。

用法 形容滿不在乎地做出令人吃驚的言行。

例句
- 彼は何度もごみの出し方を注意されても、しゃあしゃあとしている／提醒他好幾次倒垃圾的方式，還是滿不在乎的。
- この娘は幼いくせにしゃあしゃあと大人をだますんです／這個女孩子小小的年紀，居然敢欺騙大人，真是恬不知恥。

72 しゃんしゃん ①（擬態）／結實、硬朗、靈敏。

用法 形容精神上、肉體上都很健康。

例句
- 隣のおばあさんは90歳だというのにしゃんしゃんしている／鄰居的老奶奶已經90歲了，但還很硬朗。
- 息子は愚図だが、娘はしゃんしゃんしている／兒子是個慢性子，但女兒很俐落。

73 しゅん ①（擬聲、擬態）／消沉、沮喪、萎靡不振、垂頭喪氣。

用法 形容因為某種原因突然意志消沉的樣子。

例句
- 昨年よりボーナスが少ないと聞いて、社員一同はしゅんとなった／一聽說獎金沒有去年多，所有職員一下子變消沉了。
- 息子は先生に叱られてしゅんとなった／兒子受到老師的責罵，一副沮喪的樣子。

人的情感　人的行為　物的狀態　食物滋味　動物聲音

74 しょぼしょぼ ①（擬態）／衰弱無力；睜不開、朦朧、惺忪。

用法 ①形容沒有活力，萎靡不振的樣子。②形容睡眼惺忪，睜不開眼睛的樣子。

例句 老人（ろうじん）がしょぼしょぼ歩いている／老人衰弱無力地走著。

寝不足（ねぶそく）で、目がしょぼしょぼとする／因睡眠不足，睏得眼睛睜不開。

夜十時を過ぎると、目がしょぼしょぼしてくる／一過十點，就開始睜不開眼睛。

75 しょんぼり ③（擬態）／孤零零地、無精打采、垂頭喪氣、沮喪。

用法 形容無精打采的樣子。

例句 彼はしょんぼりと帰ってきた／他垂頭喪氣地回來了。

あの子、しょんぼりした様子で帰ってきたが、友達（ともだち）とけんかでもしたのかね／那個孩子孤零零地回來了，是不是和朋友吵架了呢？

彼は願（ねが）いを簡単に断（ことわ）れて、しょんぼりと帰ってきた／他的請求輕易地被拒絕，無精打采地回來了。

解析 『しょぼしょぼ』『しゅん』與『しょんぼり』之差異

『しょんぼり』是指從外觀上很明顯地露出沮喪、無力的樣子，而且看起來有些孤單、寂寞；『しょぼしょぼ』強調氣勢不振、勁道不足的樣子；『しゅん』強調原來精神飽滿的人，突然意志消沉的樣子。

76 じりじり ①（擬態）／焦急、急躁。

用法 形容心裡著急的樣子。

例句
試合開始を観衆はじりじりしながら待っている／觀眾心急如焚地等待比賽開始。

子供は早く泳ぎに行きたくてじりじりしている／孩子想快點去游泳，心裡很著急。

解析
『じりじり』與『いらいら』之差異

兩者的用法比較相似，但『いらいら』是指在各種場合主體的焦急、不安的心情，嚴重時還暗示生氣的情緒。『じりじり』是指因預定的行動久等不來而感到焦急，不暗示不安和生氣的情緒。

77 しんみり ③（擬態）／心平氣和、平心靜氣、懇切、沉靜、悄然。

用法 形容從心底感覺到的樣子。

例句
亡き母をしのんで一同はしんみりした／緬懷亡母，四座悄然。

彼はしんみりした表情で相手の言葉にあいづちを打っている／他以誠懇的態度對對方的言詞隨聲附和著。

二人だけでしんみりと話している／兩個人充滿深情的談話。

78 すかっと ③（擬態）／舒暢、痛快。

用法 形容問題解決了，精神上有放鬆的感覺。

例句
君が部長に言ってくれたんで、すかっとしたよ／因為

你向部長說了，我就放心了。

　思い切り言ってやって胸がすかっとした／痛痛快快地
　說了之後，心情舒暢了。

---

79 **ずきずき** ①（擬態）／一陣陣痛、一跳一跳地疼。

用法　形容一跳一跳地、持續性地疼痛的感覺。

例句　虫歯がずきずき痛む／蛀牙一跳一跳地疼。

　食べ過ぎたのか、胃がずきずきと痛んでいる／好像吃
　得太多了，胃一陣陣地痛。

　ゆうべ飲みすぎたので、今朝は頭がずきずき痛んで起き
　られない／因為昨晚喝多了酒，今天早晨頭一陣陣地
　痛得起不來。

---

80 **ずきん** ②（擬態）／強烈的疼痛。

用法　形容強烈的疼痛感傳到神經裡面的感覺。

例句　腰をかがめたとたんにずきんと痛みが走った／剛把腰
　彎下去，就感覺到劇烈的疼痛感。

　お辞儀をするたびに虫歯がずきんと痛む／每次鞠躬的
　時候，蛀牙就特別疼。

---

81 **すくすく** ①（擬態）／長得很快、茁壯成長。

用法　形容健康地成長的樣子。

例句　二人の子供は祖父母のもとですくすく大きくなっていく
　／兩個孩子在祖父母身邊茁壯成長。

😊 子供は両親に育まれてすくすく育っていきます／孩子
受父母的養育，迅速地成長。

82　すっきり ③（擬態）／舒暢、暢快。

用法　形容沒用的東西都被去掉，心情非常舒暢的樣子。

例句
😊 寝不足で頭がすっきりしない／因為睡眠不足而頭腦不
清楚。
😊 患者はまだ病気がすっきりしない／患者的病還沒好
轉。

83　すべすべ ⓪（擬態）／光滑、滑溜、滑潤。

用法　形容皮膚摸上去有一種光滑的感覺。

例句
😊 君の手はすべすべだね／你的手真光滑。
😊 母は年のわりに肌がすべすべしている／母親雖然上了
年紀，但皮膚還是很滑潤的。

84　すやすや ①（擬態）／安靜地、香甜地、安穩地。

用法　形容睡得很香甜的樣子。

例句
😊 十分おっぱいを飲んで、赤ちゃんはすやすやと眠ってい
る／喝飽了奶之後，嬰兒安靜地睡著了。
😊 痛み止めの注射のおかげで、病人はすやすや眠りついた
／打了一針止痛針，病人才安穩地睡著了。
😊 すやすやと眠っている子供の顔は本当にかわいいものだ
／睡的很香甜的孩子的臉真是可愛。

85 すらりと ②（擬態）／高躯、苗條；順利、敏捷。

用法 ①形容看起來身材苗條，個子高的樣子。②形容動作很敏捷，事情的進展很順利。

例句
- 姉妹の背がみんなすらりとしていて、美しい／姐妹倆都身材苗條，很漂亮。
- 店の中から白い前掛けを締めたすらりとした男が出てきた／從店裡面出來了一位穿著白色圍裙的身材高躯的男人。
- 無理な要求だから、すらりと承知してはくれまい／因為要求有些不合理，所以不會很快就答應。

86 ずんぐり ③（擬態）／短粗胖、矮胖、胖嘟嘟。

用法 形容又矮又胖的人。

例句
- あの人は体がずんぐりして強そうだ／他又矮又壯，看起來很結實。
- おばはずんぐりと太っている／姨媽長得又矮又胖。

87 ずんずん ①（擬態）／飛快地、迅速地。

用法 形容狀態的進行、變化非常迅猛的樣子。

例句
- 子供はずんずん大きくなるので、服は一年で着られなくなる／小孩子一個勁地長大，所以衣服才穿一年就穿不下了。
- この子は筍のような勢いでずんずんと高くなってきた／這個孩子像竹筍似的迅速地長高。

88　すんなり ③（擬態）／纖細、細長、柔軟有彈性。

用法　形容柔軟而富有彈力，而且纖細的姿態。

例句
- 彼女はすんなりと足が伸びていて、スタイルがいい／她的腿很纖細，身材很好看。
- 僕は彼女のすんなりした肩を抱いた／我抱住了她那柔軟而富有彈力的肩膀。

89　ぞくぞく ①（擬態）／發抖、心情激動、嚇得冒汗。

用法　形容渾身有些顫抖、哆嗦的樣子。

例句
- テレビで怪談を見ていてなんだかぞくぞくしてきた／在電視上看鬼故事，看得背後發冷。
- 体がぞくぞくするよ。風邪を引いたみたいだ／身體冷得直哆嗦，好像感冒了。
- 入学試験の合格の発表を見て、弟はぞくぞくと喜びながら、家へ走っていった／看到入學考試及格的公告，弟弟心情激動地朝家裡跑去。

90　そっくり ③（擬態）／一模一樣、極其相像。

用法　形容非常相似的樣子。

例句
- あの子はだんだんお母さんそっくりになってきた／那孩子越來越像他媽媽了。
- 君たち双子？ほんとうにそっくりだね／你們倆是雙胞胎嗎？長得一模一樣呢。

91 ぞっこん ③（擬態）／打從心裡。

用法 形容發自內心地喜歡。

例句 私は彼の人柄にぞっこんほれ込んでいる／我打從心裡喜歡他的人品。

あの男はここのマダムにぞっこんほれていて、毎晩通っている／這個男人打心眼裡喜歡上了那個酒店的老板娘，所以每天晚上都去那裡。

92 ぞっと ⓪（擬態）／毛骨悚然、打寒顫、哆嗦。

用法 形容由於冷或受驚嚇，背後發冷的樣子。

例句 その事を考えただけでもぞっとする／這件事只要一想到就覺得毛骨悚然。

泳ぎに行った湖が自殺の名所だと聞いてぞっとした／聽說去游泳的那個湖泊經常有人自殺，嚇得人脊背發涼。

93 そわそわ ①（擬態）／坐立不安、心神不定、心慌。

用法 形容因為有心事，坐立不安的樣子。

例句 遠足の前の日、子供たちはうれしくてそわそわしている／去郊遊的前一天，孩子們高興得坐立不安。

彼は廊下をそわそわといったり来たりしている／他在走廊心神不定地走來走去。

大事な客が来るので、部長はそわそわしている／因為重要的客人要來，部長有些慌張。

94　たじたじ ⓪（擬態）／退縮、畏縮、理屈詞窮。

用法　形容被對方的言行壓得有些招架不住。

例句
- 鋭_{するど}い質問_{しつもん}に彼はたじたじとなった／在尖銳的發問下，他招架不住了。
- 僕_{ぼく}は彼女のすごい剣幕_{けんまく}にたじたじとなった／我被她氣勢洶洶的態度嚇得畏畏縮縮。

95　だぶだぶ ①⓪（擬態）／肥胖、肌肉鬆弛。

用法　形容因為過於肥胖，肌肉鬆弛的樣子。

例句
- 最近だぶだぶに太った子供_{こども}が増えている／最近肥胖的孩子越來越多。
- 彼はまだ三十歳を過ぎたばかりなのに、早くもだぶだぶに太った／他雖說才剛過三十歲，可是卻過早地發胖了。

96　だらだら ①（擬聲、擬態）／磨磨蹭蹭、無所事事、沒有朝氣。

用法　形容沒有幹勁而虛度時光。

例句
- 休みに子供_{こども}は勉強しないで、だらだらとテレビばかり見る／放假時孩子不讀書，只是看電視看個沒完沒了。
- このクラスはどういうわけか、だらだらしていて活気がない／這個班級不知道什麼原因，無精打采地沒有活力。

97 だらり（だらっ）　③（擬態）／無力地拖著、無精打采、吊兒郎當的。

用法 形容精神上、肉體上沒有緊張感，無精打采的樣子。

例句 怪我で彼の手がだらりと垂れている／由於受傷，他的手無力地垂著。

彼は毎日だらっとして何もせず過ごしている／他每天無所事事地過日子。

98 ちかちか　①（擬態）／晃眼、刺眼。

用法 形容由於光線或微生物的刺激而感到刺眼。

例句 光線が強いので、目がちかちかする／因為光線強，所以眼睛感到刺眼。

主人は長く運転した後、よく目のちかちかを訴える／我丈夫經常在長時間開車之後，說眼睛刺痛。

テレビのコマーシャルの動きが早くて、目がちかちかする／電視廣告的畫面太快，所以很刺眼。

99 ちぐはぐ　①（擬態）／不一樣、不協調、不一致。

用法 形容不協調的樣子。

例句 彼は話がちぐはぐで信用できない／他話說得不一致，不能相信。

なんとかちぐはぐな感じの夫婦だったが、やはり離婚したらしい／總覺得那對夫妻不太相配，好像還是離婚了。

100 ちっ ① (擬聲) ／ 嘖嘖。

用法 形容感到不愉快的時候發出的咂嘴聲。

例句
- 顔をしかめてちっとする／皺起眉頭嘖嘖咂嘴。
- 「ちっ」と安田は舌打ちして、私を見た／安田「嘖！」地咂了一下嘴，看了我一眼。

101 ちゃっかり ③ (擬態) ／ 不吃虧、機靈、見縫就鑽。

用法 形容有縫就鑽的樣子。

例句
- 彼女はちゃっかり屋だ／她是個見縫就鑽的人。
- あのおばあさんはずいぶんちゃっかりしている／那個老太太一點虧也不吃。

102 ちやほや ① (擬態) ／ 溺愛、嬌養、捧。

用法 形容討好對方、愛護對方。

例句
- 課長は部長にちやほやお世辞を言っている／課長油嘴滑舌地對部長說恭維話。
- あまり子供をちやほやするのはよくない／對孩子嬌生慣養可不好。

103 ちりちり ① (擬態) ／ 畏縮。

用法 形容由於恐懼感，縮成一團的樣子。

例句
- 子供は叱られてちりちりする／孩子被罵得縮成一團。

部長にどなられるかと、社員はいつも<u>ちりちり</u>している
／怕被部長申斥，職員總是畏畏縮縮的。

104 ちんまり ③（擬態）／小而端正、小而緊湊。

用法 形容雖小，但很端正的樣子。

例句 おばあさんが縁側に<u>ちんまり</u>すわっている／老太太端
端正正地坐在走廊上。

彼女の<u>ちんまり</u>とした鼻が特徴的だ／她那端正的小鼻
子很有特色。

105 つやつや ①⓪（擬態）／光滑、光潤。

用法 形容有光澤而美麗的樣子。

例句 彼女は頬が<u>つやつや</u>している／她的臉頰很有光澤。

このシャンプを一ヶ月だけ使うと、髪が<u>つやつや</u>になり
ますよ／這種洗髮乳只要用一個月，頭髮就變得有光
澤了。

106 つるつる ①（擬態）／光滑、滑溜、精光。

用法 形容表面很光滑的樣子。

例句 彼はまだ40歳になっていないが、もう<u>つるつる</u>に禿げて
いる／他還不到四十歲，卻已經禿得精光。

その<u>つるつる</u>した肌、どうやったらそうなの／你的皮
膚那麼光滑，是怎麼保養的？

107 つるり ③②（擬態）／光滑、精光。

用法 形容表面光滑並且呈圓形的樣子。

例句 ● 彼の頭はつるりと禿げている／他的頭禿得精光。

● 彼女はむき卵のようにつるりとした顔をしている／她的臉像剝了殼的雞蛋一樣光滑。

解析 　『つるつる』與『つるり』之差異

　『つるつる』與『つるり』均是指表面光滑的意思，但『つるり』只用於呈圓形的物體上。

108 つん ①（擬態）／架子大、不和藹、端起架子。

用法 形容舉止傲慢、冷淡。

例句 ● 質問をしても彼女はつんとすまして返事もしない／我對她提出了問題，但她擺起臭架子，不理我。

● その学生は私語を注意するとつんと横を向いた／我警告那個學生不要竊竊私語，結果他不屑地把臉扭向了一邊。

109 つんつん ①（擬態）／架子大、不和藹、帶怒氣、擺起架子。

用法 形容態度傲慢、冷淡，給人印象不太好的樣子。

例句 ● 恵子はつんつんしていて挨拶ひとつしない／恵子架子很大，連個招呼也不打。

● デートをすっぽかしたら、彼女は急につんつんするようになった／我對她爽約，她立刻端起架子生起氣來了。

解析

『つん』與『つんつん』之差異

『つんつん』是『つん』的重覆用法，『つん』是形容傲慢的樣子，但『つんつん』所表示的不僅是傲慢的樣子，還略帶怒氣。

110 てかてか ①⓪（擬態）／光溜溜、發亮、油亮。

用法　形容表面有一種庸俗的光澤。

例句
- 汗で顔がてかてかに光っている／由於出汗，臉上泛著油光發亮。
- 彼の鼻の先は脂でてかてかしている／他的鼻尖總是油油亮亮的。
- テレビのライトに照らされて、彼の額はてかてかと光っていた／他的額頭被電視的光線照得閃著亮光。

解析

『てかてか』與『つやつや』之差異

『つやつや』形容有一種美麗的光澤，而『てかてか』形容有一種庸俗的、不高尚的光澤，一般用於表示負面的意思。

111 でっぷり ③（擬態）／肥胖、富態。

用法　形容身體肥胖的樣子。

例句
- あのでっぷりした人が僕のおふくろだ／那個肥胖的人就是我媽。
- 彼は今ではでっぷりと太っていて、下腹も突き出してきている／他現在富態了，肚子也突出來了。

112 でぶでぶ ①◎（擬態）／胖乎乎、胖嘟嘟。

用法　形容胖乎乎得很難看。

例句
- そんなにでぶでぶに太ってどうするの／你怎麼會胖成這副胖乎乎的樣子？
- あの兄弟、兄はぎすぎすで弟はでぶでぶだ／他們兄弟倆呀，哥哥骨瘦如柴，弟弟卻胖嘟嘟的。

解析
『でっぷり』與『でぶでぶ』之差異
『でっぷり』是褒義詞，形容肥胖得讓人感到富貴、安穩、充實、威嚴；而『でぶでぶ』是貶義詞，指肥胖得讓人感到醜陋、不快、蔑視。

113 てらてら ①（擬態）／油亮、光亮。

用法　形容表面有油性，發出光澤。

例句
- 男はてらてらした顔で好色そうに笑った／男子臉上泛著油光，色瞇瞇地笑著。
- 彼女の脂ぎった顔がてらてら光っている／她的臉油光發亮地閃耀著。

114 どきっ ③（擬態）／震驚、嚇一跳、大吃一驚。

用法　形容吃驚或興奮而激動不已。

例句
- 肩をたたかれてどきっとした／被人拍了肩膀，大吃一驚。
- 車の前をいきなり自転車が掠めていったのにはどきっとした／突然有一輛自行車從車前擦身而過，嚇了一跳。

115 どきどき ①⓪（擬聲、擬態）／七上八下、忐忑不安、怦怦、噗通噗通。

用法 形容由於激烈的運動或等待、不安而心跳加快。

例句 ➤ みんなはどきどきしながら結果発表を待っている／大家心裡都怦怦地跳著，等待發表結果。
けっかはっぴょう

➤ 階段を駆け上がってきたのでどきどきしている／因為是跑上樓梯的，所以心怦怦直跳。
かいだん か あ

116 どぎまぎ ①（擬態）／慌張、驚慌、張皇失措。

用法 形容由於吃驚、不安、興奮無法巧妙地應付，而驚慌失措的樣子。

例句 ➤ 彼は外国人に道を聞かれ、どぎまぎして答えられなかった／被一個外國人問路，他驚慌失措地張口結舌。
がいこくじん みち

➤ 授業中、急に指名されてどぎまぎした／課堂上突然被點名，張皇失措。
じゅぎょうちゅう しめい

117 とげとげ ⓪（擬態）／不和藹、帶刺。

用法 形容不和藹、不寬容，說話辦事的態度、表情、聲音帶刺，心地不善良。

例句 ➤ 窓口の女性のとげとげした応対にひるんで、たいていのものは、用事はそこそこに帰ってしまう／因懼怕窗口那位女子帶刺的接待態度，大部分來辦事的人匆匆辦完就回去。
まどぐち おうたい

人的情感　人的行為　食物滋味

更年期の妻は急に態度がとげとげしている／處於更年期的妻子，態度突然變得不和藹了。

挨拶はとげとげした人間関係の潤滑油になる／寒暄語是調節緊張人際關係的潤滑油。

118 どっしり ③(擬態) ／穩重、莊重。

用法 形容莊重、穩重的樣子。

例句 あの人はどっしりとして威厳がある／他莊重而有威嚴。

真ん中にどっしりと構えている人が社長です／在中間莊重地坐著的人是社長。

彼は何事が起きてもびくともしない。なかなかどっしりした人だ／他無論發生什麼事都不驚慌，是個很穩重的人。

119 どんより ③(擬態) ／混濁、不明亮。

用法 形容由於身體不適，意識不清、眼睛不清澈的樣子。

例句 彼の目はどんよりしている／他的眼睛不清澈。

二日酔いで頭がどんよりして仕事にならない／因為宿醉，覺得頭昏腦脹，無法工作。

120 なよなよ ①(擬態) ／軟弱、柔軟、纖弱；婀娜、裊娜。

用法 ①形容柔弱有點靠不住的樣子。②形容婀娜多姿的樣子。

例句

- 田中さんの奥さんは体つき(からだ)がなよなよしている／田中夫人體態輕盈。
- マスターは身振り(みぶり)手振り(てぶり)がなよなよして、言葉つきも女みたいな男だ／老板是一個姿態、動作輕柔，說話的口氣也很像女人的男人。
- 彼はなよなよとした女(この)が好みです／他喜歡婀娜多姿的女人。

121 にこにこ ①⓪（擬態）／笑嘻嘻、笑瞇瞇。

用法　形容看起來心情愉快的微笑。

例句

- 隣(となり)のおばさんはいつもにこにこしている／鄰居阿姨總是笑容滿面。
- 彼は先生にほめられて、にこにこしている／他受到了老師的表揚，笑嘻嘻的。
- ボーナスをもらってみんなにこにこ顔だ／大家拿到了獎金笑逐顏開。

122 にこり ②（擬態）／嫣然一笑、微微一笑。

用法　形容和藹可親地微微一笑。

例句

- あの奴(やつ)は人が挨拶(あいさつ)しているのににこりともしない／那個傢伙別人跟他打招呼，卻笑也不笑。
- 初子の顔を見ると、太郎就はにこりとした／一看到初子，太郎就微微一笑。

123 にたにた ① (擬態) ／傻笑、呆笑。

用法　形容不發出聲，而且不懷好心地、齜牙咧嘴地笑。

例句
あの人はいつもにたにたして、気味悪い／那個人總是
傻笑，令人不舒服。

放浪者はにたにた笑いながら娘に近づいた／流浪漢齜
牙咧嘴地笑著向女孩子靠近了。

124 にっこり ③ (擬態) ／微笑、笑嘻嘻的、嫣然一笑、微微一笑。

用法　形容微微一笑的樣子。

例句
「こんにちは」と挨拶すると、少女はにっこりと笑って
挨拶を返してくれた／我對她說一聲「你好」，少女
嫣然一笑作了回應。

彼女は僕に会うと、いつもにっこりしている／她見到
我，總是微笑著。

解析
『にこにこ』『にこり』與『にっこり』之差
異
『にこにこ』形容持續微笑的樣子；『にっこり』
比『にこり』笑容更鮮明、持續的時間更長。『に
こり』常接續「ともしない」「ともせずに」等否
定表現形式，強調一點兒笑容也沒有的意思。

125 にやにや ① (擬態) ／笑嘻嘻的、默默地笑。

用法　形容心中高興或想到什麼事而發笑，是指不發出聲
的、持續性的笑。

例句 ☞ 何をにやにやしているんだ／你在默默地笑什麼？

☞ 何かいいことがあるに違いない。彼はにやにやしながら、友達からの手紙を読んでいる／一定有什麼好事，他笑嘻嘻地看著朋友寄來的信。

☞ ベッドの上で、妹はにやにやと思い出し笑いをしていた／妹妹在床上想起了什麼事在發笑。

126 にやり ③⓪（擬態）／一笑、微笑貌。

用法 ☞ 形容不發出聲地笑一下。

例句 ☞ 彼は何を思い出したのかにやりと笑った／他似乎想起了什麼事，抿嘴一笑。

☞ 彼女は意味ありげににやりと笑った／她好像有什麼用意似的笑了一下。

127 にんまり ③（擬聲、擬態）／一笑。

用法 ☞ 形容欲望得到滿足後，得意地笑。

例句 ☞ 結果発表を見て、彼は一人ひそかににんまりする／他看到公布的結果，一個人得意地微笑。

☞ 彼女は鏡に映っている自分の顔ににんまりと見とれている／她對著鏡子裡自己的臉，滿意地微笑。

128 ぬくぬく ①（擬態）／暖烘烘、熱呼呼；舒服、自在。

用法 ☞ ①形容身體熱呼呼的，非常舒適的樣子。②形容毫不辛苦、舒服、自在地生活。

例句 ▸ ぬくぬくとした寝床<ねどこ>から起<お>き出<だ>す／從熱呼呼的被窩裡
出來。

▸ こたつでぬくぬくしていると動<うご>きたくない／待在暖烘
烘的被爐裡，就不想動了。

▸ 子供<こども>は親のもとでぬくぬく育<そだ>っている／孩子在父母的
照顧下自在地成長。

129 ぬけぬけ ①③（擬態）／厚顏無恥。

用法 形容厚顏無恥地做不應該做的事情。

例句 ▸ あいつはぬけぬけと嘘<うそ>をつく／那個傢伙厚顏無恥地撒
謊。

▸ よくもぬけぬけとそんなことが言えたね／你竟然厚著
臉皮說出這種話來。

130 ぬめぬめ ①③（擬態）／光滑、滑溜溜、滑潤。

用法 形容滑潤並且有光澤的樣子。

例句 ▸ この温泉<おんせん>に入ると、肌<はだ>がぬめぬめする／泡這個溫泉，
皮膚就會變得光滑。

▸ 機械油<きかいあぶら>で手がぬめぬめする／由於手上黏滿了潤滑油，
滑溜溜的。

131 ぬるぬる ①⓪（擬態）／滑溜、滑膩。

用法 形容物體沾上黏液或黏汁，滑溜滑溜的樣子。

例句 ▸ 油<あぶら>で手がぬるぬるしていたので、茶碗<ちゃわん>を取り落として割

ってしまった／因手上有油很滑，沒拿住碗掉在地上
打碎了。

- 汗^{あせ}が出ると、皮膚がぬるぬるする／一出汗，皮膚就變
得滑溜溜的。

解析

『ぬるぬる』與『ぬめぬめ』之差異
『ぬめぬめ』是指物體上黏上少量的黏液而表面光
滑的意思；『ぬるぬる』是指所黏的黏液的分量比
較多，所以感覺不舒服。

---

132 ねちねち ① (擬態) ／不乾脆、不爽快、絮絮叨叨、糾纏
不休、死乞白賴。

用法 形容言行、性格不乾脆的樣子。

例句
- あの人はねちねちして、男らしくない／他一點也不爽
快，不像個男人。
- あの人はものの言い方がねちねちしているから嫌^{きら}いだ／
那個人說話絮絮叨叨，所以我不喜歡他。
- あの部長、一時間もねちねちと後輩^{こうはい}を説教^{せっきょう}する／那個
部長對晚輩絮叨了一個小時，進行說教。

---

133 のうのう ⓪ (擬態) ／舒暢、輕鬆愉快、悠然自得。

用法 形容毫不擔心、悠然自得的樣子。

例句
- 周りのものが心配^{しんぱい}しているのに、本人^{ほんにん}はのうのうとして
いる／周圍的人都為他擔心，本人卻悠哉悠哉的。
- 彼は試験^{せま}が迫っているのにのうのうとしている／考試
就快到了，他卻仍然悠哉悠哉。

用事があって家に寄ったら、妻はソファーでのうのうと昼寝をしていた／因為有事回家一趟，結果妻子在沙發上舒舒服服地睡午覺。

134 のっぺり ③（擬聲、擬態）／平板、平坦。

用法 形容表面扁平、沒有起伏，很單調。

例句 彼の妹は瓜実顔でのっぺりしていい女なんだ／他的妹妹長著一副瓜子臉，輪廓不深，是個很不錯的女人。

東洋人は欧米系の民族に比べて顔立ちがのっぺりしている／東方人和歐美系統的民族相比，臉蛋兒比較扁平。

135 のめのめ ①③（擬態）／不害臊、厚著臉皮、恬不知恥、滿不在乎。

用法 形容在未改邪歸正的狀態下出現。

例句 こんな姿ではのめのめ家へ帰れない／這個樣子是沒有臉回家的。

よくものめのめと生きて帰ってきたな／你還有臉回家啊！

136 のんびり ③（擬態）／悠閒地、無拘無束地、舒適地、悠閒自得地。

用法 形容使心情悠閒，身體放鬆。

例句 定年後は田舎でのんびり暮らしたい／退休後想在鄉下悠閒自得地生活。

- 男の子が3人いるとのんびりテレビも見ていられません
  よ／有三個男孩子，電視也不能夠悠閒地看。
- 彼女はのんびり育ったお嬢さんだから世間のことには疎
  い／她是在無拘無束的環境中長大的千金小姐，所以
  不諳世故。

137 ぱあ ①（擬態）／愚蠢、傻、笨。

用法 形容腦子裡一片空白，傻傻的樣子。

例句
- あいつは頭がぱあなんだから、説明したってわかるもん
  か／那個傢伙有點笨，你怎麼說他也不會明白的。
- そんな格好して町を歩いているとぱあだと思われるよ／
  你打扮成那個樣子走在街頭，別人會認為你是一個
  傻子。

138 はきはき ①（擬聲、擬態）／活潑、乾脆、開朗、有朝氣。

用法 形容說話的方式、態度很清楚、很乾脆的樣子。

例句
- あの子は子供のときからはきはきして利発な子だった／
  那個孩子從小就活潑伶俐。
- あの少年は大統領の質問にはきはきと答えた／那個少
  年很爽快地回答了總統提出的問題。
- 面接でははきはきした態度が好まれる／面試的時候，
  態度爽朗的人較受青睞。

051

139 はっきり ③（擬態）／明瞭、清楚、乾脆。

用法 形容精神上、體力上的狀態良好。

例句 祖父は今年九十歳になったが、まだ頭がはっきりしている／雖然爺爺今年九十歳了，但是腦子還很清楚。

この子ははっきりした目鼻立ちをしている／這個孩子五官端正。

コーヒーを飲んだら頭がはっきりした／喝了咖啡，腦子清楚多了。

140 ぱっちり ③（擬態）／水汪汪、睜大眼睛。

用法 形容眼睛大而美，還形容睜大眼睛的樣子。

例句 この子は目がぱっちりしていてかわいいね／這個孩子一雙眼睛水汪汪的真可愛。

朝六時には自然にぱっちりと目が覚める／一到早上六點鐘，自然就睜開雙眼醒來。

141 はっと ①（擬態）／吃驚。

用法 形容因意外事件而吃驚的樣子。

例句 自動車が急にそばを通ったのではっとした／汽車突然從身旁開過去，嚇了一跳。

居眠りしていたら指名されてはっとわれに返った／正在打瞌兒的時候被點名，恍然清醒過來了。

142 ばりばり ① (擬態) ／幹勁足、努力。

用法 形容緊張地工作、努力工作的樣子。

例句
- 彼は年は若いがばりばりと仕事をこなしました／他雖然年輕，但幹勁十足地把工作處理完。
- 彼はばりばり働ける年頃だ／他正是年富力強的時候。
- わが社はばりばり働く人を求めております／我們公司誠徵努力工作的人。

143 びくっと ⓪ (擬聲、擬態) ／嚇得發抖、嚇一跳。

用法 形容猛然間受到驚嚇，嚇得發抖。

例句
- 火事だと聞いてびくっとした／一聽到失火了，嚇了一跳。
- 授業中に漫画を読んでいてふと顔を上げると先生がいたのでびくっとした／上課時看漫畫書，一抬頭看到了老師，嚇了一跳。

144 びくびく ① (擬態) ／害怕、提心吊膽、戰戰兢兢。

用法 形容擔心害怕的樣子。

例句
- 彼は首になりはしないかとびくびくしている／他生怕被解雇，提心吊膽。
- 逃亡中はいつもびくびくとおびえていた／在逃亡期間一直提心吊膽。
- びくびくしながら、犬の前を通った／提心吊膽地通過狗的面前。

145 ぴちぴち [1] (擬態) ／活潑、朝氣蓬勃。

用法　主要形容年輕女性或孩子充滿生氣的樣子。

例句　子供たちが庭でぴちぴちと元気よく遊んでいる／孩子們在院子裡活蹦亂跳地遊玩。

ぴちぴちした女の子だったのに、結婚一年でやせ衰えて実家に帰ってきた／原來是一個朝氣蓬勃的女孩子，結婚一年就瘦弱很多，回到了娘家。

146 ひっそり [3] (擬態) ／偷偷地、悄悄地。

用法　形容偷偷行動的樣子。

例句　彼は20年も山の中でひっそりと暮らしています／他長達二十年的時間裡，在山裡隱居度日。

政界からも財界からも退いて、故郷でひっそりと余生を送っている／從政界、金融界退出後，在老家靜悄悄地度過晚年。

147 ひやひや [1][0] (擬態) ／擔心、害怕、提心吊膽。

用法　形容擔心危險，直冒冷汗的樣子。

例句　弟の無謀な運転にはいつもひやひやさせられる／弟弟開車太莽撞，總是讓人提心吊膽的。

嘘がばれないかとひやひやする／擔心謊言敗露而提心吊膽。

148 ひやり ③（擬態）／打寒戰、打冷顫、冒冷汗。

用法 ▸ 因為擔心、恐懼而心驚的樣子。

例句 ▸ お父さんに叱られるかと思ってひやりとした／以為會被父親罵，直打寒顫。

▸ 路地から子供が飛び出してきてひやりとした／從巷子跑出來一個孩子，嚇出了一身冷汗。

149 ひょろひょろ ①⓪（擬態）／搖晃、晃悠、蹣跚、踉蹌；瘦弱、細弱、細長。

用法 ▸ ①形容因為無力，腳步踉蹌不穩的樣子。②形容瘦弱、細長的樣子。

例句 ▸ 兄は食べ物に好き嫌いが多いから、痩せてひょろひょろだ／哥哥吃東西太挑剔，所以身體很瘦弱。

▸ あんなひょろひょろの体でよく山登りができるね／你體格那麼瘦弱，還能登山啊！

▸ 病気上がりで、トイレに行くにも足元がひょろひょろする／病剛好，連上廁所腳步都踉蹌不穩。

150 ひりひり ①（擬態）／刺痛、火辣辣地痛、辣得慌。

用法 ▸ 形容像燒傷似的火辣辣地刺痛。

例句 ▸ 辛い物を食べ過ぎて口の中がひりひりする／辛辣的東西吃多了，嘴裡辣得慌。

▸ 日に焼けて背中がひりひりする／曬得背部火辣辣地痛。

転んで擦り剝いた膝がひりひり痛む／跌倒擦傷了膝蓋，火辣辣地痛。

151 ぴりぴり ①（擬態）／神經過敏、戰戰兢兢、提心吊膽。

用法 形容神經繃得緊緊的樣子。

例句 恐ろしい主人で、使用人たちはみなぴりぴりしている／因為是個刻薄的主人，傭人們都戰戰兢兢。

息子は受験を控え、ぴりぴりしている／兒子面臨考試，神經繃得緊緊的。

152 びりびり ①（擬態）／麻麻的。

用法 形容持續性地感覺到強烈的刺激。

例句 電線に触ったらびりびりときた／碰到了電線，麻麻的。

久しぶりに正座したら足がしびれてびりびりする／好久沒有正座，腿都麻了。

153 ぴんぴん ①⓪（擬態）／健壯、硬朗。

用法 形容雖然上了年紀，但仍然精神飽滿的樣子，或病癒後很健康的樣子。

例句 祖母はあと2年で100歳だが、六十代の私よりぴんぴんと元気だ／祖母再過兩年就一百歲了，但比我這個六十多歲的人還健壯。

九十歳とは思えないほどぴんぴんしている／真難以想像，九十歲還這麼硬朗。

154 ぶくぶく ① (擬態) ／虛胖、胖嘟嘟的、肥胖、胖乎乎的。

用法 形容身體很臃腫的樣子。

例句
- あのぶくぶく太った人がうちのお父さんです／那個胖胖的人就是我的父親。
- 冬はみんなぶくぶくに着ぶくれしている／冬天大家都穿得鼓鼓的。

155 ふさふさ ① (擬態) ／密密麻麻、密集。

用法 形容很多細長的東西密集的樣子。

例句
- 母は六十歳というのに、髪の毛がふさふさして黒く、白髪ひとつない／母親已經六十歲了，但頭髮又黑又密，連一根白髮也沒有。
- 娘の髪はふさふさと肩に垂れていた／女兒濃密的頭髮搭在肩膀上。

156 ぶすっと ③ (擬態) ／不高興、繃著臉、愁眉不展。

用法 形容繃著臉不說話的樣子。

例句
- 彼は機嫌を損ねてぶすっとしている／他不高興地繃著臉。
- 昨夜、午前様で帰宅したものだから、妻がぶすっとして口を利かないんだ／昨晚半夜才回家，所以妻子繃著臉不說話。

157 ふにゃふにゃ ①（擬態）／軟綿綿、癱軟、軟弱。

用法 形容柔軟或軟弱無力的樣子。

例句
- 生まれたばかりの赤ん坊はふにゃふにゃした感じがする／剛出生的嬰兒，看起來軟綿綿的。
- お前みたいにふにゃふにゃした男は嫌いだ／我不喜歡像你這樣軟弱的男人。
- 彼はゴールしたとたんにふにゃふにゃと倒れてしまった／他剛到達終點就癱軟地倒下了。

158 ぶよぶよ ①（擬態）／柔軟、胖乎乎、虛胖、浮腫。

用法 形容沒有彈性、虛胖的樣子。

例句
- 彼女の手はぶよぶよしていて、気持ちがいい／她的手很柔軟，感覺好舒服。
- 毎日食べて寝てばかりしているので、ぶよぶよ太ってみっともない／每天一個勁地吃和睡，長得一身贅肉，難看死了。

159 ふらふら ①⓪（擬態）／蹣跚、搖晃、晃蕩、猶豫不決。

用法 形容由於不穩定而搖晃的樣子。

例句
- 一日中働いて、ふらふらになった／工作一整天，累得東倒西歪。
- 熱で頭がふらふらする／由於發燒，頭昏眼花。
- ふらふらしないで、さっさと決心しなさい／不要猶豫了，趕快下定決心吧。

160 ぷりぷり ①（擬態）／豐滿、緊繃繃的；怒氣沖沖。

用法 ①形容豐滿而富有彈性。②形容非常氣憤的樣子。

例句
- 彼女はぷりぷりと太った体をしている／她長得非常豐滿。
- 冗談（じょうだん）のつもりで言ったのに、彼女はぷりぷり怒（おこ）って帰っちゃった／我只是想和她開個玩笑，沒想到她氣沖沖地回去了。
- 君は笑った顔（わら）もいいけど、ぷりぷりの怒（いか）り顔（かお）もかわいいね／你的笑容很好看，不過你生氣的樣子也挺可愛的。

161 ぶるぶる ①⓪（擬態）／發抖、哆嗦。

用法 形容身體微微顫抖的樣子。

例句
- 手がぶるぶると震（ふる）えて字が書けない／手顫抖地不能寫字。
- 恐怖（きょうふ）のあまりぶるぶる震（ふる）える／恐懼到極點，渾身發抖。
- こんな寒い日に着物一枚（きものいちまい）でぶるぶる震（ふる）えている／這麼寒冷的天氣，只穿一件衣服凍得直發抖。

162 ふわふわ ①（擬態）／浮躁、不沉著。

用法 形容沒有堅定的信念。

例句
- 春になるとふわふわした気持ちになり、仕事（しごと）が手につかない／一到春天，心情浮躁，不想工作。

💭 あの男の考えることはどうもふわふわしていて、当てに
できない／那個男人考慮的事情總覺得靠不住，指望
不了。

163 ふん ①（擬聲、擬態）／哼。

用法 形容嗤之以鼻時的聲音或樣子。

例句 💭 ふん、お前にできるもんか／哼，你可以嗎？

💭 彼女はふんと言っただけだった／她只是哼了一聲。

164 ぷんぷん ①0（擬態）／氣呼呼地、怒氣沖沖、激怒。

用法 形容獨自生悶氣，氣呼呼的樣子。

例句 💭 彼は気分が悪くて、ぷんぷん怒って帰ってしまった／他
情緒不好，怒氣沖沖地回去了。

💭 美樹のやつ、何が気に入らないんだか、ぷんぷんして口
もきかない／美樹這傢伙，不知對什麼事情不滿意，
氣呼呼的，連話也不肯說。

165 ぺこぺこ ①0（擬態）／點頭哈腰；饑餓、空空的。

用法 ①形容反覆地點頭哈腰。②形容肚子非常餓的樣子。

例句 💭 僕は人にぺこぺこするだけの仕事は嫌だ／我不喜歡在
別人面前點頭哈腰的工作。

💭 朝ごはんを食べずに学校に来たので、もう腹がぺこぺこ
で死にそうだ／因為沒吃早飯就到了學校，肚子已經
餓得要命。

💭 あのおばさんはぺこぺことお辞儀をしながら家中の

不用品を全部持っていった／那位大嬸反覆地點頭鞠躬後，把家裡不用的東西全部拿走了。

166 へたへた ① (擬態) ／精疲力盡地癱倒、累得趴下。

用法 形容兩腿無力地癱下的樣子。

例句
- 山上に着くとへたへたと腰が抜けてしまった／一爬到山頂上就累得兩腿發軟。
- 郷里の母が急死したと聞いてその場にへたへたとくず折れた／聽到鄉下的母親突然去世的消息，當場就倒下去了。

167 べたべた ① (擬態) ／糾纏、寸步不離、緊緊的。

用法 形容表現出強烈的愛。

例句
- 子供が一日中べたべたと離れない／孩子一天到晚纏著不放。
- あの二人がべたべたしているのをよく見かける／經常看到他們倆緊緊地黏在一起。
- 彼女は子供をべたべたに甘やかした／她把孩子給慣壞了。

168 べったり ③ (擬態) ／糾纏著、緊緊的。

用法 形容糾纏在一起的樣子。

例句
- あの子は二十歳になっても、まだべったりと母親に甘えている／那個孩子都二十歲了，還纏著媽媽撒嬌。
- あいつは上司にべったりだ／那個傢伙愛拍長官的馬屁。

❸あの二人は昼間<ruby>昼間<rt>ひるま</rt></ruby>からべったりくっついている／他們兩個人大白天就緊緊地黏在一起。

169 へとへと ⓪（擬態）／非常疲乏、精疲力盡。

用法 形容非常疲勞的樣子。

例句 ❶一日の旅でへとへとに疲れた／一天的旅遊累得精疲力盡。

❷朝8時から夜10時まで仕事をして、もうへとへとだ／從早上八點一直工作到晚上十點，已經疲憊不堪了。

❸押し合いへし合いの電車に揺られ、会社に着くころにはもうへとへとになってしまう／搭乘搖搖晃晃擁擠不堪的電車到公司的時候已經累得精疲力盡。

170 へどもど ①（擬態）／張口結舌、張皇失措。

用法 形容因驚嚇、不安、興奮而張口結舌的樣子。

例句 ❶急に警官に質問されてへどもどしてしまった／突然被警察詢問，不知所措。

❷彼は何か隠している。へどもどしながら言い訳をしていたもの／他一定在隱瞞什麼，因為慌慌張張地進行辯解。

171 へなへな ①⓪（擬態）／軟弱、軟綿綿地、懦弱。

用法 形容身體軟弱無力或性格軟弱。

例句 ❶あんなへなへな野郎に何ができるか／那樣軟弱無能的傢伙還能做什麼呢？

彼はその場にへなへなと座り込んだ／他當場癱軟無力
地坐下了。

172 ぼうっと ⓪（擬態）／朦朧、模糊、發呆、出神。

用法 形容模糊不清的樣子。

例句
暑さで頭がぼうっとなってへまばかりしている／熱得
有點昏頭昏腦的，盡是做些蠢事。

そんなところでぼうっと突っ立っていないで手伝ってく
れ／別在那兒迷迷糊糊地站著發呆，來幫幫忙。

ご主人がぼうっとしているから奥さんは大変だ／丈夫
有點神志不清，所以妻子很辛苦。

173 ぽかぽか ①⓪（擬態）／暖和、濕暖、和煦、熱呼呼的。

用法 形容暖和的，感到很舒服的樣子。

例句
布団にあんかが入っていてぽかぽかしている／被窩裡
放著暖爐，熱呼呼的。

酒が入ったら、体がぽかぽかとしてきた／酒一下肚，
身體就熱起來了。

セントラルヒーティングにしたら、さすが家中がぽかぽ
かだ／一改成中央暖房後，整個屋子都暖和了。

174 ぽかん ②（擬態）／發呆、張嘴。

用法 形容處於無法理解的狀態。

例句
最近授業中ぽかんとしている子が少なくない／最近有
不少上課發呆的孩子。

🔅 ぽかんとしていないで早く勉強しなさい／不要在那裡發呆，趕快讀書吧。

🔅 何が起こったかわからず彼はぽかんと口を開けて立っていた／不知道究竟發生了什麼事情，他呆呆地張著嘴站著。

175 ほくほく ①⓪（擬態）／高興、歡喜、喜悅。

用法 形容因為達到預期的效果而一副喜悅的樣子。

例句
🔅 給料が上がってみんなほくほくだ／工資漲了，大家都高高興興的。

🔅 子供はお土産をもらってほくほくしている／孩子拿到了禮物一副喜悅的樣子。

176 ぼさっと ⓪（擬態）／呆呆地、發呆。

用法 形容呆呆的樣子。

例句
🔅 ぼさっとしていて、どうも財布をすりにやられたらしい／可能有些發呆，所以錢包被小偷偷走了。

🔅 そんなところにぼさっと立っていると邪魔だ／在那裡呆呆地站著，礙手礙腳的。

177 ぼさぼさ ①⓪（擬態）／蓬亂、不整齊；發呆。

用法 ①形容鬍子、刷子、頭髮等蓬亂、不整齊的樣子。②形容發呆的樣子。

例句
🔅 弟はひげをぼさぼさと生やしている／弟弟留著蓬亂不齊的鬍鬚。

頭は寝起きでぼさぼさしている／剛睡醒，頭腦呆呆的。

178 ぼそっと ⓪（擬態）／小聲說話、嘀咕；呆呆的。

用法 ①形容小聲地、不清晰地說話。②形容態度冷淡、無情。

例句 無愛想な親父で、何を聞いてもぼそっと短く答えるだけだ／是個很冷淡的父親，問什麼事情都含含糊糊地、簡短地回答。

若い女が出てきたが、ぼそっと突っ立っているだけで何も言わない／有位年輕女性出來了，但只是呆呆地站在那裡什麼也不說。

179 ぽちゃぽちゃ ①⓪（擬態）／胖乎乎、圓臉。

用法 形容胖乎乎的、很可愛的樣子。

例句 あの子、ぽちゃぽちゃとしてかわいいね／那個孩子胖乎乎的真可愛。

ぽちゃぽちゃ太ったかわいい赤ん坊を抱いて娘が里帰りしてきた／女兒抱著胖乎乎的可愛的小寶寶回娘家了。

あんたのお母さんも娘の時分はぽちゃぽちゃしたかわいい娘だったよ／你母親在當小姐的時候，也是一個胖乎乎的可愛女孩。

180 ぽっかり ③（擬態）／張開大口、睜大眼睛。

用法　形容張開大嘴、睜大眼睛的樣子。

例句　
1. 子供は口をぽっかり開けて、びっくりしたようにサーカスを見ている／小孩子張開大口，吃驚地看著馬戲團表演。

2. 赤ん坊はぽっかりと目を覚ましていた／嬰兒睜大眼睛睡醒了。

181 ほっそり ③（擬態）／苗條、纖細、細長。

用法　形容又細又長，很漂亮的樣子。

例句　
1. 彼女は色が白くてほっそりしている／她既白淨又苗條。

2. あのピアニストのほっそりとした長い指がとても美しい／那位鋼琴家的細長手指非常美麗。

3. ダイエットで体がほっそりとして見える／減肥讓身體看起來苗條。

182 ぽっちゃり ③（擬態）／豐滿、發福。

用法　形容胖得很可愛的樣子。

例句　
1. 彼女は小柄でぽっちゃりとしている／那個女人身材嬌小而豐滿。

2. 男のくせにぽっちゃりした柔らかい手だ／雖然是男人卻有雙又胖又柔軟的手。

183 ぼってり ③（擬態）／胖而重。

用法 形容過於肥胖，看起來有重量的樣子。

例句
- ぼってり太った中年の男が奥のデスクに座っていた／有一個胖嘟嘟的男人坐在裡面的辦公桌。
- 三十歳を過ぎると下腹にぼってり肉がついてきた／過了三十歲，下腹部就長肉了。

解析

『ぽっちゃり』與『ぼってり』之差異

『ぽっちゃり』形容豐滿得感覺很可愛、美觀的樣子；『ぼってり』形容過於肥胖，給人笨重、不快的感覺。

184 ほっと ①（擬聲、擬態）／嘆氣；放心、鬆口氣。

用法 ①形容嘆氣的聲音或樣子。②形容放心的樣子。

例句
- かれは荷物をおろし、ほっと一息ついた／他將行李放下，嘆了一口氣。
- 学期末試験が終わって学生たちはほっとした／期末考試結束，學生們鬆了一口氣。
- 命に別状ないと聞いて，ほっと胸をなでおろした／聽說沒有生命危險，放下心，鬆了一口氣。

185 ぽっと ①（擬態）／突然發燒、臉微紅。

用法 形容突然發燒的樣子。

例句
- 少女はぽっと顔を赤らめた／少女的臉上泛起紅潮。
- 体がぽっと火照ってきた／身體突然熱起來了。

186 ぽっぽ ① (擬態) ／發熱。

用法 形容斷斷續續地感到發熱的樣子。

例句
- すっかり上がって顔がぽっぽしてしまい、話もしどろもどろになった／由於高度緊張，臉上感到發熱，說話也語無倫次的。

- あつかんの酒で体がぽっぽと熱くなってきた／喝了燙熱的酒，身體感到熱了起來。

187 ぼやっ ⓪ (擬態) ／模糊；發呆、神智不清。

用法 ①形容人的意識、記憶、語言表達等不清楚。②形容精神不集中。

例句
- 徹夜続きで頭がぼやっとしてきた／因為昨晚熬夜，腦子模糊不清。

- その子は教室で一日ぼやっとしている／那個孩子一整天在教室裡發呆。

- 麻酔薬をかがされ、目が覚めても意識がぼやっとして何も考えられない／上了麻醉藥，醒來之後還是神智不清，什麼也想不起來。

188 ぼやぼや ⓪ (擬態) ／發呆、呆頭呆腦。

用法 形容因不知怎麼去做或行動緩慢而感到焦躁。

例句
- 早く救急車を呼べ。ぼやぼやするな／趕快叫救護車，別發呆。

- 兄弟が多いのでぼやぼやしていると食べるものがなくなってしまう／因為兄弟多，稍微發呆，吃的東西就被吃光了。

189 ぽろぽろ ① ⓪（擬態）／滾滾、撲簌。

用法 形容又小又輕的東西灑落的樣子。

例句
① 情けなくて涙がぽろぽろとこぼれた／覺得太悲慘了，眼淚滾滾地往下掉。

② 彼女はよくドラマを見ながら涙をぽろぽろとこぼします／她經常看著連續劇撲簌地落淚。

190 ぼろぼろ ① ⓪（擬態）／撲簌撲簌、哩哩啦啦地落下；破碎。

用法 ①形容大一點的東西掉落的樣子。②指精神上嚴重地受到創傷。

例句
① あの人は嬉しさのあまり、涙がぼろぼろとこぼれた／那個人高興得撲簌撲簌地流下了眼淚。

② 悪い男にだまされて身も心もぼろぼろだ／被一個壞男人欺騙得身心都破碎了。

191 ほろりと（ほろっと） ⓪（擬聲、擬態）／輕輕地、無聲無息地；有點醉；落淚、感動流淚。

用法 ①形容又小又輕的塊狀東西掉落的樣子。②形容有點兒醉意。③形容受感動而落淚的樣子。

例句
① その話を聞いて思わずほろりとさせられた／聽到那件事之後，不禁為之感動。

② その場面を見て、涙がほろりと落ちた／看到那個場面，掉下了幾滴眼淚。

③ あの人はビール一杯でほろっと酔ってしまう／那個人只喝一杯啤酒就有點醉。

192 ぼんやり ③（擬態）／模糊、不清楚；發呆、心不在焉。

用法 ①形容模糊不清的樣子。②形容注意力不集中、不專心。糊裡糊塗的樣子。

例句

● そのとき、彼は睡眠薬（すいみんやく）を飲んで頭がぼんやりしていた／當時他因為吃了安眠藥，腦子迷迷糊糊的。

● ぼんやりしていてバスを乗（の）り違（ちが）えた／糊裡糊塗地坐錯了公車。

● これといった仕事（しごと）もなくて、その日その日をぼんやりと過ごしている／無所事事，整天糊裡糊塗地混日子。

193 まごまご ①（擬態）／張皇失措、手忙腳亂、慌張、不知所措。

用法 形容不知怎麼辦才好，感到為難的樣子。

例句

● 授業中（じゅぎょうちゅう）急に当てられて、まごまごしてしまった／上課時突然被老師叫起來，有些張皇失措。

● 田舎（いなか）の人が賑（にぎ）やかな東京へ来ると、まごまごしてしまう／鄉下人來到熱鬧的東京，手忙腳亂不知去哪裡。

● あの人はどんなことがあってもまごまごすることはない／他不管有什麼事情都不慌張。

194 むかっと ③（擬態）／怒沖沖、勃然大怒、怒上心頭、火冒三丈、噁心、想要嘔吐。

用法 形容瞬間性地想要嘔吐或發怒。

例句

● 彼女はむかっとしてトイレに駆（か）け込（こ）んだ／她突然想要嘔吐，於是跑進洗手間裡了。

その話を聞いて**むかっと**する／聽到那話就火冒三丈。

そんなに**むかっと**しなくてもいいじゃないか／用不著那麼生氣嘛。

195 むかむか ①（擬態）／噁心、想吐；怒上心頭、生氣、火冒三丈。

用法 ①形容持續性的想吐的感覺。②形容想忍住怒氣但按捺不住的樣子。

例句 食べ過ぎたのか、胸が**むかむか**する／大概吃得太多，噁心想吐。

船酔いで**むかむか**吐き気がして、景色を眺めるどころではなかった／因為暈船噁心，哪能欣賞美景啊。

顔を見ただけで**むかむか**するほど彼が嫌です／我非常討厭他，只要看見他就有氣。

196 むくむく ①（擬態）／胖墩墩、胖嘟嘟。

用法 形容小孩子胖乎乎的，很可愛的樣子。

例句 **むくむく**として、とてもかわいい赤ちゃんだった／是個胖乎乎的非常可愛的小寶寶。

この子供は**むくむく**太っている／這個孩子長得胖嘟嘟的。

彼は三十歳になったころから**むくむく**と太り出した／他從三十歲左右起就開始發胖了。

197 むしゃくしゃ ⑩（擬態）／煩悶、煩惱、惱火、心煩意亂。

用法　形容心煩意亂的樣子。

例句
① しゃくにさわってむしゃくしゃする／氣得心煩。

② 仕事がうまくいかずむしゃくしゃする／因為工作不順利心裡煩躁得很。

③ 朝から気分がむしゃくしゃする／從早晨就覺得心煩意亂。

④ 父とけんかをして、むしゃくしゃする／因為和父親吵架而心情煩燥。

198 むしゃむしゃ ①（擬聲、擬態）／狼吞虎嚥、大口大口地；生氣。

用法　①形容毫不顧忌地吃的樣子或聲音。②形容工作進展不順利而感到焦慮或想要生氣的樣子。

例句
① 彼は手づかみでむしゃむしゃ食う／他用手抓著大吃大嚼。

② そんなにきれいに着飾ってむしゃむしゃ食べるのは格好が悪い／打扮得那麼漂亮，還大口大口地吃東西很不體面。

③ 予定通りに仕事がはかどらずむしゃむしゃしているところだ／因為工作達不到預期的效果，正在生氣呢。

④ なかなか思うように進まないので、むしゃむしゃしてきた／因為老是無法照自己所想的進行，因而心浮氣躁。

199 むすっと ⓪（擬態）／繃著臉。

用法 形容繃著臉不說話的樣子。

例句 ❶ 夫は<u>むすっと</u>した表情（ひょうじょう）で食堂（しょくどう）に入ってきた／丈夫繃著
臉進到餐廳裡來了。

❷ 受験勉強で疲（つか）れているせいか、息子は食事のときも<u>むすっと</u>して笑顔（えがお）が消えてしまいました／也許是因為準備
考試太累了，兒子連吃飯的時候也板著臉，沒有笑
容。

200 むずむず ①（擬態）／癢癢的、刺刺的；坐立不安。

用法 ①形容就像後背有小蟲似的發癢。②形容想做什麼事
情而坐立不安。

例句 ❶ 背中が<u>むずむず</u>するけど、虫（むし）でもいるのかな／背上癢
癢的，是不是有蟲子呢？

❷ アレルギーで、杉（すぎ）の花粉（かふん）が飛ぶ時季（じき）はいつも鼻が<u>むずむず</u>する／因過敏症，杉樹花粉飛舞的季節總是鼻子發癢。

❸ 答えを教えてやりたくて<u>むずむず</u>する／急著想告知答
案。

201 むっちり ③（擬態）／豐滿、豐盈、豐腴。

用法 形容肌肉豐滿、飽滿的樣子。

例句 ❶ 少女（しょうじょ）は<u>むっちり</u>と太ってゴムまりのようだ／少女的身
體很豐滿，就像皮球似的。

❷ 彼は彼女の<u>むっちり</u>とした肉体（にくたい）におぼれた／他被她豐
滿的身體迷住了。

202 むっと ① (擬態) ／心裡發火、怒上心頭。

用法 形容做出發怒或不快的表情，或心裡生氣。

例句 名前を聞いただけなのにむっと押し黙っていってしまった／只是問了名字，她卻拉下臉來就走了。

電車の中で中年の女性に席を譲ろうとしたら、むっとした顔で断られた／在電車裡讓座給一位中年女性，但對方大為不悅，拒絕了。

203 もしゃもしゃ（もじゃもじゃ） ① ⓪ (擬態) ／亂蓬蓬、蓬亂。

用法 形容大量的毛狀東西雜亂地生長的樣子。

例句 せっかくセットした髪が風でもしゃもしゃになってしまった／好不容易梳整好的頭髮，風一吹變得亂蓬蓬的。

あの人は顔中ひげがもじゃもじゃはやしている／那個人滿臉鬍渣的。

204 もやもや ① (擬態) ／不舒暢、不痛快、煩悶。

用法 形容頭腦、意識、心情等不舒暢，感到很煩悶的樣子。

例句 気分がまだもやもやしている／心情還是有些煩悶。

問題が解決されて、もやもやとした気分がなくなった／問題解決了，煩悶的心情也消失了。

205 もんもん ⓪(擬態) ／悶悶地、愁悶、苦悶、苦惱。

用法 形容心情愁悶的樣子。

例句
- もんもんとして一夜を明かした／悶悶地過了一夜。
- このごろはもんもんと日を過ごしています／最近很苦悶地過日子。

206 やきもき ①(擬態) ／著急、焦急、焦慮不安。

用法 形容感到焦慮不安的樣子。

例句
- 出発時間が過ぎても来ないのでやきもきした／已經過了出發時間還不來，真把人急死了。
- 周りのものがやきもきしているのに当人は平気な顔をしている／周圍的人都替他著急，可他本人卻毫不在乎。

207 ゆったり ③(擬態) ／舒暢。

用法 形容心情舒暢、很放鬆。

例句
- 家に帰るとゆったりとした気分になる／一回到家裡就覺得心情舒暢。
- 温泉に浸かってゆったりした気分になる／泡在溫泉裡感覺很舒暢。
- ここには広い露天風呂を備えて、ゆったりとくつろぐに最適だ／這裡備有露天溫泉浴場，最適合放鬆心情。

208 らくらく ⓪（擬態）／舒服、安適。

用法 形容輕鬆的樣子。

例句 ● これだけあれば二人でらくらく暮らしていける／有了這些，兩個人就能舒舒服服地生活下去。

● 夫婦二人でらくらくと暮らしている／夫妻兩個人舒服安逸地生活。

209 りゅうりゅう ⓪（擬態）／肌肉隆起、肌肉發達。

用法 形容肌肉隆起、健壯的樣子。

例句 ● 彼はスポーツで鍛えているから筋肉りゅうりゅうでかっこいい／他堅持以運動鍛鍊，因而肌肉發達、體格健壯。

● 彼は筋肉りゅうりゅうとしている／他肌肉很發達。

210 わくわく ①（擬態）／心情不平靜、興奮、歡喜雀躍。

用法 形容一想到馬上就要發生的事情，內心充滿期待的樣子。

例句 ● 車がふるさとにつくときはわくわくと胸が躍った／汽車到達家鄉時，心中激動不已。

● 明日から海外旅行だと思うとわくわくする／一想到明天開始去海外旅行，真讓人興奮。

● 子供たちはわくわく胸を躍らせてクリスマスのプレゼントを開けにかかる／孩子們以激動的心情打開聖誕禮物。

211 わなわな ①（擬態）／哆嗦、發抖、戰慄。

用法 形容因寒氣、恐懼感、興奮而發抖的樣子。

例句
① 強盗に襲われてわなわなと震える／遭到強盗的搶劫，嚇得直發抖。

② 彼は怒りで唇をわなわなさせていた／他氣得嘴唇直發抖。

③ 子供は高熱と悪寒でわなわな震えている／孩子因高燒發冷直發抖。

二 人的行為

二 人的行為

1 あーん ①（擬聲、擬態）／哇哇、嗚嗚；嘴張得大大的。

用法 ①一般指小孩張大嘴哭時發出的聲音及其樣子。②指嘴張得大大的樣子。

例句 ❶デパートで母親とはぐれた子供（こども）があーんと泣き続けている／在百貨公司和母親走散的孩子哇哇地哭個不停。

❷あーんあーん泣くのをやめなさい／不要再哇哇地哭了。

❸あーんと口を大きく開けてください／請把嘴巴張得大大的。

2 あたふた ①（擬態）／匆匆忙忙、慌慌張張、慌了手腳。

用法 形容不能沉著冷靜、慌忙地做事的樣子。

例句 ❶子供（こども）が生まれたという電話で、あたふたと会社を飛び出して行った／接到孩子已出生的電話，匆匆忙忙地離開公司趕去了。

❷突然の客に私はあたふたと食事の準備（じゅんび）にかかった／為了招待突然光臨的客人，我手忙腳亂地著手準備飯菜。

❸火事場（かじば）へあたふた駆けつけてみたものの、どうしようもない／匆忙趕到火災現場，可是卻無計可施。

解析

『あたふた』與『おたおた』之差異

兩者都指遇到意想不到的事情驚慌失措、無法應對的樣子，它們的區別在於是否能馬上採取行動。『あたふた』是形容由於非常驚慌而胡亂地採取行動；『おたおた』是形容遇到突發事件驚慌失措，反應遲鈍，無法馬上採取行動。

3 あっけらかん ④ ⓪（擬態）／傻眼、呆若木雞；無憂無慮、坦率、滿不在乎、若無其事。

用法 ①形容因事出意外而嚇呆的樣子。②指無憂無慮、滿不在乎的樣子。

例句 彼が一等になったと聞いて皆あっけらかんとしてしまった／聽說他得了第一名，大家都傻眼了。

彼女はあっけらかんとなって突っ立っていた／她呆若木雞地站在那裡。

彼はへまをやらかしてもあっけらかんとしていた／他把事情搞砸了，卻還是一副滿不在乎的樣子。

4 あっぷあっぷ ①（擬態）／溺水掙扎；陷入困境、拼命掙扎。

用法 ①形容人或動物鼻子和嘴裡嗆水，一邊吐水一邊掙扎的樣子。②指遇到很難處理的事情，非常困難的樣子；也用於經濟困難。

例句 川に落ちたいぬが水に溺れてあっぷあっぷもがいている／掉進河裡的狗，在滅頂的水中拼命地掙扎。

たいへんだ！子供が水に溺れかかってあっぷあっぷしている／糟了！孩子溺水了，正拼命地掙扎呢。

③ あの国では不況であっぷあっぷの状態になっている／那
個國家因為經濟不景氣而陷入困境。

5 あんぐり ③(擬態) ／張大嘴巴。

用法 比喻無意識地或不由自主地張大嘴巴的樣子，或指由
吃驚到放心的狀態。

例句
① 彼は口あんぐりを開けて、ぐっすり眠りこけている／他
嘴張得大大的，睡得很香。

② あの人の非常識ぶりにはみんな口あんぐり／那個人缺
乏常識的舉止令大家目瞪口呆。

③ 私たちはただ口をあんぐり開けて見ていた／我們只是
張大了嘴巴地看著。

6 いじいじ ①(擬態) ／怯生生、畏畏縮縮、性格乖僻。

用法 形容消極、低沉的樣子。主體往往是兒童或弱者，由
於膽小，無法積極地與人交往，性格乖僻。

例句
① うちの子はどういうわけか何を聞いてもはっきり言わな
いで、いじいじしている／我家的孩子不知怎麼搞的，
無論問他什麼都不明說，畏畏縮縮的。

② 彼女は何か後ろめたいことがあるらしく、いじいじして
いる／她好像做了什麼虧心事，做事總是畏畏縮縮。

③ 彼はいつもいじいじと決断に悩む／他總是畏畏縮縮地
怯於下決定。

7 うかうか ① (擬態) ／悠閒自在、吊兒郎當、糊裡糊塗、不留神、粗心大意。

用法 指沒有明確目的、精神不集中，不能全力以赴認真處理事物，用於消極方面。

例句
- お人よしの彼はうかうかと人に騙されて、大損をした／他是個老好人，這次不小心被騙，吃了大虧。
- うかうかと承知してはいけない／不要輕易答應。
- あんな小さい子供が詐欺師だったなんて、近ごろは相手が子供だからってうかうかできないね／那麼小的孩子竟然是個騙子，最近可不能因為對方是小孩就掉以輕心。

8 うじうじ ① (擬態) ／舉棋不定、躊躇不定、磨磨蹭蹭。

用法 形容猶豫不決、含含糊糊的樣子，指遇事不果斷，很難採取行動。

例句
- 僕はうじうじしていて、実行力がなかった／我遇事猶豫不決，缺乏執行力。
- いつまでもうじうじしていないで、嫌なら嫌とはっきり言ったらどうだ／別老是優柔寡斷的，要是不願意就明說不願意，你看如何？
- 何をうじうじしているの。はやく起きなさい／還在磨蹭個什麼呀，快點起床！

9 うっ ① (擬態) / 唔。

用法 形容屏氣、屏息時發出的聲音，也指微弱的呻吟聲。

例句 ⚫ ひどい臭気。思わずうっと息をとめる/一股臭氣。不由得「唔」地屏住了呼吸。

⚫ 彼は突然の腹部の激痛にうっと叫んだまま蹲って動けなくなった/他因腹部突然劇痛「唔」地叫了一聲，蹲下後就不動了。

10 うっかり ③ (擬態) / 稍不注意、無意地、往往、稍不留神就…、不能輕易。

用法 形容精神不集中的樣子。下接「すると」「すれば」，指往往、動不動、稍不留神就…；後接否定形式，指不輕易或不能安心地做某事。

例句 ⚫ 彼と雑談している時、彼女の過去についてうっかり口を滑らしてしまった/跟他閒談時無意中說溜嘴，講到了有關她過去的事。

⚫ うっかりして、バケツを引き返してしまった/不留神把水桶打翻了。

⚫ まったくそっくりの双子なので、親でさえうっかりすると間違えるそうだ/由於是長得一模一樣的孿生子，聽說連父母稍不留神也會搞錯。

⚫ 彼の言うことなんかうっかり信用できない/他的話不可輕易相信。

11　うっそり ③（擬態）／沒注意、馬馬虎虎、發呆。

用法　比喻不留神或發呆，也指粗心大意的人。

例句　その人たちは終日そこに座り込んでうっそりと時を過ごす／那些人整天坐在那兒不動，發著呆消磨時光。

そこにうっそりとたたずむ人影はいったいだれですか／動也不動地站在那裡的人影，到底是誰？

12　うつらうつら ④（擬態）／迷迷糊糊、昏昏沉沉。

用法　指進入半睡半醒的狀態。

例句　体の具合の悪いときは終日寝床の中でうつらうつらしながら音楽を聞いている／身體不適時，我整天躺在床上，邊打盹邊聽音樂。

寝不足でうつらうつらとする／因睡眠不足而昏昏沉沉。

病人は高熱で一日中うつらうつらとしていた／病人因為發高燒，一整天都昏昏沉沉的。

13　うとうと ①（擬態）／頭腦迷糊、昏昏沉沉、似睡非睡。

用法　指漸漸入睡，還沒完全睡著前的狀態。

例句　部屋があまり静かで暖かいので、ついうとうと眠ってしまった／因為房間太安靜了而且很暖和，不知不覺中迷迷糊糊地睡著了。

ベッドに入ってうとうとしたところを電話のベルで起こされた／上床後睡得迷迷糊糊時，被電話鈴聲吵醒了。

電車が終点に近づくころになって、私はうとうとしてしまった／電車快要開進終點站時，我迷迷糊糊地睡著了。

解析

『うつらうつら』與『うとうと』之差別

『うつらうつら』指半睡半清醒、朦朦朧朧的狀態，而且這種狀態反覆交替出現；而『うとうと』是指一直持續著淺睡眠的狀態，接近睡眠的狀態。

14 **うわーん** ①（擬聲、擬態）／嗡嗡、哇哇。

用法 指大聲哭泣，或是許多人的聲音交織在一起在空中回響。

例句 ■ その男の子、ちょっと押しただけなのにうわーんと火のつくように泣き出してね／那個男孩只是稍微推他一下就像著火似的哇地一聲哭了起來。

■ 洞内の暗闇で、みんなが思い思いの叫び声を上げると、うわーんというこだまになって奥の方から返ってくる／漆黑一片的洞中大家各自大聲喊叫，隨即從洞穴深處傳出「嗡嗡」的回聲。

15 **うんうん** ①（擬聲、擬態）／哼哼唧唧、呻吟不止；頻頻點頭、連連稱是。

用法 ①形容使勁或痛苦時發出的聲音及狀態。②指同意、贊成時發出的聲音及狀態。

例句 ■ 私一人の力では動かないと分かっていながら、うんうんとそのトロッコを押してみた／明知靠我一個人的力量是推不動的，可是我還是使勁地推那輛卡車。

隣のベッドの病人は痛みがひどいらしく、<u>うんうん</u>とうなっている／鄰床的病人好像疼得很厲害，哼啊哼地呻吟不止。

一語一語に<u>うんうん</u>と頷きながら、聞き入っている／一邊頻頻點頭一邊專心致志、一句不漏地聽著。

16　えっちらおっちら ①（擬態）／步履維艱。

用法 指背著或挑著沉重的行李一步一步艱難地行走的樣子。

例句 トラックからおろした引っ越し荷物を<u>えっちらおっちら</u>三階に運び上げた／將搬來的行李從卡車上卸下來步履維艱地搬到三樓。

小さい荷車に出荷する野菜を積み上げて、夫が引き、私が後ろから押して、<u>えっちらおっちら</u>と市場に向かった／小推車裝滿了準備上市賣的蔬菜，丈夫在前面拉，我在後面推，吃力地向市場走去。

17　おいおい ①（擬聲、擬態）／哇哇、嗚嗚。

用法 指成人嚎啕大哭時的聲音及狀態，形容哭得很厲害的樣子。

例句 葬式には泣き女、泣き男を雇って、<u>おいおい</u>と声を上げて泣かせる習慣がある／舉行葬禮時有雇用五子哭墓，令其嚎啕大哭的習慣。

祖母が死んだ時はさすがの父も<u>おいおい</u>声をはなって泣いた／祖母去世時就連父親都放聲大哭。

18 **おちおち** ①（擬態）／安心、放心、沉著。

用法　後面接續否定形，表示不安心、不安靜的意思。

例句　① 大地震があるかもしれないという話に、住民は夜もおちおち眠れないという／據說也許會發生大地震，居民晚上也不能安然入睡。

② このごろは訪ねてくる友達が多くて、おちおち勉強もできない／最近來訪的朋友很多，無法安心念書。

③ こうひっきりなしに電話がかかっては、昼飯もおちおち食べられやしない／如果這樣不停地打電話，午飯也無法安心吃。

19 **おっとり** ③（擬態）／穩重大方、從容不迫。

用法　形容人品、態度落落大方、不小氣，對小事不在意的樣子。

例句　① 亜紀子さんは資産家の育ちだから、おっとりしている／亞紀子小姐出身豪門，舉止穩重大方。

② さすがに一流会社の社長だけあって、おっとりした物腰で客に接している／不愧是一流公司的社長，從容不迫地接待客人。

20 **おめおめ** ①（擬態）／厚顏無恥、恬不知恥、滿不在乎。

用法　形容可恥和不光彩的樣子。

例句　① 啖呵を切って飛び出してきた以上、おめおめと家へ帰るわけにはいかない／既然因為遭到了連珠炮似地斥責而跑了出去，就不能厚著臉皮回家。

人的情感　人的行爲　物的狀態　食物滋味　動物聲音

089

彼は昔捨てた恋人におめおめと会いに行った／他厚著臉皮去見過去被他甩掉的情人。

21 おろおろ ① (擬態) ／嗚咽、抽抽噎噎；急得團團轉、驚慌失措。

用法 指由於吃驚和悲傷感到心神不安，驚慌失措不知如何是好的樣子。

例句 ● 子供の急病で母はおろおろしている／因為孩子得了急病，母親慌了。

● 人込みの中で、子供がおろおろ泣きながら親を探している／人群中，一個小孩抽抽噎噎地哭著找父母。

● わたしは突発事故におろおろするばかりだ／我因為突發事件而忙得團團轉。

22 がくがく ① (擬態) ／打顫、顫抖、打哆嗦。

用法 指由於恐懼、寒冷、緊張、疲勞、激動等原因打顫、顫抖。

例句 ● あまり寒くて歯の根が会わず、がくがく震えた／由於太冷了，凍得牙直打顫。

● 足元は断崖絶壁。恐ろしさで膝ががくがくして、後へも引けない／腳下就是懸崖峭壁，嚇得雙腿直打哆嗦，不能後退。

● 腰を落としてバーベルを引き上げる時、両足ががくがく震えた／蹲下往上舉起槓鈴時，雙腿直顫抖。

23 **がくん** ② （擬態） ／無精打采、頹喪。

用法 形容突然受到挫折、意志消沉、體力或氣力迅速衰退的樣子。

例句 ❶ 信頼していた友達に欺かれてがくんときた／因被自己信任的朋友所欺騙，頓時頹喪不已。

❷ 六十を過ぎると、体力ががくんと落ちる／一過六十歲，體力一下子衰退了許多。

❸ 待ちに待っていたおっとの帰国が一年延びたという知らせに彼女はがくんと肩を落とした／聽說等待已久的丈夫歸期又將延後一年，她頓時變得無精打采。

24 **がさがさ** ① （擬聲、擬態） ／魯莽、粗野；喧囂、嘈雜。

用法 比喻舉止言談魯莽、粗野的樣子，也指喧囂、嘈雜的聲音。

例句 ❶ 彼はいつも落ち着きなくがさがさ動き回っている人だ／他是個老是沉不住氣魯莽衝動的人。

❷ 田中さんは静かな人だが、奥さんの方は声も話し方もがさがさで、話を聞いているだけでもなんだか神経が疲れてくる／田中先生是個安靜的人，可是他的太太嗓門大、說話粗野，光聽她說話就會感到精神疲憊。

❸ 子供ががさがさ騒いで煩くて家になんかいられない／小孩子哇哇地吵鬧煩人，讓人在家待不住。

人的情感　人的行為　物的狀態　食物滋味　動物聲音

25 がさっ ② (擬聲、擬態) /一下子、一口氣。

用法 形容一口氣大量地做某事或一下子除掉了很多東西。

例句 相続^{そうぞく}したなんて言っても、がさっと税金^{ぜいきん}で持って行かれてしまう/雖說繼承了財產,但是繳了一大筆稅金。

田中は自分の原稿^{げんこう}を読み返してから、二分の一ぐらいをがさっと削^{けず}ってしまった/田中重讀了自己的稿子後,一口氣刪掉了二分之一左右。

26 がしっ ② (擬態) /緊緊地抱住、握住;堅實、穩固。

用法 ①指緊緊地栓上或抱住、握住等。②指堅實、穩固的狀態。

例句 父親は駆け寄ってくる息子を両腕^{りょううで}にがしっと抱^だきとめた/兒子跑了過來,父親緊緊地抱住兒子的雙臂。

電話のベルが鳴った。かれががしっと受話器^{じゅわき}をつかみ上げた/電話鈴響了,他一把抓起話筒。

27 がたがた ① (擬聲、擬態) /發抖、打顫;心裡不平靜。

用法 ①指因寒冷、恐懼、緊張等原因發抖、打顫。②指心情不平靜。

例句 ひどい寒さで体ががたがた震^{ふる}えてとまらない/因為非常寒冷,凍得渾身發抖、不停地發抖。

はじめて教壇^{きょうだん}に立った時はがたがた震^{ふる}えて、黒板^{こくばん}に字も書けなかった/第一次登上講臺時緊張得直發抖,根本無法在黑板上寫字。

あの人は何やらがたがたと文句ばかり言う人だ／那個
人只會嘟嘟囔囔地發牢騷。

28 がたっ ②（擬聲、擬態）／驟然衰弱。

用法 指人的體力、氣力衰弱以及功能、勢力等衰退。

例句 ① 頑丈な人だったが、八十を越してからはがたっと老い込
んだ／原本是個身體很硬朗的人，但是過了耄耋之年
後也驟然衰老了。

② さすがの王さんも今回の大病でがたっと衰えたように見
える／就連王先生也因為生了這場大病，看起來驟然
之間衰弱了。

29 かちかち ①（擬聲、擬態）／像木頭人似的、死板、生硬、不通融。

用法 形容非常緊張的樣子，也可以形容人的性格固執、呆
板、思維方式缺乏靈活性。

例句 ① すっかり緊張して、かちかちになっているから、冗談
でも言ってほぐしてやらなきゃあ／緊張得像木頭人似
的，所以開個玩笑，消除緊張情緒。

② 初めて家へ訪ねてきた時、彼女は緊張してかちかちにな
ってしまった／她初次來我家時，緊張得像個木頭人
似的。

③ 私たちの気持ちはあんな頭のかちかちな人にはどうせ理
解してもらえないだろう／像他那樣死腦筋的人，大概
無法理解我們的心情吧！

30 がちがち ① (擬聲、擬態) ／咯咯作響；貪得無厭。

用法 ①指牙齒相碰發出的聲音。②指欲望無止境，貪得無厭的樣子。

例句 ①恐ろしさで奥歯ががちがち鳴った／由於太可怕了，嚇得連白齒都咯咯作響。

② あのがちがちおやじめ、一円だって出し惜しみする／那個貪得無厭的老頭子，就連一日圓也捨不得拿出來。

③ そんなにがちがち金を貯めこんでどうするんだ／你如此一個勁地想著存錢，究竟打算幹什麼？

31 がちゃがちゃ ④ ⓪ (擬聲、擬態) ／喧鬧、吵吵嚷嚷。

用法 形容喧鬧、吵雜的樣子。

例句 ①喫茶店のおばさんは何をがちゃがちゃ言っているの／咖啡店的老闆娘大呼小叫地在嚷嚷什麼？

② そんな問題に私まで加わってがちゃがちゃと議論することはないだろう／那樣的問題我沒有必要參加爭論吧。

32 がつがつ ① (擬態) ／拼命地、貪得無厭。

用法 指由於某種欲望貪圖食物、金錢、地位的樣子。

例句 ①名学校に入るため、今の小学生はがつがつ勉強している／為了考上有名的學校，現在的小學生都在拼命用功念書。

② バーゲンセールに殺到して、商品をがつがつ漁っている

女たちの姿はなんともあさましい／大拍賣時女人們貪
婪地搶貨的模樣真是可悲。

- 彼は守銭奴というのか、四六時中金にがつがつしてい
たね／他或許是個守財奴吧，一天到晚貪得無厭地搶
錢。

33 がっかり ③（擬態）／精疲力盡、無精打采、懶洋洋。

用法 指肉體上、精神上消耗很大的樣子。

例句
1. 混んだ会場を歩き回って、がっかりとくたびれた／在擁
擠的會場裡走來走去，累得精疲力盡的。
2. 夜勤を終えて、夫はがっかりした様子で帰ってきた／丈
夫上完夜班，精疲力盡地回來了。
3. ショッピングに歩き疲れて、家に着くとがっかりして崩
れるように座り込んでしまった／買東西走得好累，一
到家全身就像累垮似，坐下來就不想動了。

34 かっくん ③（擬態）／沮喪。

用法 指由於精神上受到打擊而變得沮喪。

例句
1. 彼にガールフレンドがいると分かった時はかっくんとき
た／當知道他已有女朋友時我大為沮喪。
2. 授業中に居眠りをした一郎は「あとで教員室へ来い」
と教師に言われて、「しまった！かっくんだな」と唇を
噛みしめた／老師對上課打瞌睡的一郎說：「下課到
辦公室來！」一郎聽後「糟了，倒楣！」說罷緊咬
嘴唇。

35 がったり ③（擬聲、擬態）／啪嗒、突然衰弱、減少。

用法　指突然倒下晃動時發出的聲音，也指突然衰弱、減少的樣子。

例句
1. 急(いそ)いでいた私は階段(かいだん)のところでつまずき、がったり転(ころ)んでしまった／我急急忙忙地跑在階梯上絆到腳，便「啪嗒」一聲跌倒了。
2. 私の体力(たいりょく)は、四十代になってからがったり落ち込んでしまった／我的體力到四十歲後便明顯地衰退了。

36 がっちり ③（擬態）／算盤打得精、摳得緊緊地；扎扎實實地。

用法　①指金錢、利益方面算盤打得精，決不做無利可圖的事。②形容扎扎實實地辦事。

例句
1. 彼は若いががっちりしている。無駄(むだ)な出費(しゅっぴ)は一円だってしないよ／他雖然年輕但算盤打得精，連一日圓都不花在無益的支出上。
2. 女房(にょうぼう)にがっちりと財布を握(にぎ)られているんだから、煙草銭(たばこせん)だってままにならぬ／老婆將錢包管得緊緊的，就連抽菸錢都不輕易給。
3. 今回の事故の調査はがっちりとやった／這次的事故調查的很仔細。

37 がっぷり ③（擬態）／緊緊地抱住；認眞地應付；緊緊地咬住。

用法　①指相撲力士緊緊地抱成一團。②指普通比賽中認眞地對付。③指緊緊地咬住的樣子。

例句
- 両 力士は土 俵 中央でがっぷり四つに組んで動きません／兩個大力士在摔角場中間緊緊地抱住，動也不動。
- 去年の優勝校とこれだけががっぷり組んで引き分けになったのだから、勝ったと同じ自信がついた／和去年的冠軍校隊打得如此難解難分，最後打成平手，因此就像獲勝一般信心倍增。
- 子供たちは私が買ってきたりんごにがっぷりと噛み付いた／孩子們拿起我買的蘋果用力地咬了一口。

38 **がつん** ② (擬聲、擬態) ／猛烈地打擊。

用法　形容受到或給予猛烈打擊的樣子。

例句
- タバコを吸っているところを先生に見つかって、がつんと一発やられた／抽菸時被老師發現，結果被狠狠地批評了一頓。
- フランスに行って絵の勉強をしたいと言ったら、父にがつんとやられた／一說起想去法國學畫，就被父親狠狠地訓了一頓。
- あんなわがままなやつは一度がつんとやってやるほうがいい／對那樣肆無忌憚的傢伙狠狠地揍他一頓才好。

39 **がば** ① (擬態) ／一下子、猛然地。

用法　形容動作一下子來得很猛的樣子。

例句
- 「火事だ！」という声に私はがばと跳ね起きた／聽到「失火了」的喊聲，我猛然地從床上跳了起來。

💭 その問題に触(ふ)れると、彼女はがばと泣(な)き伏(ふ)した／一觸及到那個問題，她就一下子哭倒在地。

💭 異様(いよう)な物音(ものおと)に驚いて、彼はがばと跳(は)ね起(お)きた／他被異樣的聲音驚醒，猛然地從床上跳了起來。

40 がみがみ ①（擬態）／絮絮叨叨、嚴厲申斥。

用法 形容絮絮叨叨地發牢騷或大聲嚴厲地申斥的樣子。

例句 💭 きのう父にがみがみとしかられた／昨天被父親絮絮叨叨地罵了一頓。

💭 朝から晩までがみがみ言って、おかげで私は研究(けんきゅう)も何もめちゃくちゃだ／從早到晚嘮嘮叨叨的沒完，弄得我的研究和其他工作都一塌糊塗。

💭 あの人は目下(めした)の者にはがみがみ言うが、上には平身低頭(へいしんていとう)だ／那個人對部下聲色俱厲，對上級低頭哈腰。

41 からから ①（擬聲、擬態）／哈哈。

用法 形容高聲大笑的聲音。

例句 💭 「大成功！」の報せを受け、からからと高笑(たかわら)い／得知「成功了」的消息，他哈哈大笑。

💭 彼はことさら気軽(きがる)な様子で友の病室(びょうしつ)に入(はい)ってくると、取ってつけたようにからからと笑って、「今日は顔色がいいね」と言った／他故意作出一副輕鬆自在的樣子走進朋友的病房，一進門就假意哈哈地笑說：「今天氣色不錯呀」！

42 がらがら ①④（擬聲、擬態）／粗而沙啞；粗暴魯莽、不穩重。

用法 ①形容粗而沙啞的聲音。②指動作舉止粗暴魯莽、不穩重。

例句 ◉彼は連日遊説で真っ黒に日焼けし、声はがらがらになってしまった／他因連日遊說曬得黝黑，聲音變得粗而沙啞了。

◉大声で笑う、しゃべる、立ち居振舞いの荒っぽさ……あんながらがらした人が令夫人とはね／高聲大笑、說話大嗓門、舉止粗魯，那樣粗野的人竟然是尊夫人啊！

◉ああいう騒々しいがらがらした人間はちょっと面白いけど、1、2時間も一緒にいたら辛抱がならない／和那種粗魯、愛喧鬧的人在一起一會兒是挺有意思的，但要是待上1、2個小時就無法忍耐了。

43 がらり ②③（擬聲、擬態）／突然地改變。

用法 指態度或某種狀態突然完全改變的樣子。

例句 ◉電話をかけてきたのは妹だと分かると、彼の声はがらりと変わった／一知道打電話來的是妹妹，他的聲音全變了。

◉結婚後の夫は恋愛時代の優しい態度をがらりと失って、急に偉そうな面構えになった／結婚後丈夫一下子改變了戀愛時親切和藹的態度，突然擺出一副神氣活現的樣子。

③上役にはぺこぺこしているくせに、下の者にはがらりと態度が横柄になる／對上司低三下四的，可是對部下態度卻截然不同，非常傲慢。

44　がんがん ①（擬聲、擬態）／大聲地斥責；拼命地做。

用法　①形容大聲嚴厲地斥責的樣子。②指積極地、拼命地做某事。

例句

🛩 祖父は相手がぐうの音も出ないほどがんがん責め付けた／祖父大聲怒斥，使得對方啞口無言。

🛩 やがて彼は急にピッチでがんがん泳ぎだした／不一會兒，他加快速度拼命地游了起來。

🛩 彼は顔を真っ赤にして、自分側の言い分をがんがん声明している／他的臉漲得通紅，拼命地聲明自己這一方的主張。

45　きーきー ①（擬聲）／尖叫聲。

用法　形容連續發出的尖叫聲。

例句

🛩 うちの子はよくきーきー夜泣きして困る／我的孩子到了夜裡老是尖聲大哭，真傷腦筋。

🛩 となりの女はまたヒステリックなきーきーした声を上げてわめいている／隔壁的女人又在歇斯底里地高聲喊叫。

🛩 ヒステリーを起こしてきーきー言う女にはかなわん／歇斯底里尖聲尖叫的女人真讓人受不了。

46 ぎしぎし ① (擬聲、擬態) ／不客氣地指責。

用法 形容毫不客氣地、不講情面地指責人。

例句 ● 彼女はいつもの調子で今日もまた私にぎしぎし文句を言っていた／她時常發脾氣，今天又毫不客氣地向我發牢騷。

● このようにぎしぎし言ったほうが彼の身のためになる／像這樣不留情面地說出來對他比較好。

47 きちん ②⓪ (擬態) ／整齊、有規律、有規矩；好好地、認真地、扎實地。

用法 ①形容有規律、有規矩的樣子。②指做事認真、基礎打得扎實。

例句 ● 原稿用紙のますの中に楷書できちんと書きなさい／用楷書工工整整地寫在稿紙的格子裡。

● 語学に限らず、なんの勉強でも基礎をきちんとやらなければならない／不僅是語言，無論學什麼都必須扎實地打好基礎。

● 先生はいつも文法をきちんと説明して、学生が納得するまで丁寧に教える／老師總是井井有條地解說文法，一直認真地教到學生學會為止。

48 ぎっしり ③ (擬態) ／滿滿的。

用法 形容 (裝得、擠得、排得、寫得) 滿滿的樣子。

例句 ● ラッシュアワーの電車はいつも満員で、ぎっしり詰め込まれている／交通尖峰時間的電車總是人滿為患。

②棚にぎっしりと並べられた本の前に、学生たちが押し合いへしあいしている／在擺滿書籍的書架前，學生們互相擠來擠去。

③三日続きの連休でどの列車もぎっしり人が乗り込んでいて割り込む隙がない／因為連續三天連假，無論哪班列車都擠滿了乘客，再也擠不進去了。

49 **きっちり** ③（擬態）／好好地、萬無一失地、扎扎實實；塞得滿滿地、緊緊的。

用法 ①形容好好地、萬無一失地、扎實地做事態度。②用於比喻嚴實地、塞得滿滿地、緊緊的狀態。

例句 ①子供たちに礼儀をきっちり守るように教えなければならない／必須教育孩子們規規矩矩地遵守禮節。

②帰国の際の荷作りは忙しい私に代わって彼がきっちりやってくれた／我即將回國，忙得團團轉。他替我結結實實地捆好了行李。

③そんなにきっちり詰め込むと、お菓子がつぶれてしまう／裝得那麼滿，點心要壓壞了。

50 **きっぱり** ③（擬態）／乾脆、果斷、斬釘截鐵。

用法 形容果斷堅決的態度。

例句 ①「そんなことは言っていない」と彼女はきっぱり打ち消した／她斷然否認：「我沒說過那種事！」

②交渉に当たってはきっぱりした態度で臨んでもらいたい／希望談判時要採取堅決、果斷的態度。

③ どうもこの会社、少し怪(あや)しいところがあるので、その招待(しょうたい)はきっぱりと断(ことわ)った／這家公司有點靠不住，因此斷然拒絕了他們的邀請。

解析　『きっぱり』與『はっきり』之差異

『きっぱり』與『はっきり』兩者都是指明確、確切、斷然的意思，但是它們的差異在於重點是態度還是發言內容。『きっぱり』是指否定的態度，只用於形容「言う」「断る」「否定する」等態度；而『はっきり』雖然也用於形容「言う」「断る」「否定する」等動作，但它與『きっぱり』不同，用於和其他發言相區別。

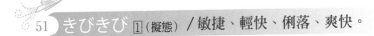

51　きびきび　①（擬態）／敏捷、輕快、俐落、爽快。

用法　形容動作敏捷、輕快，做事乾淨俐落的樣子。

例句
① 今度来(こんど)たお手伝(てつだ)いさんは万事(ばんじ)きびきびと素早(すばや)い／這次雇用的傭人做什麼事都是乾淨俐落的。

② こちらの質問(しつもん)のきびきびと応答(おうとう)する／他爽快地回答了我的提問。

③ 昨日(きのう)まできびきび動(うご)いていた子が今朝(けさ)はどういうわけは動作が鈍(にぶ)く元気(げんき)がない／這孩子昨天還活蹦亂跳的。不知什麼原因，今天早上卻行動遲鈍，無精打采。

解析　『きびきび』與『はきはき』之差異

『きびきび』與『はきはき』兩者都是形容動作敏捷，給周圍的人爽快的感覺。但是『きびきび』用於動作、行為；而『はきはき』用於語言，意指說話快言快語、乾脆、爽快。

人的情感
人的行為
物的狀態
食物滋味
動物聲音

52 きゃーきゃー ①（擬聲、擬態）／哇哇大叫、高聲尖叫。

用法 形容驚訝、恐懼、歡鬧時發出的叫聲。

例句
- 引っ越しの時に来た友達は手伝いとは名ばかりで、きゃーきゃーと騒いだりしてばかりいた／搬家時來的朋友，說是來幫忙卻徒有虛名，只是哇啦哇啦地鬧個不停。

- 人気歌手が登場すると、女の子たちはきゃーきゃー騒ぎ立てる／當人氣歌手一上場，女孩們便大聲叫著喝彩起來。

- 飛び出した鼠が部屋中走り回るので、女たちはきゃーきゃー騒いで逃げ惑う／一隻老鼠在房間裡四處亂竄，女人們嚇得高聲尖叫到處亂跑。

53 ぎゃーぎゃー ①（擬聲、擬態）／呱呱、哇哇；大聲嚷嚷。

用法 ①形容鳥叫聲或嬰兒的哭泣聲。②指大聲絮絮叨叨或發牢騷。

例句
- 赤ん坊はぎゃーぎゃー泣く／嬰兒哇哇地大哭。

- あの餓鬼め、夜中にぎゃーぎゃーと泣いた／那個小鬼半夜三更哇哇地哭了。

- 分かった。分かった。そんな大声でぎゃーぎゃー言わないでくれ／知道了，知道了。別那麼絮絮叨叨地大聲嚷嚷。

- 彼女は火がついたようにぎゃーぎゃーと泣く／她像是著了火似的哇哇大哭。

54 きゃっ ①（擬聲）／哇啊、啊。

用法 形容人在高興或驚訝時發出的聲音，也指動物的叫聲。

例句
- 目の前にこんなものがぬっと出たら、誰だってきゃっと驚くだろう／要是眼前突然出現這種東西，任誰都嚇得哇地叫起來吧。
- 相手はいきなりこぶしを振り上げた。きゃっと一人が絶叫<ruby>絶<rt>ぜっ</rt></ruby><ruby>叫<rt>きょう</rt></ruby>して横さまにのめった／對方突然揮起了拳頭，只見一個人「啊」地一聲倒在一邊。

55 ぎゃっ ①（擬聲）／哎呀、哇啊。

用法 形容因吃驚、恐懼或受到強烈的打擊時，發出的驚叫聲。

例句
- 道<rt>みち</rt>の真ん中に転<rt>ころ</rt>がっていたねずみの死骸<rt>しがい</rt>を見つけて、その女の子はぎゃっと叫<rt>さけ</rt>んだ／那位女孩發現被輾斃在路中間的老鼠，哇地驚叫了一聲。
- 相手の罵声<rt>ばせい</rt>とともに、彼はぎゃっという叫<rt>さけ</rt>び声<rt>ごえ</rt>を上げてへたばってしまった／伴隨著對方的罵聲，只見他哇地大叫一聲便不動了。

56 きゃっきゃっ ①（擬聲）／哈哈、咯咯、嘎嘎。

用法 形容人在高興或驚訝時發出的聲音，也指動物的叫聲。

例句
- 子供<rt>こども</rt>たちはブランコや滑<rt>すべ</rt>り台<rt>だい</rt>できゃっきゃっと騒<rt>さわ</rt>ぎながら遊んでいた／孩子們在鞦韆和溜滑梯上笑鬧地玩耍。

何かおかしいのか女学生が三、四人きゃっきゃっ笑いこけていた／大概有什麼好笑的吧，三四個女學生咯咯地捧腹大笑。

妙な格好の仮装行列に娘たちはきゃっきゃっと声を立てて笑いこけた／女孩們看到穿著稀奇古怪的化裝遊行隊伍咯咯地捧腹大笑起來。

57 ぎゃふん ③（擬態）／無法對付、無言以對。

用法 形容完全折服、徹底認輸和銳氣被挫的樣子。

例句 紀子は先生に向かって説教めいたことを言ったのである。先生はぎゃふんと参ったようだ／紀子竟對老師說起帶有教訓口吻的話，連老師都覺得無法對付。

まだ小学校へも行かないチビが親をぎゃふんと言わせるような生意気な口を時々きくのも、テレビのせいか／還沒上學的小孩子時常說大話，令父母大驚失色無言以對，大概是受到電視的影響吧。

あまりのちゃっかりぶりにぎゃふんとなった／他那老奸巨滑的樣子令人無法對付。

58 きゅー ①（擬聲、擬態）／用力捆紮；生活拮据、日子難熬；吃苦頭。

用法 ①比喻用力捆紮的樣子。②指生活拮据、日子難熬的樣子。③形容嚴厲責備，或訴諸武力的攻擊。

例句 手に怪我をしたので、靴紐をきゅーとしっかり結ぶことができない／因為手上有傷，所以連鞋帶都綁不緊。

妹はきゅーという目に遭わされた／妹妹被斥責得無地自容。

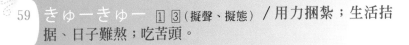

59 **きゅーきゅー** ①③（擬聲、擬態）／用力捆紮；生活拮据、日子難熬；吃苦頭。

用法 ①比喻用力捆紮的樣子。②指生活拮据、日子難熬的樣子。③形容嚴厲責備，或訴諸武力的攻擊。

例句
- いろいろな物を<u>きゅーきゅー</u>詰め込んだので、袋(ふくろ)がはちきれそうだ／把各式各樣的東西用力塞進去，袋子塞得鼓鼓的，快撐破了。
- 我が家は働(はたら)き手(て)が二十の長男(ちょうなん)だけという<u>きゅーきゅー</u>の暮らしだ／我家生活拮据，只有一個二十歲的長子在工作。
- 悪事(あくじ)がばれ、<u>きゅーきゅー</u>の目(め)に遭(あ)った／壞事敗露了，吃足了苦頭。

60 **ぎゅーぎゅー** ①（擬聲、擬態）／捆得緊緊的；裝得、塞得滿滿的、使勁地壓、推、按；狠狠地訓斥、嚴格訓練、緊逼、追問。

用法 ①形容捆紮得緊緊的樣子。②比喻裝得或塞得滿滿的，使勁地壓、推、按的樣子。③比喻狠狠地訓斥、嚴格訓練、緊逼、追問。

例句
- 荷物(にもつ)は紐(ひも)を幾(いく)巻(ま)きにもかけて、<u>ぎゅーぎゅー</u>しばったから、解ける心配はないだろう／行李上繞了好幾道繩，捆得很結實，用不著擔心會鬆開。
- 満員(まんいん)の電車の中で<u>ぎゅーぎゅー</u>押されているうちに妹と離(はな)れてしまった／客滿的電車裡，推擠之間，把我和妹妹分開了。
- あれっぽっちのことでこんなに<u>ぎゅーぎゅー</u>の目(め)に遭(あ)うとは思わなかった／想不到因為那麼一點小事竟然會挨一頓痛斥。

61 **きゅつ** □（擬聲、擬態）／用力捆綁、綁得緊緊地；緊張、不鬆弛；一飲而盡。

用法 ①形容用力捆綁、擰、紮、按時的樣子及發出的聲音。②比喻緊張或不鬆弛。③指（酒）等一飲而盡。

例句 🔸むすこはズボンのベルトをきゅっと締めてさっそうと出かけていった／兒子把褲腰帶緊緊地繫好，精神抖擻地出門了。

🔸先生に訓話（くんわ）が始まると、生徒（せいと）たちに顔がきゅっと引き締まった／老師開始訓話，學生們的臉色一下子緊張起來了。

🔸何はなくとも、まずきゅっと一杯やりたいね／管它有沒有菜，反正就是想痛快地喝一杯。

62 **ぎゅつ** □（擬態）／緊緊地；嚴厲地申斥、慘遭失敗、吃足了苦頭。

用法 ①比喻緊緊地抓住、關閉、握住、勒住。②用於比喻嚴厲地申斥、慘遭失敗、吃足了苦頭。

例句 🔸この蛇口（じゃぐち）は力を入れてぎゅっと締めないと水が止まらない／這個水龍頭不用力轉緊，水就滴個沒完。

🔸別れ際（わかぎわ）に彼は私の手をぎゅっと握（にぎ）った／分別時，他緊緊地握住我的手。

🔸彼は相手（あいて）をぎゅっと言わせて勝ちたい／他說想把對手打得一敗塗地。

63 **きゅつきゅつ** ① (擬聲、擬態) ／ 不停地用力擦。

> 用法 ▶ 比喻不停地用力擦。

> 例句 ▶ 母は毎日きゅっきゅっと雑巾で家具を拭いている／母親
> 每天都用抹布使勁地擦拭家具。

> ▶ 窓ガラスははーっと息を吹きかけて、新聞紙できゅっき
> ゅっと拭けばたいていの汚れは取れる／「哈」地呵口
> 氣在玻璃窗上,再以報紙用力擦,一般的污垢都能
> 去除掉。

64 **きょときょと** ① (擬態) ／ 東張西望、賊頭賊腦。

> 用法 ▶ 形容感到畏懼或不安時,心神不安地東張西望、賊眉
> 鼠眼的樣子。

> 例句 ▶ あいつはいつもきょときょと、こそこそしていて変な男
> だ／那傢伙總是賊頭賊腦、鬼鬼祟祟的,真是個怪
> 人。

> ▶ 生まれてはじめて、東京に連れ出された地方出の小娘は
> きょときょとと落ち着かなくあたりを見回した／從外
> 地來的小女孩有生以來第一次來到東京,用不安的
> 眼神到處張望。

> ▶ 田舎から出てきたばかりのお手伝いさんはきょときょと
> 落ち着きのない目つきをしている／剛從鄉下出來的佣
> 人,東張西望的,眼神顯得很不安。

65 **きょとーん** ③（擬態）／傻眼、發愣、目瞪口呆、悵然若失。

用法 形容面對突發的事件而傻眼、發愣、目瞪口呆、悵然若失的樣子，比「きょとん」語感稍強。

例句 ❶彼の口からだれも知らない言葉が飛び出したので、みんなきょとーんとしていた／他嘴裡冒出一個沒人知道的詞，大家都愣住了。

❷私は横を通り過ぎた女学生に「駅はどっち？」と聞くと、足を止めたがきょとーんとして、こちらを窺^{うかが}うばかりで答えない／我問從身旁走過的女學生：「車站在哪兒？」她停住了腳步，卻只是愣愣地看著我，一句話也沒說。

66 **きょとん** ③（擬態）／傻眼、發愣、目瞪口呆、悵然若失。

用法 形容面對突發事件而傻眼、發愣、目瞪口呆、悵然若失的樣子。

例句 ❶アメリカ人に向かって和製英語^{わせいえいご}を使ったのだから、向こうがきょとんとした顔をするのも当然だ／對美國人使用日式英語，對方露出目瞪口呆的表情也是理所當然的。

❷札束^{さつたば}を押し付けられ、彼はきょとんとした表情^{ひょうじょう}／成捆的鈔票被按住了，他露出目瞪口呆的表情。

❸私は低い声で父を起こして、父はきょとんとして目を開けた／我輕聲叫醒了父親，父親茫然地睜開了眼睛。

67　きょろきょろ ① (擬態) ／東張西望。

用法　形容慌慌張張地找東西或心神不安地環顧四周的樣子。

例句
- きょろきょろしないで、真っ直ぐ前の方を見て歩きなさい／別東張西望的，眼睛望著正前方走吧。
- 彼は大きな目をきょろきょろさせながら人込みの中で兄を探^{さが}している／他的一雙大眼睛東張西望，在人群中尋找哥哥。

  ※ここの「人込み」にふりがな「ひとご」

- 美紀はきょろきょろコンサートを見回している／美紀東張西望地環視了整個音樂會場。

68　ぎょろぎょろ ① (擬態) ／瞪大眼睛環視、目光銳利。

用法　形容瞪大眼睛環視、目光敏銳的樣子。

例句
- その男は入^{はい}ってくるなり部屋の中の人たちをぎょろぎょろにらみ回した／那個男人一進屋，便目光銳利地向四周掃了一圈。
- 目のぎょろぎょろした恐^{おそ}ろしそうな人だ／他是個目光銳利、可怕的人。
- 外国旅行から帰ってきた兄は、目がぎょろぎょろしていた／出國旅行回來的哥哥目光顯得炯炯有神。

69　ぎょろっ ③ (擬態) ／睜大眼睛瞪、目光敏銳。

用法　比喻睜大眼睛瞪一眼、目光敏銳的樣子。

例句
- 間違いを指摘^{してき}されても、その学生はぎょろっと目をむき、先生の方を見るだけだった／即使是指出他的錯

111

誤，那個學生也只是狠狠地瞪老師一眼而已。

🐦 おばあちゃんは<u>ぎょろっ</u>とした目でいたずら坊主^{ぼうず}をにらみつけた／老奶奶睜大了眼睛，狠狠地瞪了淘氣鬼一眼。

70　ぎょろり ②③（擬態）／睜大眼睛、目光敏銳。

用法　比喻睜大眼睛瞪一眼、目光敏銳的樣子。

例句
🐦「とにかく私は反対です」と言って、彼女はどんぐり目を<u>ぎょろり</u>とむいた／「總之，我不同意。」說罷，她睜大了那雙又圓又大的眼睛。

🐦 徹夜^{てつや}で彼の目は<u>ぎょろり</u>と血走^{ちばし}っていた／因為熬夜，他的眼睛佈滿了血絲。

71　きりきり ①（擬聲、擬態）／緊緊地；敏捷、俐落。

用法　①表示不停地、緊緊地紮、捆、拉等動作。②比喻做事俐落、動作敏捷。

例句
🐦 椅子の脚^{あし}がぐらついてきたので、ひもで<u>きりきり</u>縛^{しば}って固定させた／因為椅子的腳鬆動了，所以用繩子緊緊地捆綁固定住。

🐦 母はよく朝から<u>きりきり</u>と働^{はたら}いている／媽媽經常從早就俐落地工作著。

🐦 彼女は毎日掃除^{そうじ}、洗濯^{せんたく}、炊事^{すいじ}のほか、家の中の細々^{こまごま}とした雑用^{ざつよう}に<u>きりきり</u>と動き回っている／她每天除了掃除、洗衣服、做飯之外，還俐落地做家裡的瑣事，忙個不停。

112

72 **ぎりぎり** ① (擬聲、擬態) ／緊緊地捆綁。

用法 形容緊緊地捆、綁、紮時發出的聲音及其樣子。

例句 ❶ 彼の腕は包帯でぎりぎり巻いた／他的手臂用繃帶緊緊地纏住。

❷ 子供のおもちゃはダンボール箱に詰めてぎりぎりと縛って部屋の隅に置いてある／把孩子的玩具塞進紙箱，然後牢牢地捆好放在房間的角落。

73 **きりきりしゃん** ⑤ (擬態) ／手腳勤快、動作敏捷。

用法 形容手腳勤快或動作敏捷的樣子。

例句 ❶ 彼はきりきりしゃんと働く人です／他是個勤快能幹的人。

❷ 彼女はいつも割烹着をつけて、きりきりしゃんと立ち働いている／她平時總是穿著烹飪用圍裙乾淨俐落地工作著。

74 **ぎろぎろ** ① (擬態) ／炯炯有神、瞪著。

用法 形容目光炯炯有神、瞪著眼睛看的樣子。

例句 ❶ 先生のぎろぎろした鋭い目で見つめられると、心の内まで見透かされるような気がした／被老師那炯炯有神的銳利目光一瞪，感到內心深處都被看穿了似的。

❷ 彼女は私にぎろぎろと目を光らせてにらんでいる／她目光銳利地瞪著我。

❸ あのぎろぎろとした目つきと、絶え間なく口元に浮かべる薄笑いはなんとも気味が悪い／那種直盯著人的目光和老掛在嘴邊的蔑笑，實在令人不舒服。

人的情感　人的行為　物的狀態　食物滋味　動物聲音

75 きんきん ① (擬聲、擬態) ／尖銳的聲音。

用法 指尖而高的聲音響徹四方的樣子。

例句 🖋 学生大会では女子学生がきんきんした声を張り上げて演説をぶっていた／學生大會上，女學生嗓音尖銳地發表演說。

🖋 授業の時、先生の声はきんきんと教室中に響く／上課時老師尖銳的聲音響徹整個教室。

76 ぐい ① (擬聲、擬態) ／猛然地用力。

用法 形容猛然地使勁做某事。

例句 🖋 あの人にぐいとにらまれると、どぎりとしてしまう／被那個人猛然地瞪了一眼，不禁嚇了一跳。

🖋 彼は手でぐいと額の汗をぬぐった／他用手猛然地抹去額頭上的汗水。

🖋 彼は鋭い目で弟をにらみながら、肩をぐいとこづいた／他目光銳利地盯著弟弟，用力地戳了一下他的肩膀。

77 ぐいぐい ① (擬聲、擬態) ／一一地、拼命地。

用法 比喻一個勁地做某事。

例句 🖋 超満員の電車内でぐいぐいと押されている間に、懐中物を抜き取られてしまった／在人滿為患的電車裡，乘客們拼命地擠來擠去的時候，懷裡的錢包被人偷了。

🖋 彼は世間体などはちっとも気にしないで、自分の思った

ことを<u>ぐいぐい</u>やっていく／他根本不考慮面子什麼
的，只是埋頭做自己的事。

③ 彼女はほかの選手を<u>ぐいぐい</u>引き離れて、マラソンの世
界記録を打ち立てた／她把其他選手一一甩到身後，
刷新了馬拉松的世界記録。

78 **ぐー** ①（擬聲、擬態）／哦、咕嚕。

用法 指肚子餓時或痛苦以及被逼入困境時發出的聲音及狀
態。

例句 ① 彼は一メートル下の地面に落ちて<u>ぐー</u>と言った／他掉
落在一公尺下的地面，發出了一聲痛苦的呻吟。

② 先生の前に座ってかしこまってお話を聞いている時、
お腹が<u>ぐー</u>となって恥ずかしかった／坐在老師面前恭
恭敬敬地聆聽教誨時，肚子咕嚕叫了一聲，真難為
情。

79 **くーくー** ①（擬聲、擬態）／呼嚕呼嚕、呼呼；咕嚕咕
嚕。

用法 ①形容睡覺時發出的鼾聲及熟睡的樣子。②指肚子餓
時發出的聲音，但程度較輕微。

例句 ① あかちゃんは<u>くーくー</u>と細い寝息を立ていた／小嬰兒
輕輕地打著呼呼呼地睡了。

② 授業中にお腹が<u>くーくー</u>鳴っている／上課時，肚子餓
得咕嚕咕嚕叫。

③ 冬の夜に腹が減って、腹の虫が<u>くーくー</u>と鳴く／冬天
晚上肚子餓得咕嚕咕嚕叫。

人的情感

人的行為

物的狀態

食物滋味

動物聲音

115

80 **ぐーぐー** ①（擬聲、擬態）／呼嚕呼嚕、呼呼；咕嚕咕嚕。

用法 ①形容睡覺時發出的鼾聲及熟睡的樣子。②指肚子餓時發出的聲音。

例句 ● 父はベッドに横になると、すぐぐーぐーといびきをかけ始めた／爸爸一躺在床上，就呼嚕呼嚕地打起鼾來了。

● 弟はよく豚のようにぐーぐーと寝る／弟弟經常都像豬那般地呼呼大睡。

● 朝ごはんを食べずに来たので、十時ごろからお腹がぐーぐー鳴り出した／因為沒吃早飯就來了，從十點左右起，肚子就餓得咕嚕咕嚕叫。

81 **くくーっ** ②（擬態）／一飲而盡。

用法 形容水、酒等一飲而盡的樣子。

例句 ● コップいっぱいの冷たい水をくくーっと飲み干すと、まさに生き返った心地がする／一口氣喝乾滿杯涼水，就像死而復活似的那麼舒服。

● コップの中のジュースをくくーっと飲み干しました／一口氣喝乾杯子裡的果汁。

82 **くくっ** ②（擬聲、擬態）／噗哧一笑。

用法 指忍不住時從喉嚨裡迸發出的笑聲。

例句 ● 「ボーイフレンドは？」と聞くと、彼女は「はい」と言ってくくっと恥ずかしそうに笑った／問她「有男朋友嗎？」，她不好意思地噗哧一笑說：「有」。

少女は首をすくめて、くくっといたずらっぽく笑った／
少女縮了縮脖子，噗哧地頑皮一笑。

83 ぐさぐさ ①（擬態）／不斷地刺。

用法 比喻用尖物連續不斷地刺的樣子。

例句
- 豚肉にフォークでぐさぐさと刺して穴をあけます／用叉子在豬肉上不斷地戳洞。
- 彼の忠告の一言一言がぐさぐさと胸に突き刺さる／他的忠告句句刺痛我的心。
- 包丁でぐさぐさ体中を突き刺すという残酷な殺し方で……／用菜刀殘忍地不斷地向全身刺去……。

84 ぐさっ ②（擬態）／猛然地刺、切。

用法 一般指猛然地刺、切下。

例句
- 彼は悪漢に短刀でぐさっとひと突き刺されて倒れた／他被歹徒用短刀猛然地刺了一下，跌倒在地。
- わたしはキャベツぐさっと切りました／我用力地切開高麗菜。

85 くしゃくしゃ ①（擬聲、擬態）／嘟嘟囔囔、發牢騷。

用法 形容不出聲，嘴裡嘟嘟囔囔地說或發牢騷。

例句
- 彼女は今日もまたくしゃくしゃ言っていた／她今天又在嘟嘟囔囔地發牢騷。
- おばあさんは口の中でくしゃくしゃと念仏を唱えて箸をとった／奶奶嘴裡嘟嘟囔囔地念完經後拿起了筷子。

86 くしゃん ②（擬聲、擬態）／哈啾。

用法 形容打噴嚏的聲音和樣子。

例句 ①うちの子は毎朝起きるとすぐくしゃんと五、六回続きざまにくしゃみをする／我的孩子每天早晨一起床，就馬上哈啾、哈啾地接連打五、六個噴嚏。

②彼はくしゃんと大きなくしゃみが出た／他哈啾地打了個大噴嚏。

87 くすくす ①（擬聲、擬態）／哧哧地竊笑。

用法 指壓低聲音、暗自發笑時發出的聲音及其樣子。

例句 ①授業中（じゅぎょうちゅう）後ろの方の席でくすくす笑う声がして不愉快（ふゆかい）だった／上課時後面的座位響起了哧哧的竊笑聲，令人不舒服。

②くすくす笑いながら人の顔を見るには失礼（しつれい）だよ／哧哧地笑著瞧著人家的臉，這不禮貌呀！

③その部屋に入（はい）ると、そこに身をかくした妹はくすくす笑い出した／一進那間屋子，躲在那裡的妹妹便哧哧地笑出來。

88 ぐずぐず ①（擬聲、擬態）／磨磨蹭蹭、拖拖拉拉；嘟嘟囔囔、嘮叨；哭鬧。

用法 ①形容行動遲緩或進展緩慢不順利。②指講話含糊不清、吞吞吐吐的樣子。③用於形容小孩子不高興、哭鬧的樣子。

例句 ①ぐずぐず暇（ひま）をつぶして、まっすぐ家へ帰ろうとしない／磨磨蹭蹭地消磨時間，不想直接回家。

- しめきりの日は明日_{あした}だから、<u>ぐずぐず</u>してはいられない／截止日就是明天，所以不能再拖拖拉拉的了。

- これは急_{いそ}ぎの用事だから、<u>ぐずぐず</u>できない／這是件急事，不能耽擱。

- 彼は<u>ぐずぐず</u>言って、どうしても承知しなかった／他嘟嘟囔囔地說，怎麼也不答應。

- この子は眠_{ねむ}くなると決まって<u>ぐずぐず</u>言い始める／這孩子一想睡就一定會開始哭鬧。

89 **くすん** ②（擬聲、擬態）／味味；哼哼。

用法 ①形容忍不住發出的笑聲及其樣子。②形容從鼻孔噴出氣時發出的聲音。

例句
- 会議中の人たちの間から、時々_{ときどき}<u>くすん</u>という笑い声が漏_もれた／開會中的人們不時地傳出味味的笑聲。

- 鼻が悪いので、よく<u>くすん</u>とやっている／因為鼻子不好，經常發出哼、哼的聲音。

- 私が鼻_{はな}の詰_つまったから<u>くすん</u>とやる／我因為鼻子不通而發出哼的聲音。

90 **くだくだ** ①（擬態）／囉哩囉嗦、絮絮叨叨。

用法 形容說話、寫文章等囉哩囉嗦、絮絮叨叨。

例句
- <u>くだくだ</u>説明するより実物_{じつぶつ}を見せたほうがいいだ／與其囉哩囉嗦地說明，還不如讓人看實物來的好。

- 今になって、そんなに<u>くだくだ</u>言う必要はない／事到如今，用不著那樣絮絮叨叨地說個沒完。

🐾 いつまでも<u>くだくだ</u>言うな／不要嘮嘮叨叨地説個沒
完。

91 くちゃくちゃ ①（擬聲、擬態）／咯吱咯吱；歪斜、亂
七八糟。

用法 ①形容連續不斷地嚼東西或攪拌有水分的東西時發出
的聲音及其樣子。②形容字寫得歪斜、亂七八糟，衣
服、紙等揉得滿是皺摺。

例句 🐾 彼はよく口にチューインガムを含んで<u>くちゃくちゃ</u>やっ
ている／他嘴裡經常含著口香糖，咯吱咯吱地嚼。

🐾 <u>くちゃくちゃ</u>音を立てて物を食うなんて下品なやつだ／
他是個粗俗的人，吃東西時竟然發出咯吱咯吱的聲
音。

🐾 弟の字は<u>くちゃくちゃ</u>で読むのに骨が折れる／弟弟寫
的字亂七八糟的，讀起來很吃力。

92 ぐちゃぐちゃ ①（擬聲、擬態）／吧唧吧唧；嘮嘮叨叨。

用法 ①形容連續不斷地嚼東西或攪拌有水分的東西時，發
出的聲音及其樣子。②形容不斷地發牢騷的樣子。

例句 🐾 <u>ぐちゃぐちゃ</u>と音を立てて食べるには行儀が悪いという
ことを家庭で教えなかったのだろうか／吧唧吧唧地發
出聲音吃東西是不禮貌的，難道他家裡沒人教過？

🐾 何をいつまでも<u>ぐちゃぐちゃ</u>愚痴を言っているんだ／有
什麼好沒完沒了地嘮嘮叨叨地說個不停呀！

🐾 <u>ぐちゃぐちゃ</u>言うのはやめてほしい／希望你別再嘮嘮
叨叨地發牢騷了。

120

93 ぐっ ①（擬態） ／猛力地、拼命地。

用法 比喻使勁做某事。

例句
- この水薬（すいやく）は苦いから一口にぐっと飲んでしまうほうがよい／這藥水很苦，所以還是一口氣咕嚕地喝下去比較好。

- ぐっとブレーキを踏（ふ）み、すれすれで車を止（と）めた／用力地踩油門，才把車子停下來。

- そのとき急にふらふらっとなったので、ぐっと足に力を入れて踏（ふ）ん張（ば）った／那時我只覺得突然一陣眩暈，便使勁地又開腿撐住。

94 ぐっすり ③（擬態） ／酣睡、熟睡。

用法 形容睡得很香、很沉的樣子。

例句
- ゆうべはぐっすり眠ったので、今朝は気分（きぶん）がいい／昨晚沉沉入睡，所以今天早上心情很好。

- 彼は酔（よ）って前後不覚（ぜんごふかく）となり、たちまち高いいびきでぐっすり寝入（ねい）ってしまった／他醉得不省人事，不一會兒就鼾聲如雷，沉沉入睡了。

- 不眠症（ふみんしょう）になってから久しい。ぐっすり眠る感覚（かんかく）など忘れてしまった／患失眠症已經很久了，都忘記了酣睡的感覺了。

95　ぐったり ③（擬態）／精疲力盡、癱軟、心灰意冷、萎靡不振。

用法 指由於疲勞、寒暑、恐怖、洩氣等原因，而精疲力盡、癱軟、心灰意冷、萎靡不振。

例句
❶ 子供を連れて見て歩くだけでもぐったり疲れてしまう／光是帶孩子走走看看，也會累得精疲力盡的。

❷ アルバイトに疲れた学生たちがみな同じ姿勢でぐったり壁に背を持たせかけている／打工的學生們都累得以相同的姿勢癱軟無力地背靠著牆。

❸ 彼の話は私をぐったりさせてしまった／他的話讓我灰心喪氣。

96　ぐでんぐでん ⓪（擬態）／爛醉如泥、醉醺醺。

用法 形容飲酒過量爛醉如泥、醉醺醺的樣子。

例句
❶ 毎晩、ぐでんぐでんに酔っ払って帰ってくる／每天晚上都喝得爛醉如泥地回家。

❷ 祝い酒にぐでんぐでんになって正体もない／喝喜酒時喝得醉醺醺的，神智不清。

❸ 友人の誕生日祝いに招待された彼は、ぐでんぐでんに酔っ払って帰ってきた／他應邀出席朋友的生日宴，喝得爛醉如泥地回到了家。

97　くどくど ①（擬態）／喋喋不休、絮絮叨叨、囉哩囉嗦。

用法 形容說話或寫文章喋喋不休、囉哩囉嗦、絮絮叨叨的樣子。

例句 ❶ 来るたびに愚痴（ぐち）を<u>くどくど</u>言う彼女には全（まった）くうんざりさせられた／她每次來都是絮絮叨叨地大發牢騷，真叫人厭煩的。

❷ 彼の説明は<u>くどくど</u>していて、何を言おうとしているのか、さっぱり分からない／他的解釋囉哩囉嗦，根本不明白他想說什麼。

❸ <u>くどくど</u>と弁解（べんかい）するのだが、ちっとも要領（ようりょう）を得（え）ない／雖然喋喋不休地辯解，可是一點也不得要領。

98 くにゃくにゃ ① (擬態) ／癱軟、軟綿綿的。

用法 比喻癱軟、軟綿綿的樣子，比「ぐにゃぐにゃ」語感稍弱。

例句 ❶ この子は体が<u>くにゃくにゃ</u>していて、ちゃんと立っていられないのだ／這個孩子身體軟弱無力，總是站不穩。

❷ あの男は<u>くにゃくにゃ</u>していてこんにゃくみたいだ／那個男人軟綿綿的，像個蒟蒻似的。

❸ 彼の字は<u>くにゃくにゃ</u>していて読みにくい／他的字歪歪斜斜的，很難辨認。

99 ぐにゃぐにゃ ① (擬態) ／癱軟、軟綿綿的。

用法 比喻癱軟、軟綿綿的樣子。

例句 ❶ 彼女は疲れきって<u>ぐにゃぐにゃ</u>になっていた／她疲憊不堪，渾身癱軟的沒有一點力氣。

❷ どうして体全体（ぜんたい）が<u>ぐにゃぐにゃ</u>になるのか／為什麼渾身上下軟綿綿的？

🔹あの男は<u>ぐにゃぐにゃ</u>していて頼<ruby>頼<rt>たよ</rt></ruby>りもならない／那個男人沒骨氣，靠不住。

100 ぐにゃり ②（擬態）／癱軟、彎曲、癱下。

用法 形容一下子癱軟、彎曲、癱的樣子。

例句 🔹疲れ切って帰ってきた娘は、部屋に入<ruby>入<rt>はい</rt></ruby>るなり<u>ぐにゃり</u>とベッドの上に倒れた／女兒精疲力盡地回到了家，一進屋就無力地癱倒在床上。

🔹銃<ruby>銃<rt>じゅう</rt></ruby>で打<ruby>打<rt>う</rt></ruby>たれた兎<ruby>兎<rt>うさぎ</rt></ruby>は<u>ぐにゃり</u>としてもう動かなかった／被槍擊中的兔子癱軟得不能再動彈了。

101 くねくね ①（擬態）／扭動著、扭來扭去地。

用法 形容跳舞時扭動身體的樣子。

例句 🔹舞台<ruby>舞台<rt>ぶたい</rt></ruby>では踊<ruby>踊<rt>おど</rt></ruby>り子たちは体を<u>くねくね</u>させて踊<ruby>踊<rt>おど</rt></ruby>っている／舞臺上，舞蹈演員們正扭動著身子在跳舞。

🔹あの白い服の人は<u>くねくね</u>と動きはじめた／那個穿白衣服的人開始扭來扭去地動起來了。

🔹彼女は<u>くねくね</u>と腰をくねらせ、しなを作って踊る／她扭動著腰，擺姿勢跳舞。

102 ぐらぐら ①（擬態）／激烈地搖晃、晃晃蕩蕩；動搖不定、游移不定。

用法 ①指激烈地搖晃、晃晃蕩蕩的樣子。②指想法、決心等動搖不定、游移不定。

例句 🔹スケートを習い始めた頃<ruby>頃<rt>なら</rt></ruby>は氷<ruby>氷<rt>こおり</rt></ruby>の上に立っただけで、体が

124

ぐらぐらした／開始學滑冰時，只是站在冰上，身體就東搖西晃。

<ul>
<li>わたしは都会の刺激の中で考え方がぐらぐらと変化した／我在大城市的刺激之下，想法變得游移不定了。</li>
<li>何をするにしても決心がぐらぐらしていてはだめだ／不論做什麼，決不能三心二意。</li>
</ul>

103 くらっと ②（擬態）／頭暈目眩。

用法 形容突然感到一陣頭暈目眩。

例句
<ul>
<li>自分の病名を知ったときは、目の前がくらっとした／當得知自己的病名時，眼前一陣發黑。</li>
<li>一瞬頭がくらっとして、何が何だか分からなくなった／一瞬間，頭暈目眩，不省人事。</li>
<li>急に立ち上がってくらっとした／突然站起來而頭暈目眩。</li>
</ul>

104 くりくり ①（擬態）／眼睛滴溜溜地；眼睛大而圓的；剪得短短的、剃得光光的。

用法 ①形容眼睛滴溜溜直打轉，或眼睛大大的、圓圓的。
②指頭髮剪得很短或剃得光光的樣子。

例句
<ul>
<li>彼女は目がくりくりとよく動く目と白い歯が印象的だった／她那滴溜溜的眼睛和潔白的牙齒讓人印象深刻。</li>
<li>彼はくりくりとした目を見張って、私を不思議そうに見た／他瞪大了又圓又亮的眼睛奇怪地看著我。</li>
<li>弟は頭を常にくりくりと五分刈りにしていた／弟弟常把頭髮剪得短短的，留成小平頭。</li>
</ul>

105 くるくる ①（擬態）／滴溜溜轉；轉圈圈；轉得快。

用法 ①形容不停歇地工作。②形容連續圓圈般地旋轉或移動。③比喻思考、動作如旋轉一般地活潑、迅速。

例句 ❶父は一日中くるくる働いている／爸爸一整天不停地工作著。

❷野天の舞踏場で村の男女がきゃっきゃっと笑いながら、くるくる踊り回っている／露天舞蹈場上村裡的男男女女一邊大聲嬉笑，一邊旋轉地跳著舞。

❸戸締りがきちんとしてあるか、寝る前に家の中をくるくる見て回る／睡覺前在家裡到處轉轉，看看門是否關好。

106 ぐるぐる ①（擬態）／轉圈圈；兜圈子；層層纏繞。

用法 ①指連續打轉的樣子。②比喻連續兜圈子。③層層纏繞的樣子。

例句 ❶頭の中はいろいろな考えがぐるぐると渦を巻いてするばかりである／腦子裡各式各樣的想法，如滾滾旋渦般一片混亂。

❷迷道のように道をぐるぐる回っている／在迷宮般的路上來回地繞著圈。

❸小包は紐をしっかりかけなければいけないが、こんなにぐるぐるかける必要はない／包裹必須用帶子綁好，但沒有必要這樣一圈又一圈地纏繞。

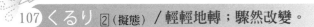

107 **くるり** ② (擬態) ／輕輕地轉；驟然改變。

用法 ①指輕輕地轉動的樣子。②指態度、方針等急遽地變化。

例句 ❶「時間ですよ」と母に呼ばれると、新一はくるりと寝返りを打って跳ね起きた／母親喊著：「時間到了。」新一就一骨碌翻身爬起來。

❷彼女は「じゃ、元気でね」と言うと、くるりと後を向いて改札口に向かって遠ざかって行った／「好，多保重吧。」說罷，她一轉身便朝剪票口走遠了。

❸彼はそのことを知ってからくるりと態度を変え、私に対して冷淡になった／他得知那件事後，驟然間改變態度，對我冷淡了。

108 **ぐるり** ② (擬態) ／滾動、轉一次、兜圈子；團團圍住。

用法 ①形容滾動、轉動一次或兜圈子的樣子。②形容團團圍住的樣子。

例句 ❶先生はぐるりと生徒たちを見回した／老師朝學生們環視了一眼。

❷ぐるりと人の群れに取り囲まれたとき、彼の顔は緊張にこわ張っていた／被人群團團圍住時，他緊張得繃緊了臉。

109 **ぐん** ① (擬態) ／一下子用力；深受感動。

用法 ①形容一下子用力做某事。②用於比喻深受感動。

例句 ❶ 一日の仕事を終え、ベッドに潜り込むとまず手足をぐんと伸ばす。そして目を閉じればすぐ眠れる／結束了一天的工作，鑽進被窩裡先用力伸展手腳，隨後閉上眼睛馬上就能入睡。

❷ 私は彼の話に、ぐんと胸にこたえるものがあった／聽了他的話我內心深受感動。

❸ 友子さんは手紙の最後に付け加えてあった一言は、ぐんときて胸が熱くなった／友子在信的最後加上的那句話，令我深受感動。

110 くんくん ①（擬聲、擬態）／哼哼。

用法 形容用鼻子拼命地聞味，或是鼻子發出的聲音。

例句 ❶ 「変なにおい」と、帰ってきた弟はくんくん鼻をうごめかした／「好奇怪的味道」，回到家的弟弟說完便哼哼地動動鼻子聞起來。

❷ 「おや？」と言いながら彼女は鼻をくんくんさせながら、あたりを見回した／「咦？」她邊說邊到處聞。

111 ぐんぐん ①（擬態）／努力做。

用法 比喻用力做某事的樣子。

例句 ❶ 彼は自分が思ったことを何の躊躇もなく、ぐんぐん実行していく／對自己所想的事，他總是勇往直前地去做，沒有半點猶豫。

❷ この木は春から夏にぐんぐんのびる／這棵樹在春天到夏天的期間長得很快。

112 げー ① (擬聲、擬態) ／哇、噁心。

用法 形容嘔吐時發出的聲音及其狀態。

例句
- 車に酔って、途中で食べたものを<u>げー</u>と吐き出した／因為暈車，把在途中吃的食物哇地吐了出來。

- あんなぎとぎとした料理などを見ただけでも<u>げー</u>となりそうだ／那種油膩膩的料理，一看就想吐。

113 げーげー ① (擬聲、擬態) ／哇哇地。

用法 形容嘔吐時發出的聲音及其狀態。是「げー」的疊語形式。

例句
- 遊覧バスで見物しているうちに急に気分が悪くなり<u>げーげー</u>と吐いてしまう／搭遊覽車去參觀時突然感到不舒服，哇哇地吐出來了。

- 彼は食べ過ぎて<u>げーげー</u>やっていた／他吃得太多哇哇地吐了。

114 けたけた ① (擬聲、擬態) ／咯咯地笑、滿不在乎地笑。

用法 形容不合適宜的、不禮貌的笑聲及其樣子。

例句
- 友子は僕の顔を見ると<u>けたけた</u>と笑う／友子一看到我便咯咯地笑起來了。

- 彼女は<u>けたけた</u>と笑い続ける／她咯咯地笑個不停。

- 生徒だちは漫画なんか見せ合って<u>けたけた</u>笑っている／學生們互看著漫畫，還咯咯地笑。

人的情感

人的行為

物的狀態

食物滋味

動物聲音

129

115 げたげた ①（擬聲、擬態）／低俗地笑、放肆地大笑。

用法　指張大嘴發出不禮貌的笑聲及其樣子。比「けたけた」聲音更低，更粗俗、更不禮貌。

例句　⚘女のくせにそんなにげたげたと大口を開けて笑うものではない／女孩子不該那樣放肆地張嘴大笑。

⚘野卑な冗談を飛ばしてげたげた笑いあっている／他們開個下流的玩笑粗俗地笑著。

116 けちょん ②（擬態）／洩了氣、一蹶不振。

用法　形容受到沉重的打擊而一下子洩氣的樣子。

例句　⚘彼は課長にこっぴどくやられたのじゃないか。ばかにけちょんとしているよ／他也許被課長狠狠地訓了一頓，瞧那副一蹶不振的樣子。

⚘今日は厳しく叱られるとけちょんとなっていた／今天被狠狠地訓了一頓之後，就像洩了氣似的。

117 けちょんけちょん ⑤（擬態）／一敗塗地、狼狽不堪。

用法　形容受到沉重的、徹底的打擊。

例句　⚘今日は会社の研修でけちょんけちょんにされる／今天在公司的研討會上被整得狼狽不堪。

⚘私は父からもけちょんけちょんにやられた／我被父親申斥得狼狽不堪。

118 けらけら ①（擬聲、擬態）／咯咯地。

用法 形容尖銳的笑聲或毫無忌憚地歡笑。

例句 ❶彼女は子供（こども）のようにけらけらと笑っている／她像個孩子似地咯咯地笑。

❷姉はよくテレビをみながら、けらけら笑う／姐姐常常一邊看電視，一邊咯咯地笑。

❸この年頃（としごろ）の女の子は、何かというとけらけらと笑いこけるものだ／這個年齡的女孩子，常因為一點什麼事就咯咯地捧腹大笑。

119 げらげら ①（擬聲、擬態）／哈哈。

用法 形容覺得有趣或高興時，毫無顧忌地咧開嘴大笑的聲音及其樣子。

例句 ❶母はテレビのバラエティーを見ながら、げらげら笑っている／母親一邊看電視的綜藝節目，一邊哈哈大笑。

❷げらげら笑うだけで、疲れや気にかけていることがすーっと消える／只要哈哈地開懷大笑，疲勞和煩心的事就咻地消失了。

❸周囲（しゅうい）の人たちは面白（おもしろ）がってただげらげら笑いながら見ていた／周圍的人覺得很好玩，哈哈大笑地看著。

120 けろけろ ①（擬聲、擬態）／哈哈大笑；滿不在乎、若無其事。

用法 ①形容無憂無慮的爽朗的笑聲。②用於形容滿不在乎、若無其事的樣子。

例句　① 母は朗らかで、けろけろとよく笑う／我的媽媽性格開朗，經常放聲大笑。

② けろけろとした顔で嘘をつくような子供は将来どんな人間になるのか／那種滿不在乎撒謊的孩子，將來會變成什麼樣的人呢？

③ 父は昨夜持病の発作を起こして苦しんだが、今朝はもうけろけろ治った／爸爸昨晚舊病復發了，十分痛苦。今天早上就已經完全痊癒了。

121 げろげろ ①（擬聲、擬態）／哇哇。

用法　形容不停地嘔吐時發出的聲音及其樣子。

例句　① 彼は会食で飲み過ぎて、今盛んにげろげろやっているところだ／他聚餐時喝得太多，現在正在哇哇地大吐特吐。

② 食べたものをげろげろとみんな吐いてしまった／吃的東西全都哇哇地吐了出來。

③ 私は船酔いでげろげろでした。風景を眺めるどころではない／我因為暈船哇哇地吐了，根本沒心情看風景。

122 けろっ ②（擬態）／滿不在乎、若無其事。

用法　形容滿不在乎、若無其事或某種狀態的消失。

例句　① 彼は大学入試に落ちていたのに、案外けろっとしている／他雖然沒考上大學，卻出乎意料地滿不在乎。

② 大声で泣いていた子が突然泣き止んで、けろっとした顔をしている／大聲哭鬧的孩子突然停止哭泣，顯得若無其事的樣子。

音楽が流れると、赤ん坊は<u>けろっ</u>と泣き止んだ／一放音樂小嬰兒就停止哭泣。

123 ごしごし ①（擬聲、擬態）／喀吱喀吱、喀哧喀哧。

用法 形容用力擦、搓、磨、揉、蹭時發出的聲音及其樣子。

例句 入浴の時にタオルで体を<u>ごしごし</u>すると、皮脂や角質がはげ落ちてしまう／洗澡時以毛巾用力擦洗身體，皮脂和角質就會脫落。

このようなしみは手で<u>ごしごし</u>洗ったほうがきれいになる／這樣的污垢還是用手使勁搓洗才能洗乾淨。

答案用紙を消しゴムで何度も<u>ごしごし</u>こすっているうちにあちらこちら破れてしまった／用橡皮擦反覆多次使勁地擦答案紙，結果到處都擦破了。

124 ごしゃごしゃ ①（擬態）／喋喋不休、嘀嘀咕咕。

用法 指不停地說些毫無意義、無濟於事的話。

例句 恵美子はよく<u>ごしゃごしゃ</u>と他人のうわさをする／惠美子經常喋喋不休地說人家的閒話。

彼女は公然とは不満を言わないが、陰では<u>ごしゃごしゃ</u>囁きあっているらしい／她沒有公開表示不滿，可是背地裡似乎在嘀嘀咕咕。

そばで<u>ごしゃごしゃ</u>言う人が多くてこまった／在一旁喋喋不休的人很多，真傷腦筋。

125 こせこせ ① (擬態) ／心胸狹小、拘泥小事。

用法 形容心胸狹小、拘泥小事的樣子。

例句 ❶あの人は規則にこせこせとこだわって全然融通ができない／那個人處處死守規定，一點也無法通融。

　　　❷彼はこせこせ気兼ねばかりする人ではありません／他並不是個只會拘泥小事的人。

　　　❸世間の口を気にしてこせこせしていたら、何もできない／如果在意社會輿論，就什麼也不能做了。

126 こそこそ ① (擬態) ／偷偷摸摸、偷偷地、悄悄地、鬼鬼祟祟。

用法 形容偷偷摸摸、鬼鬼祟祟的樣子。

例句 ❶このようにこそこそ逃げるなんて失礼だ／像這樣偷偷地溜走是不禮貌的。

　　　❷彼のところへは変な仲間がこそこそと頻繁に訪ねてきた／那些形跡可疑的同夥鬼鬼祟祟地接連多次來找他。

　　　❸彼女のよくないうわさが陰でこそこそささやかれている／不利於她的謠言私底下被小聲地傳播著。

127 ごたごた ① (擬態) ／糾紛、爭執；絮絮叨叨地、不停地發牢騷。

用法 ①指糾紛、爭執的狀態。②形容絮絮叨叨地說些無益的話、不停地發牢騷。

例句 ❶社長のポストをめぐってごたごたともめている／圍繞著社長職位的問題爭執不休。

②嫁^{よめ}に行った娘がごたごたを起こして家に帰ってきた／出嫁的女兒和婆家發生糾紛回娘家來了。

③妻はごたごたと不平を立てた／妻子絮絮叨叨地發牢騷。

128 こちこち ①（擬聲、擬態）／極度緊張、動作笨拙；死腦筋、頑固。

用法 ①形容身心極度緊張、動作笨拙的樣子。②指死腦筋、頑固。

例句 ①私は彼の前ですっかり緊張^{きんちょう}してこちこちになる／我在他的面前緊張得全身僵硬。

②父は頭がこちこちだから、いったん決めたことは変えたりはしない／爸爸是個死腦筋，一旦決定的事決不會改變。

③うちのおやじはこちこちの頑固者^{がんこもの}で困る／我老頭是個死腦筋的老頑固，很傷腦筋。

129 ごちゃごちゃ ①（擬態）／亂七八糟；雜亂無章。

用法 ①形容各式各樣的東西亂七八糟地混在一起。②指沒有秩序或條理，複雜混亂的樣子。

例句 ①彼の机^{つくえ}の上には食べ物から本までごちゃごちゃと積み重なっている／他的桌子上亂七八糟地堆放著食物和書。

②彼らはいつまでもごちゃごちゃと話し合っていた／他們老是沒頭沒腦地交談著。

③この旧市街はごちゃごちゃとしている／這個舊市區亂七八糟的。

135

130 こちょこちょ ①（擬態）／添油加醋；手腳敏捷、不停地動來動去。

用法 ①形容反覆說些或做些不值得一提的無意義的事。②形容動作幅度小、敏捷或不停地動來動去的樣子。

例句 🖋 彼女はよく私のことをこちょこちょと上司に告げる／她總是把我的事添油加醋地向上司報告。

🖋 彼女はこちょこちょと引き出しや戸棚の中の整理などを始める／她手腳俐落地開始整理抽屜和櫥櫃。

131 こっくり ③（擬態）／點頭；打瞌睡。

用法 ①指表示同意、贊成、明白時點頭的動作。②指打瞌睡時頭上下晃動。

例句 🖋 友子は私の考えに同感のこっくりをした／友子點頭表示同意我的想法。

🖋 会議中なのに、疲れがひどかったので、ついこっくり居眠りをしてしまった／雖然正在開會，可是因為太疲倦了，不由得打起瞌睡來了。

🖋 彼は席につくやいなやこっくりを始めた／他才剛坐下就開始打瞌睡。

132 こつこつ ①（擬聲、擬態）／勤奮刻苦、孜孜不倦、埋頭苦幹；一點一點地。

用法 ①形容勤奮刻苦、孜孜不倦、埋頭苦幹的樣子。②形容一點一點地攢錢。

例句 🖋 私は一家を支えるためにこつこつと働いている／我為

了維持一家的生活埋頭苦幹地工作者。

❷ 社長は仕事は<u>こつこつ</u>やる努力家タイプです/社長是屬於辦事一絲不苟的實幹家。

❸ アルバイトして<u>こつこつ</u>貯めた金でやっとバイクを買った/利用打工一點一點地存下來的錢，總算買了輛機車。

---

133 こっそり ③（擬態）／偷偷地、背地裡、悄悄地。

用法 形容偷偷地、背地裡、悄悄地做某事。

例句 ❶ 彼女は継母に隠れて、<u>こっそり</u>と生みの母親に会っているらしい/她似乎瞞著繼母偷偷地與生母見面。

❷ 彼は<u>こっそり</u>と教室を抜け出しました/他悄悄地溜出教室。

❸ あの男は秘密を<u>こっそり</u>盗み出すスパイのようだ/那個男人好像就是竊取機密的間諜。

---

134 こってり ③（擬態）／狠狠地。

用法 形容其程度非常厲害或嚴重的樣子。

例句 ❶ 無断外泊がばれて、班長から<u>こってり</u>叱られた/擅自在外面過夜的事敗露後，被班長狠狠地訓斥了一頓。

❷ 母に口答しておやじに<u>こってり</u>油を絞られた/因為與母親頂嘴，遭到父親一頓痛斥。

❸ 彼は社長に<u>こってり</u>と油を絞られた/他被社長狠狠地痛罵了一頓。

135 こてこて ① (擬態) ／又濃又厚、厚厚的。

用法 形容放得過多或塗得過厚的樣子。

例句
1. となりの奥さんはいつもクリームをこてこてと塗りつけている／隔壁的太太總是把面霜抹得厚厚的。
2. これは油絵のようにこてこてと塗り重ねたのです／這是像畫油畫般厚厚地反覆塗抹而成的。
3. あの子はパンにマーガリンをこてこて塗りつけてむしゃむしゃと食べている／那個孩子在麵包上塗上厚厚的人造奶油，大口大口地吃。

136 ごてごて ① (擬態) ／嘟嘟囔囔；亂七八糟、亂糟糟。

用法 ①指不停地發牢騷或絮絮叨叨地說。②指亂七八糟、亂糟糟的樣子。

例句
1. 彼らは先生の悪口をごてごて言っていた／他們嘟嘟囔囔地說著老師的壞話。
2. ごてごて言っていないで、試しにやってごらん／別嘟嘟囔囔說個沒完，試著做做看吧。
3. この店に刀や着物がごてごてと飾られている／這家店亂七八糟地裝飾了刀和和服。

137 こてんこてん ⓪ (擬態) ／狠狠地揍、一敗塗地。

用法 形容給予或受到沉重的打擊。

例句
1. 今日の試合で、Aチームはこてんこてんに負けてしまった／在今天的比賽中，A隊輸得一敗塗地。

②あんな嫌なやつ、こてんこてんにやっつけてやりたい／那個討人厭的傢伙真想好好教訓他一頓。

③こてんこてんにやられたときにこの本を読んだら、自分の悪さがわかるようになります／被批評的一無是處時，讀這本書的話，就能明白自己的缺點。

138 こりこり ① (擬聲、擬態) ／嘎吱嘎吱、咯吱咯吱。

用法 形容咀嚼較硬的、耐咬的食物時所發出的聲音。

例句 ①この漬物はこりこりしていてとてもおいしい／這種醬菜咬起來嘎吱嘎吱的，很好吃。

②こりこりと食感の良い味わいをおたのしみください／請好好地享用那吃起來脆脆的口感。

③山道で栗を拾うと、ナイフで皮をむき、こりこりと食う／在山路上撿到栗子，用小刀削掉皮，咯吱咯吱地吃。

139 ごりごり ① (擬聲、擬態) ／咯吱咯吱、嘎吱嘎吱。

用法 ①形容連續刮、削、鋸、搔、刨堅硬物時發出的聲音。②形容憑力氣極力做某事或強行、硬幹的樣子。

例句 ①私は首を回すと、ごりごりと音がします／我一轉頭就發出嘎吱嘎吱的聲音。

②彼は蚊に食われ膨れ上がったすねをごりごりかいている／他正咯吱咯吱地搔癢被蚊子咬得紅腫的小腿。

③彼女はカウンターの隙間にごりごりと体をおしつけています／她死命地把身體擠進櫃檯的空隙。

人的情感　人的行為　物的狀態　食物滋味　動物聲音

140 ころころ ①（擬聲、擬態）／咯咯；輕易、毫不費力、連續地發生。

用法 ①形容年輕女子的笑聲。②形容同類情況連續發生或輕易地連續做某事的樣子。

例句 ❶彼女はいつも無邪気（むじゃき）でころころと笑う／她總是天真無邪地咯咯笑個不停。

❷非正規雇用者（ひせいきこようしゃ）がころころと職を変える理由は何ですか／非正式僱用人員不斷地更換工作的理由是什麼？

❸この歯ブラシは力をかけずにころころと転（ころ）がすだけで、歯垢（しこう）を取り除くことができる／這個牙刷不必費力，只要輕輕轉動就能清除齒垢。

141 ごろごろ ①（擬聲、擬態）／咕嚕咕嚕；無所事事、閒待著。

用法 ①指肚子裡發出的聲音。②指無所事事、賦閒或無職閒居、聚集的樣子。

例句 ❶お腹（はら）は朝からごろごろ鳴っている／肚子從早上開始就咕嚕咕嚕直叫。

❷最近なんだか、おなかがごろごろ鳴るんですけど／最近不知何故肚子老是咕嚕咕嚕地叫。

❸きょうは一日中ごろごろしていました／今天一整天都無所事事。

❹病気で、半年間（はんとしかん）家でごろごろして過ごした／因為生病，無所事事地在家待了半年。

142 **ころり** ②③（擬聲、擬態）／一骨碌；突然或輕易地變化、死去、輸掉。

用法 ①形容突然倒下、躺下的狀態。②形容突然或輕易地變化、死去、輸掉等狀態。

例句 ❶ 彼は相手に一撃を食らってころりと倒れた／他被對方打了一拳，便一骨碌地倒下了。

❷ 彼は心筋梗塞でころりと死んでしまう／他因為心肌梗塞突然地去世。

❸ 当時コレラが大流行し、多くの人がころりと死んでいた／當時霍亂大流行，許多人接二連三地死去了。

143 **ごろり** ②（擬聲、擬態）／一骨碌。

用法 形容一骨碌倒下、躺下的樣子。

例句 ❶ 非常に疲れていたので、私は寝間着にも着替えないでベッドの上にごろりと横になるとすぐ寝てしまった／我太累了，連睡衣也沒換，一骨碌倒在床上立刻睡著了。

❷ 待ちわびた上野動物園での初公開に子供たちは歓声を上げたが、パンダはごろりと寝転んでそのままだった／令人望眼欲穿在上野動物園首次與遊客見面的貓熊，讓孩子們歡聲雷動，可是貓熊一骨碌躺下後再也沒有動彈。

❸ 私はよく漫画を手にしてごろりと横になる／我經常手裡拿著漫畫，一骨碌地躺著看。

141

144 こんこん ①（擬聲、擬態）／咳咳。

用法 形容連續的輕輕咳嗽聲，兒語指咳嗽。

例句 ❶風邪を引いていないのに、夜ベッドに入ってからしばらくの間こんこんと咳をする／並沒有感冒，可是晚上上床後卻咳咳地咳了一陣子。

❷まだこんこんが出るから、お薬飲みましょうね／還會咳嗽就吃點藥吧。

145 さくさく ①（擬聲、擬態）／嚓嚓地、刷刷地；清脆地；沙沙。

用法 ①指輕快地切菜、割草及其切割的聲音。②形容連續咬東西時發出的清脆聲音。③形容雪地上行走時發出的聲音及其狀態。

例句 ❶妻が台所でさくさくと野菜を切っている／老婆正在廚房裡嚓嚓地切菜。

❷りんごを嚙むとさくさくと音がする／一咬下蘋果就發出清脆的聲音。

❸砂浜を歩くと足元でさくさく音がする／走在沙灘上，腳下沙沙作響。

146 ざくざく ①（擬聲、擬態）／嚓嚓地、刷刷地；嘎吱嘎吱、沙啦沙啦。

用法 ①指切菜聲。②指走在沙灘、雪地以及石子路時發出的聲音及其狀態。

例句 ❶キャベツを適当にざくざくきって、塩をふって、鍋で炒

める／將高麗菜刷刷地切成適當大小，灑上鹽用鍋子來炒。

🗨 ただ雪の中をざくざく歩くだけですが、けっこう楽しいのです／雖然只是沙沙地在雪中行走，但相當快樂。

147 ざくり ②（擬聲、擬態）／使勁地。

用法 指用力切、割、挖或用尖物捅時發出的聲音及其狀態。

例句 🗨 彼女はざくりとキャベツに包丁をいれた／她用力地把刀切入高麗菜中。

🗨 それはざくりと胸に突き刺すような話だ／那簡直是像猛力地刺入胸膛般的話語。

148 さっ ①０（擬聲、擬態）／迅速地、唰地。

用法 指動作、行動、變化極快的樣子。

例句 🗨 紀子はさっと身を翻して帰っていた／紀子唰地快速轉身回去了。

🗨 それを聞いたとたんに彼の顔からさっと血の気が引いた／聽到這番話，他的臉唰地變得蒼白。

149 さっさ ①③（擬態）／飛快、迅速；乾脆、毫不猶豫。

用法 ①形容動作飛快、敏捷的樣子。②指乾脆、毫不猶豫的樣子。

例句 🗨 道草など食わないでさっさと帰ってきなさい／不要在途中耽擱，速去速回。

❷Aさんは何も手伝わないで、一人でさっさと帰ってしまった／A小姐什麼忙都沒幫上，一個人迅速地回家了。

❸私はアパートを見つけてさっさと引っ越していった／我自己找了間公寓，毫不猶豫地搬出去了。

150 さばさば ①（擬聲、擬態）／不拘小事、直爽、爽快、乾脆。

用法　形容性格、態度直爽、爽快、乾脆。

例句　❶彼は私の友人の中では一番さばさばしていて、気のおけない人だ／在我朋友中，數他最爽快乾脆，直來直往。

❷彼女はさばさばした性格の女性です／她是個性格豪爽的女性。

❸彼はよくさばさばした口調で話す／他說話的語氣總是很乾脆。

151 さめざめ ③②（擬態）潸然淚下。

用法　形容輕輕地啜泣的樣子。

例句　❶不幸な身の上を物語りながら、老婆はさめざめと泣いた／老婆婆邊講著不幸的身世，邊潸然淚下。

❷母は写真をみながら、父をしのんでさめざめと泣いている／母親看著照片思念起父親，不禁潸然淚下。

❸夫が家に帰らないので彼女はさめざめと泣いた／丈夫沒回家，她輕輕地啜泣了。

152 さらさら ①（擬聲、擬態）／輕快、說話流利、做法簡單、隨便。

用法 形容動作（如寫字、繪畫）輕快、說話流利、做法簡單、隨便。

例句 ● 先生の書き方はペンが紙の上をさらさら走るのようだ／老師的書寫方式就像是筆在紙上唰唰地飛舞似的。

● わたしは得意気にノートにさらさら答えを書きました／我志得意滿地在筆記本上輕鬆地寫下答案。

● 探偵小説は最後がどうなるだろうと読んでいくのが楽しみなのに、新刊広告で結末をさらさらと紹介している／讀偵探小說的樂趣在於它的結局如何，新書廣告卻隨隨便便地告訴了大家結果。

153 さらり ②③（擬態）／一下子、一口氣。

用法 指活動無障礙或行動無阻的樣子。

例句 ● さらりとドアを開けて、先生が現れた／門一下子被打開，老師出現了。

● 彼女はこんなに読みにくい英語の本でもさらりと読んでしまうのだ／她竟然連這麼難的英文書都能一口氣讀完。

154 ざわざわ ①（擬聲、擬態）／哇啦哇啦、鬧哄哄。

用法 形容人聲嘈雜、熙熙攘攘或許多人在說說笑笑。

例句 ● 早くこのざわざわした空気から解放されたい／真想早一點從這嘈雜的氣氛中解脫。

② 人の出入りの多い、こんなざわざわしたところではとても勉強できない／在這種人們進出頻繁鬧哄哄的地方，根本無法用功念書。

155 ざんぶり ③（擬聲、擬態）／嘩嘩地、撲通。

用法 指突然地下雨或與物體碰撞時發出的一次聲音及其狀態。

例句 ① 雨がざんぶりふっていたので、お月様は見えませんでした／因為雨嘩嘩地下，所以沒看到月亮。

② 大きなへびはざんぶりと池に落ち込んだ／大蛇撲通地掉進池塘裡。

156 しくしく ②（擬聲、擬態）／抽搭、抽抽噎噎、低聲啜泣。

用法 形容抽搭低聲哭泣聲及其狀態。

例句 ① 小娘が物陰に隠れて、しくしく泣いていた／小女孩躲在暗處低聲啜泣。

② その子は先生に叱られてしくしくとしゃくりあげている／那孩子被老師罵，抽抽搭搭地哭了起來。

157 しこしこ ②（擬態）／踏踏實實地。

用法 形容踏踏實實地做事的樣子，有時含有諷刺的意味。

例句 ① 私のほうはこれからも初心者らしくいしこしこと頑張っていくつもりです／我打算從今以後要像個初學者般踏實地努力下去。

彼は仏教についてしこしこと研究している／他正專心致志地研究佛教。

中島さんは一人でしこしこ勉強している／中島先生正一個人認真地苦讀。

158 じたばた ① (擬態) ／ 抵抗、掙扎；驚慌失措、手忙腳亂。

用法 ①形容手腳亂動、抵抗、掙扎的樣子。②指爲了擺脫困境而驚慌失措、手忙腳亂的樣子。

例句 注射をしようとすると、あかちゃんは嫌がってじたばたする／要打針時，小嬰兒手腳亂動，不願意打。

手足をじたばたさせてかなり痛そうにしていた／他痛得手腳亂動，似乎很痛。

じたばた騒いでいない／不要驚慌地吵鬧。

159 しっかり ③ (擬態) ／ 緊緊地抓住、繫住、綁住；堅定、堅強、可靠；好好地、扎扎實實地、穩穩地。

用法 ①指緊緊地抓住、繫住、綁住等。②指言行、想法等堅定、堅強、可靠。③指好好地、扎扎實實地、穩穩地做事。

例句 ホームで別れるとき、彼は私の手をしっかりと握りしめた／在月臺上分別時，他緊緊地握住我的手。

防災点検はしっかりとしておきなさい／防災檢查要確實地做好。

朝ごはんをしっかり食べないと、その日は元気いっぱいに働けない／要是早餐沒吃飽，這一天就無法精力充沛地工作。

160 しっくり ③（擬態）／融合、融洽、和諧、對勁。

用法 形容非常融合、和諧、對勁。

例句
- 労使関係（ろうしかんけい）がしっくりしていないような会社は信用できない／勞資關係不融洽的公司是靠不住的。
- 上司（じょうし）がこんなに私の心にしっくりと語ってくれたことは今までになかった／上司和我這樣推心置腹地談話，至今未曾有過。
- 私はどうも田中さんとの仲がしっくりいかない／我怎麼樣也無法和田中先生好好相處。

161 じっくり ③（擬態）／仔仔細細、認認真真、好好地。

用法 形容做事的態度認真。

例句
- じっくり比較すると、間違いところがまだある／仔仔細細地比較後，發現還有弄錯的地方。
- 京都をじっくり観光してください／請好好地參觀京都。
- いそがないから、じっくり考えて返事をしてくれ／不要著急，好好考慮考慮再回答。

162 しっしっ ①（擬聲）／噓噓。

用法 趕走小動物時發出的聲音。

例句
- 庭（にわ）に入ってきた野良犬（のらいぬ）をしっしっと追（お）い払（はら）った／把闖進院子裡的野狗，噓、噓地趕了出去。
- しっしっと縁側（えんがわ）に上がってきた猫を追（お）い払（はら）った／噓、

嘘地趕走跳到走廊上的貓。

163 しっと ①（擬聲）／嘘嘘、嘘。

用法 ①指趕走小動物時發出的聲音。②指制止講話，要求保持安靜的信號。

例句 ⬥静子はしっと手を振って、猫を追い払った／靜子「嘘」地一聲揮手把貓趕走。

⬥先生からしっと制して、安藤は静かにしていた／老師「嘘」地制止後，安藤才安靜下來。

164 じっと ⓪（擬態）／動也不動地、一聲不吭、安靜、平靜。

用法 形容動也不動地、一聲不吭、安靜、平靜的樣子。

例句 ⬥彼はじっと黙っていたが、妙子に対して無言の批判と軽蔑とを示していた／他雖然緘口不言，但卻顯露出對妙子的無言譴責和蔑視。

⬥彼は傍聴席の最前列じっと身を堅くして座っていた／他直挺挺地坐在旁聽席的最前排，動也不動地。

⬥もうじっとして入られません。意外な任務が私に降りかかってきました／我再也不能不吭聲了，一項意外的任務落到我身上。

165 しっとり ③（擬態）／文靜、安詳、沉著、穩重。

用法 形容非常文靜、幽雅安詳、沉著、穩重的樣子。

例句 ⬥この本はしっとりした味わいを楽しむ作品です／這本書是能感受到沉穩氣息的作品。

149

❷この服を着て<u>しっとり</u>と大人っぽい感じになっています／穿了這件衣服有種成熟穩重的感覺。

166 しどろもどろ ④⓪（擬態）／語無倫次、前言不搭後語、牛頭不對馬嘴。

用法 形容語無倫次、前言不搭後語的樣子。

例句 ❶愛子を追求^{ついきゅう}する時に、こんなに<u>しどろもどろ</u>したらだめですよ／追求愛子的時候，像這樣語無倫次地可不行喔。

❷彼は資料^{しりょう}を見ながら、<u>しどろもどろ</u>に説明している／他一面看資料，一面前言不搭後語地説明著。

❸私はその時穴^{あな}へも入りたい心地^{ここち}で<u>しどろもどろ</u>の受け答^{こた}えをしていた／我當時羞得無地自容，前言不搭後語地回答著。

167 じゃかじゃか ①（擬聲、擬態）／瘋狂地、發狂；大量、大規模、驚人的氣勢。

用法 ①形容狂奏樂器時或連續敲擊金屬物時發出的聲音。
②指大量、大規模地反覆做事，以驚人的氣勢做事。

例句 ❶民子はブラスバンドに加^{くわ}わって毎日<u>じゃかじゃか</u>演奏^{えんそう}している／民子參加了銅管樂團，每天發狂似地演奏。

❷彼は<u>じゃかじゃか</u>ギターを弾いています／他正瘋狂地談著吉他。

❸週刊誌^{しゅうかんし}がその汚職^{おしょく}事件についてじゃかじゃか書き立てた／周刊雜誌對那個貪污事件大肆渲染。

168 しゃきしゃき ①（擬聲、擬態）／嚓嚓、咯吱咯吱；乾脆俐落、敏捷、爽快。

用法　①形容用刀切東西以及咀嚼食物時發出的清脆的聲音及其感覺。②形容動作、語言乾脆俐落、敏捷、爽快。

例句
- 彼は大きな氷をしゃきしゃきと切っている／他正在嚓嚓地切著大冰塊。
- 筍のしゃきしゃきな食感はほんとうにおいしいです／竹筍那清脆的口感真好吃。
- 彼女の言葉ははっきりしゃきしゃきしていて感じがよい／她說話乾脆俐落，給人爽快的感覺。

169 しゃきっと ②（擬態）／姿態端正、精神振奮；為之一振。

用法　①形容姿態端正、精神振奮的樣子。②指心情為之一振的狀態。

例句
- 父はもう80歳だと言うのに姿勢がしゃきっとしている／父親已經80高齡，但姿勢還是很端正。
- 地震の不幸が訪れたときでも彼女はしゃきっとしていた／地震的不幸降臨時，她仍然很堅強。
- ねむたい時、水のシャワーを浴びるとしゃきっとする／想睡時洗一個冷水澡，精神為之一振。
- 風にあたって気分がしゃきっとする／吹了風，精神為之一振。

170 しゃなりしゃなり 1 2（擬聲、擬態）／忸怩作態、扭扭捏捏。

用法　形容走起路來忸怩作態、扭扭捏捏的樣子。

例句
- 美紀はいつものように派手に着飾ってしゃなりしゃなりとパーティーに現れた／美紀像往常一樣，穿著鮮豔華麗的服裝，忸怩作態地出現在宴會上。

- ハイヒールをはいてしゃなりしゃなりと歩いているモデルはほんとうにすごいです／穿著高跟鞋扭來扭去地走著的模特兒真的好厲害。

171 じゃらじゃら 1（擬聲、擬態）／妖裡妖氣、花枝招展、妖媚。

用法　指令人討厭的打扮、裝束、模樣等。

例句
- 松本さんはよくおしろいをべたべたつけて、じゃらじゃらしている／松本小姐經常粉擦得厚厚的，打扮得妖裡妖氣。

- あの女はいつもじゃらじゃらと着飾って出かけていく／那個女人總是打扮得花枝招展地出門。

172 しゃん 0（擬態）／身體硬朗、精力充沛；心情為之一振、端正、挺直、整整齊齊、規規矩矩。

用法　①形容年齡雖大但身體硬朗、精力充沛。②形容心情為之一振，姿勢端正、挺直、整整齊齊、規規矩矩的樣子。

例句
- 先生は歩く時にいつも背筋がしゃんと伸びている／老師走路的時候背總是挺得直直的。

● 冬でも冷たい水で入浴するほうがさっぱりして、気持ちもしゃんとする／即使在冬天用冷水洗澡也很爽快，精神為之一振。

● 彼はいつもしゃんとした服装(ふくそう)をしている／平時他總是衣冠楚楚。

173 しゃんしゃん ①(擬聲、擬態)／啪啪；健壯硬朗、精力旺盛、老當益壯。

用法 ①指有節奏地鼓掌。②指年齡雖大但身體健壯硬朗，精力旺盛、老當益壯。

例句 ● みんなはしゃんしゃんと拍手(はくしゅ)して、二人の結婚を祝(いわ)う／大家啪啪地鼓掌，祝賀兩人結婚。

● あのおばあさん、80だというのにしゃんしゃんして、達(たっ)者(しゃ)なものだ／那位老奶奶雖然已經80歲了，但是身體硬朗，非常健康。

● 王さんははしゃんしゃんとしているので、とても90歳には見えない／王先生老當益壯，怎麼也看不出已經90歲了。

174 じゃんじゃん ①(擬聲、擬態)／連續不斷地、一個勁地。

用法 指連續不斷地、一個勁地做某事。

例句 ● 中村さんは決して無計画(むけいかく)にじゃんじゃん使うようなことはしない／中村先生決不會毫無計畫地隨意亂花錢。

● この店は別に宣伝(せんでん)しなくて開業(かいぎょう)早々(そうそう)、じゃんじゃんお客さんが詰(つ)め掛(か)けた／這家店也沒怎麼宣傳，一開張客人就蜂擁而至。

❸ 彼女は帰国すると、取材の電話がじゃんじゃんかかって
きた／她一回國採訪的電話就絡繹不絕。

175 しゅん ①（擬態）／一言不發、陷入沉思。

用法 指突然意志消沉、情緒低落或一言不發、陷入沉思的
樣子。

例句 ❶ 彼女が急にしゅんとしてしまった／她突然地沉思起
來。

❷ 友子が本当にしょげ返っているのを見て、私までしゅん
となってしまった／看到友子如此地垂頭喪氣，連我
都沮喪極了。

176 じょきじょき ①（擬態）／喀嚓喀嚓。

用法 形容割草、剪花的聲音及其狀態。

例句 ❶ 私は芝刈り機でじょきじょき庭の芝を刈っている／我正
在用割草機喀嚓喀嚓地修剪院子裡的草。

❷ 彼女は長い髪をじょきじょき切って、あたらしい髪型に
変えました／她把長髮喀嚓喀嚓地剪掉，換了個新髮型。

177 じろじろ ③（擬態）／直盯盯地、直瞪瞪地。

用法 形容毫不客氣地、目不轉睛地看人或看東西的樣子。

例句 ❶ 他人をじろじろと見るのは失礼だ／直盯著別人看是不
禮貌的。

❷ 私はよく人からじろじろ見られます／我經常被人盯著
看。

③私は他人にじろじろ見られたりストーカーされるのは大嫌いです／我最討厭被人盯著看和跟蹤。

178 じろっと ②（擬態）／瞪著。

用法 指目光銳利地瞪一眼。與「じろり」的意思大致相同。

例句 ①妹はじろっと圭太を見る／妹妹盯著圭太看。

②入ってきた客を、老人は値踏みでもするように、眼鏡越しにじろっと見る／老人以像是估價似地透過眼鏡目光銳利地打量著進來的客人。

179 じろり ②（擬態）／瞪著。

用法 指目光銳利地瞪著的樣子。

例句 ①百合子は人の顔をじろりと見る悪い癖があるのだそうだ／百合子據說有盯著別人的臉瞧的壞習慣。

②先生はじろりと私を見ながらそう言った／老師目光銳利地看著我如此說道。

180 じわじわ ①（擬態）／漸漸地、逐步地、步步緊逼地、慢慢地。

用法 形容漸漸地、逐步地、步步緊逼地、慢慢地做某事的樣子。

例句 ①上司がノートを出して、じわじわと質問を始めた／上司拿出筆記本，步步緊逼地開始質問。

②この小説はじわじわと売り上げを伸ばしている／這本小說的銷售量正逐漸地上升。

181 しんねり ③（擬態）／性格孤僻、執拗、脾氣古怪。

用法 比喻性格不開朗，彆扭執拗。

例句 ❶彼は昔のことにこだわって、いつまでも<u>しんねり</u>むっつりしている／他很在意過去的事，有意見也不肯說出來。

❷川村さんは<u>しんねり</u>と目をつぶりながら、首をそっちへ向ける／川村先生執拗地閉上眼睛，把頭轉向外面。

❸ああいう<u>しんねり</u>した人は付き合いにくい／像他那種整天不開口的人很難交往。

182 すいすい ①（擬態）／毫無障礙、順利地。

用法 形容毫無障礙、順利地進行。

例句 ❶計画に従って、<u>すいすい</u>と仕事を進めていった／根據計畫順利地進行工作。

❷他の人が問題を<u>すいすい</u>解いているのをみると焦ってしまいます／看到他人很順利地解題，心裡很著急。

❸難解な問題が<u>すいすい</u>解けたときの心地よさ／難解的問題都順利地解出來時，心情真是舒暢。

183 すーっと ②（擬聲、擬態）／行動敏捷、變化迅速；鬆一口氣、心情舒暢。

用法 ①比喻行動敏捷、變化迅速。②形容鬆了一口氣的樣子。

例句 ❶この本を見てから、うつといらいらが<u>すーっと</u>なくなる／看了這本書之後，憂鬱和焦慮一下子就消失了。

💬 気になっていた仕事をやり終えて、やっと気分がす一っとした／完成了一直掛在心上的工作，心情總算為之舒暢。

💬 クラスメートとの間の誤解(ごかい)が解けて、気持ちがす一っとなりました／解開了和同學之間的誤會，心情變得很愉快。

184 ずかずか ①（擬態）／冒冒失失、大大咧咧、大模大樣。

用法 形容冒冒失失、大大咧咧、大模大樣。

例句
💬 彼はずかずかと私のそばへやってきた／他大大咧咧地走到我身旁。

💬 大勢の憲兵(けんぺい)が、ずかずかと家の中に踏み込んできて、主人を連れて行ってしまいました／很多憲兵大模大樣地闖入我家，.把我丈夫給帶走了。

💬 男はずかずかと演壇(えんだん)に上がって、講師をいきなり殴(なぐ)りつけた／那個男人大模大樣地登上了講臺，突然狠狠地打了講師。

185 すかっと ②（擬態）／唰地切下；清楚、簡明扼要。

用法 ①指唰地一刀切下。②形容清楚、簡明扼要的狀態。

例句
💬 研(と)いだばかりのかまで草を根元(ねもと)からすかっと切(き)り倒(たお)す／用剛磨好的鐮刀從草的根部一刀砍倒。

💬 その質問にすかっと筋(すじ)のよく通(とお)った答えができた学生は彼一人だった／學生中只有他一個人，對那個問題作出簡明扼要、條理分明的回答。

💬 彼の話はいつも短(みじか)いが、言いたいことがすかっと出ている／他的話總是很簡短，但想說的話表達得一清二楚。

186 すくっと ② (擬態) ／一下子站起來、直直地站著。

用法　形容霍地一下子站起來或直挺挺地站著。

例句
- 一人の男が<u>すくっと</u>席から立ち上がり、「質問！」と言った／一個男人霍地從座位上站了起來說：「我有問題！」
- 先生の講演_{こうえん}が終わると、彼は<u>すくっと</u>席から立ち上がって、教室を出て行きます／老師的演講一結束，他霍地從座位上站起來走出教室。
- その初老_{しょろう}の人は何かにつまずいて転んだが、<u>すくっと</u>たちあがった／那個有點老的人不知被什麼絆倒，但很快就站了起來。

187 ずけずけ ① (擬態) ／直截了當、毫不客氣、直言不諱。

用法　指講話不留情面，直截了當、毫不客氣、直言不諱。

例句
- 女の容貌_{ようぼう}を<u>ずけずけ</u>批評_{ひひょう}するのは失礼_{しつれい}だよ／直截了當地評價女人的容貌是失禮的。
- 彼は私の作品に対して<u>ずけずけ</u>批判_{ひはん}する／他毫不留情地批評了我的作品。
- 田中さんは酔_ようと<u>ずけずけ</u>とものを言う癖_{くせ}があった／田中先生有一喝醉酒便會不留情面地說教的習慣。

188 すごすご ① (擬態) ／垂頭喪氣、無精打采、沮喪地。

用法　形容感到非常失望垂頭喪氣、無精打采、沮喪的樣子。

例句 ❶先生にきつく叱られ、男の子はすごすごとブランコを下
りた／受到老師的嚴厲責罵，男孩垂頭喪氣地從鞦韆
上下來了。

❷彼女の冷淡な拒絶にあって、新一はすごすごと、あのア
パートを出た／遭到了她的冷淡拒絕後，新一沮喪地
走出了那棟公寓。

❸昨日は締め切りと言われて、私はすごすご帰っていた／
被告知昨天是截止日期，我掃興地回家。

---

189 **すたこら** ② (擬態) ／目不斜視、匆匆忙忙地走、拔腿就
跑。

用法 指目不斜視、匆匆忙忙地走、拔腿就跑的狀態。

例句 ❶私はすたこら走ってやっと友達に追いついた／我拔腿
快跑，總算追上了朋友。

❷犬を森へ捨て、すたこら家へ戻ってみると、ちゃんと
先に帰ってきている／我把狗扔到森林裡拔腿就往家
跑，回家一看，狗倒先回來了。

❸デパートで、彼女に出会ったら、私はすたこら逃げ出す
ことにしている／要是在百貨公司遇見她，我一定一
溜煙地跑掉。

---

190 **すたすた** ② (擬態) ／三步併做兩步、急匆匆地。

用法 指一個勁地往前走，三步併做兩步、急匆匆的樣子。

例句 ❶優ちゃんが歩くのがだいぶ上手になって、すたすたと歩
くようになりました／小優已經走得很好，可以三步
併做兩步地走了。

人的情感　人的行為　物的狀態　食物滋味　動物聲音

159

その人はおつりも受け取らず、<u>すたすたと</u>人込みの中に消えてしまった／那個人連找的錢也沒拿，急匆匆地消失在人群中。

父は体を鍛えるため、いつも<u>すたすたと</u>足早に歩いている／父親為了鍛錬身體總是急匆匆地快步行走。

---

191 すっと ⑩（擬態）／倏地、唰的一下。

用法　形容動作飛快、迅速或事情進行得順利的様子。

例句
先生と話し合っているところへ彼が<u>すっと</u>入ってきた／正和老師說話時，他倏地跑了進來。

改札口を出たとたん、刑事らしい男が<u>すっと</u>寄ってきて……／剛走出剪票口，一個刑警打扮的男人靠了過來……

口に運んで吸い込んだら<u>すっと</u>はいってくる／放入口中一吸，唰地就吸進去了。

---

192 すっぱり ③（擬態）／完全切斷、切開、剪開。

用法　指一下子或完全切斷、切開、剪開的様子。

例句
母は西瓜をまな板の上に置いて、<u>すっぱりと</u>切った／母親把西瓜放在砧板上，唰地一下切成兩半。

彼はタバコを吸うのを<u>すっぱりと</u>やめた／他斷然地拒絶吸菸。

私は父の看護に専心するため仕事を<u>すっぱり</u>やめた／為了專心照顧父親，我乾脆辭去了工作。

193 すてん ②（擬態） ／摔個四腳朝天。

用法 指摔個四腳朝天的樣子。

例句
- 芝の上ですてんと転んでしまった／在草地上摔個四腳朝天。
- 道端に捨ててあったバナナの皮に滑ってすてんと引っ繰り返った／踩到被丟在路旁的香蕉皮而滑倒，摔了一跤。

194 すとん ②（擬聲、擬態） ／撲咚。

用法 指一下子落下或重重地跌倒等時發出的撲咚聲及其狀態。

例句
- 電車の揺れで坊やはすとんと尻餅をついた／因為電車搖晃男孩撲咚一聲摔個屁股著地。
- 何かぶつけて、体がすとんと前のほうへ放り出された／不知撞到什麼，咚的一聲，身體被拋到前面去。

195 ずどん ②（擬聲、擬態） ／咕咚、撲通。

用法 指沉重物體突然倒下、落下的聲音及其狀態。

例句
- 何かをずどんと落とす／不知什麼咚地一聲掉下來。
- あかちゃんが寝返りを打った途端ベッドからずどんと落ちた／小嬰兒才剛翻身，就從床上撲通一聲掉了下來。

196 すぱすぱ ②（擬態）／一個勁地、一口接一口地；刷刷地、敏捷地；果斷、不費勁。

用法 ①形容一個勁地、一口接一口地抽菸。②指不停地、飛快地切東西。③指辦事果斷的樣子。

例句 ● 温子は私の前でもすぱすぱとタバコを吸っている／温子即使在我的面前也是一個勁地抽菸。

● この番組の感想をすぱすぱと書いていた／刷刷地寫下對於這個節目的感想。

● 彼は山積みした仕事をすぱすぱと処理していった／他輕輕鬆鬆地就處理完堆積如山的工作。

197 ずばずば ①（擬態）／直截了當、毫不客氣、不留情面。

用法 形容說話或做事直截了當、毫不客氣、不留情面。

例句 ● 洋介はこの問題についてずばずば意見を述べた／洋介對於這個問題直截了當地陳述了自己的意見。

● あの人は誰に対してもずばずばした調子で言う／那個人不論對誰，講起話來都毫不客氣。

● 私と中田さんはお互いに言いたいことをずばずば言い合える／我和中田小姐可以彼此毫無顧忌地想說什麼就說什麼。

198 すぱり ②（擬態）／果斷、直截了當；抽著菸。

用法 ①指猛然地切開或果斷、說話直截了當。②形容抽菸的狀態。

例句 ● 私たちが言いにくいことでも彼はすぱりと言ってのける

／連我們都說不出口的事他直截了當地說了出來。

🌑 鈴木は大田から貰った葉巻を惜しげもなくすぱりと吸っている／鈴木毫不可惜地大口吸著大田給他的雪茄。

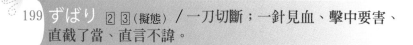

199 ずばり ②③(擬態) ／一刀切斷；一針見血、擊中要害、直截了當、直言不諱。

用法 ①比喻一刀切斷。②形容說話一針見血、擊中要害、直截了當、直言不諱的樣子。

例句 🌑 ずばりと包丁をおろして大きな魚を二つに切り開く／唰地一菜刀下去，把一條大魚劈成兩半。

🌑 親友に欠点をずばりと指摘した／直言不諱地指出了好朋友的缺點。

🌑 イジメを予防するそのものずばりの対策ではないが、何もしないよりましだ／雖然不是預防歧視的有效對策，但是總比沒有強。

200 すらすら ①(擬態) ／順利地、流利地、通順。

用法 ①形容事情進展順利。②形容說話或寫文章通順、流利。

例句 🌑 講義と同じスピードで、すらすらとノートできるんだからうらやましい／能以和講課同樣的速度流暢地記筆記，真令人羨慕。

🌑 長い英語の文章を、よどみなくすらすらと読む／很長的英語文章也讀得十分流暢。

🌑 その留学生は難しい漢字でもすらすらと読んだ／那個留學生即使很難的漢字也讀得十分流利。

201 **すらり** ②（擬態）／順利、毫不費力。

用法 形容事情進行得順利。

例句 ❶ この議案が国会をすらりと通るはずがない／這項議案
國會不會順利通過的。

❷ こんなにすらりと承知してくれるとは思わなかった／沒
想到他這麼輕易地就答應了。

202 **するする** ①（擬態）／哧溜哧溜；進展順利。

用法 ①形容滑動、伸展、移動等迅速、無阻力。②形容事
情進展順利。

例句 ❶ 二人はおしゃべりしながら大根の皮をするすると剥いて
いく／兩個人一邊閒聊一邊俐落地削著蘿蔔皮。

❷ その子は高い木にも苦もなくするする登る／那個孩子
即使是很高的樹也能毫不費力地哧溜哧溜往上爬。

❸ 今度の交渉は万事よくするするとうまくいった／這次
的談判一切順利。

203 **ずるずる** ①（擬態）／唏溜唏溜地；拖拖拉拉、磨磨蹭
蹭。

用法 ①比喻連續抽吸發出的唏溜唏溜聲或連續拖曳發出的
聲音。②指拖拖拉拉、磨磨蹭蹭的樣子。

例句 ❶ あの男の子は風邪を引いているとみえて、ずるずる鼻水
をすすりあげている／看樣子那個男孩感冒了，正唏
溜唏溜地吸著鼻涕。

👆課長はいつでも決断を<u>ずるずる</u>引き延ばす／課長總是拖拖拉拉、優柔寡斷。

👆借金の返済が<u>ずるずる</u>になっている／拖延償還借款。

204 するり ②（擬態）／嗖地；一閃身、一閃而過。

用法　①形容東西一滑的樣子。②形容動作敏捷，一閃身、一閃而過的樣子。

例句　👆そのすりは客の財布を<u>するり</u>と抜き取った／那個扒手嗖地一下就將客人的錢包偷走了。

👆手品師が合図すると縄が<u>するり</u>と解けた／魔術師剛做了一個手勢，繩子嗖地一下就解開了。

👆子供は脇の下を<u>するり</u>とすり抜けて、逃げて行ってしまった／小孩子一閃身從腋下擠過，逃跑了。

205 ぜーぜー ①（擬聲、擬態）／呼嚕呼嚕。

用法　形容痰堵在喉嚨口或嗓子疼痛時發出的聲音及其狀態。

例句　👆喘息の気があるらしく、普段話す声も<u>ぜーぜー</u>している／他好像有氣喘病，平時說話聲音也呼嚕呼嚕的。

👆（喘息）隣のベッドの患者は<u>ぜーぜー</u>のどを鳴らして苦しそうだ／鄰床的病人喉嚨裡呼嚕呼嚕響，好像很痛苦的樣子。

206 せかせか ①（擬態）／匆匆忙忙、匆促、急匆匆。

用法　形容顯得急匆匆、不沉著的樣子。

例句 ① 師走の街路を人々はせかせかと歩いていく／年關將近，街上行人都步履匆匆的。

② まるで追い立てられているように、せかせか歩いてくる男がある／有個男人好像被人轟走似地急匆匆地走了過來。

③ （夫に）あなたはいつもせかせかしているから、子供のことを相談する暇もないじゃありませんか／（對著丈夫說）你總是忙忙碌碌的，連商量孩子的事的時間都沒有嗎？

207 せっせ ①（擬態）／不停歇、不怠惰、匆匆忙忙、拼命地。

用法 形容不停歇、不怠惰、匆匆忙忙、拼命地做某事。

例句 ① 朝早くから夜遅くまで、せっせと働いても収入はたいしたことはない／即使從早到晚拼命地幹，收入也沒有多少。

② わが国の一般の大衆は、持ち家づくり、子弟教育、老後の不安などのため、せっせと貯蓄に励む習性がある／在我國的一般民眾中有為了蓋房子、教育子女、養老而拼命儲蓄的習慣。

③ 騙されているとも知らず、男にせっせと金を貢いでいたのだ／她不知道自己被騙，還不停地送錢給那個男人。

208 そそくさ ①（擬態）／匆匆忙忙、急急忙忙。

用法 形容急急忙忙的樣子。

例句 ① そそくさと電話を切って、出かける支度をする／匆匆忙忙地掛斷了電話，準備出去。

② 夫は朝食をそそくさと済ませて車に乗り込んだ／丈夫匆忙吃完早飯便坐上車了。

③ 大臣は記者を振り切ってそそくさと官邸に消えた／大臣甩開記者便匆匆忙忙消失在官邸中。

209 そっと ⓪（擬態）／輕輕地、不出聲地；悄悄地、暗地裡。

用法 ①指不出聲地或輕輕地做事。②指為了不被人發現而偷偷地做事。

例句 ① 赤ん坊が目を覚まさぬようそっと部屋を出た／為了不吵醒孩子悄悄離開了房間。

② 看護婦は病人をそっと担架からベッドへ移した／護士將病人從擔架上輕輕地放到床上。

③ ドアの隙間から姉の部屋をそっとのぞいた／從門縫偷窺姐姐的房間。

210 そろそろ ①（擬態）／慢慢地、徐徐；漸漸地。

用法 ①形容慢慢地、徐徐的樣子。②指逐漸進入某種狀態或發生某種情況。

例句 ① やっとベッドを離れて、庭をそろそろと散歩できるようになりました／終於能起床在院子裡慢慢地散步了。

② ふすまをそろそろと開けて、部屋を覗き込む／慢慢地打開拉門往屋裡看。

③ （手術後）傷が痛くてそろそろしか歩けない／因傷口疼痛只能慢慢走。

211 ぞろぞろ ① (擬態) ／ 連續不斷地、三五成群、魚貫而入、絡繹不絕；拖曳。

用法 ①形容連續不斷地、三五成群、魚貫而入、絡繹不絕的樣子。②形容給人一種不整潔的感覺。

例句 ❶観光客が旗を先頭にぞろぞろと歩いていく／觀光客跟在導遊的旗子後面一個接一個地走著。

❷連休にはみなぞろぞろと海外へ出かけていく／連假時大家都三五成群地去海外。

❸旅館の浴衣が長くて裾がぞろぞろ引きずる／旅館的浴衣很長，拖著長長的衣襟。

212 そろり ② (擬態) ／ 緩慢、悄悄地。

用法 指緩慢、悄悄地進行。

例句 ❶私は看護婦に支えられて、やっとそろり、そろりと歩けるようになった／在護士的攙扶下，我終於能慢慢地走路了。

❷彼は会議室からいつのまにかやらそろりと入っていた／不知什麼時候，他悄悄地從會議室開門進來。

❸彼女はいつものようにそろりと玄関の戸をあけて入ってきた／她跟平時一樣，悄悄地開門進來。

213 たーと ① (擬態) ／ 一溜煙似地、拼命地；迅速、有條不紊。

用法 ①形容一溜煙似地、拼命地朝一個方向跑。②形容處理事情迅速而有條不紊。

例句
1. 午前の授業が終わると、お腹_{はら}のすいた学生たちはたーと 食堂_{しょくどう}へ走る／上午的課一結束，饑腸轆轆的學生們一 溜煙地朝餐廳跑去。

2. 園児_{えんじ}たちは草原_{そうげん}に着_つくとたーと駆け出した／幼稚園的 孩子們一到草地上就一溜煙似地跑起來了。

214 たったっ ①（擬態）／快步前進。

用法 形容加把勁快步前行的樣子。

例句
1. 少年は朝刊_{ちょうかん}を投_なげ込_こむとたったっと走って行った／少年 將早報投進信箱後便快步跑走了。

2. 選手たちはたったっと石段_{いしだん}を駆け上がる／選手們快步 地登上石階。

3. こっちへも向かって、たったっと足早_{あしばや}に歩いてくる男が いる／有個男人加快腳步朝這邊走過來。

215 たらたら ①（擬態）／滴滴答答、不停地；一連串地。

用法 ①形容汗、血、水等不停地往外淌的樣子。②指嘮嘮 叨叨、喋喋不休的樣子。

例句
1. 収入_{しゅうにゅう}が少なく、家計簿_{かけいぼ}は毎月赤字、女房_{にょうぼう}は不平_{ふへい}たらた らだ／由於收入少，家庭收支帳每月都出現赤字，老 婆嘮嘮叨叨沒個完。

2. 彼女は不満_{ふまん}たらたらで夫_{おっと}の両親を迎えに行った／她嘮 嘮叨叨牢騷滿腹地去接公公、婆婆了。

3. いつ会っても息子の自慢_{じまん}たらたらで、まったくやりきれ ない／不管什麼時候只要一見面，她就喋喋不休地誇 自己的兒子，沒完沒了。

216 だらだら ①（擬態）／血流如注的、滴滴答答；喋喋不休、沒完沒了、冗長。

用法 ①指汗、血、水等不停地往下流的樣子。②形容說話或寫文章沒完沒了、冗長。

例句 ①坑夫は汗をだらだらと流しながら石炭を掘った／礦工汗流浹背地挖著煤。

②朝からテレビをつけて一日中だらだら見ている／從早晨就打開電視，沒完沒了地看了一天。

③だらだら長いだけで、さっぱり要領を得ない講演だった／演講只是冗長而已，完全不得要領。

217 ちくちく ②（擬態）／連續刺。

用法 形容用針尖或頭尖物等連續刺或扎。

例句 ①胃袋が針で刺されるようにちくちく痛い／胃像被針一針一針扎著似地疼。

②毎日鍼医に通って、ちくちくやってもらっている／每天去看中醫，請他一針一針地針灸。

218 ちくばく ①0（擬態）／不協調、不統一。

用法 指不協調、不統一的情形。

例句 ①君は言うこととやることがちくばくだね／你說的和做的不一致。

②二人の証言はちくばくで、どちらがうそをついている可能性が疑われた／兩個人的證詞不一致，懷疑其中一方在說謊。

③あの二人はなんともちくばくな感じの夫婦だったが、と
　うとう離婚した／那對夫婦總讓人感覺不合，終於還
　是離婚了。

---

219 ちびちび ①（擬態）／一點一點地。

用法　指一點一點地連續做某事。

例句　❶薄給の中からちびちびためた金が、二十年でやっと
　　　　五百万円／從微薄的工資中一點一點地積攢的錢，
　　　　二十年來終於攢了五百萬日圓。

　　　❷毎晩ウイスキーをちびちびやりながら本を読む／每天
　　　　晚上一邊一點一點地品嘗威士忌一邊看書。

　　　❸片隅で、一人杯をなめるように、ちびちびと酒を飲ん
　　　　でいる／他一個人在角落裡好像在品味似地一點一點
　　　　喝著酒。

---

220 ちびりちびり ②（擬態）／一點一點地。

用法　與「ちびちび」意思基本上相同，但更緩慢、更少
　　　量，多用於飲酒方面。

例句　❶彼女は老後のためにためたお金をちびりちびりと使い出
　　　　した／她開始一點一點地花為了養老而積攢的錢。

　　　❷二人は何を話すでもなく、ただちびりちびりと飲んで顔
　　　　を合わせるだけで心が和むのである／兩個人並沒說什
　　　　麼話，只是面對面一小口一小口地喝酒，心情很平
　　　　靜。

　　　❸ちびりちびりと一人で酒を楽しむ／一口一口地喝，獨
　　　　自享受喝酒的樂趣。

221 **ちゃかちゃか** ① (擬聲、擬態) ／不沉著、不穩重、傻乎乎的。

用法 形容動作、態度、講話等不沉著穩重、傻乎乎的，給人一種輕薄的感覺。

例句 「口八丁(くちはっちょう)、手八丁(てはっちょう)、ちゃかちゃかした女」さ／她是個能說又能幹的潑辣女人。

あの娘は明(あか)るいのはいいが、ちょっとちゃかちゃかした感じで、気品(きひん)がないね／那個女孩個性開朗是很好，但有點不穩重、不文雅。

222 **ちゃらちゃら** ① (擬聲、擬態) ／故作嬌態。

用法 形容故作嬌態的樣子。

例句 ちゃらちゃらして、男に甘(あま)えるしか能(のう)のないような女と本気(ほんき)で結婚するのか／你真想和那個矯揉造作，只會向男人撒嬌的女人結婚嗎？

白粉塗(おしろいぬ)って、ちゃらちゃらめかしこんで、とても堅気(かたぎ)とは思えない女だ／她塗脂抹粉，打扮得很妖艷，我想她不是個正派的女人。

223 **ちゃんちゃん** ③ (擬聲、擬態) ／叮叮噹噹；準確無誤、有規律；乾脆、敏捷俐落。

用法 ①形容金屬物碰撞發出的聲音。②指正確、準確無誤地，或做事有規律。③形容做事乾脆、敏捷俐落。

例句 あの二人、前から折り合いが悪かったんだけど、とうとうこないだちゃんちゃんばらばらになったよ／他們兩個人以前關係就不好，最近終於分道揚鑣了。

- 家賃は月末に<ruby>家賃<rt>やちん</rt></ruby>は<ruby>月末<rt>げつまつ</rt></ruby>に<u>ちゃんちゃん</u>と<ruby>払<rt>はら</rt></ruby>ってきますよ／房租月底都按時交。

- <ruby>彼<rt>かれ</rt></ruby>は<ruby>有能<rt>ゆうのう</rt></ruby>で、<ruby>何<rt>なに</rt></ruby>をするのにも<u>ちゃんちゃん</u>とやる／他很有才能，辦什麼事都乾脆俐落。

---

224 ちゃんと ⓪（擬態）／端正、規矩；堅決、整整齊齊、整潔。

用法 ①形容端正、規規矩矩的樣子。②指態度堅決、整整齊齊、整潔等。

例句
- 一<ruby>時間<rt>じかん</rt></ruby>も<u>ちゃんと</u><ruby>座<rt>すわ</rt></ruby>っているのは<ruby>難<rt>むずか</rt></ruby>しい／保持一小時的端坐很難。

- <ruby>彼<rt>かれ</rt></ruby>は<ruby>無口<rt>むくち</rt></ruby>ですが、やるべきことは<u>ちゃんと</u>やる<ruby>男<rt>おとこ</rt></ruby>です／他雖然不愛說話，可是應該做的事卻踏踏實實地去做。

- <u>ちゃんと</u>した<ruby>服装<rt>ふくそう</rt></ruby>でないと、あのレストランでは<ruby>食事<rt>しょくじ</rt></ruby>できないよ／如果衣冠不整，就不能在那家餐館用餐。

---

225 ちゅっと ①（擬聲、擬態）／唧、啾。

用法 指用力吸一口液體、接吻等時發出的聲音及其動作。

例句
- <ruby>虫<rt>むし</rt></ruby>に<ruby>刺<rt>さ</rt></ruby>されたところを<u>ちゅっと</u><ruby>吸<rt>す</rt></ruby>い、<ruby>消毒薬<rt>しょうどくやく</rt></ruby>でぬぐう／唧地吸了一口被蟲子咬過的地方，再塗上消毒藥。

- かわいい<ruby>少女<rt>しょうじょ</rt></ruby>に、<ruby>頬<rt>ほお</rt></ruby>に<u>ちゅっと</u>キスされて、おじさんは<ruby>大喜<rt>おおよろこ</rt></ruby>び／被可愛的少女在臉上啾地一吻，叔叔非常高興。

226 ちょきちょき [1]（擬聲、擬態）／咔嚓咔嚓、喀嚓喀嚓。

用法 形容用剪刀不停地剪東西時發出的聲音及其狀態。

例句 ❶休みの日に、ちょきちょきと家中の者の散髪をやる／休息日拿剪刀唭嚓唭嚓地為全家人理髮。

❷植木屋のはさみの音が、ちょきちょき庭から聞こえてくる／院子裡傳來了花匠用剪刀喀嚓喀嚓地修剪樹枝的聲音。

227 ちょこちょこ [1]（擬態）／不停地活動、急匆匆、不得閒；不費勁地、輕易地。

用法 ①形容動作幅度不大，不停地活動、急匆匆、不得閒。②指沒花多少時間、精力簡單地處理事情。

例句 ❶秘書は代議士のあとをちょこちょこついて行った／秘書跟在議員的後面急匆匆地走了。

❷昼食は台所でちょこちょこと済ませる主婦が多い／很多主婦就在廚房裡簡單地解決了午餐。

❸関西に支社があるので、ちょこちょこ出張している／因為關西有分公司，所以經常出差。

228 ちょこまか [1]（擬態）／幅度小而輕快、（無事）忙碌。

用法 形容動作幅度小而輕快、顯得很不安穩，或無事忙的樣子。

例句 ❶秘書はちょこまか動いて万端の準備を整える／秘書忙碌地四處活動，做好了一切準備。

❷（子供に）台所でちょこまかしないのよ／別在廚房瞎忙了。

229 ちょこん ②（擬態）／輕輕地、微微地、很快地；拘謹、孤單。

用法 ①形容動作輕輕地、微微地、很快的樣子。②比喻獨自一人顯得拘謹、孤單的樣子。

例句 🌀女の子は両親の間にちょこんと座って、あめをしゃぶっていた／女孩孤單地坐在父母中間嘴裡吃著糖。

🌀帽子を取って、ちょこんとお辞儀をする様子がいかにもかわいらしい／他摘下帽子，微微地行個禮，舉止非常可愛。

🌀鼻のあたまににきびが一つちょこんとできる／鼻尖上孤零零地長了一個粉刺。

230 ちょん ①（擬聲、擬態）／點上；一下子結束、很快完結、解雇、除名。

用法 ①是「ちょんちょん」的單次形式，指點上幾個點。②指事情一下子結束、很快完結、解雇、除名。

例句 🌀拍子木の、ちょんという音を合図に、幕を落とす／只敲了一下梆子，幕就拉下了。

🌀あんまり文章が長いから、読点を一つちょんと入れたら……／文章太長了，加上一個逗號，就……

🌀負けた者の額に、墨でちょんと点をつける／輸的人要用墨在額頭上點個點。

231 **ちょんちょん** ① (擬聲、擬態) ／梆梆；點上；靈活、輕易地反覆。

用法 ①形容連續敲梆子聲。②指點上幾個點。③形容動作靈活、輕易地反覆進行。

例句 🍃拍子木がちょんちょんと鳴らされた／響起了梆梆地敲著梆子的聲音。

🍃仮名の右肩のちょんちょん打つとを濁音になる／如果在假名右上方點兩點就變成濁音。

🍃大根の葉をちょんちょんと切り落として、根のほうだけを積み上げていく／嚓嚓地切下蘿蔔的葉子，只有蘿蔔越堆越高。

232 **ちらちら** ① (擬態) ／不時地看、偷偷看；略有所聞、時有所見。

用法 ①指不時地看或偷偷看。②指略有所聞、時有所見，也指某種心理現象。

例句 🍃障子の隙間から中の様子がちらちら見える／從拉門的縫隙中偶爾也能看到裡面。

🍃話すたびに白い八重歯がちらちらするのも可愛らしい／每當說話時便不時地露出雙重牙，樣子很可愛。

🍃あの二人、さっきからこっちをちらちら見ながら、何話しているんだろうね／那兩個人剛才就一邊不時地朝這邊看，一邊談論著什麼。

233 つい ①（擬態）／霍地、驀地、迅速。

用法 形容動作突然、驀地、迅速的樣子。

例句 ⓵ 彼はついと席を立って部屋を出て行った／他驀地從座位上站起來離開了房間。

⓶ 父はその場をついと離れるとホームの片隅に咲いているコスモスを一本摘んできた／父親迅速離開了現場，在月站的角落摘下一支盛開著的波斯菊。

234 つーと ①（擬態）／咻地。

用法 形容像一條線似地朝一個方向迅速移動。

例句 ⓵ 涙がつーと頬を伝わった／淚水像一條線似地順著臉頰向下流。

⓶ 声をかけたのに、あいつはきつかずにつーと行ってしまった／跟他打招呼，他卻沒聽見，徑直地往前走去。

235 つかつか ②（擬態）／毫不猶豫、毫不顧慮、大模大樣地。

用法 形容毫不猶豫、毫不顧慮、大模大樣地進出。

例句 ⓵ 一人の聴衆が演壇につかつかと上がり、突然アジ演説を始めた／一個聽眾大模大樣地登上講台，突然開始發表風趣的演說。

⓶ 学生たちはつかつかと男の前に歩み寄って、「車内は禁煙です」と注意した／學生們毫無顧忌地走到男子面前提醒他說：「車內禁止吸菸」。

人的情感　人的行為　物的狀態　食物滋味　動物聲音

177

❸つかつかと社長室へ入っていって、いきなり辞表をつきつけた／毫不猶豫地走進經理室突然提交了辭呈。

236 つけつけ ②（擬態）／毫不客氣、毫不留情、直截了當。

用法 指講話毫不客氣、毫不留情、直截了當。

例句 ❶人前もはばからず、つけつけと姑に文句を言う／在別人面前也毫不顧忌地向婆婆發牢騷。

❷姑はヒステリックにつけつけと小言を言った／婆婆毫不顧忌地歇斯底里地發著牢騷。

❸不備な点をつけつけ指摘して、容赦なくやり直させる／毫不留情地指出了不完善的地方，令其重做。

237 つっと ⓪①（擬態）／驀地、突然；一動不動。

用法 ①形容動作迅速、突然的樣子。②形容站著一動不動的樣子。

例句 ❶私が庭の掃除をしていると、お隣のお奥さんが窓からつっと顔を出して挨拶をした／我正在打掃院子時，鄰居家的太太突然從窗戶探出頭來打招呼。

❷ふと振り返ってみると、私に道を教えてくれたそのおばあさんはまだつっと立ったまま私のほうを見ていた／無意中回頭一瞧，那位為我指路的老奶奶還是一動不動地站在那兒望著我。

❸彼女はつっと部屋に入る／她突然地進了房間。

238 **つべこべ** ①（擬態）／強詞奪理、胡攪蠻纏、鬼扯淡、胡說八道。

用法 形容態度蠻橫的樣子。

例句 ❶つべこべ文句ばかり言って、ちっとも仕事をしない／光強詞奪理不停地發牢騷，工作一點也不幹。

❷つべこべ言わずに、黙っておれの言うとおりにするんだ／別強詞奪理，老老實實地按照我說的去做。

❸遅刻したらつべこべ言い訳しないほうがいい／如果遲到了最好不要找理由辯解。

239 **つんけん** ①（擬態）／氣呼呼、冷言冷語。

用法 形容語言、態度等氣呼呼、冷言冷語的樣子。

例句 ❶妻は朝からつんけんしている／老婆從早晨就氣呼呼的。

❷その店員が客に対してつんけんした態度を取った／那個店員對顧客採取冷言冷語的態度。

240 **つんつん** ①（擬態）／繃著臉、氣呼呼、氣沖沖；裝模作樣、佯裝一本正經、態度冷淡、愛理不理。

用法 ①形容發怒的樣子，繃著臉、氣呼呼、氣沖沖。②形容裝模作樣、佯裝一本正經、態度冷淡、愛理不理的樣子。

例句 ❶恵子はつんつんしていて挨拶一つしない／恵子緊繃著臉連個招呼都不打。

- 朝からつんつん当たり散らして、とても機嫌（きげん）が悪いの／從一清早就氣哼哼的，拿別人出氣，心情壞透了。

- ああつんつんしちゃ、客商売（きゃくしょうばい）には向（む）くまい／如果繃著臉、愛理不理的就不適合做服務業。

241 でかでか ③（擬態）／醒目地、大張旗鼓地。

用法　指大而顯眼、醒目地、大張旗鼓地。

例句
- 社員はでかでかと「禁煙」と書かれた掲示（けいじ）の前で平気（へいき）でタバコを吸（す）う／職員在醒目地寫有「禁菸」的告示前滿不在乎地抽菸。

- でかでかテレビで宣伝（せんでん）しているが、大（たい）したものじゃないね／雖然電視上大張旗鼓地宣傳，可是並不是什麼大不了的東西。

- 新聞に知人（ちじん）の名前がでかでかと出ていた／熟人的名字醒目地印在報紙上。

242 てきぱき ①（擬態）／大刀闊斧地、敏捷、俐落。

用法　指迅速敏捷地處理事情。

例句
- 大統領（だいとうりょう）は記者（きしゃ）の質問にてきぱき答えた／總統乾脆俐落地回答了記者的提問。

- 生徒（せいと）たちをてきぱき指図（さしず）して、講堂内（こうどうない）をきれいに片づける／迅速指揮學生，把禮堂內收拾乾淨。

- 彼女は仕事（しごと）の仕方（しかた）がてきぱきしている／她幹起活來非常俐落。

243 てくてく ① (擬態) ／一步一步地走。

用法 指保持一定的速度，一步一步地徒步走。

例句
- こんなに暑いのに、てくてく歩こうというのか。俺は バスで行くよ／這麼熱的天，還要一步一步地徒步走 去？我要坐搭巴士去。
- 終電に乗り遅れて家までてくてく歩いて帰った／沒趕 上末班電車，只好一步一步地走回家。
- 峠の山道をてくてく歩いて来る老人がいた／有個老人 沿著山頂的山路一步一步地走來了。

244 てんやわんや ④ (擬態) ／鬧哄哄、亂糟糟、鬧得天翻 地覆。

用法 形容鬧得亂哄哄的樣子。

例句
- 党本部は選挙でてんやわんやの大騒ぎ／黨本部因為選 舉而鬧哄哄的，亂得不可開交。
- 去年の五月と言えば、そのホテルはオープンしたので、 てんやわんやのころだった／說起去年五月，那家旅館 剛剛開張，到處亂糟糟的。

245 どー ① (擬聲、擬態) ／咚、咕咚；突然病倒。

用法 ①形容沉重物猛然地相撞、掉落、倒下時發出的聲音 及其狀態。②形容突然病倒的樣子。

例句
- 写真を撮ろうとしていた彼は足を踏み外して下にどー と落ちた／他正要拍照，一腳踩空，咕咚一聲掉了下 去。

❷父は過労から<ruby>ど<rt>か</rt></ruby>ーと<ruby>病<rt>やまい</rt></ruby>の<ruby>床<rt>とこ</rt></ruby>についてしまった／父親由於過度勞累突然病倒了。

246 どかっ ②（擬態）／一屁股坐下。

用法 形容一屁股坐下不動的樣子。

例句 ❶<ruby>深<rt></rt></ruby>い<ruby>雪<rt></rt></ruby>の<ruby>中<rt></rt></ruby>を<ruby>一歩一歩<rt>いっぽいっぽ</rt></ruby>と<ruby>進<rt>すす</rt></ruby>んでいた二人は、やがて雪の上にどかっと<ruby>座<rt>すわ</rt></ruby>り<ruby>込<rt>こ</rt></ruby>んでしまった／兩個人在厚厚的積雪中一步一步地向前，沒多久就一屁股坐在雪地上了。

❷<ruby>土俵<rt>どひょう</rt></ruby><ruby>下<rt>した</rt></ruby>にどかっと<ruby>倒<rt>たお</rt></ruby>れ<ruby>込<rt>こ</rt></ruby>んだまま、しばらく<ruby>動<rt>うご</rt></ruby>けない／一屁股摔倒在摔角場上，好久都不能動彈。

❸どかっと<ruby>両足<rt>りょうあし</rt></ruby>を<ruby>投<rt>な</rt></ruby>げ<ruby>出<rt>だ</rt></ruby>して、「ああ、くたびれた」と<ruby>太<rt>ふと</rt></ruby>ももをたたく／他一屁股坐下，伸開雙腿說道：「啊！好累呀」便敲著大腿肚。

247 どかどか ①（擬聲、擬態）／噔噔噔、一窩蜂地去（來）。

用法 形容許多人進進出出雜亂的腳步聲及其狀態。

例句 ❶<ruby>修学旅行<rt></rt></ruby>の<ruby>一団<rt>いちだん</rt></ruby>がどかどかと<ruby>乗<rt>の</rt></ruby>り<ruby>込<rt>こ</rt></ruby>んできて、<ruby>車内<rt>しゃない</rt></ruby>はたちまち<ruby>満員<rt>まんいん</rt></ruby>になる／校外教學旅行的一群人一窩蜂地擠上車，車內一下子就客滿了。

❷<ruby>猛暑<rt>もうしょ</rt></ruby>が<ruby>続<rt>つづ</rt></ruby>き、<ruby>海水浴客<rt>かいすいよくきゃく</rt></ruby>がどかどかやってきた／持續著酷暑天氣，人們一窩蜂地來做海水浴了。

❸<ruby>黒眼鏡<rt>くろめがね</rt></ruby>の<ruby>数人<rt>すうにん</rt></ruby>の<ruby>男<rt>おとこ</rt></ruby>がどかどかと<ruby>階段<rt>かいだん</rt></ruby>を<ruby>駆<rt>か</rt></ruby>け<ruby>下<rt>お</rt></ruby>りて来て、<ruby>入<rt>い</rt></ruby>り<ruby>口<rt>ぐち</rt></ruby>の<ruby>前<rt>まえ</rt></ruby>に<ruby>立<rt>た</rt></ruby>ちふさがった／幾個戴著黑墨鏡的男人噔噔噔地下樓，堵住了門口。

248 どかん ②（擬聲、擬態）／驟然、猛然地。

用法 形容情況變化或動作等的突然。

例句 ● 政府はどかんと二兆円も公共投資につぎ込んだ／政府
突然向公共事業投資兩兆日圓。

● 住民税は退職した翌年にどかんとくる／住民稅於退休
的第二年猛增。

249 どくどく ①（擬聲、擬態）／嘩嘩地、咕嘟咕嘟。

用法 形容血或液體大量流出時發出的聲音，也指流得很厲
害。

例句 ● ざっくり開いた傷口から血がどくどくと噴き出してくる
／血從裂開的傷口中咕嘟咕嘟地噴出來。

● かめを傾けて、どくどくと、どぶろくを茶碗に注ぐ／將
瓶子傾斜，咕嘟咕嘟地往碗裡倒酒。

250 とことこ ①（擬態）／踩著碎步快走。

用法 形容人或動物踩著碎步快速走的樣子。

例句 ● 小さい男の子がとことこ歩いてきた／小男孩踩著碎步
快走了過來。

● 大男ぞろいのボディガードに囲まれながら、首相は、と
ことこ大統領のそばへ近づいて行った／在清一色身
材高大的保鏢的簇擁下，首相快步走向總統身旁。

251 どさくさ ⓪（擬態）／紊亂、忙亂、混亂。

用法 指由於突發事件或急事，而引起的紊亂、忙亂、混亂。

例句 ➊引っ越しのどさくさで大事な写真を無くした／在搬家的忙亂中把重要的照片給弄丢了。

➋終戦後のどさくさに紛れて闇市で大もうけした／趁著戰後的混亂在黑市中賺了很多錢。

➌地震のどさくさに紛れて盗みを働くやつがいる／在地震的混亂中有人趁火打劫。

252 どさっ ②（擬聲、擬態）／撲通。

用法 沉重的物體或許多東西一下子落下、扔出、搬運時發出的聲音及其狀態。

例句 ➊息子は帰宅すると、どさっとかばんを放り投げた／兒子一回家就噗咚一聲把書包放下。

➋三階のベランダから幼児が下の芝生へどさっと転落した／幼兒從三樓的陽臺上撲通一聲墜落在樓下的草坪上。

253 どさどさ ①（擬聲、擬態）／許多人亂哄哄地進進出出。

用法 形容許多人亂哄哄地進進出出的樣子。

例句 ➊幕が下りて、役者達がどさどさと支度部屋に入ってくる／幕拉下了，演員們鬧哄哄地進了準備室。

➋政治家を巻き込んだ賄賂事件をかぎつけ、報道陣がどさどさとやってきた／發現了政治家捲入賄賂事件的線索，新聞記者們一窩蜂地擁來了。

254 どしどし ①（擬聲、擬態）／咚咚地、腳步又重又穩地；無所顧忌地、積極地、不中斷地。

用法 ①形容身體重的人腳步又重又穩地一步一步行走時的聲音及其樣子。②指無所顧忌地積極做某事。

例句 ◈足音も荒々しく、どしどしと二階へ上がっていってしまった／重重的腳步聲，咚咚地上了二樓。

◈父は異常に興奮して、どしどしと激しい足音を立てて部屋の中を歩き回っている／父親異常激動，在房間裡來回走動，腳步聲又穩又重。

◈ご意見、ご希望をどしどしお寄せください／請不必客氣地提出您的意見和希望。

255 どしん ①（擬聲、擬態）／咚、砰、撲通。

用法 形容沉重物突然相碰或猛然地落下時發出的聲音及其狀態。

例句 ◈バスを降りるとき足を踏み外して、どしんと尻餅をついてしまった／下公車時踩空，撲通一聲跌個四腳朝天。

◈ボールを受け損なったあのバレーボールの選手が、体育館の床にどしんと尻餅をついた／那個排球選手沒接到球，噗哩一聲在體育館的地板上跌個屁股著地。

256 どすん ②（擬聲、擬態）／撲通、砰、咚。

用法 形容沉重物突然相碰或猛然地落下時發出的聲音及其狀態。

例句 ➊「よう」と先輩にどすんと肩をたたかれた／「噢」前輩咚地一聲捶了我的肩膀。

➋宇宙船が月面にどすんと着陸した／太空船咚地一聲在月球表面著陸了。

257 どすんどすん ②（擬聲、擬態）／撲通、砰、咚。

用法 形容沉重物突然相碰或猛然地落下時發出的聲音及其狀態。

例句 ➊彼女のサーブの威力。どすんどすんと打ち込まれて、誰一人受けるものがいない／她發球很有威力，球咚咚地扣過去，沒有一個人能接住。

➋武蔵はどすんどすんと四股を数回踏んだ／武藏咚咚地高舉雙腳用力踏地好幾次，做預備動作。

258 どたどた ①（擬聲、擬態）／噔噔噔、趴嗒趴嗒、啪嗒啪嗒。

用法 形容狂走、狂跑或倒下來時發出的聲音及其狀態。

例句 ➊12時のベルと同時に、どたどたと一斉に、食堂へ向かって駆け出す／12點鐘聲一響，就噔噔噔響起了一起向餐廳奔跑的腳步聲。

➋息子は帰ってくると、顔も見せずにどたどたと階段を上がって自分の部屋へ行ってしまう／兒子一回來，便頭也不抬地噔噔噔地爬上樓梯進了自己的房間。

➌急停車で、立っていた乗客はどたどたと将棋倒しになった／由於緊急煞車，站著的乘客撲通撲通地一個壓一個地倒下了。

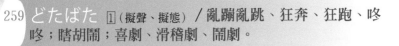

259 どたばた ①（擬聲、擬態）／亂蹦亂跳、狂奔、狂跑、咚咚；瞎胡鬧；喜劇、滑稽劇、鬧劇。

用法 ①形容亂蹦亂跳、狂奔或狂跑的聲響。②形容瞎胡鬧的樣子。③「どたばた」喜劇的簡稱。

例句
❶ 男の子がいると一日中どたばた騒（さわ）いでいる／有了男孩子，就整天咚咚咚地跑，不得安寧。
❷ 長雨（ながあめ）が上がってくれないと、子供（こども）たちが一日中どたばたするので、たまったものではない／連日的雨天再不結束，孩子們整天咚咚地亂蹦亂跳，真快受不了了。
❸ 内容なんか何もないどたばた喜劇（きげき）さ／根本是沒有任何實質內容的戲劇。

260 どっ ①⓪（擬聲、擬態）／哄堂大笑、喊叫、喝彩；蜂擁而來；突然倒下、病倒。

用法 ①形容許多人同時哄堂大笑、喊叫、喝彩時發出的聲音。②指許多人蜂擁而來或許多東西一下子大量地出現。③形容突然倒下、病倒的樣子。

例句
❶ こっけいなしぐさに、どっと笑い声が上がる／由於動作滑稽，引起了一陣哄堂大笑。
❷ 開店（かいてん）と同時に客がどっと店内（てんない）に殺到（さっとう）した／商店剛一開業，顧客就蜂擁來到店裡。
❸ 注文がどっと舞い込む／訂單一下子蜂擁而至。
❹ 父は戦地（せんち）から帰ってくるとどっと床（とこ）についた／父親剛從戰場上歸來就突然病倒了。

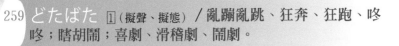
人的情感　人的行爲　物的狀態　食物滋味　動物聲音

261 どっかり ③（擬態）／一屁股坐下、死死地站著、穩穩當當。

用法 形容人或重物不輕易移動的樣子。

例句 ❶監督はベンチにどっかり腰を下ろしたままだ／導演一屁股坐在椅子上就動也不動了。

❷汚職のそしりを尻目にどっかり総裁の地位に居座っている／他不顧瀆職的誹謗，穩穩當當地坐在總裁的寶座上。

262 とっくり ③（擬態）／仔仔細細地、詳細地、好好地。

用法 形容做事認真、細緻的樣子。

例句 ❶両者をとっくりと比べてみたが、どちらが偽物かとうとう分からなかった／將兩者仔細對比，但最終還是沒弄清哪個是假貨。

❷種も仕掛けもありません。まあとっくりと御覧じろ／又沒有什麼秘密，你仔細看吧。

❸お手並みをとっくり拝見させてもらうよ／讓我好好地領教一下你的本事吧。

263 とっと ①⓪（擬態）／急匆匆地行走、快走。

用法 形容一刻也不停地、急匆匆地行走、快走的樣子。

例句 ❶ぐずぐずしないで、とっと歩きなさい／別磨磨蹭蹭的，快點走。

❷とっと消え失せろ！二度と顔を出すな／趕快給我滾，別讓我再看見你！

③ やかましい！とっと出て行け／真是吵，快滾出去！

264 どてっ ②（擬態）／猛然地；一動不動地躺著、懶洋洋地躺著。

用法 ①指重物、人等猛然地倒下。②形容一動不動地躺著、懶洋洋地躺著。

例句 ① あんまりどてっと寝てばかりいると太るよ／老是一動不動地躺著會發胖的。

② この暑さ。どてっと椅子に寄りかかっているだけで何もできない／這麼熱的天氣，就只是懶洋洋地靠在椅子上，什麼也不能做。

265 どぶん ②（擬聲、擬態）／撲通。

用法 形容人或重物跳入、落入水中時的聲音及其狀態。

例句 ① 色とりどりの水着姿の美人たちが次々に、どぶん、どぶんとプールの中へ飛び込む／身著五顏六色泳裝的美女們一個接一個撲通、撲通地跳進游泳池。

② 足を滑らせて、川の中へどぶんと落ちた／腳一滑撲通一聲掉入河裡。

266 とぼとぼ ①（擬態）／有氣無力地、腳步沉重地、無精打彩地。

用法 形容因疲勞、沒精神走路顯得沒勁的樣子。

例句 ① 日暮れの山道を、いかにも疲れ果てたという足取りで、老人が一人、とぼとぼ下りてきた／日落後的山路上，一個老人精疲力盡、步履蹣跚地走下山。

金もなくて、バスにも乗らず重い足を引きずって**とぼ
とぼ**と歩くしかなかったのです／沒有錢連公車也不能
坐，只好拖著沉重的步伐無精打采地走著。

とぼとぼと歩く後ろ姿に、生活の疲れがにじみ出ていた
／他邁著沉重的步伐行走著，從他的背影中看出生活
非常疲憊。

267 どやどや ①（擬態）／蜂擁而至、一窩蜂地、一擁而上。

用法 形容許多人一窩蜂地來去的樣子。

例句 ①生徒たちは**どやどや**と職員室に入ってきて、校長を取
り囲んだ／學生們一下子擁入教師休息室，將校長圍
住。

②ホテルの入り口に団体客が**どやどや**やってきた／旅館
的門口一下子來了很多團體旅遊的旅客。

③休憩時間になると観客はいっせいに**どやどや**とロビー
に出てきた／一到休息時間觀眾們蜂擁而至，一起來
到大廳。

268 とろっ ②（擬態）／打盹兒、昏昏然、睡眼朦朧、迷迷糊糊。

用法 形容昏昏欲睡的樣子。

例句 ①その日はビール一本で**とろっ**となってしまった／那天
喝了一瓶啤酒就迷糊了。

②夜行列車で、**とろっ**とした目で、乗り込んできた客を
見る者もあるが、すぐまた目を閉じてしまう／在夜車
上，雖然有人睡眼朦朧地看了看上車的旅客，但是
馬上又閉上了眼睛。

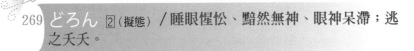

とろっとした目をしているわ。きっと熱が上がったのよ
/眼神十分迷惘，一定是熱度再次升高了。

269 どろん ②（擬態）/睡眼惺忪、黯然無神、眼神呆滯；逃之夭夭。

用法 ①形容睡眼惺忪、黯然無神的樣子。②形容急忙逃跑、出奔的樣子。

例句 ❶酔っ払いはどろんとした目で周囲を見回した/醉漢用惺忪的睡眼環視了一下四周。

❷この社長は社員の月給をかかえてどろんをきめこんだ/這個社長拿著職員的工資逃之夭夭了。

❸高熱を発した病人はどろんとした目で見た/病人發著高燒，眼神迷惘地看著。

270 どん ①（擬聲、擬態）/咚；一下子。

用法 ①指有力的敲門聲及堅硬物猛然地相碰聲。②指一下子弄到很多。

例句 ❶彼は重そうなかばんをどんとテーブルに置いた/他把沉重的書包咚地一聲放到桌子上。

❷玄関前でつるっと滑ってどんと尻餅をついた/在大門口前腳一滑跌個屁股朝地。

❸権利金、前家賃、それに周旋料、どんと三十万円飛んでしまった/押金、以前的房租，再加上介紹費，三十萬日圓一下子就花光了。

191

271 どんちゃん ①（擬聲、擬態）／咚咚、敲鑼打鼓、唱歌跳舞、喧鬧。

用法 形容鼓聲，也指喝酒時敲鑼打鼓、唱歌跳舞、喧鬧。

例句

- チンドン屋が駅前でどんちゃんやっている／化裝廣告隊在車站前敲鑼打鼓。
- 忘年会のほかにクリスマスイブという名のどんちゃん騒ぎがある／除了忘年會以外還有聖誕前夜的狂歡。
- 昨夜は皿を叩いてどんちゃん騒ぎになった／昨晚咚咚地敲著盤子，非常喧鬧。
- 厚化粧の男が鐘や太鼓を打ち、女装の男が三味線を弾き、パチンコ屋の前でチンドン屋がどんちゃん、どんちゃん開店宣伝の最中／化著濃妝的男子敲鑼打鼓的，男扮女裝的男子彈著三弦，化裝廣告隊伍在柏青哥店前正鑼鼓喧天地進行開店宣傳。

272 とんちんかん ③（擬態）／牛頭不對馬嘴、答非所問、互不相合；愚蠢的人。

用法 ①指牛頭不對馬嘴、答非所問、事物互不相合。②指愚蠢的人。

例句

- 事情を知らずとんちんかんな返事をしてしまった／不瞭解情況答非所問。
- 君は言うこととやることがとんちんかんだね／你說的和做的完全不一致。
- 耳が悪いのか、それともぼんやりしていたのか、彼の返事はまるでとんちんかんだ／不知是耳背還是心不在焉，他簡直是答非所問。

273 **とんとん** ①③（擬聲、擬態）／咚咚、噔噔。

用法　指手腳輕輕擊碰木製品時發出的聲音，或連續的輕輕
敲打的動作。

例句
❶おばあさんの肩をとんとん叩いてあげました／咚咚地
給奶奶捶肩膀。

❷議員の発言が長引くと、議長は木槌でとんとんとテーブ
ルを叩く／議員的發言一長，議長就用木槌咚咚地敲
著桌子。

❸後ろの子供が座席の背をとんとん蹴っている／後面的
孩子咚咚地踢著座位的靠背。

❹だれかがドアをとんとんとノックする／不知是誰在咚
咚地敲門。

274 **どんどん** ①（擬聲、擬態）／咚咚；一個勁地、不斷地、
接二連三。

用法　①指用力的敲擊聲或堅硬物碰擊時發出的聲音及其狀
態。②指一個勁地、不斷地、接二連三地。

例句
❶表の戸をどんどん叩いて、「電報ですよ」と叫ぶが、誰
も起きてくる気配がない／咚咚地敲著大門喊道：「有
電報」，但是似乎沒有人想起床。

❷友人の止めるのも聞かず、彼はどんどんと密林の中へ入
って行った／他不聽朋友的勸阻，頭也不回地朝密林
中走去。

❸入院している間に病状はどんどん悪化した／住院期間
病情不斷的惡化。

275 どんぴしゃり ④(擬態) ／沒錯、完全符合。

用法 指絲毫沒錯、完全符合的情形。

例句 ● お客のニーズにどんぴしゃりの商品を開発するのはなかなか難しいもんですよ／開發完全符合顧客要求的商品很難。

● 検算がいっぺんでどんぴしゃりあって、いい気分だ／驗算一遍就完全一致，真是心情舒暢。

● どんぴしゃりと門限10時に御帰館。文句の言いようがない／沒錯，門禁的時間是10點，請於10點回館。所以沒什麼好發牢騷的。

276 どんより ③(擬態) ／昏沉沉、昏頭昏腦。

用法 指色調暗淡、頭腦昏沉等。

例句 ● 彼は相変わらずどんよりした浮かぬ顔をしている／他依舊是那副昏頭昏腦、無精打采的神色。

● どんよりと底濁りのした、たるんだ彼の顔の皮膚は、何かの病毒が潜んでいるような色をしていた／他的臉部皮膚鬆弛而且暗淡無光，呈現出像是潛藏著病毒般的顏色。

277 にゅっ ①(擬態) ／突然出現、突然伸出。

用法 指突然出現或伸出，也指不客氣地出現或伸出。

例句 ● トラックの荷台からにゅっとマネキンの脚が突き出している／從卡車的車廂裡突然伸出了人體模特兒的腳。

🈂暗闇の中からにゅっと手が出てきたときには、飛び上がるほど驚いた／黑暗中突然伸出一隻手，這時嚇得幾乎跳了起來。

🈂カーテンのかげから、ピストルを握った腕がにゅっと突き出されたので、声も出ず立ちすくんでしまった／從窗簾後面突然伸出握著手槍的手，嚇得不敢出聲，呆立不動。

278 ぬらりくらり ②（擬態）／支吾搪塞、含糊其辭；遊手好閒、無所事事、吊兒郎當。

用法 ①形容支吾搪塞、含糊其辭的樣子。②形容遊手好閒、無所事事、吊兒郎當的樣子。

例句 🈂ぬらりくらりと言を左右にしているから、真意がどこにあるのかわからない／支支吾吾地顧左右而言他，不知其真正的意圖何在。

🈂尋問をぬらりくらりかわして、真相を話さない／含糊其辭地避開訊問，不說出真相。

🈂ぬらりくらりと逃げ口ばかりで、いつ許可が下りるのかわからない／光是支吾搪塞地推脫責任，不知道什麼時候批准。

279 のこのこ ①（擬態）／滿不在乎、恬不知恥、大模大樣地。

用法 形容滿不在乎、恬不知恥、大模大樣地進來出去的樣子。

例句 🈂みんな整列しているところへ、遅刻した彼がのこのこと現れた／大家都排好隊時，他遲到了卻大模大樣地現身了。

警官が網を張っているところへ、<u>のこのこ</u>現れたので、たちまち捕まった／正當警察佈下天羅地網時，他大模大樣地出現，所以馬上就被捕了。

犯行現場へ<u>のこのこ</u>舞い戻ってくるなんて、まぬけな泥棒だな／竟然大模大樣地返回作案現場，真是個愚蠢的小偷。

280 のそのそ ①（擬態）／慢慢吞吞、磨磨蹭蹭。

用法 形容動作慢慢吞吞、磨磨蹭蹭的樣子。

例句 娘は運動神経が鈍くて動作が<u>のそのそ</u>している／女兒運動神經遲緩，動作總是慢吞吞的。

何度も起こされて、やっと<u>のそのそ</u>と布団から這い出してきた／叫了他好幾遍，才終於慢吞吞地從被窩裡爬出來。

281 のっしのっし ①（擬態）／又慢又重、從容不迫地。

用法 形容身材高大、笨重的人或動物腳步又慢又重、從容不迫地行走的樣子。

例句 稽古場に横綱が<u>のっしのっし</u>と歩き回っている／訓練場上橫綱邁著穩健的步伐走來走去。

親分と呼ばれるかっぷくのいい男が、<u>のっしのっし</u>と階段を下りてきた／被稱為頭目的身材魁梧的男人邁著穩健的步伐從樓上走下來了。

282 のっそり ③(擬態)／慢騰騰、慢悠悠；呆呆地站立、直挺挺地呆立著。

用法 ①形容動作遲緩的樣子。②形容呆呆地站立、直挺挺地呆立著的樣子。

例句
- 玄関の外の暗闇に男が<u>のっそり</u>と立っていた／門外黑暗中一個男人呆呆地站著。
- 重量級の選手は<u>のっそり</u>（と）した感じだ／重量級選手有一種動作遲緩的感覺。
- 廊下に<u>のっそり</u>と突っ立っているのはいったい誰だ／在走廊呆呆地直立著的人是誰？

283 のほほん ③(擬態)／吊兒郎當、遊手好閒、悠然自得；毫不介意、滿不在乎、無動於衷。

用法 ①形容什麼事也不幹，吊兒郎當、遊手好閒、悠然自得的樣子。②形容毫不介意、滿不在乎、無動於衷的樣子。

例句
- 学生時代を<u>のほほん</u>と過ごしてしまって、今になって後悔しても始まらない／學生時代悠然自得地度過了，現在後悔也來不及了。
- 競争の激しい商売だからいくら老舗でも、<u>のほほん</u>としていられない／因為商業競爭激烈，所以即使是老店也不能掉以輕心。
- 明日はテストでしょ。そんなに<u>のほほん</u>としていていいの／明天要考試吧，那麼悠然自得的樣子怎麼行呢？

284 のらくら [1]（擬態）／支吾搪塞、含糊其辭；遊手好閒。

用法 ①形容抓不住要領地支吾搪塞、含糊其辭。②指遊手好閒、懶惰的樣子。

例句
- 30になるまで親のすねをかじって、のらくら暮らしているとは恐（おそ）れ入（い）ったものだ／到了30歲還靠父母養活，遊手好閒地過日子，真是讓人沒轍。
- 彼は毎日酒ばかり飲んでのらくらしている／他整天喝酒，無所事事。
- 亭主（ていしゅ）がのらくら者だから、おかみさんも苦労するよ／因為丈夫是個懶鬼，所以當老婆的就非常辛苦。

285 のらりくらり [2]（擬態）／支吾搪塞、含糊其辭；遊手好閒、無所事事、吊兒郎當、無職閒居。

用法 ①形容抓不住要領地支吾搪塞、含糊其辭。②形容遊手好閒、無所事事、吊兒郎當、無職閒居的樣子。

例句
- 何を聞いてものらりくらりとした返事で要領（ようりょう）を得ない／不管問什麼都回答得含糊其辭不得要領。
- のらりくらりとした返事で、話をそらそうとする／回答得含糊其辭的想把話岔開。
- のらりくらり時間をつぶす社員に、新任（しんにん）の課長が活（かつ）を入（い）れた／無所事事消磨時間的職員因為新任課長而注入了活力。

286 のろのろ ①（擬態）／慢慢吞吞、緩慢地、磨磨蹭蹭。

用法 形容動作、行動慢慢吞吞地、緩慢地、磨磨蹭蹭地。

例句
❶ 息子は何度も注意されてようやく<u>のろのろ</u>片付けを始めた／提醒了好幾次，兒子才慢慢吞吞地開始收拾。

❷ 難民は<u>のろのろ</u>と立ち上がると移動を始めた／難民慢慢吞吞地站起來開始移動。

❸ 空腹と疲れで3人の子供たちは丘を<u>のろのろ</u>と下り、和島市へ向かった／饑餓且疲勞的3個孩子緩慢地從山坡上下來，向著和島市前進。

287 ぱー ①（擬態）／一下子花光；心血白費、前功盡棄、徒勞無功；愚笨、遲鈍。

用法 ①指錢等一下子花光。②形容心血白費、前功盡棄、徒勞無功。③形容愚笨、遲鈍的樣子。

例句
❶ こんな程度の貯金など、病気でもしたらいっぺんに<u>ぱー</u>になる／就這麼點存款，要是生了病什麼的就一下子花光了。

❷ この研究が採用にならなければ三年間の苦心が<u>ぱー</u>になる／如果這項研究不被採用，三年的心血全都白費了。

❸ 2年間努力してプラントを作ったが、公害防止法のため、計画は<u>ぱー</u>になった／經過2年的努力製造出成套設備，但由於公害防止法計畫前功盡棄了。

288 ばーっ ②（擬態）／嘩地、一古腦兒地。

用法 指一下子擴展到很廣的範圍，或毫不保留、完全說出。

例句 ● 夏の夕方、バケツの水をばーっと玄関口にまいた／夏天的傍晚將水桶裡的水嘩地潑在大門口。

● なんでも開けっぴろげで、胸の中のこともぱーっとぶちけてしまう人だ／他是個心直口快的人，心裡不管有什麼事都一古腦兒地全倒出來。

● あれは非常にざっくばらんな男で、胸に秘めたことも、ぱーっとぶちけてしまう／他是個坦率的人，心裡有什麼事都一古腦兒地全倒出來。

289 はーはー ①（擬聲、擬態）／呼哧呼哧、氣喘吁吁。

用法 指張大嘴、連續呼氣或急促呼吸時發出的聲音及其狀態。

例句 ● 彼ははーはーいいながら、階段を上がってきた／他氣喘吁吁地爬樓梯上來。

● 辛すぎたと見えて、みんなははーはーいいながらカレーを食べている／看樣子很辣，大家一邊呼呼地吹氣一邊吃著咖哩飯。

● 子供たちは肩ではーはーと荒い息をしながら、駆け上がってきた／孩子們呼哧呼哧地喘著大氣跑了上來。

290 ぱーぱー ①（擬態）／出手大方地；大膽地說。

用法 ①指不加思索、大方地花錢的樣子。②指不加思索、大膽地全講出來。

例句

● 金さえあればぱーぱーと使ってしまう。まったく無駄の多い人だ／他只要有錢就出手大方地花光，是個很浪費的人。

● 何でも内証にしておけない性質なもんだから、言っていけないこともぱーぱーとぶちまけてしまう／他的性格藏不住秘密，不能說的話也全都一古腦兒地全倒出來。

● 彼女はいつもぱーぱー言い過ぎて面倒を起こすタイプだ／她是個什麼話都敢說，而且因為話說多了而引起麻煩的那種人。

291 はきはき ①（擬態）／乾脆、爽快、開朗、活潑；頭腦清楚、判斷明確。

用法 ①形容講話、態度、性格等乾脆、爽快、開朗、活潑。②形容頭腦清楚、判斷明確的樣子。

例句

● 少年は大統領の質問にはきはきと答えた／少年非常乾脆地回答了總統的提問。

● 彼女は美しいだけでなく、はきはきした女の子だ／她不但長的漂亮，而且是個非常爽快的女孩子。

● 先生に指名されて、この少年ははきはきと返事をした／老師提問時，這名少年非常乾脆地回答了。

人的情感　人的行為　物的狀態　食物滋味　動物聲音

201

292 ぱきぱき ①（擬態）／動作敏捷、做事迅速。

用法 形容動作敏捷、做事迅速的樣子。

例句 ❶部長の奥さんは万事ぱきぱきとした人だ／部長的夫人
是個辦什麼事都乾脆俐落的人。

❷彼は朝からぱきぱきと仕事をこなしていく／他從早晨
起就迅速地處理事情。

293 ぱくぱく ①（擬態）／持續地一張一合。

用法 形容嘴唇持續地一張一合的樣子。

例句 ❶彼女は歌詞を忘れてしまったので、まわりの声にあわせ
て口だけぱくぱくと動かした／她忘記了歌詞，只是配
合著周圍的聲音嘴一張一合地動著。

❷あの男、窓から手を振って口をぱくぱく動かして何か叫
んでいるらしいが、こう離れては何を言っているのかわ
からないよ／那個男人從窗戶揮著手，嘴一張一合地
好像在喊什麼，如果就這樣離開，就不知他在說些
什麼。

❸目を白黒、口をぱくぱく。驚きのあまり、しばらく声も
出ない／翻著白眼，嘴一張一合地動著。由於太驚訝
了，許久都無法出聲。

294 ぱくり ②（擬態）／一口吃、呑；敏捷地偷竊。

用法 ①指猛然地張大嘴巴。②指敏捷地盜竊商店的商品、
騙取票據的人。

例句 ❶揚げたてのコロッケをぱくりぱくりと平らげた／把剛
炸好的丸子狼呑虎嚥地吃光了。

その男は出獄した後、結局ゆすり、ぱくりでしか生きていくすべを見せなかった／那個男人出獄後，還是靠著敲詐、勒索、搶劫過活。

295 ばさっ ②（擬聲、擬態）／一口氣切斷、果斷地做某事。

用法 指一口氣切斷或果斷地做某事。

例句
① 彼女は年に一度髪をばさっと10センチ切る／她每年都把頭髮唰地一下剪掉10公分。

② 雨上がりの朝、新聞配達の少年が我が家のベランダに朝刊をばさっと投げ込んだ／早晨雨停了，報童將早報啪的一聲拋到我家陽臺上。

③ デスクは原稿の後半をばさっとカットした／總編輯一口氣將稿件的後半部全都刪除。

296 ばさりばさり ②（擬聲、擬態）／咔嚓咔嚓、唰唰；快刀斬亂麻。

用法 ①指連續切、割時發出的聲音及其狀態。②指乾脆、果斷地一個接一個地處理。

例句
① 人事問題はね、そうばさりばさりと事務的にできないよ／人事問題的話，不能像處理事務性的那樣快刀斬亂麻地處理。

② 私たちは肩まで伸びた草をばさりばさりと刈り倒しながら進む／我們一邊唰唰地割倒齊肩高的野草，一邊向前推進。

③ 群がる敵をばさりばさりとなぎ倒す／咔嚓咔嚓地砍倒成群的敵人。

297 **ばしっ** ②（擬聲、擬態）／叭嗒、啪；斷然、堅決地、毅然決然、毫不猶豫。

用法 ①形容猛然地折斷乾燥的木料時發出的聲音及其狀態。②物體間猛然地相碰時發出的聲音及其狀態。③指態度堅決、果斷。

例句 ● 親指ほどの枯れ枝をばしっと折ってきた火に投げ込んだ／啪地一聲折斷了拇指粗的枯枝，將其扔進火裡。

● サーブしたとたんばしっとラケットの柄が折れてしまった／剛一發球球拍的把就啪地一聲斷了。

● 講釈師は扇子でばしっと演台を叩いた／說書先生啪地一聲用扇子敲著講桌。

298 **ぱしゃぱしゃ** ①（擬聲、擬態）／啪嗒啪嗒、啪啦啪啦。

用法 ①水飛濺或撞擊時發出的聲音及其狀態。②折疊器具、道具時發出的聲音。

例句 ● 子供たちはポールでぱしゃぱしゃ楽しそうに泳ぎ回っている／孩子們在游泳池裡啪嗒啪嗒地高興地游來游去。

● あの人は撮影を終わるとぱしゃぱしゃと三脚をたたんで行ってしまった／他照完相，三兩下地折好了三角架後就走掉了。

299 **ばしゃばしゃ** ①（擬聲、擬態）／啪啪、劈啪劈啪。

用法 形容水飛濺或撞擊時發出的聲音及其狀態。與「ぱしゃぱしゃ」的意思基本上相同，但語感稍強。

例句
①水を入れたらいに洗剤を入れて、ばしゃばしゃとかき
回してから洗濯物を入れた／將洗衣粉放入水盆裡，啪
啪地攪和完之後，再放入要洗的衣服。

②子供が波打つ際をばしゃばしゃと走っていく／孩子在
波浪湧起的岸邊啪嗒啪嗒地向前跑去。

③プールわきに腰掛けて水面を足でばしゃばしゃやってい
るだけで泳ごうとはしない／坐在游泳池邊，只是用腳
劈啪劈啪地擊打水面，根本不想游。

---

300 はた ①（擬聲、擬態）／猛然地；突然停止；一時卡住、頓
時語塞、陷入僵局。

用法 ①形容突然做某事、突然出現某種狀態、突然變化或
擊打平面的聲音。②指聲音、動作突然停止。③指思
路、話語一時卡住、一時想不起來、頓時語塞、陷入
僵局。

例句
①障子をはたと閉め切って呼んでも返事もしない／猛然
地一下關上了拉門，即使叫他他也不答應。

②妻の思いがけない言葉にはたと返事に窮した／因妻子
這句意想不到的話而頓時語塞，無言以對。

③さっきまで聞こえていた笛の音がはたとやんだ／剛才
還能聽見的笛子聲突然停了。

---

301 ぱたぱた ①（擬聲、擬態）／吧嗒吧嗒；啪嗒啪嗒、啪
啦；急匆匆、匆匆忙忙、手忙腳亂。

用法 ①形容急促的腳步聲。②指扇、揮、敲打時發出的聲
音及其動作。③形容急匆匆、匆匆忙忙、手忙腳亂的
樣子。與「ばたばた」的意思基本上相同，但要輕快
些。

例句 ❶湯上りで裸の赤ちゃん。気持ちがよいのか、タオルの上で手足を<u>ぱたぱた</u>／嬰兒剛洗完澡光著身子大概很舒服吧，手腳在浴巾上啪嗒啪嗒地拍打著。

❷寮の受付で待っていると、彼はスリッパで廊下を<u>ぱたぱた</u>歩いてきた／我在宿舍傳達室等候時，他穿著拖鞋啪嗒啪嗒地走來了。

❸赤ちゃんの背中や胸に<u>ぱたぱた</u>と天花粉をつけてあげる／輕輕地在嬰兒後背、前胸處啪啪地拍上痱子粉。

302 ばたばた ①(擬聲、擬態) ／吧嗒吧嗒；啪嗒啪嗒、啪啦；急匆匆、匆匆忙忙、手忙腳亂。

用法 ①形容急促的腳步聲。②指扇、揮、敲打時發出的聲音及其動作。③形容急匆匆、匆匆忙忙、手忙腳亂的樣子。

例句 ❶まず<u>ばたばた</u>とはたきをかけてから、掃除する／先啪嗒啪嗒地撢完後再打掃。

❷泳ぎの前の準備運動に子供たちは手足を<u>ばたばた</u>動かしている／孩子們吧嗒吧嗒地活動著手腳做游泳前的準備動作。

❸水泳のけいこはまず<u>ばたばた</u>とばた足の練習からだ／學習游泳要先從雙腿交替吧嗒吧嗒地練習打水開始。

303 ばたり ①(擬聲、擬態) ／吧嗒、砰、啪；撲通、咚；突然中止、停止、消失。

用法 ①形容猛然地合上書、關上門或舞臺相碰時發出的聲音及其狀態。②形容突然倒下或落下時發出的聲音及其狀態。③指突然中止、停止、消失。

例句
- 私が入っていったら、彼女はばたりと本を閉じて立ち上がった／我剛進屋，她就啪嗒一聲合上書站起身來。
- 彼女はこのごろ時々貧血を起こしてばたりと倒れる／她最近常常因為貧血暈倒在地。
- あの事件が起こってから、彼はばたりと姿を消している／那件事情發生後，他便立即銷聲匿跡。

304 **ぱちくり** ①(擬態)／咔嚓咔嚓、劈劈啪啪、啪啪；直眨眼、一眨一眨地。

用法
①形容按快門、打算盤、下棋時發出的聲音或連續拍手的樣子。②形容眼睛直眨、一眨一眨的樣子。

例句
- すっかり都会ふうになって帰った娘の変容ぶりを田舎の両親は目をぱちくりして眺める／女兒完全變成一副城裡人的模樣，鄉下的父母直眨眼睛望著歸來的女兒。
- 外国人観光客は日本の物価のあまりの高さに、目ばかりぱちくりしてあきれ顔だった／由於日本物價昂貴，外國遊客直眨眼一副吃驚的表情。
- 盗まれたはずの金が金庫に戻っていたのだから、社長も秘書も目をぱちくりさせるばかりだった／被盜的錢又回到金庫裡，經理和秘書都吃驚得直眨眼睛。

305 **ぱちぱち** ①(擬聲、擬態)／啪、咔嚓；直眨眼。

用法
①形容堅硬的小東西連續碰撞時發出的聲音及其狀態。②形容一個勁地眨眼睛的樣子。

例句
- 害はないらしいが、脱ぐたびにぱちぱちと静電が起こる下着は気持ちが悪い／似乎沒有什麼害處，但是這

207

件內衣每次脫下時都啪啪地起靜電，讓人感覺不舒服。

- 少女は目をぱちぱちさせて、いぶかしそうにこっちを見る／少女一個勁地眨眼睛，懷疑地看著這邊。

- 目にごみでも入ったらしく、しきりにぱちぱちと瞬きしている／眼睛裡好像進了沙子似地，不停地眨著眼睛。

306 ぱちり ②（擬聲、擬態）／咔嚓、啪嗒；眨一下眼睛；睜得大大的。

用法 ①指堅硬的小東西相碰一次的聲音及其狀態。②指眨眼一次。③形容眼睛睜得大大的樣子。

例句
- 「王手」の声とともに駒をぱちりと置いた／隨著一聲「將軍」便把棋子啪地一聲放下了。

- カメラを放さずぱちりぱちりと写真を取り捲る／他沒放下相機咔嚓咔嚓不停地拍照。

- ここぞと思う場面では必ずシャッターをぱちりと下ろす／認為就是這裡時，我一定啪地一聲按下快門。

307 はっきり ③（擬態）／明確、斷然；穩定。

用法 ①形容態度、想法等明確、斷然。②經常以否定的形式「はっきりしない」來形容病情不佳、天氣陰晴不定等。

例句
- 医者ははっきりと私にタバコをやめないと死ぬぞと言った／醫生態度明確地對我說如果不戒菸就會死。

- あの人の盗むところをはっきりとこの目で見たのです／我親眼看見他在偷竊。

🖐 昔のことなのではっきりとは覚えていません／因為是
過去的事情，所以已經記不清了。

308 ばっさり ③（擬態）／一刀斬斷、切斷；大刀闊斧地、果斷地。

用法 ①形容一刀斬斷、切斷的樣子。②形容大刀闊斧地削減、去除或做事果斷等。

例句
🖐 玲子は腰まであった髪をばっさりと切った／玲子將齊腰長的頭髮一刀剪掉。

🖐 予算がばっさりと削られてしまった／預算被大幅度地削減。

🖐 せっかく書いた記事の半分以上もばっさり削除された／好不容易寫成的報導，一半以上都被大刀闊斧地刪掉了。

309 はっし ①（擬聲、擬態）／嚓地；一箭射中、穩穩地接住。

用法 ①指堅硬物猛烈地相碰時發出的聲音及其狀態。②指一箭射中或穩穩地架住、接住來勢兇猛之物。

例句
🖐 大木の根元にはっしとばかり斧を打ち込む／咔嚓一聲，斧頭砍進了大樹的根裡。

🖐 開発の波とともに、長い年月をかけて育った木の根元にはっしときこりはおのを打ち込んだ／隨著開發的浪潮，樵夫嚓地一聲用斧頭砍進生長多年的大樹根部。

🖐 剣の天才武蔵は打ちかかってくる賊の刃を木刀ではっしと受け止めた／劍客武藏用木劍穩穩地接住賊人的飛刀。

209

人的情感

人的行為

物的狀態

食物滋味

動物聲音

310 はった 1（擬態）／瞪著、盯視。

用法 形容眼睛瞪人、盯視的樣子。

例句 ❶横綱は大きな目をはったと相手を睨んだ／横綱瞪大眼
睛凝視著對方。

❷「これ以上説明の必要はない」と大臣は記者団を居丈高
にはったとにらみつけた／大臣盛氣凌人地瞪視著記者
們說道：「沒有必要再解釋了」。

❸大きな仁王が山門をくぐる人をはったと睨んでいる／金
剛大力士瞪視著穿過山門的人。

311 ばったり 3（擬態）／突然倒下（摔倒）、猝然去世；突
然下降（減少）、突然停止（中斷、斷絕、消失）。

用法 ①形容突然倒下、摔倒，猝然去世的狀態。②形容突
然下降、減少，突然停止、中斷、斷絕、消失。

例句 ❶脳溢血でばったり逝ってしまったそうだ／據說他因患
腦溢血猝然去世。

❷ゴールにとびこむと同時にばったり倒れて、係員に運ば
れて行った／在跑進終點時突然倒下，被工作人員抬
走了。

❸スーパーマーケットができて、このあたりの商店の売れ
行きはばったり止まった／因為超市建成，這一帶的商
店突然沒有生意了。

312 ぱっちり ③(擬態) ／睜得大大的；大而美的眼睛。

用法 ①形容眼睛睜得大大的。②形容眼睛大而美麗。

例句 ❶ 昏睡状態から覚めて病人がぱっちりと目を開いたのは夜
明けごろだ／黎明時分，一直處於昏迷狀態的病人睜
大了眼睛。

❷ まだ生まれて二ヶ月ですから見えはしないのでしょう
が、目をぱっちり開けて私を見ているときがあるんです
／（嬰兒）出生才兩個月大概看不見吧，可是有時卻
睜大眼睛看著我。

❸ 彼女は目がぱっちりしていてとてもチャーミングだ／她
有一雙美麗的大眼睛，很有魅力。

313 ばっちり ③(擬態) ／精明、設法得利；準確、確切地；
精心地、出色地。

用法 ①指與錢打交道時的精明和設法得利。②指準確地、
確切地。③指精心地、出色地做某事。

例句 ❶ 避暑地に行くんでも、ついでにばっちり稼いでもうけよ
うという男だ／他是個即使去避暑勝地也會順便賺點
錢的人。

❷ 賄賂の様子が盗聴器にばっちり録音されていた／賄賂
的情況全被竊聽器給錄音了。

❸ 彼はディナーパーティーに出るためにばっちり決まった
服装をし、めかし込んだ／他為了參加晚會穿著精心選
定的服裝，打扮的很瀟灑。

314 ぱっと ①（擬態）／一下子、忽地；忽然向四方擴散、散開。

用法 ①形容動作、變化等非常突然。②形容忽然向四方擴散、散開的樣子。

例句 ● ぱっと起きて「火事だ！」と叫ぶ／忽然起床，喊道：「失火了」。

● 目覚まし時計の音と同時にぱっと目が覚めた／鬧鐘響的時候一下子睜開了眼睛。

● 画面がぱっと変わり、工場の場面から彼の故郷の海になる／畫面一下子變了，場景由工廠變成他家鄉的大海。

315 ばっと ①（擬態）／猛然地、啪地。

用法 形容猛然地做某事。

例句 ● その異様な物音を耳にして、彼はばっと表へ飛び出した／聽到奇怪的響聲，他猛然地跑出門外。

● なにを思いついたのか、いきなりばっと表へ飛び出した／大概想起了什麼，突然跑到了門外。

● 砂糖と間違えて、塩をばっとケーキの粉に入れてしまった／把鹽誤認為糖，猛然地一下放入蛋糕粉裡。

● 商人は大きな風呂敷をいきなりばっと広げた／商人突然啪地把包袱打開了。

316 はっはっ □（擬聲、擬態）／哈哈；呼哧呼哧。

用法　①形容帶點停頓的爽朗笑聲及其狀態。②形容急促的呼吸聲及其狀態。

例句 ⓵ あのマラソン選手ははっはっとしながら、もう走れないという状態になっていた／那個馬拉松選手氣喘吁吁地已經跑不動了。

⓶ 男が一人、はっはっとあえぎながら坂を駆け上がっていった／男人獨自一人呼哧呼哧地喘著氣朝山坡跑去。

⓷ 熱があるのか、病気の子供ははっはっと苦しそうな息づかいだ／大概是發燒吧，生病的孩子呼哧呼哧地好像呼吸很困難。

317 ぱっぱっ □（擬態）／不慎重、隨便；乾淨俐落、毫不吝嗇；毫無顧忌、不講情面地、直率地。

用法　①指做事不慎重、隨便。②指辦事乾淨俐落、花錢大方毫不吝嗇。③形容講話毫無顧忌，想說什麼就說什麼，不講情面地、直率的樣子。

例句 ⓵ 一生懸命働いたあと、ぱっぱっとうまそうにタバコを吸って一息入れた／拼命地幹完活後，毫無顧忌地抽著菸稍事休息。

⓶ 彼を扱うには、遠慮せずにぱっぱっとものを言うのが一番だ／和他打交道最好是毫無顧忌地提出自己的意見。

⓷ 私には、金が入るとすぐぱっぱっと遣ってしまう悪い癖がある／我有個壞毛病，一有錢就毫不吝惜地花光。

213

318 ぱらぱら ①（擬聲、擬態） ／嘩啦嘩啦、啪啦啪啦；稀稀疏疏、稀稀落落。

用法 ①指連續翻書時發出的聲音及其狀態。②形容稀稀疏疏、稀稀落落的樣子。

例句
1. ぱらぱらとめくってみただけで、まだ読んではいない／只是啪啦啪啦地翻了翻書，還沒看。
2. 「福は内、鬼は外」と大きな声で叫びながら、豆をぱらぱらとまく／一邊大聲喊著「福進來，鬼出去」一邊啪啦啪啦地撒豆子。
3. 祖父は今日庭に朝顔の種をぱらぱらと蒔いた／祖父今天在院子裡稀稀落落地撒了一些牽牛花的種子。

319 ばらばら ①（擬態） ／一哄而散、一哄而上

用法 形容很多人一哄而散、一哄而上的樣子。

例句
1. 少年たちは警官に追われてばらばらと逃げた／少年被員警追得一哄而散四處逃散。
2. 戦争で一家はばらばらに離散してしまった／因戰爭一家人妻離子散。
3. 昔は職人が一人で仕上げたものも現代はばらばらに分業で作る／過去由一個工匠製作的產品現在則分工製作。

320 ばりっ ②（擬聲、擬態）／咔嚓咔嚓、咯吱咯吱。

用法 形容破裂、剝下、揭下、咬、嚼時發出的聲音及其狀態。

例句 ❶ その少年は包み紙をばりっと破り、おまけを取り出した／那個少年咔嚓地一聲將包裝紙撕破，取出贈品。

❷ あの見習いは釘付けの木箱のふたをばりっとあけて、テレビの部品を取り出した／那個學徒咯吱一聲開啟釘著釘子的木箱蓋，取出電視機的零件。

❸ 小包の包み紙を乱暴にばりっと破いて開けた／咔嚓地一聲粗暴地撕開包裹的包裝紙。

321 ぱりぱり ①（擬聲、擬態）／咻啦咻啦、咯吱咯吱。

用法 ①形容剝、抓、撓輕薄物時發出的聲音及其狀態。②形容咀嚼硬的東西時發出的聲音及其狀態。

例句 ❶ うちのおばあさんは、自慢の歯で好物の漬物をぱりぱり食べます／我奶奶很得意地用牙格崩格崩地咬著喜歡吃的鹹菜。

❷ 彼女は紙包みのセロハンをぱりぱりと剝がしている／她咻啦、咻啦地剝去包裝的玻璃紙。

❸ 包丁の刃を立ててぱりぱりと魚の鱗を落とす／他拿起菜刀用刀刃咯吱咯吱地刮掉魚鱗。

322 ばりばり ①（擬聲、擬態）／嘎吱嘎吱、咯吱咯吱；嘩啦嘩啦、唰啦唰啦。

用法 ①形容剝、抓、撓東西時發出的聲音及其狀態。②形容咬嚼東西時發出的聲音及其狀態。③裂開、迸開、撕開東西時發出的聲音及其狀態。

例句 ⓵ せんべいをばりばりと食べてお茶をがぶがぶ／咯吱咯吱地嚼著酥脆的仙貝，咕嘟咕嘟地喝著茶。

⓶ あまりの痒さに背中をばりばりとかきむしった／由於太癢了，咯吱咯吱地亂撓後背。

⓷ 若いころはばりばり仕事をこなしたものだ／年輕時嘩啦嘩啦地就做好工作了。

323 ぱんぱん ①（擬聲、擬態）／啪啪；脹得鼓鼓的、腫腫的。

用法 ①形容拍手、拍打平面東西的聲音或用力地用手拍打。②形容脹得鼓鼓的、腫得很厲害的樣子。

例句 ⓵ テレビ映画の刑事は犯人を追い詰めると、ピストルをぱんぱんと撃った／電視電影中的刑警追趕犯人時就砰砰地開槍。

⓶ 干し布団をぱんぱん叩いてほこりを出している／被子曬好之後，嘭嘭地拍打著灰塵。

⓷ ぱんぱんと両手を打ち、「さあ、大安売りだよ」と叫ぶおやじ／老闆啪啪地拍著雙手喊道：「來喔！大減價」。

324 ばんばん ①（擬聲、擬態）／砰砰、乒乒乓乓；毫不客氣地、提起精神、拼命地。

用法　①指連續發射槍彈或敲打堅硬物時發出的聲音及其狀態。②形容毫不客氣地說話、提起精神、拼命地工作。

例句
- 怒った彼は、そばにあったフライパンでばんばんと相手の頭をたたいた／他氣急敗壞，拿起旁邊的鏟子梆梆地拍打了對方的頭。

- 言いたいことはばんばん言ってやればいいんだ／想說什麼儘管毫不客氣地說出來。

- 委員長は机をばんばんと叩いて演説した／委員長呼呼地敲著桌子發表演說。

- ばんばんという銃声がして、彼のひざは恐怖に震えている／響起了砰砰的槍聲，他嚇的腿直發抖。

325 ひーひー ①（擬聲、擬態）／嗷嗷、嗚嗚、哇哇。

用法　形容因痛苦、疼痛等悲鳴聲、哭泣聲及其神態。

例句
- 飢えと暑さのため、赤ん坊はひーひーと火が付いたように泣く続ける／由於饑餓和炎熱，嬰兒像被火燒到似地嗷嗷地哭個不停。

- 半身の大焼けで、大男もひーひー悲鳴を上げて苦しんでいる／由於半身嚴重燒傷，連大男人也哇哇地慘叫十分痛苦。

- 卒論の締め切りが迫っているので、彼は毎日ひーひー言っている／由於畢業論文截稿日期逼近，他每天緊張得喘不過氣來。

326 ぴーぴー ①（擬聲、擬態）／呱呱、哇哇；生活拮据、難以糊口。

用法 ①形容幼兒心情不佳時的哭泣聲。②形容生活拮据、難以糊口的樣子。

例句
- この子はしょっちゅうぴーぴー泣いている／這個孩子經常哇哇地哭。
- ぴーぴー泣いている子供を容赦なく折檻する／要毫不留情地痛斥哇哇哭個不停的孩子。
- あいつは金が入ると賭け事ばかりしているから年中ぴーぴーしているんだ／那個傢伙一有錢就只是在賭博，所以一整年的生活都很拮据。

327 びくっ ②（擬聲、擬態）／打嗝、打嗝聲；跳動、突然地一動。

用法 ①形容打嗝時發出的聲音，也指打嗝。②指身體或身體的一部分突然地一動。

例句
- 赤ん坊は基地の轟音にびくっと体を震わせた／嬰兒被基地轟鳴聲嚇得抖動了一下身體。
- ちょっとした物音にも体をびくっと痙攣させた／被一點聲音嚇得身體一下子痙攣了。
- 男のこめかみがびくっと震え、目が血走ってきた／男人的太陽穴劇烈地跳動，眼睛佈滿了血絲。

328 ひくひく ② (擬態) ／輕微顫動、抽動。

用法 指身體或身體的某一部分輕微顫動、抽動的樣子。

例句
❶ 病人の唇が何か言いたげにひくひくと動いた／病人好
像要說什麼，微微地動了動嘴唇。

❷ あまりの怖さに唇をひくひくさせるだけで、しばらく
はものも言えなかった／由於太可怕了，他嘴唇直發
抖，久久說不出話來。

❸ 蛇を見て恐怖のあまり唇をひくひくさせ、その場に釘付
けになった／看見蛇由於太害怕了，他嘴唇直發抖，
人一動也動不了。

329 ひし ① (擬態) ／緊緊地抱住、揪住；深深地、強烈地。

用法 ①指緊緊地抓、抱、揪住的樣子。②指深刻地、強烈
地的情緒。

例句
❶ 迷い子は駆けつけた母親にひしとすがりついた／迷路
的孩子緊緊地抱住跑過來的母親不放。

❷ 帰宅して誰もいないアパートの電気をつけると、寂しさ
がひしと身に迫ってくる／回到空無一人的公寓，點著
燈，孤獨感湧上心頭。

❸ 背負って一本橋を渡るとき、子供はひしと私の背中にし
がみついた／背著孩子過獨木橋時，孩子緊緊地貼在
我的後背上。

330 **ぴしぴし** ①（擬聲、擬態）／嘎巴嘎巴、劈劈啪啪、咔嚓咔嚓；嚴格地、毫不留情地、嚴厲地。

用法 ①指用力折斷的聲音，鞭抽聲或堅硬物相碰擊聲。②形容嚴格地、毫不留情地、嚴厲地態度。用法與「びしびし」基本上相同。

例句
- 竹の鞭でぴしぴし机をたたきながら、漢詩を朗誦する先生だった／老師一邊用竹棍啪啪地敲著桌子，一邊朗誦漢詩。
- 騎手は馬にぴしぴしと鞭をあてて、矢のように馬場を駆けさせていた／騎士用鞭子啪啪地抽著馬匹，風馳電掣般地在賽馬場上奔馳。
- その高校の野球チームは2年間負けを重ねてきたが、新任のコーチがぴしぴし鍛えてから10試合に勝った／那所高中的棒球隊兩年連續失利，但自從新教練嚴格訓練之後10場比賽全部獲勝。

331 **びしびし** ①（擬聲、擬態）／嘎巴嘎巴、劈劈啪啪、咔嚓咔嚓；嚴格地、毫不留情地、嚴厲地。

用法 ①指用力折斷的聲音，鞭抽聲或堅硬物相碰撞聲。②形容嚴格地、毫不留情地、嚴厲的態度。

例句
- 枯れ枝をびしびしと折って焚火に投げ込むとまた火勢があがった／咔嚓咔嚓地折斷枯枝投入篝火中，火勢更旺了。
- 幼いときから家元に踊りをびしびしと仕込まれた／從小專業教師就嚴格訓練我舞蹈。
- サラリーマンからはびしびし税金を取り立てるくせに、大企業は税金逃れの抜け穴が多い／雖然向薪水階級嚴格徵稅，但是大企業逃稅的漏洞卻很多。

332 **ぴしゃっ** ②（擬聲、擬態）／劈啪、啪、砰；嚴厲地、毫不留情地。

用法 ①指水或含有水分的東西猛然地碰上堅硬物或堅硬物相碰時發出的聲音及其狀態。②指嚴厲地、毫不留情地。

例句
- 彼女はぼけーっとして水たまりに踏み込んでぴしゃっと水をはねかえした／她一發呆，啪地一聲踩進水窪裡將水花濺起。
- 子供がおもしろ半分に蠅たたきでぴしゃっと食卓の蠅を叩いている／孩子鬧著玩似地用蒼蠅拍啪啪地拍打著餐桌上的蒼蠅。
- いろいろ泣きついたんだが、にべもなくぴしゃっと断られた／哭著央求著，但還是被無情地拒絕了。

333 **ぴしゃっ** ②（擬聲、擬態）／劈劈啪啪、啪。

用法 指含有水分的東西猛然地碰上堅硬物時發出的聲音及其狀態。

例句
- よそ見していて、びしゃっと水溜りに踏み込んでしまった／往旁邊看時，劈啪一聲踩進水窪裡。
- 卵をゆでようとしてうっかり落とし、床にびしゃっとつぶした／剛要煮雞蛋時，不小心啪的一聲掉在地板上摔破了。
- 水にぬれたシーツをびしゃっと塀に叩きつけて水を切る／將濕床單啪地一聲搭在牆壁上曬乾。

334 ぴしゃぴしゃ ①（擬聲、擬態）／啪啪。

用法 指手掌的拍打聲或拍個不停。

例句

❶ 赤ちゃんは小さい手でぴしゃぴしゃ母親の胸を叩きながら乳を吸っている／嬰兒一邊用小手啪啪地拍著母親的胸一邊吃著奶。

❷ あの餓鬼は風呂に入ると、お湯を面白がってぴしゃぴしゃ叩く／那個小傢伙一洗澡就感到很好玩似地啪啪地拍著水。

❸ 助産婦は新生児のしりをぴしゃぴしゃ叩いた／助産士啪啪地拍著新生兒的屁股。

❹ 母は子供のお尻をぴしゃぴしゃとたたいている／媽媽啪啪地拍著孩子的屁股。

335 ひそひそ ①（擬聲、擬態）／悄悄地說、嘀嘀咕咕、低聲細語、竊竊私語。

用法 形容為了不讓別人聽見，兩個人小聲說話的樣子。

例句

❶ 彼はひそひそと上役に同僚の告げ口をしている／他嘀嘀咕咕地向上司搬弄是非，對同事說三道四。

❷ 彼らのひそひそと内緒話をするのはいつもみんなの気分を壊す／他們嘀嘀咕咕地說著悄悄話，總是令大家心情不佳。

❸ 自分たちだけでひそひそ話をするのは周囲の人たちには不愉快なものだ／只顧自己竊竊私語，令周圍的人很不愉快。

336 **ぴたっ** ②(擬聲、擬態) ／啪地；緊緊地黏著、貼住；突然停止、消失。

用法　①形容呈平面的物體相碰時發出的啪的一聲或強有力的撞擊。②形容沒有空隙緊緊地黏著、貼住。③指突然停止、消失。

例句　❶彼は自分の額(ひたい)を平手(ひらて)でぴたっとたたいて、「ああなるほど」といった／他用手用力地拍了一下自己的額頭，說道：「啊！原然如此」。

❷赤ん坊は母親を見たとたんぴたっと泣(な)き止(や)んだ／嬰兒剛一看見母親突然就不哭了。

❸あの大病後(だいびょうご)、彼はタバコをぴたっとやめてしまった／生了那場大病之後他突然戒菸了。

❹試験に失敗して彼は部屋の戸をぴたっと締め切り、ふさぎこんだ／他考試考砸了，房門緊閉，愁眉不展。

337 **ひたひた** ①(擬聲、擬態) ／吧噠吧噠、啪啪；逼近。

用法　①形容表面呈平面狀的物體連續相碰時發出的聲音。②比喻漸漸逼近的樣子。

例句　❶化粧水(けしょうすい)をつけたあと、手のひらで顔をひたひたと軽くたたいて刺激(しげき)を与(あた)えるとよい／擦完化妝水後用手掌輕輕拍拍臉，給臉部刺激。

❷肌(はだ)の手入れにファンデーションをつけたあと、顔を手のひらでひたひたと軽く叩いている／為了保養皮膚，擦完粉底霜後用手掌輕輕地拍拍臉。

❸ひたひたと岸(きし)に打ち寄せる水の音や、遊覧船(ゆうらんせん)のエンジンの軽い響きを聞いていた／輕輕的浪拍岸的聲音和遊艇馬達低低的聲音在耳邊回響。

223

338 ぴたぴた　①（擬聲、擬態）　／劈啪劈啪、啪噠啪噠、啪啪。

用法　形容呈平面狀的物體連續相碰時發出的聲音。

例句

▶顔にクリームを塗ったあと、手のひらでぴたぴた軽く叩くだけでもマッサージになるのです／臉上抹完面霜後，即使用手掌輕輕地拍拍也是一種按摩。

▶子供が廊下を裸足でぴたぴた歩いている／孩子光腳啪噠啪噠地在走廊上走。

▶濡れた砂浜を裸足でぴたぴた歩く朝の海の心地よさ／清晨光腳啪噠啪噠地走在海邊濕漉漉的沙灘上，感覺很舒服。

339 ぴちゃっ　②（擬聲、擬態）　／啪嚓；啪嗒；碰地一聲。

用法　①形容水等液體與物體有力地碰擊時發出的聲音及其狀態。②形容手掌的拍打聲及其動作，平面物體相碰聲及其狀態。③指猛然地關上門、窗的聲音或閘門關得嚴密。

例句

▶ぴちゃっと水たまりに踏み込んだしまった／啪嗒一聲一腳踩進水裡。

▶腕を押されたとたん、運んでいた皿のスープがぴちゃっと胸にかかった／胳臂被人推了一下，端著的盤子裡的湯啪地濺到了胸部。

▶彼はぴちゃっとドアを閉めた／他碰地一聲關了門。

340 ぴちゃぴちゃ ①（擬聲、擬態）／嘩啦嘩啦、啪嚓啪嚓、吧唧吧唧；吧嗒吧嗒。

用法 ①形容液體和物體的相碰聲，水的飛濺聲及其狀態。
②形容表面平的物體連續輕輕相碰時發出的聲音及其狀態。

例句
- うちの息子は朝寝坊で、ほっぺたをぴちゃぴちゃ叩いても全然目が覚まさない／我兒子睡懶覺，輕輕地拍他的臉蛋也叫不醒。

- 子供が水たまりでぴちゃぴちゃとやっていた／孩子在水窪裡啪嚓啪嚓地踩著。

- 化粧水をたっぷり脱脂綿に含ませ、顔中ぴちゃぴちゃと軽くたたきます／用沾滿化妝水的化妝棉輕輕地拍打整個臉部。

341 ぴっ ①（擬聲、擬態）／哧。

用法 形容撕開、撕破、揭下、斷開的聲音，也指這種動作非常迅速地進行。

例句
- ぴっとハンカチを引き裂いて、血止めの手当てをしてくれた／哧的一聲將手帕撕開，為我止血。

- 日めくりカレンダーをぴっと破く／哧的一聲撕下日曆。

- ぴっとはがした絆創膏には産毛が数本付いていた／一下子撕下的OK絆上黏著幾根汗毛。

342 びっしり ③（擬態）／寫滿、塞滿、擁擠、足足地。

用法　形容寫滿、塞滿、擁擠、足足的樣子。

例句　❶ この道路は何キロもびっしりと車が続いていて、割り込む隙間なんか全然ない／這條路堵了好幾公里，連個縫隙都沒有，根本過不去。

❷ かばんを開けると札束がびっしり詰まっていた／打開皮包裡面裝滿了成捆的鈔票。

❸ 手帳は細かい字でびっしりと埋め尽くされた／記事本上寫滿了密密麻麻的小字。

343 ぴったり ③（擬態）／緊緊地。

用法　形容沒有空隙緊緊地貼住、關上、靠著的樣子。

例句　❶ 夜遅く帰ったら、ドアはぴったり閉ざされていた／晚上很晚回去的話，大門就會關得緊緊的。

❷ あの甘えん坊は、いつも母親の傍らにぴったりくっついている／那個愛撒嬌的小孩總是一步不離地跟在母親身旁。

❸ インクびんのふたはぴったり閉めておきなさい／把墨水瓶的蓋子擰緊。

344 ぴっちり ③（擬態）／嚴嚴實實地、緊繃繃、緊緊地。

用法　指兩個東西沒有縫隙緊緊地挨著。

例句　❶ こんなぴっちりしたスカートじゃ苦しくてたまらない／這種緊繃繃的裙子穿起來真是難以忍受。

❷ アルミサッシュの戸でぴっちり締め切られている室内で

は、ガス中毒の事故に気をつけてください／鋁門緊閉
的房子室內要小心瓦斯中毒事故。

③ メロンの切り口をラップでぴっちりと包んでおきなさい
／香瓜的切口處用保鮮膜嚴嚴實實地包好。

---

345 ひゅーひゅー ①（擬聲、擬態）／嘶嘶、噓噓。

用法 形容氣體或液體迅速通過小孔、細管等時發出的聲音
及其狀態。

例句 ① 喘息の発作でひゅーひゅー喉を鳴らす私のために、母は
どんなに胸を痛めたことだろう／因為我哮喘病發作喉
嚨裡發出嘶嘶的聲音，母親心裡有多麼難過啊！

② 母は喘息を病んでいて、発作が起きるたびにひゅーひゅ
ーいって苦しんでいた／母親患有哮喘病，每當發作
時就發出嘶嘶的聲音，非常痛苦。

---

346 ひょい ①（擬態）／突然、意外地；輕易地、一下子。

用法 ①形容突然、意外的樣子。②形容輕易地或一下子做
某事。

例句 ① 佐助はひょいと身をかがめて手裏剣をよけた／佐助突
然彎下身子，躲開了飛鏢。

② 仕事の手を止めて窓の外をひょいと見ると、向こうの家
に泥棒が入ろうとしているところだった／停下手裡的
工作，突然向窗外望去，看見小偷正竄入對面那戶
人家屋裡。

③ 山男は重いリュックをひょいと担ぎ上げた／山裡人能
輕鬆扛起沉重的帆布背包。

347 **ひょいひょい** ①（擬態）／一蹦一蹦、一跳一跳、敏捷地；時常。

用法 ①形容動作輕快、敏捷。②指經常看到或出現的狀態。

例句 ▶彼は岩伝いにひょいひょいと跳んでわたった／他踏著岩石一跳一跳地過去了。

▶浅瀬の丸木橋を、裸足の子供たちはひょいひょいと渡っていた／孩子們光著腳一跳一跳地從淺灘上的獨木橋上通過。

▶山案内の人は、激流を岩伝いにひょいひょいと渡って向こう岸へ／山中嚮導踏著岩石一跳一跳地通過激流過到岸邊。

▶彼女はドラマにひょいひょいと出演する／她經常演出連續劇。

348 **ぴょいぴょい** ①（擬態）／一跳一跳地、輕快靈活、敏捷地。

用法 形容動作輕快、敏捷的樣子。

例句 ▶障害物競走で、村の子供たちはぴょいぴょいと障害物を飛び越えていった／在障礙物賽跑時，村裡的孩子們一蹦一跳地越過障礙物。

▶雨上がりの夕暮れ、捕虫網を持った子供たちが庭の飛び石をぴょいぴょいと渡っていた／傍晚雨停了，孩子們拿著捕蟲網一跳一跳地踩著院子裡的踏腳石過去了。

▶彼は飛び石伝いにぴょいぴょいと池の向こう側へ渡っていく／他踏著岩石一跳一跳地過到池塘對面。

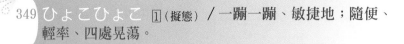

349 ひよこひよこ ①（擬態）／一蹦一蹦、敏捷地；隨便、輕率、四處晃蕩。

用法 ①形容動作輕快敏捷，帶有彈跳的反覆動作。②形容行動等隨便、輕率。

例句 ➊ あの食（く）いしん坊（ぼう）たら、ひよこひよこと台所（だいどころ）へきては冷蔵庫（れいぞう）の物をつまみ食（く）いする／說起那個貪吃鬼，總是在廚房四處轉偷吃冰箱裡的東西。

➋ 夕飯を待ちきれないと見えて、ひよこひよこ台所（だいどころ）へ顔を出す／看樣子他等不及吃晚飯了，在廚房裡四處轉。

350 ひょっ ①（擬態）／突然、偶然、說不定、也許、或許、莫非。

用法 指突然、偶然地。以「ひょっとしたら」的形式，意指說不定、也許、或許；以「ひょっとして」的形式，意指莫非、也許。

例句 ➊ 明日はひょっとすると雨になるかもしれない／明天也許會下雨。

➋ 電車の中で何気（なにげ）なくひょっと前を見ると、父がにこにこして立っていた／在電車裡無意中往前一看，父親正微笑著站在那兒。

➌ ひょっと空（そら）を見上げたら、ちょうど大輪（たいりん）の花火（はなび）が開いたところだった／偶然抬頭仰望天空，巨大的煙火正在綻放。

➍ ひょっとしたら彼女はアメリカに移住（いじゅう）するつもりなのかもしれない／說不定她打算移居美國。

351 ひょっこり ③（擬態）／突然出現、出乎意料地。

用法 指突然出現、出乎意料地。

例句
- 卒業以来会っていない男が会社に<u>ひょっこり</u>と訪ねてきた／畢業以後一直沒見面的男生突然來公司拜訪。
- 気さくで親切で心強いいとこが、、<u>ひょっこり</u>訪ねてきた／為人坦率、熱情、自信的表妹突然來訪。
- 田舎の叔父が<u>ひょっこり</u>訪ねてきた／鄉下的叔叔突然來訪。
- 昨日、スーパーで山田君に<u>ひょっこり</u>と出会った／昨天在超市與山田君邂逅相遇。

352 ぴょんぴょん ①（擬態）／蹦蹦跳跳、亂蹦亂跳。

用法 形容輕快地蹦蹦跳跳、亂蹦亂跳。

例句
- 子供たちは<u>ぴょんぴょん</u>はねて大喜びしました／孩子們蹦蹦跳跳的非常高興。
- あの子は大人用のハードルを平気で<u>ぴょんぴょん</u>飛び越えて行くんだ／那個孩子很輕鬆地一蹦一跳地跳過大人用的跨欄。
- 苗植えに精を出している両親を尻目に、子供たちはあぜ道を<u>ぴょんぴょん</u>はねて戯れている／父母正全力以赴忙著插秧，孩子們斜眼看父母，亂蹦亂跳地在田埂上跳著玩耍著。
- 子供は母親のわきを<u>ぴょんぴょん</u>跳びはねながら付いて行った／小孩子在母親旁邊蹦蹦跳跳地跟著走。

353 **ひらり** ②③（擬態） ／靈活、敏捷。

用法 形容動作靈活、敏捷的樣子。

例句 ①ひらりと馬に飛び乗って風のように去った／敏捷地飛
身上馬，像一陣風似地離去了。

②少年は荒馬にひらりと飛び乗った／少年敏捷地飛身騎
上烈馬。

③少女はひらりと身を翻して家の中に駆け込んだ／少女
敏捷地一翻身跑進家裡。

354 **びりっ** ②（擬聲、擬態） ／哧啦、唰地。

用法 形容一下子撕破布、紙等發出的短促的聲音及這類動
作快速的樣子。

例句 ①座ったとたんにズボンの尻がびりっと破れた／剛一坐
下，褲子後尾股處哧啦一聲破了。

②彼女は布をびりっと裂いて包帯にした／她哧啦一聲把
布撕開當繃帶用。

③濡れた手でコンセントに触ったらびりっとした／用濕
手碰了一下插座，唰地一下觸電了。

355 **ぴりっと** ②（擬聲、擬態） ／哧啦、哧；緊張、緊迫、緊
湊、敏感性強。

用法 ①形容一下子撕破布、紙等發出的短促的聲音及這類
動作的快速。②形容頓時緊張、緊迫、緊湊、敏感性
強。

例句 ❶前の月のカレンダーを<u>ぴりっと</u>破る／哧啦一下撕掉了上個月的月曆。

❷選手たちは試合を前に<u>ぴりっと</u>緊張した／選手們在比賽前非常緊張。

❸ストッキングが<u>ぴりっと</u>いてしまった／長筒襪哧啦一聲刮壞了。

356 びりびり ①（擬聲、擬態）／哧啦、唰地。

用法 形容猛然地撕紙、布等時發出的聲音及其狀態。

例句 ❶腹立ち紛れに一万円札を<u>びりびり</u>と破いた／太氣憤了將一萬日圓鈔票唰唰地撕成碎片。

❷別れた恋人の手紙を<u>びりびり</u>に破ってしまった／把已分手的戀人的書信撕得七零八落。

❸彼女はその手紙を読むやいなや<u>びりびり</u>破いて床に投げつけた／她剛一看到那封信就哧啦、哧啦地撕碎扔到地板上。

357 ぴんぴん ①（擬聲、擬態）／又響又尖；生氣、不滿。

用法 ①形容聲音又響又尖。②因為別人的言行受到強烈的刺激。

例句 ❶鋭い気合いがあたりの空気を<u>ぴんぴん</u>震わす／尖銳的吆喝聲使周圍的空氣震動。

❷そばに弓道部の矢場があって、ときどき練習の音が<u>ぴんぴん</u>と響いてくる／旁邊就是射箭部的射箭場，時常響起震耳的練習聲。

③彼女の言うことが針のようにぴんぴん胸に突き刺さり、
泣きたいくらいだった／她的話像針一般地刺痛我的
心，真想痛哭一場。

358 ぷい ①（擬態）／別過臉、扭過身去、冷漠。

用法　形容由於不高興別過臉去、扭過身去，態度冷漠的樣
子。

例句　①二人は犬猿の仲で顔が合ってもぷいと横を向く／兩個
人的關係水火不容，即使見了面也把臉扭過去。

②ひどい仲が悪く、顔が合ってもぷいと横を向いて挨拶も
しない／關係很不好，即使見了面也把臉別過去，連
個招呼也不打。

③玩具や菓子で機嫌を取るが、ぷいと顔を背けて知らん顔
／用玩具和點心哄他，可是他一扭身背過去，裝做不
認識的樣子。

359 ふーっ ①（擬聲、擬態）／呼地；神智恍惚、模糊不清。

用法　①形容抿著嘴吹氣的聲音及其動作。②指神智恍惚、
模糊不清、朦朦朧朧的樣子。

例句　①ケーキのろうそくをふーっと一息に吹き消した／呼地
一口氣吹滅了蛋糕上的蠟燭。

②海女は時々海面に顔を出して、ふーっと大きく息を吐き
出す／漁女時常將頭露出海面深深地呼了一口氣。

③机の上をふーっと吹いてほこりを払う／呼地一下吹掉
桌子上的灰塵。

360 **ぷーっ** □（擬聲、擬態）／抿著嘴吹、吹喇叭；撲哧一聲。

用法 ①形容抿著嘴吹氣的聲音及其動作，也指吹喇叭聲。
②形容撲哧一聲笑出來的樣子。

例句 1. 初めてとは言え、僕が吹くとらっぱは<u>ぷーっ</u>とも鳴らない／雖說是第一次，但我一吹喇叭，連鳴的聲音都沒吹響。

2. 少女は<u>ぷーっ</u>と紙風船（かみふうせん）を膨（ふく）らましている／少女呼的一下將紙氣球吹鼓。

3. おかしくて、つい<u>ぷーっ</u>と吹き出してしまった／太可笑了，忍不住撲哧一聲笑了出來。

361 **ふーふー** □（擬聲、擬態）／呼呼；氣喘吁吁、忙得不可開交。

用法 ①形容抿著嘴吹氣的聲音及其動作。②形容氣喘吁吁的樣子以及忙得不可開交的樣子。

例句 1. 熱いから<u>ふーふー</u>冷（さ）ましながら、食べなさいね／太熱了，吃的時候呼呼地吹涼再吃。

2. 風船（ふうせん）が地面（じめん）に落ちないように<u>ふーふー</u>吹いてください／呼呼地吹，以免氣球落在地上。

3. <u>ふーふー</u>肩で息をつきながら階段（かいだん）を上がった／氣喘吁吁地爬著樓梯。

362 **ぶーぶー** ①（擬聲、擬態）／沒完沒了地、嘰嘰咕咕、嘀嘀咕咕。

用法 形容沒完沒了地發牢騷、嘰嘰咕咕、嘀嘀咕咕的樣子。

例句 🛬 雨降りで遠足（えんそく）が流れたうえに、代わりに校内大掃除（こうないおおそうじ）をさせられて、生徒たちはぶーぶーぼやいている／因為下雨不但取消了郊遊，而且還要求進行校內大掃除，學生們都不停地發牢騷。

　　 🛬 夜遅く客を連れて帰ろうものなら、女房（にょうぼう）にぶーぶー言われてしまう／如果晚上很晚還將客人帶回家，老婆會嘮叨個沒完。

　　 🛬 夜遅く帰ると女房（にょうぼう）がぶーぶーうるさいんだ／如果晚上回來晚了，老婆就嘮叨個沒完，非常煩人。

363 **ふがふが** ①（擬聲、擬態）／含糊不清地。

用法 指由於牙齒脫落或鼻塞，說話聲音含糊不清。

例句 🛬 あの老人（ろうじん）は歯が抜けてしまっているので、しゃべってもふがふが言うばかりで、いっこう要領（ようりょう）を得ない／那位老人牙都掉光了，即使說話也含含糊糊地說不清楚，讓人一點兒也摸不著頭緒。

　　 🛬 かぜを引いたせいで鼻が詰まり、ふがふが言っている／由於感冒，鼻塞，說話時支支吾吾地說不清。

　　 🛬 入れ歯（いば）をはずすとふがふがになってしまう／一摘下假牙，話就含含糊糊地說不清了。

364 ぷかぷか ① (擬態) ／吞雲吐霧地；一個勁地吹。

用法 ①指吞雲吐霧地抽菸的樣子。②指一個勁地吹喇叭。

例句
- 彼はヘビスモーカーで、一日60本はぷかぷか煙にしてしまう／他是個老菸槍，每天吞雲吐霧地要抽上60根。
- もしそんな一時にぷかぷか吹かしては、肺がんになるわよ／一下子吞雲吐霧地抽那麼多菸，會得肺癌的。
- 玩具のラッパをぷかぷか吹いて遊ぶ／一個勁地吹著玩具喇叭玩。

365 ぶくぶく ① (擬聲、擬態) ／咕嘟咕嘟、咕嚕咕嚕。

用法 ①形容冒著泡的聲音及其狀態。②指漱口時發出的聲音及其狀態。

例句
- 子供たちは石鹼水をストローで吹いて、ぶくぶく泡を立てては喜んでいる／孩子們用吸管吹著肥皂水，咕嘟咕嘟地冒著泡，高興地玩著。
- すぐ助けに向かったが、泳ぎつかないうちにぶくぶくと沈んでしまった／雖然馬上游過去救他，可是還沒游到他就咕嘟咕嘟地沉下去了。
- 緑茶でぶくぶくうがいをすると口臭が防げる／用綠茶咕嚕咕嚕地漱口，可以預防口臭。

366 ぶすっ ② (擬聲、擬態) ／撲哧；繃著臉、板著臉。

用法 ①形容用力刺入厚、軟的物體時發出的聲音，還指猛力地刺入。②形容繃著臉、板著臉的樣子。

例句
- 紙の箱にぶすっぶすっと穴を開けた／在紙箱上撲哧撲

味地扎了幾個孔。

- 会社の社長がなんのかかわりもない男に包丁で脇腹を<u>ぶ</u>
<u>すっ</u>と突き刺された事件があった／發生了這樣一個事
件，公司經理被一個沒有任何瓜葛的男子用菜刀撲
味一下刺傷了軟肋。
- あの受付嬢は、いつも苦虫をかみつぶしたような顔で<u>ぶ</u>
<u>すっ</u>としている／接待處的那個小姐總是板著臉，一
副愁眉苦臉的樣子。

---

367 ふっ ①（擬聲、擬態）／嘆。

用法　形容輕輕一吹的聲音及其動作。

例句
- <u>ふっ</u>とろうそくを吹き消したので小屋の中は真っ暗闇に
なった／嘆地一下吹滅了蠟燭，小屋裡一片漆黑。
- 武蔵は殺気を感じて行灯を<u>ふっ</u>と吹き消した／武藏感
到氣氛很緊張，嘆地一下吹滅了紙燈籠。
- 彼は<u>ふっ</u>と細いため息を漏らし、肩をすぼめて出て行っ
た／他輕輕地嘆了口氣，聳聳肩就出去了。

---

368 ぷっ ①（擬聲、擬態）／嘆；撲哧一笑。

用法　①指突然張開嘴一吹、一吐時發出的聲音及動作。②
指撲哧一聲笑了出來。

例句
- 中学生らしい女の子が駅のトイレの壁の落書きを見て、
こらえきれず、とうとう<u>ぷっ</u>とひと吹きした／一個中
學生模樣的女孩子看到車站廁所牆壁上寫的字，終
於忍不住撲哧一聲笑了出來。
- 息を吹きこむと、紙風船が<u>ぷっ</u>と膨らんできた／一吹
氣，紙氣球嘆地一下子鼓起來了。

237

教授の冗談に思わずぷっと噴き出してしまった／教授的一句玩笑使我忍不住撲哧一聲笑出聲來。

369 ぷつくさ ①（擬態）／嘟嘟囔囔地發牢騷、嘮嘮叨叨、嘀嘀咕咕。

用法 形容嘟嘟囔囔地發牢騷及嘮嘮叨叨、嘀嘀咕咕的樣子。

例句 夜中にたたき起こされた妻はぷつくさ言いながら夜食を作り始める／半夜把妻子從睡夢中叫起來，她一邊嘟嘟囔囔地發牢騷一邊開始做宵夜。

ぷつくさ文句ばかり並べてちっとも仕事をしないやつだ／他光會嘟嘟囔囔地發牢騷，一點事也不做。

かげでぷつくさ言っているようだが、表立って苦情を言い出る者はいない／好像在背後嘀嘀咕咕地說，但是還沒有人公開發牢騷。

370 ぷつっ ②（擬聲、擬態）／咯噔；中斷。

用法 ①指咬、刺、切斷東西時發出的聲音及狀態。②指消息、聯繫中斷、中止、斷絕。

例句 足を踏みしめたとたん下駄の鼻緒がぷつっと切れた／腳用力一踩，木屐帶咯噔一聲斷了。

虫に刺されてできた水疱に、針をぷつっと突き刺してうみを出す／被蟲子叮後形成的水疱，用針噗地一下刺穿把膿放出來。

釣ざおが弓なりになり、糸がぷつっと切れてしまった／魚竿變成弓形，線咯噔一聲斷了。

371 ふっつり ③（擬態）／切斷、中止、中斷、斷絕、消失。

用法 形容突然切斷、中止、中斷、斷絕、消失的樣子。

例句 ❶ あれほど好きだった賭け事を女房が死んでからふっつり
止めて子育てに専念／他嗜賭成癮，自從老婆死後突
然戒了，開始專心養育孩子。

❷ アメリカ行きもふっつり思いとどまって家業に励んでい
る／他突然打消了去美國的念頭，努力振興家業。

❸ 犯人の足跡はこの町までふっつりと切れようとして行方
がわからない／犯人的蹤跡就在這個城市突然消失，
下落不明。

372 ふっふっ ②①（擬聲、擬態）／味味地；急促地呼吸。

用法 ①指發出一種氣流式的笑聲。②形容急促地吹氣、呼
吸。

例句 ❶ 愉快そうにふっふっと笑いながら、電話で相手の話を聞
いている／一邊愉快地味味地笑著，一邊聽電話裡對
方說的話。

❷ 「どうやって成功したの？」と聞いても、ふっふっと得
意そうに笑うだけで教えてくれない／即使問他：「你
是怎樣取得成功的？」，他也只是味味地得意地
笑，卻不肯告訴我。

❸ 高熱で体がかっかするのか、ふっふっと苦しそうに息を
している／大概是因為高燒身體熱得受不了吧，他痛
苦地呼呼地喘著氣。

373 ぶつぶつ ①（擬聲、擬態）／嘟哝嘟哝地；喃喃自語、嘟嘟囔囔；嘀嘀咕咕。

用法　①形容刺破有一定張力的東西，或切斷有一定拉力的東西時，發出的聲音。②形容喃喃自語、嘟嘟囔囔的樣子。③指嘟嘟囔囔地發牢騷，嘀嘀咕咕的樣子。

例句
① 紙箱にぶつぶつと針で空気穴を開けて、臨時の虫籠を作る／用針在紙箱上嘟哝、嘟哝地扎些通氣孔，做個臨時的昆蟲籠子。

② 肉や野菜を金串にぶつぶつ刺して焼く／用鐵籤將肉和蔬菜嘟哝嘟哝地戳洞後再烤。

③ この皮細工は、一針一針ぶつぶつと刺しては抜き、刺しては抜きして作ったものなのよ／這件皮製工藝品是一針一針地穿過去拔出來，再穿過去再拔出來縫製而成的。

374 ふふん ②（擬聲、擬態）／哼哼。

用法　形容從鼻孔裡發出二、三次出氣的聲音，還表示瞧不起對方。

例句
① 彼女にデートを申し込んだが、ふふんと短く笑ってひじ鉄砲を食わされた／提出要和她約會，但是只聽哼哼冷笑兩聲被對方嚴厲拒絕了。

② 鼻が詰まったのか、ふふんとやって鼻の通りをよくした／鼻子不通氣，哼哼兩聲使鼻孔通氣。

③ ふふんと短く笑ってそっぽを向いた／哼哼冷笑兩聲就再也不理睬了。

375 **ふらふら** ①（擬態）／搖搖晃晃、頭暈目眩；猶豫不決、猶猶豫豫、信步溜達、無所事事、遊手好閒。

用法 ①形容搖搖晃晃、晃晃悠悠、頭暈目眩的樣子。②指猶豫不決、猶猶豫豫，以及信步溜達、無所事事、遊手好閒的樣子。

例句 ● 一日中何も食わずに歩き続けたので、足がふらふらする／由於一整天沒吃東西不停地走，連走路都搖搖晃晃的。

● 青い顔をしてふらふらと立ち上がったと思うと、すぐしゃがみ込んでしまった／他臉色蒼白，搖搖晃晃地剛站起來就立刻蹲下了。

● 今朝血圧が高くて頭がふらふらする／今天早晨血壓高，感到頭暈目眩的。

376 **ぶらぶら** ①（擬態）／晃來晃去、晃蕩；悠閒地漫步、溜達、閒逛、遊手好閒、悠閒地、悠然自得。

用法 ①形容懸、吊、垂著的東西晃來晃去、晃蕩的樣子。②形容悠閒地散步、信步溜達、閒逛、閒居、遊手好閒、悠閒地、悠然自得的樣子。

例句 ● 毎朝家の周りを1時間ほどぶらぶら散歩するのが日課です／每天早晨必須做的是在家附近悠閒地散步一小時。

● 駅までぶらぶら歩いて行っても、15分とはかからないでしょう／即使信步走到車站也用不著15分鐘吧。

● 休みの日は家でぶらぶらしています／假日在家裡閒晃。

241

❹プールのふちに腰掛けて、足を<u>ぶらぶら</u>させながら一休^{ひとやす}み／坐在游泳池邊，兩腳晃來晃去地休息一會兒。

377 ふらり ②（擬態）／信步；突然、沒想到；不穩、搖搖晃晃。

用法　①指隨便走走。②指突然、沒想到、偶然出現某種情況。③形容腳步不穩、搖搖晃晃的樣子。

例句　❶<u>ふらり</u>と寄った古本屋^{ふるほんや}で掘り出し物を見つけた／信步來到舊書店，偶然發現了好書。

❷立ち上がったとたん、<u>ふらり</u>とよろけてしまった／剛站起來，突然一個踉蹌。

❸文次郎は<u>ふらり</u>と旅に出た／文次郎突然去旅行了。

378 ぶらり ②（擬態）／懸空、垂掛著；隨便走走、漫無目的；無所事事、遊手好閒。

用法　①形容細長物懸空吊著、拖拉著的樣子。②指漫無目標的行動。③形容無所事事、遊手好閒的樣子。

例句　❶運動神経がなくてね、鉄棒^{てつぼう}なんかやっても<u>ぶらり</u>とぶら下^{さが}っているだけだ／沒什麼運動神經，即使練單槓也只是垂掛著地吊在單槓上。

❷休日^{きゅうじつ}には<u>ぶらり</u>と美術館に立ち寄ることもある／假日有時信步來到美術館。

❸時々自家製^{じかせい}の野菜などを持って<u>ぶらり</u>と訪^{たず}ねてくる／時常帶著自己家裡種的蔬菜來訪。

379 ふんふん ①（擬聲、擬態）／哼哼。

用法 形容鼻子發出哼聲或表示同意、明白之意。

例句 ●私の言うことなど、父はふんふんうなずくばかりで、少しも身を入れて聞いてくれはしないのです／我說的話父親只是哼哼地應著，一點兒也沒認真聽。

●買い物に行かないとおばに聞かれ彼はふんふんとうなずくばかりだった／伯母問他：「去買東西嗎？」他只是哼哼地回應。

380 ぺしゃり ②（擬聲、擬態）／啪。

用法 指壓壞、擠壞、踩壞、倒下等時發出的聲音，及受力後變形的狀態。

例句 ●大荷物をしょったとたん、ぺしゃりと腰をついてしまった／剛背起大行李就一屁股坐在地上。

●あいつの高慢な面をぺしゃりとつぶしてやったらどんなに胸がすくことだろう／那傢伙非常傲慢，若能讓他丟臉該有多麼痛快啊！

●大の字になって横たわるや、ついうっかり畳の上のケーキの箱をぺしゃりとつぶした／呈大字形狀剛一躺下，不小心將塌塌米上的點心盒子啪地一聲壓癟了。

381 ぺちゃぺちゃ ①（擬態）／唖唖、吧唧吧唧；絮絮叨叨、喋喋不休。

用法 ①形容飲食時伸舌頭舔的聲音及這種吃相。②形容絮絮叨叨、喋喋不休的樣子。

例句 🍃 食事の時はぺちゃぺちゃ音を立てない／吃飯時不要發
出吧唧吧唧的聲音。

🍃 木陰で女学生たちがぺちゃぺちゃとおしゃべりをして楽
（こかげ）（じょがくせい）
しそうだ／女學生們在樹陰下高興地嘰嘰喳喳地說個
沒完。

🍃 ぺちゃぺちゃと音を立ててスープを飲んではいけません
／喝湯時不要發出吧唧吧唧的聲音。

382 べちゃべちゃ ①（擬態）／絮絮叨叨、喋喋不休；爛糊
糊。

用法 ①形容絮絮叨叨、喋喋不休的樣子。②指水分太多而
失去原貌，爛糊糊的樣子。

例句 🍃 仕事中の女子事務員たちが油を売って、べちゃべちゃし
（あぶら）
ている／工作期間女辦事員們偷懶，喋喋不休地聊個
不停。

🍃 ゆうべ喫茶店でたまたま昔の同級生に出会い、懐かしい
（きっさてん）（なつ）
思い出をべちゃべちゃ話し合った／昨晚在咖啡館碰巧
遇到了過去的同學，兩個人喋喋不休地談論著令人
懷念的往事。

🍃 ご飯の水加減が多すぎたために、おかゆのようにべちゃ
（みずかげん）
べちゃになってしまった／由於米飯水加多了，像粥一
樣爛糊糊的。

383 べったり ③（擬態）／牢牢地、緊緊地；鋪滿、蓋滿；一
屁股坐下。

用法 ①形容牢牢地、緊緊地黏著、貼著的樣子。②指一種
東西鋪滿、蓋滿另一種東西。③用於形容一屁股坐下
的樣子。

例句 ❶ 糊のついた刷毛をテーブルに<u>べったり置いて</u>はだめです
／不能將沾了漿糊的刷子平放在桌子上。

❷ ガムが靴底に<u>べったり</u>くっついてしまった／口香糖牢
牢地黏在鞋底上了。

❸ ジャムを<u>べったり塗った</u>トーストを2まい3まいも食べた
んじゃ太らないほうが不思議だ／如果2片3片地吃下塗
滿果醬的烤麵包不胖才怪。

---

384 **ぺっぺっ** ①（擬聲、擬態）／呸呸。

用法 吐唾沫、吐東西和唾棄聲及其樣子。

例句 ❶ 渋柿にかぶりついて慌てて、<u>ぺっぺっと</u>吐き出した／咬
了一口澀柿子，急忙呸呸地吐了出來。

❷ ところかまわず<u>ぺっぺっと</u>つばを吐き散らすような、無
作法なことをしてはいけません／不要做出不分場合呸
呸地吐口水那種不文明的事。

❸ いやらしい男！<u>ぺっぺっと</u>つばを吐きたくなるようなや
つよ／那個男人呸呸地吐口水，真是個討厭鬼。

---

385 **へらへら** ①（擬態）／絮絮叨叨；嘿嘿地傻笑、傻呵呵地
笑。

用法 ①形容絮絮叨叨地說些無聊的事。②形容為掩飾難為
情或暴露真意時無緣無故的笑。

例句 ❶ <u>へらへらと</u>愛想笑いをしていたが、腹では何を考えてい
るかわかったものじゃない／雖然是嘿嘿地陪著傻笑，
但不知心裡在想些什麼。

❷ 根も葉もない話を<u>へらへら</u>しゃっべている／絮絮叨叨
地說些毫無根據的話。

245

人的行為

物的狀態

食物滋味

動物聲音

お客の前で奥さんに怒鳴られて、彼は<u>へらへら</u>と照れ笑いするばかりだった／在客人面前被老婆大聲斥責，他也只是嘿嘿地難為情地傻笑。

386 ぺらぺら ① (擬聲、擬態)／啪啪響、嘩啦嘩啦；滔滔不絕地；說得流利。

用法 ①形容紙張的翻動聲及其狀態。②形容輕易地、不加思索地滔滔不絕地講，以及外語說得流利。

例句 容疑者は犯行を<u>ぺらぺら</u>と供述し始めた／嫌疑犯開始滔滔不絕地供述自己的罪行。

英語が<u>ぺらぺら</u>でないとあの会社には勤められないよ／如果不能說一口流利的英語就不能在那家公司工作。

辞書を<u>ぺらぺら</u>めくっていたら誤植を見つけた／嘩啦嘩啦地翻開辭典發現有排錯字的。

387 べらべら ① (擬態)／滔滔不絕地講、輕易地講出來。

用法 形容滔滔不絕地講，輕易講出不該講的事。

例句 家庭内のことを、外で<u>べらべら</u>しゃべるものではありません／不應該在外面滔滔不絕地講家庭内部的事情。

セールスマンに<u>べらべら</u>と1時間も能書きを並べられて、変なものを買わされてしまった／推銷員老王賣瓜喋喋不休地吹噓了1個小時，硬讓我買些沒用的東西。

余計なことを<u>べらべら</u>しゃべると承知しないぞ／要是滔滔不絕地講些無聊的話，我可饒不了你。

388 ぺろっ ②（擬態）／吐一下舌頭、舔一下；一口吃光、迅速吃完；一下子剝開。

用法 ①形容迅速地伸一下舌頭或用舌頭舔一下。②形容一口吃光、迅速吃完。③指薄紙、薄果皮等被輕易地揭開，一下子剝開等。

例句 ❶「あ、失敗……」といたずらっぽくぺろっと舌を出し、首をすくめた／說了聲「啊！糟了……」便頑皮地伸了一下舌頭，把脖子縮了回去。

❷よく熟した桃の皮は簡単にぺろっと剝ける／熟透的桃子一下子就能剝掉外皮。

❸目をつぶって卵の黄身をぺろっと一口呑み込んだ／閉上眼睛一口吞下了蛋黃。

389 ぺろぺろ ①（擬態）／舔過來、打圈似地舔；一下子吃光。

用法 ①指舌頭依序舔過來，打圈似地舔。②指一下子吃個精光。

例句 ❶彼は宴会の食卓を見て、ぺろぺろと舌なめずりした／他看到宴會餐桌上的美食，吃得舔嘴咂舌的。

❷ご馳走を前にぺろぺろと舌なめずりした／舔嘴咂舌地吃著前面的美餐佳餚。

❸子供は大盛りのカレーをぺろぺろと平らげた／孩子將滿滿的一碗咖哩飯一下子吃光了。

390 **べろべろ** ①（擬態）／一個勁地舔、不斷地燃燒、蔓延；
酩酊大醉、爛醉如泥、失去原形。

用法 ①比喻用舌頭一個勁地舔，或火焰如吞噬般不斷地燃燒、蔓延。②形容喝得酩酊大醉、爛醉如泥，或某物失去原形的樣子。

例句 ❶飢え切った男は食べ終えた後もまだ皿をべろべろなめ回した／男人餓極了，吃完後還用舌頭一個勁地在盤子上舔來舔去。

❷昨晩はべろべろに酔っ払って、ついに家に帰れなかった／昨晩喝得酩酊大醉，終於沒能回家。

❸おれはどんなにべろべろになっても、降りる駅を間違えたことはないぞ／我不管醉成什麼樣子，都不會弄錯下車的那一站。

391 **ぽい** ①（擬態）／一扔、一拋、一投。

用法 指隨手扔、一拋、一投的樣子。

例句 ❶屑籠めがけて紙くずをぽいと投げる／瞄準字紙簍將廢紙隨手扔進去。

❷彼女は飴を無造作にぽいと口へ放り込んだ／她隨隨便便地將糖一下子扔進嘴裡。

❸荷物をぽいと網棚に載せた／把行李一拋扔到行李架上。

392 **ほいほい** ①（擬態）／輕率地、輕易地、順利地。

用法 指輕率地、輕易地接受，順利地解決、處理。

例句 🔸 ちょっとした家の修繕など、ほいほい引き受けてやって
くれる人が最近は少なくなった／最近很少有人輕易地
接受簡單的房屋修繕工作。

🔸 あの人に頼んでおけば大丈夫だ。ほいほいと片付けてく
れるよ／你可以求他，他會幫你解決的。

🔸 彼は私がたいこ判を押せる人物だ。ほいほいと片付けて
くれる／他是我的堅強後盾，他會幫我解決的。

393 ぽいぽい ①（擬態）／一扔、一拋、一投。

用法 指隨手扔、一拋、一投，是「ぽい」的疊語形式。

例句 🔸 使い捨ての癖がついてしまって、何でもかんでもぽいぽ
い捨ててしまう／他養成用完就扔的習慣，無論什麼
都毫不吝惜地隨手扔掉。

🔸 彼は筆が立たない。書き損じの紙をぽいぽい屑籠に捨て
る／他的文章寫不好，寫壞的紙隨手就扔進字紙簍
裡。

394 ぼいん ②（擬態）／猛然地打、踢、碰。

用法 形容猛然地用力打、踢、碰的樣子。

例句 🔸 車のタイヤをぼいんと蹴飛ばした／猛然地用力一踢踢
飛了汽車輪胎。

🔸 将校は兵士にぼいんと拳骨を食わせた／軍官猛然地用
力打了士兵一拳。

🔸 拳骨をぐるぐる振り回してぼいん／揮動著拳頭晃了幾
下，然後猛然地用力打去。

395 ぼかすか ①（擬態）／拼命地、不停地。

用法 形容拼命地不停地做某事。

例句 （野球の解説）これだけぼかすか打たれると、コメント
のしょうがないですね／像這樣不停地被打撃出去，
實在沒什麼好評論的。

サンドバッグをぼかすか殴る／拼命地打撃沙袋。

396 ぽかぽか ①（擬聲、擬態）／劈劈啪啪。

用法 形容用堅硬物不停地敲打時發出的聲音及其動作。

例句 こっちは頭をぽかぽかやられるばかりで、手の出しよう
がなかった／劈里啪啦地打我腦袋，我無法還手。

西瓜をそんなにぽかぽか叩いたら割れてしまうよ／要是
那樣劈劈啪啪地拍，西瓜就會被拍碎的。

397 ぼかぼか ①（擬聲、擬態）／拳打腳踢；起勁、連續地做。

用法 ①形容用拳頭連續毆打及毆打聲。②指做事起勁、連
續地做某事。

例句 暴走族は浮浪者をぼかぼかと殴った／暴走族對流浪漢
施以一陣拳打腳踢。

腹立ち紛れに襖をぼかぼか蹴飛ばした／由於太生氣
了，一腳把拉門給踢飛了。

250

398 ぽかり ②（擬聲、擬態）／猛然地。

用法　指猛然地用力打一下時發出的聲音及其動作。

例句 ❶ あんまり頭に来たからぽかりと一発やってきた／由於
　　太生氣了，猛然地揍了他一下。

　　❷ 後ろからいきなり棒のような物で、ぽかりと殴られた／
　　冷不防被人從後面用棒子猛然地打了一下。

399 ぽきぽき ①（擬聲、擬態）／喀嚓喀嚓、喀吧喀吧。

用法　形容細樹枝折斷的聲音，骨關節活動的聲音。

例句 ❶ 彼は手持ち無沙汰で、指の関節をぽきぽき鳴らしている
　　／他閒得無聊，扳著手指，弄得喀吧喀吧直響。

　　❷ 自炊しているあの苦学生は、長いマカロニをぽきぽき折
　　って、熱湯でゆでている／那個窮學生自己做飯，把長
　　長的通心粉喀嚓喀嚓地折斷，用熱水煮。

　　❸ 枯れ枝をぽきぽき折って焚火にした／將枯枝喀嚓喀嚓
　　地折斷點著當篝火。

400 ぽくぽく ①（擬聲、擬態）／叩叩；一步一步、慢慢地走。

用法　①形容敲打中空的木製品所發出的聲音。②形容一步
　　一步地、慢慢地走。

例句 ❶ 和尚さんが木魚をぽくぽくと叩いていた／和尚叩叩地
　　敲著木魚。

　　❷ 厚底サンダルの娘がぽくぽくやってきた／穿著厚底涼
　　鞋的小姐慢慢地走了過來。

401 ぼそぼそ ①（擬聲、擬態）／含糊不清、小聲說話；無精打采地、乏味地。

用法 ①指講話含糊不清及小聲說話聲。②指獨自一人無精打采地、乏味地做某事。

例句
- 前の席に座った老夫婦は、暗い顔でなにやらぼそぼそ話している／坐在前面的老夫婦陰沉著臉不知低聲在說些什麼。
- 隣室でぼそぼそお経を上げている声が聞こえる／隔壁房間裡傳來了隱隱約約的念經聲。
- 老人はぼそぼそと戦争体験を語り始めた／老人含糊不清地開始講述戰爭經驗。

402 ぼちゃっ ②（擬聲、擬態）／啪。

用法 形容水的飛濺聲及水晃動的樣子。

例句
- 岩伝いの足を踏み外して浅瀬にぼちゃっと踏み込んだ／踩著石頭過河時一腳踩空，「啪」地踩進水裡。
- 彼のお風呂は、ぼちゃっと沈んで、ぼちゃっとあがってくるからすの行水だ／他洗澡時，「嘩」地跳進浴池裡，又「嘩」地爬了出來，只是涮洗一下而已。

403 ぼちゃぼちゃ ①（擬聲、擬態）／啪嚓啪嚓、啪嗒啪嗒；戲水、洗澡、游泳。

用法 ①形容較大的水濺聲及水花四濺的樣子。②指戲水、洗澡、游泳。

例句
- 子供たちが水たまりに膝までつかりながら、水をぼちゃ

ぼちゃとかき回して遊んでいた／孩子們浸泡在沒膝的
水坑裡啪嚓啪嚓地戲水玩。

🐢 息子は庭の池でぼちゃぼちゃやっている／兒子在院子
的池塘裡啪嚓啪嚓地玩水。

🐢 風呂場から湯をぼちゃぼちゃかき回す音が聞こえる／從
浴池裡傳來啪嚓啪嚓的洗澡聲。

404 ほっと ①（擬態）／喘一口氣、嘆一口氣；鬆一口氣、放心。

用法　①形容喘一口氣、嘆一口氣的樣子。②形容鬆一口
氣、放心的樣子。

例句　彼女は家に帰るとほっとする間もなく夕飯の支度にかか
る／她一回家連喘口氣的時間都沒有，就開始準備晚
飯。

🐢 怪我の様子もたいしたものはないと聞いて、ほっと胸を
撫で下ろした／聽說他傷勢不重，這才放心了。

🐢 手間のかかる仕事だったが、やっと一段落してほっと一
息入れているところだ／雖然這項工作很花時間，但
是終於告一段落，可以喘口氣了。

405 ぽりぽり ①（擬聲、擬態）／咯吱咯吱。

用法　形容搔撓聲及其動作。

例句　かさぶたをぽりぽりとかいて剥がした／咯吱咯吱地搔
瘡痂，將其揭下。

🐢 どんなに痒くてもつめでぽりぽりかいたりしてはいけな
い／無論多麼地癢，也不能用指甲咯吱咯吱地摳。

406 **ぽん** ① (擬聲、擬態) ／啪；草率地、猛然地；突然、意想不到。

用法 ①形容拍打聲、破裂聲，也指拍一下、打一下的聲音。②形容不加思索、草率地或猛然地做某事。③指突然、意想不到地。

例句 ❶子供たちは玩具（おもちゃ）の太鼓をぽんと叩いた／孩子們咚咚地敲著玩具鼓。

❷会長は大きくうなずいてぽんと膝（ひざ）を叩いた／會長深深地點頭啪地拍了一下膝蓋。

❸ボーナスは全額（ぜんがく）ぽんと女房（にょうぼう）に渡しますよ／不加思索地把獎金全部交給老婆。

407 **ぽんぽん** ① (擬聲、擬態) ／咚咚、啪啪；毫不客氣、直言不諱、說話流利；撲通撲通。

用法 ①指擊鼓聲、拍手聲等連續的動作。②形容說話毫不客氣、直言不諱、說話流利。③形容接連不斷地、不加思索地、拼命地做某事。

例句 ❶美容師（びようし）は両手を重ねてぽんぽんと肩を叩いた／美容師將雙手合在一起咚咚地敲著肩膀。

❷言いたい放題（ほうだい）ぽんぽん言うもんじゃないよ／不要想說什麼就不加思索地說。

❸二階（にかい）の人がごみをぽんぽん投げ落とすんで困る／二樓的人隨意往下扔垃圾，真是傷腦筋。

408 ぼんぼん ① (擬聲、擬態) ／接二連三地、隨隨便便地。

用法 形容不停地或不加思索、草率地做某事。

例句 ① 不甲斐ない負け方に怒ったファンがグランドに空き缶を ぼんぼん投げ込んだ／因輸得太窩囊了，球迷們將空 罐子一個接一個地扔進球場。

② 荷物係は手荷物をぼんぼん投げ落としていく／行李員 將隨身攜帶的行李接二連三地扔下去。

③「どう？新製品は」「ぼんぼん売れてるよ」／「新產 品賣得怎麼樣？」「一個接一個的賣了，賣得非常 好。」

409 まじまじ ① (擬態) ／目不轉睛、直盯盯地看。

用法 指抱持著好奇心目不轉睛、直盯盯地看。

例句 ① 外人にまじまじと見つめられてどきどきした／被外國 人直盯盯地看著，心裡忐忑不安。

② 祖父は孫の顔をまじまじと見て頭をなでた／爺爺目不 轉睛地看著孫子的臉，撫摸著他的頭。

③ 幼い子はまじまじと、あの飲みの夫婦を見つめている／ 幼小的孩子目不轉睛地看著那對飲酒的夫婦。

410 まんじり ③ (擬態) ／一點也沒睡。

用法 經常以「まんじりともしない」的形式表示一點也沒 睡。

例句 ① 検査結果が心配でまんじりともできなかった／由於擔 心檢查結果，整夜無法入睡。

心配で心配で、<u>まんじり</u>ともしないうちに、もう朝になっていた／非常擔心一夜沒合眼，不知不覺已到了天亮。

吹き荒れる風の音で一晩中<u>まんじり</u>ともできなかった／由於狂風大作，整整一夜都沒能入睡。

411 みしみし ① (擬聲、擬態) ／咯吱咯吱、嘎吱嘎吱。

用法 指木造的房屋、木製品等受力時發出的聲音及受力時房屋搖晃，或木製品彎曲等。

例句 古い木造の家なので、階段を上がり下りするたびに、<u>みしみし</u>という／因為是木製房屋，每當上下樓時都發出咯吱咯吱的聲音。

楠の大木がブルドーザーに押されて、<u>みしみし</u>と音を立てて倒れた／一棵大樟樹被推土機推倒時，發出嘎吱嘎吱的聲音倒下了。

床を<u>みしみし</u>踏み鳴らしながら、その男は部屋を出て行った／他踩得地板咯吱咯吱作響地走出了房間。

412 みっちり ③ (擬態) ／滿滿的、緊緊的、密密麻麻的；扎實地、腳踏實地地、嚴格地、拼命地。

用法 ①形容塞得滿滿的、緊緊的，寫得密密麻麻的。②形容扎扎實實地、腳踏實地地、嚴格地、拼命地做某事。

例句 間に1時間の昼休みを取るほかは、8時間<u>みっちり</u>働かなければならない／中間除了1小時午休之外，必須扎實地工作8個小時。

彼女は10歳の時から芸^{げい}をみっちり仕込^{しこ}まれた／她從10歲時起就受到了嚴格的技能訓練。

みっちり1日5時間の授業^{じゅぎょう}で、本物^{ほんもの}の日本語を2年で身につけた／每天滿滿地排上5節課，2年就能學會道地的日語。

413 むくむく ①（擬態）／慢慢地爬起、慢慢地坐起；油然而生。

用法 ①形容爬起、從床上坐起，緩慢地活動的樣子。②指某種感情、念頭油然而生。

例句

息子は昼近くになってむくむくと起き出してきた／兒子快到中午時才爬起來。

むくむく太った赤^{あか}ん坊^{ぼう}を目に入れても痛くないほどかわいがっている／嬰兒胖胖的非常惹人喜愛，簡直是含在嘴裡怕化了。

野心^{やしん}がむくむくと頭をもたげてきた／野心在腦海中滋生、抬頭。

414 むざむざ ①（擬聲、擬態）／輕易地、白白地、毫不吝惜地。

用法 形容輕易地、白白地、毫不吝惜地做某事。

例句

誰も見る者のない桜はむざむざと散^ちった／沒人觀賞的櫻花白白地凋謝了。

絶好^{ぜっこう}の機会をむざむざ捨てるに忍^{しの}びない／不忍心白白放棄這個極好的機會。

むざむざ好機を逃^{のが}す／平白地讓大好的機會溜走。

415 むず ① (擬態) ／突然用力。

用法 形容猛然地使勁做某事的樣子。

例句 ❶ 怒った彼は「この野郎っ」と叫んでむずと相手の胸元を掴んだ／他發怒了，大喊一聲：「你這個混蛋！」猛然地一把揪住對方的胸口。

❷ むずと襟首を掴み、教室の外へ引きずり出す／猛然地抓住後脖子，將其拖到教室外面。

416 むすっ ② (擬態) ／板著臉、緘口不言。

用法 形容板著臉、緘口不言的樣子。

例句 ❶ 受験勉強で疲れているせいか、息子は食事の時もむすっとして笑顔が消えてしまいました／大概是準備考試累了吧，兒子就連吃飯時也不發一語，臉上也失去了笑容。

❷ 夫はむすっとしていた表情で食堂に入ってきた／丈夫板著臉進了餐廳。

❸ 話が家出した息子のことになると、老人はむすっと口を閉じて押し黙ってしまう／一提到離家出走的兒子，老人就緘口不言，一語不發了。

417 むっくり ③ (擬態) ／驀地、猛然地、忽然地。

用法 形容驀地、猛然地、忽然地站起來、抬起頭來。

例句 ❶ 息子は食事時になるとむっくり起きてくる／兒子到了吃飯時間驀地從床上爬起。

❷ むっくり起き上がった、起き上がり小法師／不倒翁驀地站了起來。

③12時近くまで布団をかぶって寝ていたが、むっくり起きて「飯だ、飯だ。」/直到將近12點時他還蓋著棉被睡覺，卻突然間爬起來說：「吃飯！吃飯」！

418 むっつり ③（擬態）/一言不發、默不作聲、緘口不言、板著臉、繃著臉。

用法 形容一言不發、默不作聲、緘口不言、板著臉、繃著臉的樣子。

例句 ①教授はむっつりとした顔で教室に入ってきた/教授板著臉進入了教室。

②あの家はだんながおしゃべりで、奥さんがむっつりのほうだ/那家的丈夫愛嘮叨，妻子卻沉默寡言。

③初めはみんなむっつりと口を閉じていたが、酒が入ったら賑やかになってきた/開始時大家都緘口不言，酒下肚後就熱鬧起來了。

419 むにゃむにゃ ①（擬態）/嘟嘟囔囔、含糊不清、支支吾吾。

用法 形容言語不清或語意不明的樣子。

例句 ①なんだかむにゃむにゃ言っていると思ったら寝言だった/總覺得他在含糊不清地說著什麼，原來是夢話。

②坊主は立ち止まってむにゃむにゃとお経を唱えると、さっさと行ってしまった/和尚停下腳步，嘟嘟囔囔地念完經便迅速走開了。

③歯の抜けた口でむにゃむにゃ言うのだが、さっぱりわからない/他滿口牙都掉光了，含糊不清地說著什麼，可是一點也聽不懂。

420 むらむら ①（擬態）／油然而生、不由得。

用法 指某種感情、念頭油然而生，不由得做某事。

例句
① あいつに負けたくない、と思う闘志がむらむらとわいてきた／心裡想著：決不能輸給他，鬥志油然而生。

② ああいう権威主義にぶつかると、生来の反骨精神がむらむらと起こってきて、一言言い返してしまった／一碰到那種權威主義，與生俱來的反骨精神油然而生，就回了他一句。

③ むらむらと殺意がわいてきて、思わずナイフを握りしめた／殺人的念頭油然而生，不由得握緊匕首。

421 めそめそ ①（擬態）／抽抽噎噎、抽抽搭搭、哭哭啼啼；愛掉眼淚、動不動就哭。

用法 ①形容女人、小孩低聲哭泣的樣子。②形容懦弱、愛掉眼淚、動不動就哭的樣子。

例句
① 入寮直後は、布団の中でめそめそ泣く子が多いが、一ヶ月もすれば、すっかり慣れてしまう／剛住進宿舍時，很多孩子躲在被窩裡抽抽搭搭地暗自流淚，可是過了一個月，就完全適應了。

② 男のくせに、すぐめそめそ泣いて、本当に弱虫なんですよ／一個大男人動不動就哭哭啼啼的，真是個懦夫。

③ 息子は幼稚園でめそめそと泣いてばかりいる／兒子在幼稚園總是哭哭啼啼的。

422 めろめろ ①（擬態）／抽抽噎噎、哭哭啼啼；心情灰暗、
頹廢；難以保持。

用法 ①形容抽抽搭搭、哭哭啼啼的樣子。②形容心情灰
暗、頹廢的樣子。③指難以保持原有的功能、性能、
作用。

例句 ➡ めろめろに酔っ払って、両脇を抱えられてやっと歩い
ていく／喝得爛醉如泥，被人架著雙臂勉勉強強地走
著。

➡ 最近の巨人は投手総崩れでめろめろだ／最近巨人隊投
手全面崩潰，變得消沉了。

➡ 厳格な父も孫にかかってはめろめろだ／嚴屬的父親對
待孫子再也嚴格不起來了。

423 もがもが ①（擬態）／動嘴巴；閉著嘴咀嚼。

用法 ①形容心情變化引起不能正常說話，光是動嘴巴的樣
子。②形容閉著嘴咀嚼的樣子。

例句 ➡ 彼女は気も転倒せんばかりに驚いて、口をもがもがさ
せるだけだった／她簡直嚇得魂不附體，只是動著嘴
巴，發不出聲來。

➡ 彼は自分で焼いた芋を口いっぱいにほお張ってもがもが
やりながら、郷里の母に手紙を書いている／他把自己
烤的甘薯塞滿嘴巴，塞的腮幫子鼓起，一邊咀嚼，
一邊給老家的母親寫信。

424 **もぐもぐ** 1（擬態）／閉著咀嚼；嘟嘟囔囔、吞吞吐吐、支支吾吾；蠕動。

用法 ①形容閉著嘴或不張嘴地咀嚼。②形容說話含糊不清的樣子。③指在覆蓋物中蠕動的樣子。

例句 ● 老人は歯のない口にたこの刺身（さしみ）を放（ほう）り込（こ）んで、長い間もぐもぐと噛（か）んでいる／老人的牙都掉光了，他將章魚生魚片放進嘴裡，閉著嘴咀嚼了半天。

● 入れ歯の調子でも悪いのか、もぐもぐとしゃべる言葉がほとんど聞き取れない／大概假牙不太好用吧，他含糊不清說著話，可是幾乎聽不懂。

● 真（ま）っ赤（か）になってうつむいて、口をもぐもぐさせるだけで言葉が出てこない／滿臉通紅低下頭，嘴一張一合的，但是卻說不出話。

425 **もさもさ** 1（擬態）／動作遲鈍。

用法 形容動作遲鈍、笨拙或土氣的模樣。

例句 ● もさもさしていると汽車（きしゃ）に遅れるぞ／磨磨蹭蹭的，可就趕不上火車了。

● あんなもさもさした人に手伝（てつだ）ってもらってもなんの役にも立たない／請了那樣笨手笨腳的人來幫忙也無濟於事。

426 **もじもじ** 1（擬態）／猶豫不決、局促不安、忸忸怩怩。

用法 形容猶豫不決、局促不安、忸忸怩怩的樣子。

例句 ● そんなもじもじしていないで、こっちへ来てお客様に

ご挨拶しなさい／別忸忸怩怩的，到這邊來向客人問
好。

- 学生に簡単な質問をしても、もじもじと尻込みするばか
りで誰も答えない／向學生提了一個簡單的問題，大
家都忸忸怩怩地往後縮，誰也不回答。

- 見合いの席でもじもじとうつむいていたのが、今の女房
だなんて信じられないよ／她相親時還低著頭顯得忸忸
怩怩的，如今竟然成了我老婆，真是難以置信。

427 **もそもそ** ①（擬態）／不停的咀嚼；含糊不清、支支吾
吾；坐立不安、懶散。

用法 ①形容乾巴巴的食物塞滿了嘴不停地咀嚼的樣子。②
形容講話的聲音含糊不清、支支吾吾的樣子。③形容
坐立不安、行爲懶散。

例句 ❶ バターもチーズもつけず、味気なさそうにコッペパンを
もそもそ食べている／不塗奶油也不塗乳酪，無味地
嚼著橄欖狀的麵包。

❷ もそもそ聞き取りにくい声で、講義を続ける老講師の授
業は眠くてやりきれない／老講師含糊不清地不停地在
講課，我睏得不得了。

❸ もそもそしゃべらないではっきり言いなさい／說話別
支支吾吾的，要說清楚。

428 **もたもた** ①（擬態）／磨磨蹭蹭、慢呑呑、猶猶豫豫。

用法 形容態度、行動或辦事磨磨蹭蹭、慢呑呑、猶猶豫豫
的樣子。

例句 ❶ 何をやらせても不器用で要領が悪くてもたもたしている

263

／無論讓他做什麼，都很笨拙，不得要領慢吞吞的。

試合がもたもたして長引くと不利だから、早いうちに勝_{しょう}負をつけることだ／因為比賽進度緩慢沒什麼好處，應該早點決出勝負。

役所のもたもたした対応に文句を言った／政府機關遲遲拿不出對策，對此大家牢騷滿腹。

429 もっさり ③（擬態）／遲鈍、笨拙。

用法 形容動作遲鈍、笨拙或土氣的樣子。

例句
① 兄貴は都会的で要領がいいが、弟のほうはもっさりとしている／哥哥很有手腕，具有城裡人的派頭，而弟弟則有些遲鈍。

② 三波はもっさりとした奴だが、性格がいい／三波雖然笨拙，但性格好。

③ その新入社員は社長室の入り口でもっさりと突っ立ったまま、挨拶もしなかった／那名新職員呆呆地站在經理室的門口，也不打聲招呼。

430 もりもり ①（擬態）／拼命地、精力充沛地；精神恢復、鬥志旺盛。

用法 ①形容拼命地、精力充沛的樣子。②形容熱情、勇氣、精神等旺盛起來。

例句
① 斯界の権威に認められて、研究の意欲がもりもりわいてくるのを感じた／他被公認為該業界的權威，因而感到研究的積極性更加高漲。

② 今年就職した息子は毎日もりもり働いている／兒子今年開始工作，每天都拼命地工作著。

③ もりもり食べて、もりもり働く。これは私の健康法です
／既能吃，又能做，這就是我的健康法。

431 やいのやいの ①（擬態）／一個勁地、苦苦地、糾纏不休地、緊緊地。

用法 形容催逼的很凶的樣子。

例句 ❶ 女房にやいのやいの言われて、ついに新車を買い換える
ことにした／由於老婆苦苦地糾纏，終於決定換輛新
車。

❷ いくら君がやいのやいのと督促しても、ないものは払え
ない／不管你怎樣無休止地催促，沒有的東西根本不
能償還。

432 やっさもっさ ①（擬態）／一片混亂、爭執、鬧糾紛。

用法 形容吵吵嚷嚷、一片混亂、爭執、鬧糾紛。

例句 ❶ 部内でやっさもっさしたあげく、ようやくコンピュータ
ーの導入が決定した／內部吵吵嚷嚷地爭執了一番，
終於決定引進電腦。

❷ あの家は夫婦仲が悪くて、ちょっと喧嘩するとすぐ離婚
するだの別居するだのとやっさもっさが起こる／那個
家庭夫婦關係不好，稍微一吵架就吵吵嚷嚷地提出
離婚啦、分居啦什麼的。

433 やんわり ③（擬態）／委婉地、溫和地。

用法 形容委婉地、溫和的態度。

例句 ❶疲れた私の心を、一家の和やかな雰囲気がやんわりと包み込んだ／家庭充滿溫馨、和睦的氣氛，溫暖著我疲憊的身心。

❷部長は年上の部下にやんわりと退職を勧めた／部長委婉地勸說年長的部下退休。

❸彼女に結婚を申し込んだらやんわり断られた／向她求婚卻被委婉地拒絕了。

434 よたよた ① (擬態) ／搖搖晃晃、踉踉蹌蹌。

用法 形容走路不穩的樣子。

例句 ❶太っているうえに中風の気があるので、足取りもよたよたしている／他不僅肥胖而且還有點中風，步伐也踉踉蹌蹌的。

❷マラソン選手は疲れきった様子でよたよたとゴールインした／馬拉松選手累得精疲力盡的，踉踉蹌蹌地到達終點。

❸酔っ払いがよたよたしながら近づいてきた／他喝得酩酊大醉，踉踉蹌蹌地靠了過來。

435 よちよち ① (擬態) ／搖搖晃晃、東搖西晃、跌跌撞撞。

用法 形容小孩邁著小步、搖搖晃晃地走路的樣子。

例句 ❶赤ん坊がこのごろよちよち歩き始めて、危うくて目が離せない／小嬰兒最近開始跟跟蹌蹌的走路，很危險，眼睛都不能離開。

❷体より大きな箱を抱えてよちよち運んできた／抱著一個比自己身體還大的箱子跌跌撞撞地搬來了。

③赤ん坊は赤い靴をはいて<u>よちよち</u>歩いている／小寶寶
穿著紅鞋，跟跟蹌蹌地走著。

436 よぼよぼ ①（擬態）／步履蹣跚、搖搖晃晃。

用法　形容老人走路不穩的樣子。

例句　①初めて会った社長は<u>よぼよぼ</u>した年寄りだった／第一
次見到的經理是位走路步履蹣跚的老人。

②晩年の漱石はかなり<u>よぼよぼ</u>していたという／據說晚
年的夏目漱石走路已經步履蹣跚了。

③<u>よぼよぼ</u>の年寄りが、杖をひいてゆっくり横断歩道を渡
っている／一位步履蹣跚的老人拄著拐杖，慢吞吞地
在過行人穿越道。

437 よろよろ ①（擬態）／跌跌撞撞、跟跟蹌蹌、搖搖晃晃。

用法　形容因為體力衰弱、疲勞、受打擊等原因而走路不穩
的樣子。

例句　①老人は突き飛ばされて<u>よろよろ</u>とよろけた／老人被人
推了一下跌跌撞撞的。

②電車が急停車したので、<u>よろよろ</u>とよろめいて後ろの人
の足を踏んでしまった／因為電車緊急煞車，我跟跟
蹌蹌、東搖西晃地踩了後面的人的腳。

438 れろれろ ①（擬態）／含糊不清；前言不搭後語。

用法　①形容舌頭不聽使喚，發音含糊不清。②形容講話不
得要領、沒有條理。

人的情感　人的行為　物的狀態　食物滋味　動物聲音

267

例句 🖋 あの人は脳溢血（のういっけつ）で倒れたあと、口がれろれろになってしまった／他因為腦溢血臥床後，說起話來含糊不清。

🖋 酔（よ）っ払（ぱら）ってろれつが回らなくなり、れろれろ言っている／喝得酪酊大醉，舌頭都不聽話了，說起話來含糊不清。

🖋 そんなれろれろの証言（しょうげん）では、かえって彼の犯行（はんこう）が疑（うたが）われる／那種前言不搭後語的證詞，反而更讓人懷疑他的犯罪行為。

439 わーわー ①（擬聲、擬態）／哇哇；大聲亂叫、哇啦哇啦、大叫大嚷、吵吵鬧鬧。

用法 ①形容大聲哭泣聲音及其樣子。②形容大聲亂叫、大叫大嚷、吵吵鬧鬧的樣子。

例句 🖋 玩具（おもちゃ）をねだって、子供がわーわー声を上げてなきわめている／孩子纏著要玩具，哇哇地大聲哭鬧。

🖋 運動場（うんどうじょう）で子供たちがわーわー騒（さわ）いで遊んでいる／孩子們在操場上玩著，哇啦哇啦地吵鬧著。

🖋 先生が結婚するというので、生徒（せいと）はわーわーとはやし立（た）てた／聽說老師要結婚，學生們吵吵嚷嚷地起哄。

440 わいわい ①（擬聲、擬態）／鬧哄哄、吵吵嚷嚷、嘰哩呱啦；百般催促、死乞白賴地請求。

用法 ①形容許多人的大聲喧嚷聲、講話聲以及這種場面。②形容百般催促、死乞白賴地請求。

例句 🖋 プールで、子供たちがわいわいはしゃぎながら水泳（すいえい）を楽しんでいる／孩子們在游泳池裡吵吵嚷嚷地戲水玩。

🖋 みんながわいわい群（むら）がっているので、何事（なにごと）かと人垣（ひとがき）から

268

覗き込んだ/大家吵吵嚷嚷地聚集在一起，透過人牆看看發生什麼事了。

③ 最近、新聞や雑誌がわいわい書き立てている問題小説はこれか/最近報章雜誌大肆炒作的問題小說就是這個嗎？

441 わさわさ ①（擬態）/徘徊。

用法 形容靜不下心來，身心不安地徘徊。

例句 ① 朝からわさわさとして落ち着かない/從大清早就心神不定，走來走去的。

② ジーンズ姿の若者が新宿の町中をわさわさ歩き回っている/身著牛仔褲的年輕人在新宿街頭轉來轉去。

③ 雑踏をわさわさ歩き回っているうちに、休日が終わった/在擁擠的人群中走來走去的，假日就這樣結束了。

442 わっ ①（擬聲、擬態）/哇；蜂擁而至、一哄而散、一窩蜂地聚集。

用法 ①形容突然大叫一聲、大哭一聲及這種狀態。②形容某一狀態一下子發生，或是人潮蜂擁而至、一哄而散、一窩蜂地聚集的樣子。

例句 ① 足を踏み外し、わっという声とともに転落した/一腳踩空，只聽見哇地大叫一聲滾落了下去。

② お土産を高く振りかざす父親の姿に、子供たちはわっと歓声を上げる/父親高高舉起禮物，孩子們哇地一下子歡聲雷動了。

③ 報道陣が事件現場にわっと押しかける/記者們蜂擁而至來到事件的現場。

269

443 **わやわや** [1]（擬聲、擬態）／吵吵嚷嚷、呱啦呱啦、哇啦哇啦。

用法　形容吵嚷聲或喧鬧聲。

例句 ❶ 学校が引けると子供たちはわやわやと騒ぎながら帰ってくる／一放學，孩子們便吵吵嚷嚷地回家來。

❷ 兄弟3人は水割りのウィスキーを飲みながらわやわや、がやがやの2時ごろまで何か相談していた／兄弟3人一邊喝摻了水的威士忌，一邊呱啦呱啦地不知在談什麼，一直到午夜2點左右。

❸ 数人の男が垣根を挟んで隣人に向かってわやわやと罵っている／幾個男人隔著籬笆朝著鄰居哇啦哇啦地大罵。

444 **わんさ** [1]（擬態）／蜂擁而至、一窩蜂地。

用法　形容很多人突然一下子聚集的樣子。

例句 ❶ 申し込みや問い合わせの電話がわんさとかかってきて、応対にいとまなしだ／報名和諮詢的電話一下子都打來了，簡直應接不暇。

❷ 夏休みになると、若者たちが歴史のふるさとにわんさと押しかけてにぎわう／一到暑假年輕人一窩蜂地聚集到歷史名城，熱鬧非凡。

❸ 連日の炎暑、休日でもあり、どの海水浴場にも家族連れがわんさと集まって、砂浜は身動きもできぬ盛況／連日以來天氣炎熱，又是假日，無論哪個海水浴場都擠滿了帶著家人的遊客，連在沙灘幾乎都無法轉身。

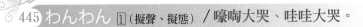

445 わんわん ① (擬聲、擬態) ／嚎啕大哭、哇哇大哭。

用法 形容人嚎啕大哭的聲音及其狀態。

例句

🔹 私もちょうど3ヶ月前に母を失った(うしな)ので、彼の母に死を聞いた時は、身につまされてわんわん泣いた／3個月前我失去了母親，當聽說他母親去世時，觸景生情，嚎啕大哭起來。

🔹 悲(かな)しくて悲(かな)しくて、わんわん泣きました／實在太悲傷了，因而哇哇大哭起來。

🔹 鼻水(はなみず)が出るほどわんわん泣いた／嚎啕大哭地哭到連鼻水都流出來。

三 事物的狀態

與

聲音

三 事物的狀態與聲音

1 あおあお ⓪（擬態）／蔚藍、綠油油。

用法 形容晴朗天空的顏色或植物的顏色。

例句
1. 今日の空^{そら}はあおあおとよく晴れています／今天的天空蔚藍天氣晴朗。

2. 春になって木々があおあおとしてきた／到了春天，樹木變得綠油油的。

3. すっきり晴れた空^{そら}とあおあおと光^{ひか}る海／非常晴朗的天空和蔚藍的大海。

2 あかあか ⓪（擬態）（大火）熊熊；亮堂堂。

用法 ①形容火勢旺盛時，可譯成（大火）熊熊。②形容非常明亮的樣子，如燈光或月光等。用漢字書寫時，前者為「赤々」，後者為「明々」。

例句
1. ダイニングルームの薪^{たきぎ}ストーブの中では、薪^{たきぎ}があかあかと燃えている／廚房的爐子裡，柴火在熊熊地燃燒。

2. 夕日があかあかと射^さしている／紅彤彤的夕陽照射著。

3. ホールにはあかあかと光^{かがや}りが輝いている／大廳裡燈火通明、亮堂堂的。

4. 十五夜^{じゅうごや}の月があかあかと照^てっている／農曆十五晚上的月亮非常明亮。

3　いきいき ③（擬態）／鬱鬱蔥蔥、栩栩如生。

用法　形容植物或生活等充滿活力、生機勃勃的樣子。

例句　❶久しぶりの雨で、草木がいきいきしてきた／久旱逢甘霖，草木長得鬱鬱蔥蔥。

❷水をやったら、花がいきいきとしてきた／澆了水之後，花又活了起來。

❸この作品で、村の若者たちの生活がいきいきとえがかれている／這部作品把農村青年的生活描寫得栩栩如生。

4　うっすらと ③（擬態）／薄薄、隱約；淡淡的。

用法　①形容景物不甚清晰的樣子。②形容事物的程度非常輕微的樣子。

例句　❶遠くにうっすらと帆影が見える／隱約可見遠處帆船的形影。

❷夜、この雲の續く果てに三日月がうっすらとかかっている／夜晚，在雲的盡頭隱約地懸掛著新月。

❸富士山がうっすらと雪化粧した／富士山覆蓋上一層薄薄的銀裝。

5　うねうね ①（擬態）／彎彎曲曲、連綿起伏。

用法　形容河流、道路、山脈等蜿蜒曲折的樣子。

例句　❶小川がうねうねと流れている／小河彎彎曲曲地流著。

❷うねうねした山道をたどって行く／沿著彎彎曲曲的山路走去。

🦋遠くのほうには、山が<u>うねうね</u>と続いている／在遠處，山巒連綿起伏。

6 うらうら ①（擬態）／明媚、和煦。

用法　形容天氣晴朗時，陽光明媚的樣子。

例句　🦋春の日差しが<u>うらうら</u>と照っている／春光明媚，陽光普照。

🦋<u>うらうら</u>と晩春の日が照り渡っている／到處灑滿了晚春和煦的陽光。

🦋海辺の砂浜で<u>うらうら</u>と日差しを浴びている／在海邊的沙灘上沐浴著和煦的陽光。

解析
> **『あかあか』與『うらうら』之差異**
> 『あかあか』是指火或夕陽映照出火紅的樣子。而『うらうら』則是指陽光明亮、柔和的樣子，經常用於形容春天的陽光。

7 がくがく ①（擬態）／鬆動、活動、發抖。

用法　形容原本固定的物體發生鬆動的樣子。

例句　🦋椅子の足が<u>がくがく</u>している／椅子的腳鬆動了。

🦋歯が<u>がくがく</u>で抜けそうだ／牙齒鬆動得好像要掉了。

🦋ひざが<u>がくがく</u>と震えている／兩腿在發抖。

🦋この机は足が<u>がくがく</u>になっている／這張桌子的桌腳鬆動了，變得搖搖晃晃的。

人的情感

人的行為

物的狀態

食物滋味

動物聲音

8　がくんと ②（擬態、擬聲）／嘎嗒一聲；猛然地、一下子。

用法　①形容車輛突然不動或停止的樣子或聲音。②形容細長物體突然彎曲的樣子。③形容事物驟然發生變化的樣子。

例句　❶電車が急に止まり、がくんと揺れた／電車猛然一停，嘎地一聲晃了一下。

❷強風に吹かれて、木ががくんと折れ曲った／樹被大風吹得嘎嗒一聲折斷了。

❸石油の急激な値上がりで，景気ががくんと悪くなった／由於石油價格飛漲，景氣一下子變差了。

9　かさかさ ①（擬聲、擬態）／沙沙；乾巴巴。

用法　①形容樹葉與地表或是輕而薄的東西相互摩擦或相碰時發出的聲音。②形容物體失去水分變得乾巴巴的樣子。

例句　❶林の中を歩いていると、足元に落ち葉がかさかさと鳴っている／走在樹林中，腳下的落葉沙沙作響。

❷風で枯れ葉がかさかさと音を立てた／風吹得枯葉沙沙作響。

❸日照りの続きで土の表面がかさかさに乾いている／由於連續乾旱，土地表面的土乾巴巴的（乾透了）。

❹冬、空気が乾燥してくると、唇がかさかさになる／冬季空氣乾燥，嘴唇乾巴巴的。

10 **がさがさ** ①（擬聲、擬態）／沙沙；粗糙乾燥。

用法 ①形容薄或乾的片狀物體相互摩擦時發出的聲音。②形容物體失去水分，變得表面凹凸不平、乾乾巴巴的樣子。與「かさかさ」的意思基本上相同，但程度上較高。

例句 ▸藪_{やぶ}をがさがさと分けて進んでいく／沙沙地穿行在灌木叢中。

▸新聞紙をがさがさいわせながら、茶碗や皿を包む／用報紙包裹碗和盤子等，發出沙沙的聲音。

▸洗剤_{せんざい}をたくさん使ってものを洗ったら、手ががさがさになった／用過量的清潔劑洗東西，結果手變得粗糙乾澀。

▸足_{あし}の皮_{かわ}がむける、かかとががさがさする、という人は気_き付_つかないまま、水虫菌_{みずむしきん}をもつおそれがある／腳的表皮脫落，腳跟粗糙皸裂，這樣的人容易在不知不覺中染上黴菌。

11 **かさこそ** ①（擬聲）／沙沙、窸窣。

用法 形容乾枯的樹葉等輕而薄的東西相互摩擦時發出的聲音。當聲音稍大時，可用「がさごそ」。

例句 ▸枯_かれ葉_はが舗道_{ほどう}にかさこそと音を立_たてて散_ちる／乾枯的樹葉飄落在馬路上，發出沙沙的聲音。

▸がさごそと音がしてリスが飛び出してきた／一陣窸窣的聲響之後，一隻松鼠跑了出來。

解析　『かさこそ』與『かさかさ』之差異

用於形容輕而薄的物體相互摩擦聲時，兩者十分相似。但相較之下『かさこそ』所形容的聲響要比『かさかさ』輕微。而且『かさこそ』沒有形容「乾巴巴的樣子」的用法。

12 かすかす ①②（擬態）／乾巴巴。

用法　形容水果、蔬菜等缺少水分、乾巴巴的樣子。

例句
- こんなかすかすのみかんは、まずくて食べられない／這種乾癟的橘子味道不好。
- このサツマイモは出来損(できそこ)なって、かすかすしている／這個甘薯煮壞了，乾巴巴的沒味道。

13 かたかた ①（擬聲）／咔噠咔噠、咯嗒咯嗒。

用法　形容硬物輕微碰撞時發出的聲音。

例句
- 古(ふる)い扇風機(せんぷうき)なのでかたかたと耳障(みみざわ)りの音を出す／電風扇舊了，發出咔噠咔噠的刺耳聲。
- 南風(みなみかぜ)が吹いているので窓がかたかた鳴っている／因為刮南風，窗戶咔噠咔噠地響。

14 がたがた ①（擬聲、擬態）／咯嗒咯嗒、吱吱；搖搖欲墜。

用法　①形容硬物間相碰撞時發出的連續聲響，與「かたかた」的意思相同，但其聲音要比「かたかた」大。②形容物品損壞鬆動的樣子。③轉義形容公司等因經營不善，瀕臨倒閉的狀態。

例句

❶ このドアは開け閉めすると、<u>がたがた</u>と音がする／這扇門在開、關時總是吱吱作響。

❷ 何度も引っ越したので、家具が<u>がたがた</u>になった／因為多次搬家，弄得家具都咯嗒咯嗒地快垮了。

❸ 年を取って歯が<u>がたがた</u>になった／年紀大了，牙都鬆動了。

❹ 古い自転車なので乗って走ったら、<u>がたがた</u>と鳴っている／因為是舊的自行車騎上一跑，咯嚓咯嚓地直響。

❺ その会社は大損をして、<u>がたがた</u>になってしまった／那個公司因為大虧空，已經搖搖欲墜了。

15 かたこと ①（擬聲）／吱咯吱咯、咔嗒咔嗒。

用法 形容硬物間摩擦或碰撞時發出連續的聲響。用於聲音稍大時可用「がたごと」。

例句

❶ 荷車を<u>かたこと</u>いわせて引いてきた／人力推車發出吱咯吱咯的聲響。

❷ 台所で<u>かたこと</u>と音がする／廚房有咔嗒咔嗒的聲音。

❸ 段階を上がり下がりする時、そんなに<u>がたごと</u>音を立てないでね／在上下樓梯時，不要發出咔嗒咔嗒的聲音。

解析

『かたこと』與『かたかた』之差異

『かたこと』是由『かたかた』與『ことこと』（咚咚）複合而成的，用於形容一種比較複雜的聲音，而『かたかた』所形容的聲音比較單調。

16　がたっと ② (擬聲、擬態)／吧嗒、咯噹；一下子。

用法　①指木質的硬物相撞時發出的短促的聲音。②形容事物發生急驟變化的樣子。

例句
⬥ 棚に飾ってあった人形が、がたっと音を立てて倒れた／擺放在架子上的人偶吧嗒一聲倒了。

⬥ がたっと窓が外れてしまった／窗戶咯噹一聲掉下來了。

⬥ 墜落事故の後、飛行機の乗客ががたっと減った／發生飛機墜毀事故後，乘坐飛機的人一下子減少了。

17　がたぴし ① (擬聲、擬態)／吱吱呀呀；鬆鬆垮垮。

用法　①形容安裝品質較差的門窗、抽屜等，開、關時發出的聲響。②形容機構、機關團體渙散的樣子。

例句
⬥ 机の引き出しをがたぴし言わせながら、何かを探している／吱吱呀呀地拉開桌子的抽屜，在找什麼。

⬥ 窓ががたぴししている／窗戶吱吱呀呀地響。

⬥ こんながたぴしの職場で働くのが面白くない／在這樣一個鬆鬆垮垮的單位工作很沒意思。

18　かちかち ⓪ (擬聲、擬態)／咯噹、叮叮噹噹；硬邦邦。

用法　①形容硬物間輕微相碰時發出的連續聲響。②形容東西變得硬邦邦的樣子。

例句
⬥ 室内は静かで、時計がかちかちと時を刻む音しか聞こえない／房間裡很安靜，只聽到時鐘的指針滴答地走的聲音。

- 「乾杯！」の声で、みんながグラスをかちかちと触れ合わせた／在「乾杯！」聲中，大家叮叮噹噹地碰起杯來。
- 冷凍庫の中で、豆腐がかちかちになった／在冰箱的冷凍庫裡，豆腐凍得硬邦邦的。
- パンはかちかちで食べられない／麵包硬邦邦的，不能吃。

19　かちっと ② (擬聲、擬態) ／喀嚓一聲；緊湊。

用法　①形容硬物間相碰時發出的短促聲音。②形容文章等內容結構緊密的樣子。

例句
- かちっとスイッチを入れた／喀嚓一下打開了開關。
- 30秒もかからず、かちっと開錠の音がした／不用三十秒鐘，就聽到喀嚓一聲開鎖的聲音。
- これは、内容のかちっとした文章です／這是一篇內容緊湊的文章。

20　がちゃがちゃ ① (擬聲、擬態) ／稀里嘩啦；亂七八糟。

用法　①形容碗、碟或硬物相碰時發出的連續聲響。聲音稍小時，可用「かちゃかちゃ」。②形容東西雜亂無章的樣子。

例句
- 台所でがちゃがちゃと皿を洗っている／在廚房嘩啦嘩啦地洗著盤子。
- ナイフやフォークをがちゃがちゃと片付けている／在稀里嘩啦地收拾著刀和叉子。
- 引き出しの中ががちゃがちゃだ／抽屜裡亂七八糟的。

21　がちゃんと ②（擬聲）／哐噹；喀嚓一聲。

用法　①形容硬而脆的東西的破裂聲。②形容用力放下電話聽筒的聲音。聲音稍輕時，可用「かちゃん」。

例句　🔹どんぶりが床に落ちて，がちゃんと壊れた／大碗公掉在地上，哐噹一聲摔碎了。

🔹がちゃんと澄んだ音をして、ガラスが細かく壊れた／玻璃摔得粉碎，發出哐噹一聲清脆的聲響。

🔹肝心な話になったら、途中でいきなりがちゃんと電話を切られてしまった／剛說到關鍵的地方，只聽到喀嚓一聲，對方突然就把電話掛斷了。

22　かっかと ①（擬態）／火很旺、火辣辣地；火大。

用法　①形容火勢很旺或很炎熱的樣子。②形容人大發雷霆、火冒三丈的樣子。

例句　🔹暖炉の火がかっかと燃えている／暖爐的火燒得正旺。
🔹日が砂地にかっかと照っている／太陽火辣辣地照在沙地上。
🔹強い酒を飲んだら、かっかと暑くなった／喝了烈酒之後，身上像冒火一樣。

23　かっきり ③（擬態）／清楚；正好、整整。

用法　①形容界限劃得清楚，整齊的樣子。②指時間或數量等不多不少、正好的程度。既是副詞，同時也是接頭詞或接尾詞，接在表示時間或數量的詞的前頭或後面。

例句　🔹まっすぐな畦が、その大きな長方形をかっきりと区切っ

ている／筆直的田埂，清楚地把土地劃成一塊塊大的長方形。

🐾 土地はかっきりと二分して、半分を弟にやった／土地恰好一分為二，其中一半給了弟弟。

🐾 会が始まったのは三時かっきりだった／三點整會議開始了。

🐾 財布にはかっきり百円残っている／錢包裡正好剩下一百日圓。

---

24 **がっくりと** ②③（擬態、擬聲）／一下子、嘎嗒一聲。

用法　形容物體彎折的樣子或聲音。

例句　🐾 台風で立ち木の幹がかっくりと折れた／颱風把樹幹一下子刮斷了。

🐾 顔をそるために、理髪師が彼の座っている椅子をがっくりとうしろに倒していた／為了刮臉，理髮師把他坐的椅子嘎嗒一聲放倒了。

解析

『がくんと』與『がっくりと』之差異

兩者均可形容物體彎折的樣子，但『がくんと』重在形容細長物體突然彎折的樣子。而『がっくりと』則形容物體彎折後無法再復原的樣子。

---

25 **からから** ①（擬聲、擬態）／嘩啦嘩啦；乾涸；空空。

用法　①形容輕而硬的物體碰撞時發出的清脆聲音。②形容物體失去水分而乾燥的樣子。③形容空無一物的樣子。

例句　🐾 小石を入れた缶を振ると、からからと音がする／每當搖晃裝有小石子的罐子，就會發出嘩啦啦的聲響。

一ヶ月も雨が降らないので、地面がからからに乾いてある／一個多月沒下雨了，地面乾涸的不得了。

給料をもらってまだ半月も立たないが、財布がもうからからだった／領了工資還不到半個月，錢包就空空的了。

26 **がらがら** ①（擬聲、擬態）／嘩啦啦、嘩啦嘩啦；空蕩蕩的。

用法 ①形容較大硬物間的撞擊聲。②指空空如也的樣子。與「からから」用法中的①與③相同，但其程度要高於「からから」。

例句 岩ががらがらと落ちてきた／岩石嘩啦啦地滾落下來。

閉店時間になって、がらがらとシャッターを下ろした／到了關門時間，嘩啦嘩啦地放下了百葉窗。

その日は大雨が降ったので、展覧会の会場はがらがらにすいていた／那天因為下大雨，展覽會的會場空蕩蕩的。

27 **からりと** ②③（擬態）／完全地；開朗。

用法 ①形容事物的狀態完全改變的樣子。②形容人的性格開朗、爽快的樣子。

例句 空がからりと晴れた／天空一下子放晴了。

このあたりは以前とからりと違った／這一帶與以前完全不同了。

性格のからりとした人／性格開朗的人。

28 **がらりと** ②③（擬聲、擬態）／嘩啦一聲；一下子、忽然。

用法　①形容用力開門的樣子。②形容事物一下子發生了大的變化。

例句
- 戸をがらりと開けて、「ただいま！」と大声で言った／嘩啦一聲打開門，大聲說：「我回來了。」
- 環境ががらりと変わった／環境完全改變了。
- 態度をがらりと変えた／忽然改變了態度。

29 **がらん** ②③（擬聲、擬態）／哐啷；空蕩蕩的。

用法　①形容金屬物或其他硬物間的撞擊聲。②形容在一個寬闊的場所內，空無一人或空無一物的樣子。其強調形是「がらんがらん」，形容硬物互相撞擊時發出連續的聲音或強調無人無物的狀態。

例句
- 棚の上においてあったお茶の缶を取ろうとした時、つかみ損ねて、がらんと落としてしまった／當要取下擺放在架子上的茶葉罐時，因為沒拿穩，哐啷一聲掉了下來。
- 家具がなくて部屋の中ががらんとしている／沒有家具，屋子裡空蕩蕩的。
- あまり広くない食堂はがらんとしていた。朝食時間が終わり、昼には早すぎるという半端な時間なのである／不太大的餐廳裡空無一人。因為處於早餐時間已過，吃午飯又太早這麼一個中間時段。
- 彼女は包みを開けて、がらんがらんと音がする。子供への土産の玩具の音だ／她打開包裹，發出了一陣叮噹的聲響。那是給孩子買的玩具的碰撞聲。

⑤わたしが学校から帰っていくたびに、うちの中ががらんがらんと変わっていくのです／我每次從學校回家，（都看到）家中逐漸變得一貧如洗。

30 がらんどう ⓪（擬態）／空無一物。

用法 形容大的房間或建築物內等，空蕩無物的樣子。

例句 ◉引っ越しの荷物を出した後の家の中は、がらんどうでとても広く感じた／搬家時，把行李搬出去之後，屋裡空無一物，覺得非常寬敞。

◉お寺に入ったら、中がらんどうだった／進入寺院一看，裡面什麼也沒有。

◉この会場はがらんどうに見えます／這個會場看起來空蕩蕩的。

31 かんかん ① ⓪（擬聲、擬態）／噹噹、叮叮噹噹；火辣辣的。

用法 ①形容敲鐘或敲打硬物的聲音。②形容陽光強烈照射或火勢很旺的樣子。

例句 ◉教会の鐘がかんかん鳴っている／教堂的鐘噹噹地響著。

◉金槌で壁をかんかんとたたく／用錘子叮叮噹噹地敲牆。

◉外は太陽がかんかんと照りつけている／外面陽光火辣辣地照著。

◉炭火がかんかんとおこっている／炭火燒得很旺。

32 がんがん ①（擬聲、擬態） ／噹噹、嘎嘎。

用法 形容敲打金屬物時，發出的連續大的聲響。與「かんかん」①的用法相同。

例句 ◈ 工事現場から、鉄の柱を打つ音ががんがんと響いてくる／從工地上傳來敲打鐵柱子的「噹噹」的聲音。

◈ 隣の部屋で、ステレオをがんがんと鳴らしている／隔壁房間震耳欲聾地放著音響。

33 ぎいぎい ①（擬聲） ／吱吱嘎嘎。

用法 指木質硬物摩擦時發出的連續聲響，當聲音較輕時，可用「きいきい」。

例句 ◈ 櫓の音がぎいぎいと聞こえてくる／傳來吱吱嘎嘎地搖櫓的聲音。

◈ 学校の校舎は、もうだいぶ古くなっている。段階は踏むたびにぎいぎいと音がして壊れそうだ／學校的校舍已陳舊不堪，每當踏上樓梯時，都會發出吱吱嘎嘎的聲響好像快壞了。

◈ 回転椅子は油が切れてきいきいとなっている／旋轉椅沒油了，總是吱吱嘎嘎作響。

34 ぎくぎく ①（擬聲、擬態） ／咯吱咯吱；搖搖晃晃、歪歪扭扭。

用法 ①形容關節或關節狀的物體來回彎曲時發出的聲響。
②形容動作不流暢的樣子。

例句 ❶ 関節炎にかかって歩くときひざが<u>ぎくぎく</u>している／因
為得了關節炎，走路時膝關節咯吱咯吱作響。

❷ 彼の書いた字は<u>ぎくぎく</u>としている／他寫的字歪歪扭
扭的。

❸ ロボットが<u>ぎくぎく</u>と歩いている／機器人搖搖晃晃地
走著。

35 ぎざぎざ ①（擬態）／鋸齒狀。

用法 形容物體呈鋸齒狀的樣子。

例句 ❶ 包丁の歯がこぼれて、<u>ぎざぎざ</u>になった／菜刀壞掉
了，刀刃成了鋸齒狀。

❷ ほとんどの木の葉のふちは<u>ぎざぎざ</u>している／大部分
樹葉的邊緣都是呈鋸齒狀。

❸ このかばんは<u>ぎざぎざ</u>の飾りが付いている／這個包包
帶有鋸齒狀的裝飾。

36 ぎしぎし ①（擬聲、擬態）／嘎吱嘎吱；擠滿、塞滿。

用法 ①形容物體摩擦時發出大的聲響。在形容輕微的摩擦
聲時可用「きしきし」。②形容東西塞得滿滿的樣子。

例句 ❶ 大風が吹くと家全体が<u>ぎしぎし</u>いっている／一刮大
風，整個房子都咯吱咯吱地響。

❷ 歩くと床が<u>きしきし</u>となる／一走路，地板就咯吱咯吱
地響。

❸ ラッシュアワーの電車はいつも<u>ぎしぎし</u>にこんでいる／
上下班尖峰時間的電車總是擠得滿滿的。

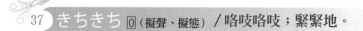

37 きちきち ⓪（擬聲、擬態）／咯吱咯吱；緊緊地。

用法 ①形容小的硬物之間的摩擦聲，常用於形容鐘錶走時的聲音。②形容空間狹小的樣子。當形容硬物間摩擦聲較大時或幾乎沒有空間時，可用「ぎちぎち」。

例句 ❶時計がきちきちと時を刻む／時鐘滴答地走著。

❷靴が小さくなってきちきちとする／鞋子變小了，很擠。

❸洋服はきちきちで窮屈です／西裝緊緊的，穿得不舒服。

❹地震で家の柱がぎちぎちという／地震時，房子的支柱咯吱咯吱地響。

❺本棚には本がぎちぎちに並べてある／書架上書擺得滿滿的。

❻場所がぎちぎちでもう入れない／地方擠得緊緊的，再也容納不下了。

38 きっかり ③（擬態）／整整、正好；界限分明。

用法 ①形容時間、數量等不多不少、正好的樣子。②形容物與物之間界限分明的樣子。

例句 ❶九時きっかりにバスが出発した／公車九點整發車。

❷会費はきっかり百円です／會費正好是一百日圓。

❸こういう問題は善悪をきっかりと区別するのは難しい／這樣的問題要截然劃分其好壞是很困難的。

39 ぎっしり ③（擬態）／密密麻麻、滿滿的。

用法 ①形容東西一個挨著一個、擠得滿滿的樣子。②形容行程排得很滿的樣子。

例句 ◉ みかんがぎっしりと詰まった箱／裝滿橘子的箱子。

◉ 駅の付近には郵便局、銀行、会社などたくさんのビルがぎっしり建（た）ち並（なら）んでいる／在車站附近，密密麻麻地聳立著郵局、銀行、公司等建築大樓。

◉ 来月の予定はぎっしりです／下個月的計畫（行程）排得滿滿的。

解析

『きちきち』『ぎちぎち』與『ぎっしり』之差異

『きちきち』與『ぎちぎち』在形容硬物間摩擦的聲音及「裝得滿滿的」樣子時，只有程度之差，即『ぎちぎち』的程度大於『きちきち』。而『ぎっしり』在形容「裝得滿滿」之意時，主要指很多同類的東西排列得很緊密。相較之下，『きちきち』和『ぎちぎち』主要指塞得很滿，再無餘地的樣子。例如可以說「靴が小さくなって、きちきちとする」但不能說「ぎっしりとする」。

40 きっちり ③（擬態）／正合適、緊密；正好、整整。

用法 ①形容兩者之正好吻合、嚴實合縫的樣子。②接在數量詞前面，是指時間、數量等分毫不差的程度。

例句 ◉ アルコールが蒸発（じょうはつ）しないように、瓶（びん）のふたをきっちりと閉める／為了不使酒精蒸發，將瓶蓋蓋緊。

◉ 一ミリも違わないようにきっちりと量（はか）る／分毫不差地準確測量。

彼はきっちり七時に現れた／他是七點整來的。

きっちり二百円しか残っていない／正好剩下二百日圓。

41 きらきら ①（擬態）／亮晶晶、閃爍。

用法 形容物體閃閃發光的樣子。

例句
雪に朝日が当たって、きらきらと光っている／早晨的陽光照在雪上，亮晶晶的。

夜空に星がきらきらまたたいている／夜晚的天空繁星閃爍。

星がきらきらと輝いている／星光閃爍著。

42 ぎらぎら （擬態）／亮晃晃的、耀眼的。

用法 形容強光刺眼的樣子。

例句
真夏の太陽が頭からぎらぎらと照りつけている／盛夏的陽光當頭，十分耀眼。

晴れた空に太陽がぎらぎらと輝いている／晴空中太陽發出耀眼的光芒。

川面にぎらぎらと油が浮いている／河面上亮晃晃地漂浮著一層油。

解析
『きらきら』與『ぎらぎら』之差異
『きらきら』是指物體發出柔和、給人一種具有美感的光，而『ぎらぎら』則是指刺眼的強光。例如星光可以用『きらきら』來形容，而盛夏的陽光則要用『ぎらぎら』來形容。

43　きりきり　①（擬態）／旋轉、骨碌碌地。

用法　形容物體輕快旋轉的樣子。

例句
- たこがきりきりとまわって墜落（ついらく）した／風箏骨碌碌地旋轉後墜落了。
- 魚（さかな）がえさに食（く）いついたので、釣（つ）り糸（いと）をきりきりと巻（ま）き上（あ）げた／魚因為吃了魚餌，而被釣線緊緊纏住了。

44　ぎりぎり　①（擬聲、擬態）／緊緊地；剛好。

用法　①形容一圈一圈地緊緊捆綁的樣子。②指時間或數量等的極限程度。③形容夜晚睡著時咬牙的聲音。

例句
- 包帯（ほうたい）をぎりぎり巻（ま）いた腕（うで）を、白（しろ）い布（ぬの）でつっている／用一條白布把緊緊纏著繃帶的手臂吊起來了。
- ぎりぎりで約束（やくそく）の時間（じかん）に間（ま）に合（あ）った／剛好趕上約定的時間。
- これが譲歩（じょうほ）できるぎりぎりの線（せん）だ／這就是可以讓步的底線。

45　くしゃくしゃ　②①（擬態）／（揉成）一團；亂蓬蓬的。

用法　①形容布片、紙張等揉成一團的樣子。②形容頭髮亂蓬蓬的樣子。

例句
- 書（か）き間違（まちが）えた原稿用紙（げんこうようし）をくしゃくしゃにして捨（す）てた／把寫錯的稿紙揉成一團扔掉了。
- バスの窓（まど）を開（あ）けていたら、髪（かみ）がくしゃくしゃになった／一打開公車的窗戶，頭髮被吹得亂蓬蓬的。

⓷孫から誕生日のプレゼントをもらい、おばあさんは顔を
くしゃくしゃにして喜んだ／接過孫子送的生日禮物，
奶奶樂得臉上像開了花似的（臉上堆滿皺紋）。

46 ぐしゃぐしゃ ①（擬態）／濕漉漉的；一塌糊塗。

用法 ①形容東西被水浸泡的樣子。②形容東西被摔打的不
成樣子的狀態。程度較嚴重時，可用「ぐじゃぐじ
ゃ」。

例句 ⓵新聞は雨にぬれてぐしゃぐしゃだ／報紙被雨淋得濕漉
漉的。

⓶車はトラックと衝突して、ぐしゃぐしゃになってしまっ
た／轎車和卡車相撞，撞得一塌糊塗。

⓷雨が降ると、このみちはすぐぐじゃぐじゃになった／一
下雨，這條路就變得泥濘不堪。

⓸雪解けのぐしゃぐしゃとした道／積雪融化後一片泥濘
的道路。

⓹ものをぐしゃぐしゃと踏み潰した／把東西踩得稀巴
爛。

47 ぐしゃっと ②（擬態）／（踩）碎、一下子（塌了）。

用法 形容東西一下子被踩壞或被毀壞的樣子。與該詞意思
及用法相同的還有「ぐしゃりと」。

例句 ⓵卵をぐしゃっと踏み潰した／一腳把雞蛋踩得粉碎。

⓶地震で家がぐしゃりとつぶれた／地震一下子把房子震
塌了。

⓷カエルは車にぐしゃっとつぶされた／青蛙被車子壓扁
了。

48 ぐしょぐしょ ⓪（擬態）／濕淋淋的。

用法 形容紙張、布匹、皮革等被水浸濕後的樣子。其程度更高時，可用「ぐじょぐじょ」。

例句
- 手袋も上着も、ズボンも何もかもぐしょぐしょにぬれていた／不管是手套、上衣及褲子，渾身上下全都濕淋淋的。
- 雨と涙とでぐじょぐじょになった顔を、ときとき手の甲でこすっている／不時地用手背擦著滿是雨水和淚水的臉。

49 ぐちゃぐちゃ ①（擬態、擬聲）／濕嗒嗒的、泥濘。

用法 形容東西過分受潮而變形或膨脹的樣子。同時給人一種黏糊糊的感覺。

例句
- 雪解けで道はぐちゃぐちゃだ／雪融化了以後，道路泥濘不堪。
- こんなダンスをやっていたら、冬でもいっぱい汗をかいて、シャツがぐちゃぐちゃになるだろう／跳這種舞，即使是在冬天，一曲下來也要大汗淋漓，襯衫弄得濕嗒嗒的不成樣子吧。

50 ぐちょぐちょ ⓪（擬態）／濕淋淋的。

用法 形容衣服等裡外全都濕透，貼在身上的樣子。

例句
- 海に落ちて、着ている服がぐちょぐちょだ／掉到海裡，穿的衣服全都濕淋淋的。
- 川に落ちてぐちょぐちょにぬれた／掉到河裡成了落湯雞。

解析

『ぐちょぐちょ』與『ぐしょぐしょ』之差異

兩者在形容東西被濕透這一點上是相同的。但『ぐちょぐちょ』有濕衣服等貼在身上的意思，而『ぐしょぐしょ』則沒有這個意思。

51　くっきり　③（擬態）／清楚、分明。

用法　形容物體的輪廓分明、清晰可見的樣子。

例句

- 青空(あおぞら)にくっきりと富士山の雄姿(ゆうし)が見える／富士山的雄姿清楚地顯現在晴空中。

- 画面のどの部分でも、文字がくっきりと映らなければならない／畫面上的任何部分，文字都必須清楚地顯示出來。

- 大きな黒い目と高い鼻のくっきりした顔立(かおだ)ち／大大的黑眼眸，高高的鼻梁，一副輪廓分明的臉龐。

解析

『くっきり』與『かっきり』之差異

『くっきり』用於形容東西輪廓分明的樣子，指具有立體感。而『かっきり』則是形容分界線很明顯的樣子，多用於土地或區域的劃分。

52　ぐつぐつ　①（擬聲）／咕嘟咕嘟。

用法　形容鍋裡煮東西的聲音。

例句

- 肉がぐつぐつ煮(に)えている／肉在鍋裡咕嘟地煮著。

- おなべのおかゆがぐつぐつ音を立てている／鍋裡的粥咕嘟咕嘟作響。

- この料理はぐつぐつ煮(に)えこむほどおいしくなる／這道菜越燉越好吃。

297

53 ぐっしょり ③（擬態）／濕漉漉的。

用法　形容東西被汗水或雨水等淋濕的樣子。與「ぐしょぐしょ」的意思與用法相同，但其程度比「ぐしょぐしょ」輕一些。

例句　●ぐっしょり寝汗をかいた／出了一身盗汗。

　　　●雨で洋服がぐっしょりぬれた／西裝被雨淋得濕漉漉的。

54 ぐにゃぐにゃ ①⓪（擬態）／軟塌塌、軟綿綿。

用法　形容物體變得很軟的樣子。此外，還形容人因為疲勞等原因，變得渾身癱軟、四肢無力的樣子（詳見《人的行為》篇）。

例句　●プラスチックが熱でぐにゃぐにゃと曲がる／塑膠受熱後，變得柔軟彎曲。

　　　●先週買ってきた柿はぐにゃぐにゃになった／上周買回來的柿子已變得軟塌塌的。

55 ぐらぐら ①（擬態、擬聲）／咕嘟咕嘟；搖搖晃晃；猶豫不決。

用法　①形容水沸騰時從水中冒出氣泡的聲音或樣子。②形容物體不斷激烈晃動的樣子。③形容人的想法搖擺不定的樣子。

例句　●お湯がぐらぐらと沸いてきた／水咕嘟咕嘟地沸騰了。

　　　●地震で家がぐらぐらと揺れている／地震把房子震得搖搖晃晃。

　　　●就職しようか、父の商売を手伝おうかと、気持ちがぐ

らぐらしている/是就業呢，還是幫父親做生意呢？
我猶豫不決。

56 くるくる ① (擬態) / 快速地轉動；不斷改變。

用法 ①形容物體連續輕快旋轉的樣子。②形容把東西迅速地捲起來的樣子。③形容想法、決定等在短時間內多次變化的樣子。

例句 ① 小屋の上には、おわんのような風速計がくるくる回っている/在小屋上面，碗狀的風速計輕快地轉動著。

② ポスターをくるくると巻いた/把海報快速地捲起來。

③ 国際情勢の変化につれて、会社の方針もくるくると変わっている/隨著國際形勢的變化，公司的方針也在不斷改變。

57 ぐるぐる ① (擬態) / 咕嚕咕嚕、快速地轉動。

用法 用法與意思和「くるくる」中的①、②相同，但其程度較高。

例句 ① ヘリコプターが空をぐるぐると回っている/直升機在空中咕嚕咕嚕地來回環繞。

② 怪我をした足に包帯をぐるぐると巻きつける/在受傷的腿上迅速地纏上繃帶。

58 ぐんぐん ① (擬態) / 一個勁地、迅速地。

用法 形容事物的發展或變化十分迅速的樣子。

例句 ① この商品は予想以上受けがよく、売り上げがぐんぐん伸

びる一方だ／這種商品出乎意料地受歡迎，銷售額直線上升。

> 新幹線は駅を出ると、ぐんぐんスピードを上げた／新幹線列車一駛出車站，就一個勁地加速。

> 病気はぐんぐんよくなった／病情明顯地一天比一天好轉。

59　ぐんと ①① (擬態) ／大大地、明顯地。

用法 形容事物與以前相比發生了明顯的變化。

例句
> 今学期に入って、ぐんと成績が上がった／這一學期，學習成績大大地提高了。

> 高速道路ができて、このあたりはぐんと便利になった／高速公路建成以後，這一帶變得非常方便了。

> 反対の意見はぐんと少なくなった／反對的意見明顯地減少了。

60　こうこう ⓪ (擬態) ／皎潔、亮堂堂。

用法 形容燈火通明或月光皎潔的樣子。

例句
> 月がこうこうと湖上を照らしている／皎潔的月光照在湖面上。

> 室内は電灯がこうこうと輝いている／室內電燈亮堂堂的。

> 月がこうこうと輝き、夜とは考えない明るさだ／月光皎潔，亮得令人不覺得是夜晚。

61 ごうごう ⓪① (擬聲、擬態) ／轟轟、呼呼。

用法 形容飛機、機械、狂風、火和水等發出的轟鳴聲。

例句 ①ごうごうたる騒音を立てて、ジェット機が飛び立った／隨著轟轟的巨響，噴射式飛機起飛了。

②海から吹いてくる風が松のこずえに当たって、昼も夜もごうごうと鳴っている／從海上吹來的狂風掠過松樹枝頭，不分晝夜呼呼地咆哮。

③雪解け水が高い絶壁から滝になってごうごうと落ちてくる／融化了的雪水形成瀑布，從高高的懸崖上轟轟地落了下來。

62 ごしごし ① (擬態、擬聲) ／咔吱咔吱、使勁（用力的）搓。

用法 形容用力搓洗或刷洗東西時的樣子或發出的聲音。

例句 ①固く絞った雑巾に洗剤をつけて、床をごしごし拭いている／用擰乾了的抹布沾上清潔劑，咔吱咔吱地擦著地板。

②背中をタオルでごしごしこする／用毛巾使勁地搓背。

63 ごそごそ ① (擬聲、擬態) ／窸窣、咯吱咯吱。

用法 形容硬質的東西，如稍微厚一點的紙張、布片等相互摩擦的聲音及其樣子。

例句 ①泥棒が入ったのか、隣の部屋で何かごそごそしている／該不是小偷進來了吧，隔壁房間有窸窣的聲音。

＠天井でねずみが<u>ごそごそ</u>やっている／老鼠在天花板上
咯吱咯吱地走動。

＠おばあさんが座布団やら茶器やらを部屋の隅で<u>ごそごそ</u>
としまいしている／奶奶正在房間的角落收拾坐墊、
茶具等，發出窸窣的聲音。

64 ごそっと ②（擬態）／全都。

用法 形容大量的財物一下子消失的樣子。

例句 ＠売り上げは<u>ごそっと</u>税金に持っていかれてしまった／售
貨款全部都繳稅了，一分錢也沒剩。

＠着物を<u>ごそっと</u>盗まれた／衣服全都被偷走了。

65 ごたごた ①（擬態）／亂七八糟，亂成一團。

用法 ①形容東西雜亂無章地堆放在一起的樣子。②形容麻
煩的問題或紛爭等長期得不到解決，混亂不堪的樣子。

例句 ＠倉庫の中には、古い道具や家具が<u>ごたごた</u>と置いてある
／在倉庫裡，亂七八糟地堆放著舊的工具和家具等。

＠引っ越してきたばかりで家の中が<u>ごたごた</u>している／剛
剛搬來，家裡亂七八糟的。

＠妻の病気や息子の離婚などで、家の中が<u>ごたごた</u>している
る／妻子生病、兒子離婚，弄得家裡亂成一團。

66 こちこち ⓪（擬聲、擬態）／滴答；硬邦邦。

用法 ①形容鐘錶走時的聲音，與「かちかち」的意思和用
法類似。②形容東西冷凍後變硬的樣子。

例句 ＠時計が<u>こちこち</u>と時を刻む／時鐘滴答、滴答地走著。

冷凍庫（れいとうこ）から出したばかり肉は<u>こちこち</u>ですぐには使えない／剛從冷凍庫取出的肉，硬邦邦的不能馬上使用。

67 ごちゃごちゃ ①（擬態）／亂七八糟、混亂。

用法 ①形容東西擺放得十分凌亂的樣子。②形容思維失去條理的樣子。

例句 ①机（つくえ）の上には雑多（ざった）なものが<u>ごちゃごちゃ</u>と並べてある／桌子上亂七八糟地擺放著各種東西。

②一度のいろいろなことをいわれて頭の中が<u>ごちゃごちゃ</u>になった／一下子說了那麼多事情，弄得我頭昏腦脹。

③<u>ごちゃごちゃ</u>した部屋（へや）／雜亂無章的房間。

68 こちんと ②（擬聲、擬態）／啪嗒一聲、噹的一聲。

用法 形容輕輕碰撞的聲音。此外，還可以形容對他人的言行十分反感、生氣的樣子（詳見《人的情感》篇）。

例句 ①壁（かべ）に小石（こいし）が当たって<u>こちんと</u>音を立てた／小石頭啪嗒一聲碰到牆壁上。

②土（つち）を掘（ほ）り返（かえ）していたら、シャベルが瀬戸物（せともの）のかけらに<u>こちんと</u>当たった／翻土的時候，鐵鍬「噹」的一聲碰到陶瓷碎片上。

69 こぢんまり ④（擬態）／整潔、舒適；融洽。

用法 ①形容房間小而整潔的樣子。②形容團體的規模雖小，但很融洽的樣子。③形容生活舒適、心情愉快的樣子。

303

例句 ❶ こぢんまりして落ちついた家に住みたい／想住在小而整潔又安穩的家裡。

❷ こぢんまりした会で会員が互いに親しくなれて楽しい／我們這個團體規模不大，會員之間關係融洽、心情愉快。

70 こつこつ ①（擬聲、擬態）／咚咚、咯噔。

用法 形容硬物之間發出連續輕微的碰撞聲音。另外，還可以形容人不屈不撓、埋頭苦幹的樣子（詳見《人的情感》篇）。

例句 ❶ 誰かがドアをこつこつとノックしている／有人在咚咚地敲著門。

❷ 段階を上がっていく靴の音がこつこつと響く／上樓梯時，腳下發出咯噔、咯噔的聲響。

71 ごつごつ ①（擬聲、擬態）／砰砰；（山石）嶙峋；（文章）粗略淺陋。

用法 ①形容硬物間相撞時，發出較大的聲音。②形容山石嶙峋或物體表面凸凹不平的樣子。③形容文章寫得粗略淺陋或人的性格粗狂的樣子。

例句 ❶ 怒ったので拳骨でごつごつと戸をたたいた／因為生氣，用拳頭砰砰地敲門。

❷ 山肌はごつごつした岩石で覆われている／山上遍佈嶙峋的岩石。

❸ 文章はごつごつしていて、読みづらい／文章寫得粗略淺陋，很難看。

72 ごつん ② （擬聲） ／砰（的一聲）、哐噹（一聲）。

用法 形容撞在硬物上的時候發出的聲音。當撞擊較輕時也可以用「こつん」。

例句
- 車が何かぶつかったらしく、<u>ごつん</u>と音がした／咯噹一聲，汽車好像撞到了什麼。
- 天井(てんじょう)が低くて、立ったら頭が<u>ごつん</u>と当たった／天花板很低，站起來的時候，頭砰的一聲撞上了。
- 小石(こいし)が塀(へい)に<u>こつん</u>と当たった／小石塊哐噹一聲打在圍牆上了。

73 こてこて ①⓪（擬態） ／厚厚地、濃妝豔抹。

用法 形容大量塗抹的樣子。

例句
- パンにジャムを<u>こてこて</u>つける／在麵包上厚厚地塗上一層果醬。
- 隣(となり)の奥さんはいつもおしろいを<u>こてこて</u>と塗(ぬ)りつけている／隔壁的太太總是濃妝豔抹的。

74 ことん ②（擬聲） ／噹啷、啪嗒。

用法 形容小而硬的東西的撞擊聲。當重而硬的東西撞擊時，可以用「ごとん」來形容其聲響。

例句
- フォークがテーブルの上に、<u>ことん</u>と音を立てて落ちた／餐用叉子噹啷一聲掉在桌子上了。
- ライターが<u>ことん</u>と床(ゆか)に落(お)ちる／打火機啪嗒一聲掉在地板上了。

❸舳の方でごとんと激しい音がして、船が何か大きなものにぶつかったらしい／船頭那邊哐噹一聲巨響，船好像撞在一個什麼大的東西上。

❹大型タンクがごとんごとんと走り出した／重型坦克轟隆、轟隆地開出去了。

解析　『ことん』與『こつん』之差異

『ことん』用於形容輕而硬的物體掉落到木板等東西上時的撞擊聲。而『こつん』則是形容兩個物體相撞，且撞擊面較小，撞一下立刻分開時的聲音。

75　こなごな ⓪（擬態）／粉碎狀。

用法　形容東西變得粉碎的樣子。

例句 ❶コップが落ちて、こなごなになってしまった／杯子掉在地上，摔得粉碎。

❷留守中に花瓶が猫にひっくり返されて、こなごなに壊れた／家裡沒人的時候，花瓶被貓打翻在地，摔得粉碎。

76　ごぼごぼ ①（擬聲、擬態）／咕嘟咕嘟。

用法　形容氣泡從水中冒出時的聲音，以及水從什麼地方湧出來的樣子。當氣泡的聲音小或水流較小時，可用「こぽこぽ」。

例句 ❶泉がごぼごぼと湧き出る／泉水咕嘟咕嘟地湧出來。

❷海底火山の噴火で、海面がごぼごぼとあわ立った／由於海底火山爆發，海面上咕嘟咕嘟地冒水泡。

❸瓶の中にこぽこぽと酒を注ぐ／往瓶子裡咕嘟咕嘟地倒酒。

77 こまごま ③（擬態）／零碎；詳細地。

用法　①形容東西零零碎碎的樣子。②形容做事仔細的樣子。

例句　● ボタンのようなこまごましたものはまとめて箱_{はこ}に入れて
おく／把紐扣等零碎東西都整齊地放在盒子裡。

● 彼_{かれ}に事情_{じじょう}をこまごまと書き送った／把事情都詳細地寫
給他了。

78 こりこり ①（擬態、擬聲）／咯吱咯吱、卡滋卡滋。

用法　①形容食物等硬而脆的樣子。②形容咀嚼酥脆食物時
發出的聲音。

例句　● このたくあんはこりこりしている／這種鹹蘿蔔醃得很
脆。

● 子供_{こども}たちはこりこりと氷_{こおり}をかんでいる／孩子們在卡
滋、卡滋地嚼著冰塊。

79 ころころ ①（擬態、擬聲）／咕嚕咕嚕；變來變去；胖嘟
嘟。

用法　①形容物體輕快滾動的樣子。②形容事物多變的樣
子。③形容幼兒或小動物胖得圓滾滾的樣子。此外，
還可以形容年輕女子的笑聲或蟋蟀的鳴叫聲（詳見
《人的行為》篇與《動物聲音》篇）。

例句　● ボールが坂道_{さかみち}をころころと転_{ころ}がっていた／球順著坡道
咕嚕、咕嚕地滾了下去。

● 見たといったり見なかったといったり、言うことがころ
ころ変わる／一會兒說看見了，一會又說沒看見，說
話變來變去。

🍃 <u>ころころ</u>した毛の白い子犬が転がるように走ってきた／
一隻胖嘟嘟的小白狗，像滾雪球似地跑了過來。

80　ごろごろ ①（擬聲、擬態）／轟隆隆地；到處都有。

用法　①形容大而重的物體滾動時的聲音或樣子。②形容無
關緊要的東西到處都有的樣子。

例句
🍃 山道を歩いていたら、大きな石が<u>ごろごろ</u>と落ちてきた
／正走在山路上的時候，一塊巨石轟隆隆地滾落下
來。

🍃 遠くで雷が<u>ごろごろ</u>鳴っている／遠處傳來轟隆隆的雷
聲。

🍃 石ころの<u>ごろごろ</u>している道／到處都是石塊的道路。

🍃 そんな話なら世間に<u>ごろごろ</u>している／那種事世上到
處都是。

81　ころりと ②③（擬態）／一下子；突然、輕易地。

用法　①形容圓形物體一次地翻滾或倒下的樣子。②形容事
物或人的態度等突然發生變化。

例句
🍃 ボールペンが机の上から<u>ころりと</u>落ちてきた／原子筆
一下子從桌子上滾落下來。

🍃 細長い花瓶なので、手で触ったら、<u>ころりと</u>倒れてしま
った／因為是個細長的花瓶，用手一碰就倒了。

🍃 態度が<u>ころりと</u>変わった／態度突然轉變了。

🍃 うまい話に<u>ころりと</u>だまされた／輕易地被花言巧語騙
了。

82　ごろりと　③（擬態、擬聲）／滾動（咕嚕）一下、撲通（一聲）。

用法　形容重而大的物體滾動或倒下的樣子。

例句　❶大きな石を力いっぱい押したら、ごろりと転がった／使勁一推，大石頭向前咕嚕地滾動。

❷貨車を五人の男たちで押したら、突然ごろりと動き出した／五個男人用力一推，貨車突然咕嚕地移動起來。

❸彼は疲れ切っていて、ごろりとその場に寝そべった／由於過度勞累，他撲通一聲趴在那裡了。

解析
『ごろりと』『ころりと』與『ごろごろ』『ころころ』之差異

『ごろりと』和『ころりと』是形容物體由靜止狀態或向前狀態一下子倒下的樣子。而『ごろごろ』和『ころころ』則形容物體連續滾動的樣子。

83　ごわごわ　①（擬態）／硬繃繃的、硬硬的。

用法　形容被褥、衣服等漿洗之後或在頭髮等表面塗抹了什麼之後變得發硬的樣子。

例句　❶この浴衣は糊がききすぎてごわごわしていて、着心地が悪い／這件浴衣漿得過頭了，硬繃繃的，穿的不舒服。

❷糊でごわごわの浴衣／漿得硬繃繃的浴衣。

❸シャンプー後の髪はマイナスの電気を帯び、ごわごわした手触りになる／洗完頭之後，頭髮帶靜電，摸起來覺得硬硬的。

84　こんこん ⑩（擬聲、擬態）／咚咚；源源不斷。

用法 ①形容硬質物體輕撞聲。②形容水等液體不斷湧出的樣子。

例句 ● ドアを軽く<u>こんこん</u>とノックする音がした／聽到輕輕的咚咚敲門聲。

● きれいな水が<u>こんこん</u>と湧き出ている／清冽的水潺潺不斷地流著。

解析

『昏昏』『懇懇』『こんこん』之差異
同音語『昏昏』『懇懇』『こんこん』等還有形容人昏昏沉睡、諄諄教導及狐狸的叫聲和人咳嗽的聲音等用法（詳見《人的行為》及《動物聲音》）。

85　ごんと ①（擬聲）／噹的一聲、咚的一聲。

用法 ①形容大鐘的鐘鳴聲。②形容硬物間的撞擊聲。

例句 ● <u>ごんと</u>鳴る鐘をつきけり、春の暮れ／噹的一聲，鐘鳴春晚。

● 頭を電柱にぶつけたら、<u>ごんと</u>すごい音がした／頭撞在電線桿上，發出咚的好大一聲。

86　こんもり ③（擬態）／茂密；隆起。

用法 ①形容樹木繁茂的樣子。②形容物體隆起或圓形的樣子。

例句 ● <u>こんもり</u>とした森の中に、むかしのままの城のやぐらが見える／在茂密的森林中，可以看到古代遺留下來的城樓。

しいたけは傘の裏が白く、<u>こんもり</u>と膨らんで、水分の少ないものがよい／香菇以內側呈白色，傘面隆起，水分少的為上品。

87 ざあざあ ① (擬聲) ／ 嘩嘩；沙沙。

用法 ①形容下大雨或水流較急時的聲音。②形容電視或收音機中的雜音。

例句 ■雨が<u>ざあざあ</u>降っている／雨嘩嘩地下著。

■風呂の水が<u>ざあざあ</u>こぼれている／浴池裡的水嘩嘩地滿了出來。

■アンテナが外れて、テレビが<u>ざあざあ</u>といっている／天線脫落了，電視機發出沙沙的雜音。

88 さあっと ② (擬聲、擬態) ／ 呼地一聲；唰唰地；唰地。

用法 ①形容風快速、輕飄而過，或下起小陣雨的樣子。②形容某種狀態迅速消失的樣子。

例句 ■風が<u>さあっと</u>吹きすぎた／呼地一聲刮過一陣風。

■春雨が<u>さあっと</u>降ってきた／唰唰地下了一陣春雨。

■<u>さあっと</u>血の気が引いてしまった／臉唰地一下白了（因驚嚇害怕等）。

89 ざあっと ② (擬聲、擬態) ／ 嘩地一下子；嘩啦一聲。

用法 ①形容突然下起雨的樣子。②形容顆粒狀的物體一下子撒落時發出的聲音及樣子。

例句
- 夕立がざあっと降り出した／（夏天）午後嘩地一下子，下起一場雷陣雨。
- 小豆を袋からざあっと桶にあけた／把紅豆嘩啦一聲倒入桶裡。

90 さくさく ① (擬聲) ／喀滋喀滋、唰唰、沙沙。

用法
①形容切菜、割草、吃水果、蘿蔔等、脆的東西的聲音。②形容走在雪地、沙地時的聲音。聲音大的時候，可用「ざくざく」。

例句
- 父はときどき朝早く起きて、川のほとりでさくさくと草を刈る／父親時常早起，去河邊唰唰地割草。
- 子供がさくさくと生大根をかじっている／孩子正在喀滋、喀滋地啃著生蘿蔔。
- さくさくと砂を踏んで浜辺を歩く／走在海邊，腳下的沙子沙沙作響。
- 雪をざくざくと踏んで歩く／沙沙地踏著雪走著。

91 ざくり ② (擬態、擬聲) ／咔嚓、撲通、沙沙。

用法
形容用力把東西切開，或者是刀、棒等物插入其他物體時的樣子及其聲音。程度輕時可用「さくり」，程度重時可用「ざぐり」。

例句
- 西瓜にざくりと包丁を入れた／咔嚓一下切開了西瓜。
- 船はいその砂へざぐりと舳先を付きこんで、動くなくなった／船頭撲通一聲栽進海邊的沙石裡，不動了了。
- 外の雪がさくりと音を立てて来客を知らせた／外面雪地裡傳來沙沙的聲音，知道是客人來了。

92　ざっくり ②（擬態）／粗糙；裂開。

用法　①形容布匹織得很粗糙的樣子。②形容東西裂開較大的樣子。

例句　● ざっくりした生地でシャツを一着こしらえた／用粗糙的布料做了一件襯衫。

● 足の傷口はざっくりと開いている／腳上的傷口裂開一個大洞。

93　ざぶざぶ ①（擬聲）／嘩嘩、嘩啦嘩啦。

用法　①形容用水沖洗東西時的聲音。②形容淌水過河時的水聲。

例句　● 水をざぶざぶかけて泥を洗い流す／嘩嘩地用水沖洗掉泥土。

● 母は庭でざぶざぶ洗濯している／媽媽在院子裡地洗衣服，發出嘩啦、嘩啦的聲響。

● ざぶざぶと小川を渡る／嘩啦、嘩啦地渡過小河。

94　さやさや ①（擬聲）／沙沙。

用法　指輕而薄的東西相互的摩擦聲。

例句　● 風が渡ると竹林がさやさやとなる／風一吹，竹林發出沙沙的聲響。

● 道の両側には高粱の葉がさやさやと揺らいでいる／道路兩側，高粱葉子隨風搖曳，發出沙沙的聲音。

95 さらさら ①（擬聲、擬態）／嘩啦、刷刷；光滑。

用法 ①形容河水或鬆散物輕快的流淌聲。②形容動作輕快的樣子。③形容紙張等光滑的樣子。

例句
- 小川の水がさらさらと流れている／小河裡的水嘩啦、嘩啦地流著。
- 砂は指の間からさらさらとこぼれた／沙子從指縫間刷刷地漏下去。
- 彼女はペンでさらさらと名前と住所を書いた／她用筆刷刷地寫出了自己的名字和住址。
- この紙はとてもさらさらした紙です／這種紙十分光滑。

96 ざらざら ⓪①（擬聲、擬態）／嘩啦啦；刺刺的。

用法 ①形容小而硬的東西相互碰撞、流淌時的聲音。②形容物體表面粗糙、不光滑的樣子。

例句
- 小豆を袋の中にざらざら入れる／往袋子裡嘩啦啦地裝紅豆。
- 靴の中に砂が入ってざらざらして気持ちが悪い／鞋裡跑進沙子了，腳底刺得難受。
- 熱のせいで、舌がざらざらする／因為發燒，舌頭覺得澀澀的。
- 長く掃除しないので、部屋がほこりでざらざらだ／由於長時間沒有打掃，房間裡滿是灰塵。

97 さらりと ②③（擬態）／光滑柔軟、蓬鬆；一乾二淨。

用法 ①形容物體的觸感光滑柔軟，不黏的樣子。②形容人做事乾脆爽快的樣子。同義詞還有「さらっと」。

例句 ❶ 夏服(なつふく)にちょうどいい、さらりとした布地(ぬのじ)／適合於做夏裝的光滑柔軟的布料。

❷ さらりとして肌(はだ)ざわりのよいシャツを買いたい／想買一件觸感柔軟，穿著舒適的襯衫。

❸ あの少女(しょうじょ)は長い黒髪(くろかみ)をさらりと肩(かた)に垂(た)らしている／那位少女把烏黑的長髮蓬鬆地披散在肩上。

❹ いやなことはさらりと忘れた／把不愉快的事情忘得一乾二淨。

98 ざらりと ②③（擬態）／粗粗的、疙疙瘩瘩。

用法 形容物體表面不光滑的樣子。用法與「さらりと」的①相同，但意思相反。

例句 ❶ 手は荒(あ)れてざらりとしている／手的皮膚粗粗的。

❷ 猫(ねこ)の舌(した)を触(さわ)ってみると、ざらりとした感じがある／用手摸一下貓的舌頭，感到粗粗的。

99 さわさわ ①（擬聲、擬態）／沙沙。

用法 形容微風拂煦的樣子及其聲音。

例句 ❶ 風はさわさわと音を立(た)てるように透(す)き通(とお)った空(そら)を通(とお)り過(す)ぎていく／微風沙沙地吹過清澈的天空。

❷ 秋風(あきかぜ)がこずえをさわさわと渡(わた)る／秋風沙沙地掠過樹梢。

100 ざわざわ ①（擬聲、擬態）／沙沙；吵嚷。

用法 ①形容稍大一些的風吹過樹林或河面時，發出的聲響及其樣子。②形容人聲吵雜的樣子。

例句
- 森のに木々が風でざわざわと音を立てる／森林裡樹木隨風沙沙作響。
- 山おろしが吹いてきて、湖面にざわざわとさざ波が立った／山風吹來，湖面上漣漪蕩漾。
- 明日試験をするというと、生徒たちは急にざわざわし始めた／一聽說明天要考試，學生們頓時吵嚷了起來。

101 じくじく ①（擬態）／濕漉漉、潮濕。

用法 形容水等液體一點點地滲出來的樣子。

例句
- 傷が膿んでじくじくしている／傷口化膿，濕漉漉的。
- 汗で足の裏がじくじくしている／因為出汗，腳底下溼淋淋的。
- 沼の附近は、じくじくと湿っている／沼澤地周圍都濕漉漉的。

102 しこしこ ②①（擬態）／有勁道、有咬勁。

用法 形容食物等在咀嚼時有彈性的樣子。

例句
- 貝柱はしこしこしておいしい／干貝吃起來有咬勁，味道可口。
- しこしことしたおいしい手打ちうどんを食べたい／想吃有勁道、可口的手捍烏龍麵。

103 しっくり ③(擬態) ／吻合、合適。

用法　形容事物兩者之間非常吻合的樣子。

例句

　この色は私の部屋にしっくり合わない／這個顏色跟我的房子不合。

　その色のズボンに、この靴なら、しっくりする／這雙鞋搭配那種顏色的褲子很合適。

104 しっとり ③(擬態) ／濕潤、濕濕的。

用法　形容濕度適中的樣子。

例句

　庭の芝生が夜露にしっとりとぬれている／夜晚的露水濕潤了院子裡的草坪。

　夕べからの雨で、畑もしっとりとしている／昨天晚上開始下雨，田地變得很濕潤。

　顔を洗ったあとで、クリームをつけると、肌がしっとりする／洗完臉以後，擦點面霜，皮膚就可以保持濕潤。

105 じっとりと ③(擬態) ／汗涔涔、濕漉漉。

用法　形容出汗的樣子。

例句

　じっとりと汗ばんでくるような暑さだ／天氣熱得身上汗涔涔的。

　額にじっとりと汗をかいた／額頭出汗濕漉漉的。

　手のひらにずっとじっとりと汗がかいている／手掌一直都是汗涔涔的。

317

106 しとしと ①②（擬態）／淅淅瀝瀝；滋潤。

用法 ①形容小雨細而無聲的樣子。②形容花、草、樹木受到滋潤的樣子。

例句 ❶朝からぬか雨がしとしとと降っている／從早晨就開始淅淅瀝瀝地下起了濛濛細雨。

❷露にしとしとにぬれて、いろいろの草が花を開いている／受到露水的滋潤，各式各樣的草都開了花。

107 じとじと ①（擬態）／潮濕、濕漉漉。

用法 形容因出汗或空氣中水分大而感到濕漉漉發黏的樣子。

例句 ❶汗でシャツがじとじとする／襯衫被汗水浸得濕漉漉的。

❷長雨で畳がじとじとしている／由於長時間的下雨，榻榻米濕漉漉的。

108 しなしな ①（擬態）／柔軟；軟綿綿。

用法 ①形容枝條狀的東西或身體非常柔軟有彈性的樣子。②形容東西軟綿綿的樣子。

例句 ❶枝がしなしなとたわむ／樹枝柔軟地彎曲。

❷たれがしみるにつれて、なすがしなしなになっていく／隨著醬汁的不斷滲入，茄子逐漸變得軟綿綿的。

❸踊り子たちは体をしなしなとくねらせて踊っていた／舞女們扭動著柔軟的身軀跳舞。

109 じめじめ ① (擬態) ／潮濕、濕答答。

用法　形容水分多、潮濕的樣子。

例句　一週間雨が降り続いたので、部屋の中がじめじめする／
連續下了一星期的雨，房間裡很潮濕。

汗で着物がじめじめしている／因為出汗，衣服濕答答
的。

解析　　『じめじめ』『じとじと』與『じくじく』之
差異
這三個詞都可以形容「濕漉漉」的樣子。但『じ
くじく』的程度最高，指水分已開始逐漸滲出的樣
子。『じとじと』次之，指水分將要滲出的樣子，
而且有一種發黏的感覺。三者之中『じめじめ』程
度最低，意指「潮濕」的樣子。

110 じゃあじゃあ ① (擬聲) ／嘩嘩。

用法　形容水從水龍頭或水管等處大量流出時的聲音。

例句　水不足ですから、じゃあじゃあ水を流して物を洗うのを
止めてください／因為缺水，所以請不要嘩嘩地放水
洗東西。

水道の水をじゃあじゃあ出しっぱなしにしておいた／打
開自來水，任由其嘩嘩地流。

解析　　『じゃあじゃあ』與『ざあざあ』之差異
『じゃあじゃあ』多用於形容水流的聲音。例如從
水龍頭裡大量流出水時的聲音。而『ざあざあ』則
多用於形容下大雨時的雨聲。

111 じゃぶじゃぶ ①(擬聲) ／嘩啦嘩啦。

用法 形容踩著水或攪動水時發出的聲音。

例句 ▶じゃぶじゃぶ歩いて川を渡る／嘩啦、嘩啦地踩著水過河。

▶彼女は暇さえあれば、たらいを抱えてじゃぶじゃぶ洗濯する／她一有時間就抱著洗衣盆嘩啦、嘩啦地洗衣服。

112 じゃらじゃら ①(擬聲、擬態) ／叮噹、嘩啦嘩啦。

用法 形容錢幣等金屬物相互碰撞的聲音。

例句 ▶ポケットに金をじゃらじゃらさせて歩いている／走路時，口袋裡的錢幣叮噹作響。

▶パチンコ屋から玉のじゃらじゃら言う音が絶え間なく聞こえてくる／從柏青哥店裡，不斷傳出嘩啦、嘩啦的打彈子的聲音。

113 じゃりじゃり ①(擬聲、擬態) ／沙沙；沙沙的。

用法 ①形容沙子等細小硬物摩擦的聲音。②指觸摸或咬到沙子等硬物時的感覺。

例句 ▶靴底で砂がじゃりじゃりという／鞋底下沙子沙沙作響。

▶この蛤は砂が入っていて、じゃりじゃりする／這種文蛤有沙子吃起來沙沙的。

▶家中砂埃で、じゃりじゃりになった／屋子裡滿是沙塵，摸起來沙沙的。

114 じゃんじゃん ① (擬聲、擬態) ／噹噹；連續不斷地。

用法 ①形容敲鐘的聲音。②形容多次重複同一動作的樣子。

例句 ● じゃんじゃんと放課の鐘が鳴っている／放學的鐘聲在
噹噹地響。

● 電話がじゃんじゃんかかってくる／電話接連不斷地打
來。

● じゃんじゃん金を使う／大把、大把地花錢。

115 しゅうしゅう ① (擬聲) ／嘶嘶。

用法 形容蒸汽噴出來的聲音。

例句 ● しゅうしゅうと湯気が出る／嘶嘶地冒熱氣。

● 汽車がしゅうしゅうと音をたてて、駅を出て行く／火車
嘶嘶地噴著蒸汽駛出了車站。

116 しゅんしゅん ⓪ (擬聲) ／嘩嘩。

用法 形容水壺裡的水燒開時的聲音。

例句 ● しゅんしゅんと沸き立っているやかんを取って茶を入れ
る／拿起嘩嘩滾開了的水壺沏茶。

● 火を入れてやがて湯がしゅんしゅんと沸いた／點著了
火，不一會兒水就嘩嘩地開了。

● このやかんはしゅんしゅんと沸騰させ続けた後でも、持
ち手部分は全く熱くならない／這個水壺即使持續地沸
騰了一段時間，手把部分也完全不會發熱。

人的情感 人的行為 物的狀態 食物滋味 動物聲音

117 しらじらと １３（擬態） /（漸漸地）亮了、發白。

用法 形容天漸漸發白，天快要亮的樣子。

例句 夜がしらじらと明けてきた／天漸漸亮了。

東の空がしらじらとしてきた／東方的天空，漸漸發白了。

118 じりじり １（擬聲、擬態） /叮鈴；吱吱；火辣辣；逐漸。

用法 ①形容鬧鐘的鈴聲。②形容燒烤肉類時的聲音。③形容驕陽似火的樣子。④形容事物逐漸變化的樣子。

例句 目ざましの音がじりじりと鳴っている／鬧鐘在叮鈴、叮鈴地響著。

日が強すぎて、ビフテキがじりじりと焦げ付いてきた／火太大，牛排烤焦了，吱吱作響。

太陽がじりじりと照りつける／太陽火辣辣地照著（驕陽似火）。

開業二ヶ月目あたりから客さんはじりじりと伸び始め、夏休みには一日九百人も押しかけた／從開業第二個月開始，客人逐漸增多，到了暑假時，一天的到客量竟多達九百人。

解析

『じりじり』與『かんかん』之差異

這兩個詞都有形容「驕陽似火」的用法。『じりじり』原本是指燒烤魚或肉時發出的「吱吱」聲，所以在形容陽光強烈時，給人一種曬得冒油的感覺。而『かんかん』只形容陽光或火光的耀眼、明亮，熱的程度還沒有達到『じりじり』的程度。

119 しわしわ ⓪① (擬態) ／彎曲；皺巴巴。

用法 ①形容樹枝等細長的東西彎曲的樣子。②形容滿是皺紋的樣子。

例句

■ 雪の重（おも）みで枝（えだ）がしわしわとたわんでいる／樹枝被雪壓的彎彎的。

■ 竹（たけ）が雪でしわしわになった／竹子被雪壓彎了。

■ ワイシャツがしわしわになった／襯衫皺巴巴的。

■ 九十四歳の彼女は、とても小さくしわしわで、しかし眼（がん）光（こう）だけはやけに鋭（するど）かった／九十四歳的她，身體矮小，滿臉皺紋，但目光敏銳有神。

解析

『しわしわ』與『しなしな』之差異

『しわしわ』形容細長的東西被壓彎的樣子。而『しなしな』則是形容枝條狀的東西有彈性，自然彎曲的樣子。

120 じわじわと ① (擬態) ／一點點地；逐漸地。

用法 ①形容流動性的東西緩慢地向外擴展或向內收縮的樣子。②形容事物緩慢而確實地向前進展的樣子。

例句

■ 地球（ちきゅう）では、砂漠（さばく）が毎年じわじわと広（ひろ）がってきている／地球的沙漠每年都在一點點地擴大。

■ じわじわと汗（あせ）がにじみ出（で）る／汗水一點點地滲出來。

■ じわじわと深（ふか）みにはまって、抜（ぬ）き差（さ）しならなくなった／越陷越深，不能自拔。

■ じわじわと人気を盛（も）り返（かえ）す／逐漸地重新受到歡迎。

121 じわり ② (擬態) ／一步步地、不斷地。

用法 形容事物在不斷地向前進展，或形容某種現象逐漸蔓延的樣子。

例句
① 相手にじわりと圧力をかける／一步步地向對方施加壓力。

② じわりと物価が上がってきた／物價在不斷地上漲。

③ 若い人の中で株に手を出すブームがじわりと広がっている／在年輕人當中，炒股熱不斷地蔓延開來。

④ 恐怖の雰囲気がじわりと広がる／恐懼的氣氛不斷地擴大。

解析
『じわり』與『じわじわ』之差異
兩者都是形容事物緩慢、確實地進行或擴展。但是『じわり』重在形容事物發展的結果，而『じわじわ』則是形容事物發展的過程。

122 しんしん ⓪ (擬態) ／（夜）深了、靜靜地；寒氣逼人。

用法 ①形容夜色已深或下雪時周圍一片寂靜的樣子。②形容寒氣逼人的樣子。

例句
① 夜はしんしんとして、静かに月は木の上にかかっている／夜色深沉，月亮悄悄地爬上了樹梢。

② 闇の中にしんしんと降り続く雪だけが見えた／在黑夜裡，只能看到靜靜地不斷飄落的雪花。

③ 夜になるとしんしんと冷えこんできた／到了晚上冷冽的寒氣逼人。

④ 深夜から粉雪がしんしんと降っている／從深夜起細雪靜靜地下著。

123 しんと ⓪（擬態）／寂靜無聲、鴉雀無聲、靜悄悄；冷颼颼。

用法 ①形容周圍沒有任何聲響，非常寂靜的樣子。現在也常用「しいんと」的形式。②形容冷颼颼的樣子。

例句
- 彼の一喝で，みなはしんとなった／他大喝一聲，大家都鴉雀無聲了。

- あたりはしいんとして、人っ子一人もない／周圍靜悄悄地，不見一個人影。

- 場内はしいんとして咳一つ聞こえない／場內鴉雀無聲，連咳嗽聲都沒有。

- 夜も更けてしんと寒くなった／夜深了，變得冷颼颼的。

124 しんなり ③（擬態）／柔軟、枯萎。

用法 形容花草、蔬菜等撒上鹽或受熱後，失去水分枯萎的樣子。

例句
- 寒さで庭の草花がしんなりとしている／因為天氣熱，院子裡的花草都乾枯了。

- 小松菜がすこししんなりとしてきたら、隠し味にちょっと砂糖を加えてください／當小松菜稍稍變軟之後，請加少許砂糖調味。

- きゅうりに塩を振ってしんなりさせる／在小黃瓜上撒點鹽，使其變軟。

- なめした鹿の皮はしんなりとした感じがある／處理過的鹿皮，感覺很柔軟。

人的情感　人的行為　物的狀態　食物滋味　動物聲音

325

125 すうすう ① (擬聲、擬態) ／嗖嗖地；咻咻地。

用法 ①形容風從縫隙吹進來時的聲音及樣子。②形容車輛快速行駛的樣子。

例句 🕊隙間から風が<u>すうすう</u>と吹き込んでくる／風從縫隙嗖嗖地吹進來。

🕊広い道を車が<u>すうすう</u>と走っている／車在寬闊的道路上咻咻地奔馳。

126 すうっと ⓪ (擬聲、擬態) ／倏地；咻地一聲；簌簌地。

用法 ①形容動作迅速敏捷的樣子。②形容氣體從空隙裡冒出時的聲音。③形容一行淚水順臉流下的樣子。

例句 🕊車が一台<u>すうっと</u>来て止まった／一輛車倏地開到面前停下了。

🕊自転車のタイヤのバルブを抜いたら、空気が<u>すうっと</u>抜けてしまった／一拔下自行車輪胎的活栓，「咻」地一聲，氣就跑了。

🕊涙が一筋<u>すうっと</u>頬を伝わっていく／一行熱淚順著臉頰簌簌地流下。

127 すかすか ⓪ (擬態) ／順利 (通過)；空。

用法 ①形容沒有受到阻力，暢通無阻的樣子。②形容東西或容器中有空隙、不滿的樣子。

例句 🕊多くの関門を<u>すかすか</u>通り過ぎた／順利地通過了很多關卡。

🕊セロリは古くなると<u>すかすか</u>になる／芹菜一老就空心了。

③ 箱ばかり大きくて、中身はすかすかだ／盒子倒挺大
的，但裡面沒什麼東西。

128 すかっと ② (擬態) ／萬里無雲；唰地一下。

用法 ①形容雨過天晴的樣子。②形容乾淨俐落地把東西切
開的樣子。

例句 ① 台風一過、空はすかっと晴れ上がった／颱風過後，天
空晴朗、萬里無雲。

② すかっと二つに切った西瓜をさらに四切れずつに切りわ
たった／唰地一刀，把西瓜切成兩半，然後再各切成
四半。

129 ずしんと ② (擬聲) ／咕咚 (一聲)、咚咚地。

用法 形容較重的東西落地時的聲音，還可以用「ずしんず
しん」形容連續的腳步聲。

例句 ① 肩の荷物をずしんと投げ下ろした／咕咚一聲把肩上的
行李放了下來。

② 彼はずしんずしんという足取りで入ってきた／他咚咚
地邁著大步走了進來。

130 ずたずた ①⓪ (擬態) ／粉碎、七零八落。

用法 形容東西被撕得粉碎，毀壞的樣子。

例句 ① 彼女はかっとなって、恋人の写真をずたずたに破ってし
まった／她大怒，把情人的照片撕得粉碎。

ハリケーンに<u>ずたずた</u>にやられた跡_{あと}がまだむざんに残_{のこ}っている／被颱風刮得七零八落的慘狀仍然留存著。

大型台風_{おおがたたいふう}で、線路_{せんろ}も道路_{どうろ}も<u>ずたずた</u>だ／受到強颱的襲擊，鐵路、公路都被刮得一片狼藉。

---

131 すっきり ③（擬態）／整潔；通順。

用法 ①形容房間、裝扮等整潔、乾淨俐落的樣子。②形容文章等沒有贅言，條理通順的樣子。此外，還可以形容人身體狀況良好、神清氣爽的樣子（詳見《人的行為》篇）。

例句 いらなくなったものを全部捨_{ぜんぶす}ててしまったので、部屋_{へや}の中が<u>すっきり</u>した／把不需要的東西全部扔掉了，所以房間內變得整潔了。

彼女は着るものは<u>すっきり</u>したスーツ姿が多い／她的穿著大都是整潔的套裝。

文書_{ぶんしょ}は<u>すっきり</u>と分かりやすく書かなければならない／文章應該寫的條理通順、簡潔易懂。

---

132 ずっしりと ③（擬態）／沉甸甸。

用法 形容東西沉重、有分量的樣子。當形容重量稍輕的東西時，可用「ずしり」。

例句 その錠_{じょう}はボーリングの球_{たま}のように<u>ずっしりと</u>重い／那把鎖像保齡球似的，沉甸甸的。

かばんの中には、百円札_{ひゃくえんさつ}の束_{たば}を<u>ずっしりと</u>入れてある／皮包裡裝有很多捆百元紙鈔，沉甸甸的。

ひざの上に子供を抱_だいたら、<u>ずっしりと</u>重みがかかった／把孩子往膝蓋上一放，覺得沉甸甸的。

133 すっぱりと ③（擬態）／蒙上；完全掉入、落入。

用法 ①形容被什麼東西完全覆蓋的樣子。②形容東西完全脫落或陷入到哪裡的樣子。

例句 一晩（ひとばん）のうちに、山（やま）も野（の）も家屋（かおく）もすっぱりと雪（ゆき）で覆（おお）われてしまった／一夜之間，山、田野、房屋都被雪覆蓋了。

人形（にんぎょう）の手も足もすっぱりと抜（ぬ）けた／人偶的手和腳都脱落了。

左足（ひだりあし）がわにの口（くち）のなかにすっぱりとはまっている／左腿全都落入鱷魚的口中。

134 ずどん ②（擬聲）／砰的一聲；轟隆、咕咚、碰的一聲。

用法 ①形容槍炮的聲音。②形容重物掉落或倒下的聲音。當聲音較小時，可用「すとん」。

例句 ピストルがあいつの眉間（みけん）をにらみつけてずどんといった／短槍對準了那個傢伙的眉心，砰的一聲響了。

寝返（ねが）りを打ったとたん、ベッドからずどんと落ちた／剛一翻身，就從床上咕咚一聲跌了下來。

紙袋（かみぶくろ）のそこがぬけて、中身（なかみ）がすとんと落ちた／紙袋的底脱落了，裡面的東西碰的一聲掉了下來。

135 ずぶずぶ ①⓪（擬態）／深深地；濕透。

用法 ①形容陷入泥坑或水中的樣子。②形容被水完全淋濕的樣子。

例句 ① 沼の岸に行きついて、自転車の前輪がずぶずぶぬかった／來到沼澤邊，自行車的前輪深深地陷入泥濘之中。

② もがけばもがくほど、ずぶずぶと沈んでいく／越掙扎越往下沉。

③ にわか雨に降られてずぶずぶぬれた／被陣雨淋成了落湯雞。

136 すべすべ ⓪（擬態）／光滑、滑膩、滑溜溜。

用法　形容物體表面非常光滑的樣子。

例句 ① 紙はすべすべして光っているほうが表で、ざらざらしているほうが裏です／紙光滑發亮的一面是正面，粗糙的一面是背面。

② この温泉に入ると、肌がすべすべになるんだって／聽說泡入這種溫泉，皮膚就會變得滑膩。

③ 床はすべすべして転びそうになった／地面十分光滑，差點滑倒。

137 ずらり ②③（擬態）／整齊一排、一大排。

用法　形容許多東西並排連著的樣子。

例句 ① ツバメが電線にずらりと並んで止まっている／電線上停著一排燕子。

② 道路の脇に車がずらりと駐車している／道路兩旁停著一大排車。

③ 駅の周りには高層ビルがずらりと建ち並んでいる／在車站周圍，高樓大廈鱗次櫛比。

138 するすると ① (擬態) ／咻溜咻溜、快速。

用法　形容移動或滑動等動作十分敏捷的樣子。

例句　📑 猿_{さる}がするすると木に登^{のぼ}った／猴子咻溜、咻溜地爬上了樹。

　　　📑 するすると幕_{まく}が下りてきた／布幕快速地落下來了。

　　　📑 蛇_{へび}がするすると逃げていった／蛇咻溜、咻溜地逃走了。

139 するりと ② (擬態) ／咻溜一下；一閃身。

用法　①形容物體快速滑落的樣子。②形容人的動作十分敏捷的樣子。

例句　📑 捕まえようとすると、するりと手から抜けてしまった／伸手一抓，就從手裡咻溜一下跑了。

　　　📑 かばんからボールペンがするりと落ちてしまった／原子筆從皮包裡咻溜一下掉下去了。

　　　📑 彼はするりと身をかわした／他身子一閃躲開了。

140 ずるりと ② (擬態) ／咻溜一下、一下子。

用法　形容東西順著什麼滑落或脫落的樣子。

例句　📑 道_{みち}がぬかってずるりと滑^{すべ}った／道路泥濘腳下咻溜一滑。

　　　📑 人に押された拍子_{ひょうし}に、ショルダーバッグがずるりと肩^{かた}から滑り落ちた／被人一推擠，側背包一下子從肩膀上滑落下來。

人的情感　人的行為　**物的狀態**　食物滋味　動物聲音

331

このトマトはお湯をかけたら、皮がずるりとむける／這種番茄一澆熱水，皮就一下子脫落了。

解析 『するりと』與『ずるりと』之差異

兩者都可以形容物體滑落的樣子，但『するりと』是形容輕快滑落的樣子。而『ずるりと』則是形容較沉重的東西滑落的樣子，而且還帶有摩擦感。

141 すれすれ ⓪（擬態）／貼著；差一點就…、剛剛。

用法 ①形容幾乎接觸，差一點碰上的樣子。②形容差一點就要超過或低於某一限度的樣子。

例句 弾が頭上すれすれのところを飛んでいった／子彈幾乎擦著頭皮飛了過去。

ツバメが水面すれすれに飛んでいる／燕子貼著水面在飛。

すれすれで約束の時間に間に合った／差一點就趕不上約會的時間。

すれすれの成績で進学できた／以剛剛好的分數的成績考上了。

142 ずんずん ①（擬態）／迅速地。

用法 形容事物的變化或進展十分迅速的樣子。

例句 日がずんずん暮れていく。早く行かなければいけないよ／天色迅速地暗了下來，必須得快點走。

父の病気はずんずんよくなって来た／父親的病迅速地好轉了。

143 **そっくり** ③（擬態）一模一様、全都。

用法 指兩者很相像。加在名詞後，表示「像…」的時候，既可用「…にそっくり」的形式，也可以直接接在名詞後。

例句
- 彼はお父さんにそっくりな顔をしている／他的臉形長得與他父親一模一樣。
- この写真は実物そっくりに写っている／這張照片照得和實物一模一樣。
- 家は焼けたが、金庫はそっくり残っていた／房子燒掉了，但金庫卻完好無缺。
- この魚は小さいから油で上げたら、骨も頭もそっくり食べることができる／這種魚很小，用油炸了之後，魚頭和魚骨都可以吃。

144 **そよそよ** ①（擬態）／徐徐、輕輕地晃動。

用法 形容微風拂煦或草木等在微風中輕輕搖動的樣子。

例句
- 春になって暖かい風がそよそよ吹き始めた／到了春天，溫暖的春風徐徐地吹來了。
- 木の枝が風にそよそよ揺れている／樹枝在風中輕輕地搖曳。

145 **そろそろ** ①（擬態）／快要、慢慢、漸漸地。

用法 指某種狀態將要實現或某一時刻即將到來。

例句
- 妹は二十一だから、もうそろそろ結婚してもよい年だ／妹妹已經21歲了，也到了該結婚的年紀了。

十月に入ると、東北地方はそろそろ雪の季節である／一
進入十月，東北地方漸漸進入下雪的季節。

そろそろ昼飯（ひるめし）の時間だ／吃飯的時間到了。

146 たっぷり ③（擬態）／充裕、足足、寬裕。

用法 形容時間、空間、東西等數量充足，以及事物達到了
足夠程度的樣子。

例句
時間はたっぷりあるので、よく考えて答えてください／
時間還很充裕，請仔細考慮之後再回答。

ここから大学までたっぷり五キロある／從這裡到學校
足足有五公里。

たっぷりと眠（ねむ）ったので気分（きぶん）がいい／我睡飽了，精神很
好。

たっぷりしたセーターは着やすくて暖（あたた）かい／寬鬆的毛
衣穿著舒服又暖和。

学部長（がくぶちょう）の訓話（くんわ）は分かりやすくユーモアーたっぷりで、な
かなか面白い／系主任的講話通俗易懂，又很幽默，
非常有趣。

147 だぶだぶ ①（擬態）／寬大；晃蕩。

用法 ①形容衣服等寬大的樣子。②形容某種容器中充滿液
體來回晃動的樣子。

例句
やせたので今までの服はだぶだぶになった／身體瘦
了，以前的衣服都顯得又寬又大了。

だぶだぶのズボンをはいている／穿著一條又寬又大的
褲子。

③ ビールをたくさん飲んだので、おなかがだぶだぶしている／喝了很多啤酒，肚子裡直晃蕩。

148 たらたら ①（擬態）／滴滴答答。

用法 形容液體不斷流淌的樣子。

例句 ① 額から汗がたらたらと流れてきた／從額頭上滴滴答答地往下流汗。

② 犬は舌先からたらたらと涎を垂らしている／狗從舌尖不斷地往下滴口水。

③ 汗がたらたらと流れ落ちる／汗水滴滴答答地滴落。

149 だらだら ①（擬態）／滴滴答答；緩和的（坡度）；沒完沒了。

用法 ①與「たらたら」的意思和用法相同，形容液體流淌的樣子。但比「たらたら」的語氣強。②形容坡度平緩的道路。③形容會議、講話或文章等冗長、枯燥的樣子。

例句 ① 傷口からだらだらと血が流れている／鮮血從傷口滴滴答答地直往外流。

② おじの家はだらだらした坂道を登っていったところにある／叔叔的家在一條平緩的坡道上。

③ 会議は結論が出ないまま、だらだらと続いた／會議開得沒完沒了，而且沒有任何結果。

④ だらだらした演説にみんなが飽きてしまった／冗長乏味的演說，大家都聽膩了。

150 だらりと ②③（擬態）／垂掛著。

用法　形容無力下垂的樣子。

例句　❶風がないので、旗がだらりと垂れ下がっている／因為
　　　沒有風，旗子一動不動地垂掛著。

　　　❷椅子に座って居眠りをしている人の両手がだらりと下
　　　がっている／坐在椅子上打盹的人，兩隻手無力地垂
　　　著。

151 たんまり ③（擬態）／很多、足夠。

用法　形容金錢、時間等有足夠多的樣子。

例句　❶今年はたんまりとボーナスをもらった／今年得到了一
　　　大筆獎金。

　　　❷あの商売でたんまりもうけた／那樁買賣賺了很多錢。

　　　❸出し物がよくて今夜はたんまり楽しんだ／節目很好，
　　　今晚大飽眼福了。

解析

『たんまり』『たくさん』與『たっぷり』之差異

『たんまり』的意思與『たくさん』基本上相同，
但『たんまり』在句中只作副詞使用。而『たくさ
ん』除了作副詞用外，還可以作修飾語。例如「た
くさんの金をもうけた」。而且在使用範圍方面，
『たんまり』也沒有『たくさん』廣。另外『たん
まり』一般只用於日常口語之中。此外，『たんま
り』與『たっぷり』在意思與用法方面也很相似，
如上述例句中的『たんまり』都可以換成『たっぷ
り』。但『たっぷり』還可以作結尾詞使用，如
「ミルクたっぷりのコーヒー」，而『たんまり』只
能作副詞使用。

152 ちかちか　①②（擬態）／一閃一閃地、刺眼。

用法　①形容燈光、火光等，閃閃發光的樣子。②形容光線刺眼的樣子。

例句
- パトカーのランプがちかちかと点滅している／警車的車燈在閃閃發光。
- 星がちかちかと光っている／星光閃爍。
- 光線が強いので目がちかちかする／光線很強，很刺眼。

解析

『ちかちか』與『きらきら』之差異
兩者都可以形容閃爍的樣子，但『きらきら』是形容物體閃閃發光，給人一種美的感覺。例如「ダイヤモンドがきらきら光っている」。而『ちかちか』是形容光亮一閃一閃、眨眼的樣子，只是客觀地描述發光的狀態。

153 ちくたく　①②（擬聲）／滴答滴答。

用法　形容鐘錶走的時候發出的聲音。當聲音較大時，可用「ちっくたっく」。該詞來自英語，與日語中的「こちこち」的用法基本上相同。

例句
- しんと静まり返った部屋に柱時計のちくたくという音だけが響いている／寂靜無聲的房間裡，只有掛鐘發出滴答、滴答的聲響。
- ちっくたっく、ちっくたっく、ぼんぼん、おはよう、おはよう。夜が明けた（童謠）／滴、答、滴、答，噹！噹！起床了！起床了！天亮了。

154 ちぐはぐ ①⓪（擬態）／不成雙、不相配、不一致。

用法　形容本應一致或協調的東西或事物，出現不一樣的情形。

例句 ❶左右の靴下をちぐはぐに履いている／左右腳的襪子穿得不一樣。

❷二人の話はちぐはぐで、どちらが本当か分からない／兩個人說的話不一致，不知道哪個是真的。

❸あの二人はなんともちぐはぐな感じの夫婦だったが、とうとう離婚した／那對夫妻讓人總覺得不相配，終於還是離婚了。

155 ちまちま ①（擬態）／緊緊的；緊衣縮食。

用法　①形容整體佈置顯得小而緊湊的樣子。②形容生活節儉或行為、動作、步伐很小的樣子。多用於消極意義的事物。

例句 ❶田舎と違って都会は、ちまちましたつくりの家が多い／和鄉下不同，城裡的房子都造得窄小、擠擠的。

❷少ない給料の中からちまちまと貯金している／從微薄的工資裡，緊衣縮食地拿出一點錢存起來。

❸役所の中のちまちました改革ではだめで、経済構造改革まで踏み込むかどうかだ／政府內部的小規模的改革是不行的，關鍵在於能否進行經濟結構的改革。

156 ちゃらちゃら ①（擬聲）／叮叮噹噹、嘩啦嘩啦。

用法 形容硬幣等小而薄的金屬物相互碰撞的聲音。此外，還可以形容女人扭捏作態，打扮得花枝招展的樣子（詳見《人的行爲》篇）。

例句 ▶ ポケットの中で小銭がちゃらちゃら言っている／口袋裡的硬幣叮噹作響。

▶ ズボンにキーホルダーをぶら下げていて、歩くとちゃらちゃら音がする／褲腰上掛著鑰匙圈，走起來嘩啦、嘩啦地響。

157 ちゃりん ②（擬聲）／噹啷。

用法 形容金屬物相撞時發出的清脆的聲音。

例句 ▶ ちゃりんとコインが石の台に落ちた／噹啷一聲，硬幣掉到石臺上了。

▶ 自動販売機は確かに便利で、百円玉をちゃりんと入れて、ボタンを押すと、コーヒーがワンカップ出てくる／自動販賣機的確方便，只要把一百日圓硬幣往裡面噹啷一投，再按一下按鈕，就出來一杯咖啡。

158 ちゃんちゃんばらばら ③⓪⑤（擬聲、擬態）／劈里啪啦。

用法 形容刀劍交鋒時的聲音及樣子。該詞還可以約音爲「ちゃんばら」。

例句 ▶ ちゃんちゃんばらばらと斬りあっている／劈里啪啦地相互砍打。

▶ それはちゃんばら映画です／那是一部武打片。

人的情感　人的行爲　物的狀態　食物滋味　動物聲音

339

159 ちょっきり ③（擬態）／正好。

用法 形容數量、時間等不多不少、正好的樣子。用法和意思與「きっかり」「きっちり」等相同。

例句
- ちょっきり約束の時間にやってきた／正好在約定的時間來到。
- この辞書を買うのにちょっきり千円かかった／買這本詞典正好花了一千日圓。

160 ちょっぴり ③（擬態）／一點兒、一點點。

用法 形容數量少或程度很小的樣子。該詞是「ちょっと」的口語形式，僅用於口頭用語。

例句
- 水はもうちょっぴりしかない／只剩下一點點的水。
- 今朝方ほんのちょっぴり雨が降った／今天早晨只下了幾滴雨。
- わたしの日本語はちょっぴりかじったというて程度で、役に立たない／我的日語只學會一點點，還派不上用場。

161 ちょぼちょぼ ①（擬態）／一行點；稀稀落落、一點點地。

用法 ①形容連續打上點的樣子。②形容物體稀稀落落地散在的樣子。

例句
- ちょぼちょぼを打って、注意すべきところを示す／點上一行點，表示需要注意的地方。
- 作文には、うまく書けているところにちょぼちょぼを

打った／在作文中寫得精彩的地方，都打上了一行圓
點。

野原のあちこちにちょぼちょぼと青草が萌え出してきた
／野地裡到處都星星點點地長出了青草。

店に並べておけばちょぼちょぼと売れていく／擺在店
裡，就能陸續一點一點地賣出去。

162 ちょろちょろ ①(擬態)／涓涓；微微。

用法 ①形容細水長流地樣子。②形容火苗很小的樣子。

例句 雪解けの水がちょろちょろと流れている／融化了的雪
水涓涓地流淌著。

水道がちょろちょろしかでない／自來水的水流很細。

火がちょろちょろと燃えている／火苗微微地燃燒著。

落ち葉を焼いた残りの火がちょろちょろと燃えている／
燒落葉的殘火，微微地燃著。

163 ちらちら ①(擬態)／飄落；一閃一閃；時隱時現。

用法 ①形容雪花、花瓣、紙片等散落下來的樣子。②形容殘
火、燭光等忽明忽暗的樣子。③形容景物若隱若現的樣
子。此外，還可以形容人不時地看著什麼的樣子（詳見
《人的行為》篇）。

例句 雪がちらちらと降ってきた／雪花飄落下來。

桜の花が風にちらちら散っている／櫻花隨風片片飄落。

沖に漁り火がちらちらと瞬く／海面上閃爍著漁火。

木漏れ日の光りがちらちらとしている／穿過樹叢的陽
光，一閃一閃的。

341

⑤ 木々の間から湖がちらちら見える／從樹林中間看去，湖面時隱時現。

⑥ 向こうの木立ちの間に人影がちらちらする／對面的樹叢裡，人影時隱時現。

⑦ 死んだ友達の姿が目に前にちらちらする／已故友人的音容笑貌，不時地閃現在眼前。

164 ちらほら ①（擬態）／星星點點、稀稀落落；漸漸。

用法 ①形容物體散落在這裡、那裡的樣子。②形容事物慢慢出現的樣子。

例句 ① 梅がちらほらと目に入るようになった／已是梅花星星點點映入眼簾的時節。

② 雪の便りもちらほら聞かれるようになった／漸漸傳來各地下雪的消息。

③ 歩道に落ちた銀杏を拾う人たちの姿もちらほら見かけます／可以看到稀稀落落的人們，在撿落到人行道上的銀杏。

④ 公園の桜がちらほら咲き始めた／公園裡的櫻花稀稀落落地開了一些。

165 ちらりと ②③（擬態）／一閃、一晃、一點。

用法 形容在瞬間看到或聽到什麼的樣子。接續的動詞多為「見える」「見かける」「聞こえる」等。

例句 ① 車窓から昔住んでいた家がちらりと見えた／以前住過的房子從車窗外一閃而過。

② 街角で彼女の姿がちらりと見かけた／在街角她的影子一晃而過。

通りすがりに彼らの話が<u>ちらりと</u>聞こえた／路過時偶爾聽到一點他們的談話。

解析　『ちらりと』與『ちらっと』的差異
兩者的意思與用法基本上相同，只是『ちらっと』較『ちらりと』時間要更短促一些。

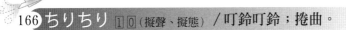

166 ちりちり ①⓪（擬聲、擬態）／叮鈴叮鈴；捲曲。

用法　①形容小型鐘錶、電話等的鈴聲。②形容頭髮、毛線等物，受熱後蜷縮的樣子。

例句　目覚まし時計は<u>ちりちり</u>とかわいい音を出す／鬧鐘發出叮鈴、叮鈴悅耳的鈴聲。

夜中に電話が<u>ちりちり</u>となった／半夜裡，電話鈴鈴地響了起來。

うちの子猫は、かわいい子猫、首の鈴を<u>ちりちり</u>鳴らし（兒歌）／我家小貓好可愛，脖子上掛個小鈴鐺，叮鈴叮鈴響起來。

パーマをかけすぎて髪の毛が<u>ちりちり</u>になってしまった／燙髮過度，頭髮捲曲起來。

毛糸を燃やすと<u>ちりちり</u>になる／毛線一燒就會捲曲。

167 ちりぢり ⓪（擬態）／四散、分散、離散。

用法　形容原本在一起的人或物，四散分離的樣子。

例句　戦争で一家は<u>ちりぢり</u>になってしまった／因為戰爭一家人都離散了。

一家は<u>ちりぢり</u>になって逃げる／一家人四散奔逃。

343

ネックレスの糸が切れて、玉が<u>ちりぢりばらばら</u>になった／項鏈的鍊子斷了，珠子散落一地。

168 ちりりん ③（擬聲）／叮鈴鈴。

用法　形容清脆的鈴聲，如風鈴、電話或自行車鈴的聲音。如果聲音是連續的，可用「ちりんちりん」，如果只響一聲，可用「ちりん」。

例句　<u>ちりりん</u>ときれいな澄（す）んだ鈴（すず）の音が聞こえた／聽見清脆悅耳的鈴聲。

隣（となり）の部屋（へや）で<u>ちりんちりん</u>と電話が鳴った／在隔壁房間電話叮鈴鈴地響了。

ドアが開（あ）くと二階にある鈴（すず）が<u>ちりん</u>と涼しい音を立てた／門一大開，位於二樓的鈴鐺，發出清澈的聲音。

169 ちろちろ ①（擬態）／涓涓；呼呼地。

用法　①形容水流細小的樣子。②形容火微弱燃燒的樣子。

例句　岩（いわ）の間（あいだ）から<u>ちろちろ</u>と流れ出てくる澄（す）んだ水を一口（ひとくち）飲んだ／喝了一口從岩縫間涓涓流出的清水。

焚（た）き火（び）が<u>ちろちろ</u>と燃（も）えている／篝火在呼呼地燃燒著。

海が静かだ。<u>ちろちろ</u>と夕日（ゆうひ）を浴（あ）びた海面（かいめん）がわずかにさざなみを立てているだけ／大海十分平靜。只有在夕陽點點輝映的海面上，泛起的小小連漪。

170 ちん ①（擬聲）／叮咚、叮鈴一聲。

用法　多用於形容敲打小鐘的聲音或鈴聲。另外，還有微波爐做好飯菜時的通報聲。後加「する」轉義爲使用微波爐的動作。

例句　🖊亡くなった父の遺影に花と果物を供えて、ちんと鐘を鳴らした／在已故父親的遺像前供上鮮花和水果，然後叮咚敲了一下小鐘。

🖊魚の料理は皿の上にラップをしてレンジで約十分ちんすればいい／做魚時，先用保鮮膜包住盤子，放進微波爐裡約十分鐘即可。

171 ちんちん ①（擬聲）／噹噹；嘩嘩地。

用法　①形容連續敲打小鐘或搖鈴的聲音。②形容有軌電車的鈴聲，而且常把有軌電車叫做「ちんちん電車」。③形容用鐵壺燒水時，水開的聲音或狀態。

例句　🖊鐘をちんちんと鳴らしている／噹噹地敲打小鐘。

🖊娘は首を振り振り、ペタルを踏む真似をして「ちんちんちん」といいながら、部屋の中を駆け回った／女兒晃著頭，擺出一幅騎自行車的架勢，滿屋跑，嘴裡嚷著「叮鈴、叮鈴、叮鈴」。

🖊中学校の頃、わたしは毎日ちんちん電車で通学していた／中學時，我每天坐有軌電車上學。

🖊鉄瓶のお湯がちんちんと煮え立っている／鐵壺裡的水嘩嘩地開了。

172 ちんまり ③（擬態）／小巧玲瓏、小而整潔。

用法 形容東西做得小巧玲瓏或場所小而整潔的樣子。常以
「ちんまりした」或「ちんまりとした」的形式作為
修飾語，用法與「こぢんまり」基本上相同。

例句 ❶この盆栽はちんまりと作られている／這個盆景做得小
巧玲瓏。

❷ちんまり（と）した庭／小而整潔的庭院。

173 つやつや ①（擬態）／油亮、滑潤、光亮。

用法 多用於形容頭髮、皮膚等滑潤光亮，及水果、樹葉等
鮮嫩有光澤的樣子。

例句 ❶今朝洗ったばかりなので、髪がつやつやしている／頭髮
是今天早晨剛剛洗過的，油亮油亮的。

❷雨にぬれた若葉がつやつやと光っている／雨水淋過的
嫩葉閃閃發亮。

❸果物のかごには、りんごやみかんがきれいにつやつやと
並べている／在水果籃裡整齊地擺放著光潔的蘋果和
橘子等。

❹しわひとつなく、つやつやした肌を見ていると、とて
も六十歳とは見えない／看他那毫無皺紋，滑潤的皮
膚，根本就不像六十歲的人。

174 つるつる ①（擬態）／光滑、滑溜溜、光溜溜。

用法 ①形容物體表面沒有凹凸不平之處，十分光滑的樣
子。②形容滑動的狀態。

例句
- クリームを塗(ぬ)ったら、肌(はだ)がつるつるになった／擦了面霜之後，皮膚變得很光滑。
- 地面(じめん)が凍(こお)ってつるつるしているから危(あぶ)ない／地面結凍，滑溜溜的，很危險。
- 道(みち)が凍(こお)りついていて、つるつる滑(すべ)る／道路結冰了，滑溜溜的。
- 彼はつるつるに禿(は)げている／他的頭光禿禿的。

解析

『つやつや』與『つるつる』之差異

這兩個詞都可以修飾人的皮膚，例如「つやつやした肌」和「肌がつるつるになった」。但『つやつや』是形容皮膚細嫩、有光澤，而「つるつる」是形容皮膚擦上護膚霜之後，或在沒有汗水的情況下，變得光滑的樣子。

175 つるりと ②③（擬態）／光光的、咻地一下。

用法 形容物體表面光滑或表示滑動的狀態。

例句
- つるりと禿(は)げ上(あ)がった頭／光禿禿的腦袋。
- バナナの皮(かわ)を踏(ふ)んでつるりと滑(すべ)った／踩到了香蕉皮，咻地滑了一跤。
- うなぎが指(ゆび)の間(あいだ)をつるりとぬけた／鰻魚從手指縫間咻地一下子溜出去了。

176 つんつん ①（擬態）／衝鼻；直挺挺地。

用法 ①形容刺激性的氣味嗆鼻子的樣子。②形容細長的東西直挺挺豎立的樣子。此外，還可以形容人不高興，令人難以接近的樣子（詳見《人的行為》篇）。

例句　🗨 トイレのにおいが<u>つんつん</u>と鼻に来る／廁所的臭味一個勁地衝鼻而來。

🗨 髪の毛が<u>つんつん</u>と立っている／頭髮直挺挺地豎立著。

🗨 麦の穂が<u>つんつん</u>伸びている／麥穗長得直挺挺的。

177 つんと ⓪① (擬態)／刺鼻；傲慢。

用法　①形容強烈氣味刺鼻的樣子。②形容人不高興或傲慢神氣、無視對方的樣子。

例句　🗨 アンモニアのにおいが<u>つんと</u>鼻をつく／阿摩尼亞的氣味刺鼻嗆人。

🗨 すしのわさびがききすぎて、鼻の奥に<u>つんと</u>来た／壽司的芥末放得太多，辣得直嗆鼻子。

🗨 彼女はいつも<u>つんと</u>すましている／她總是一副不愛搭理人的樣子。

178 てかてか ① (擬態)／發亮、光亮。

用法　①多用於形容臉或頭等，有光澤的樣子。②形容布料多次摩擦之後發亮的樣子。（在古語中，也有形容陽光照射的用法。）

例句　🗨 頭がはげていて、<u>てかてか</u>と光っている／腦袋光禿禿的發亮。

🗨 弟の鼻の先は油で<u>てかてか</u>している／弟弟的鼻頭總是油油亮亮的。

🗨 事務用の椅子に長く座っていると、スカートのお尻のあたりが<u>てかてか</u>になってしまった／整天坐在椅子上辦

公，裙子臀部那個地方磨得發亮。

179 でかでか ③（擬態）／醒目地、大肆地。

用法 形容文字、圖片等十分醒目的樣子。多用於新聞報導、廣告宣傳方面。

例句
① 候補者の名前をでかでかと書いている／用醒目大字寫著候選人的名字。

② この事件はでかでかと報道された／該事件被大肆地報導了。

③ 新聞には彼の写真と名前がでかでかと載っている／報紙上十分醒目地刊登著他的照片和名字。

180 でこぼこ ⓪（擬態）／凹凸不平；不平均、參差不齊。

用法 ①形容物體表面凹凸不平的樣子。②形容數量不均衡的狀態。

例句
① 工事用のトラックが毎日通るので、道がでこぼこになっている／因為每天都有施工的卡車通過，這條路變得凹凸不平。

② 月の表面はでこぼこだという話だ／聽說月球表面是凹凸不平的。

③ 道がでこぼこしているから、気をつけてください／道路凹凸不平，請小心。

④ このクラスの生徒は学力がでこぼこだ／這個班的學生，學習能力參差不齊。

⑤ みんな同じ仕事をしているのに給料にでこぼこがある／大家都做同樣的工作，可是工資卻不一樣。

181 てらてら ① (擬態) 油亮亮、油光發亮。

用法 ①多用於形容臉部皮膚細膩、有光彩的樣子。②形容衣服等被雨水淋濕，帶有光澤的樣子。

例句

- 顔の皮膚_{ひふ}はばかに<u>てらてら</u>と光_{ひか}っている／臉上的皮膚油油地發亮。

- 父の顔は人一倍_{ひといちばい}赤く、<u>てらてら</u>している／父親的臉比別人更紅，紅得油光發亮。

- 雨にぬれて黄色_{きいろ}いレーンコートを<u>てらてら</u>光_{ひか}らせながら帰っていった／穿著一件被雨水淋得光滑發亮的黃色雨衣回去了。

解析

『てらてら』與『てかてか』的差異

兩者都可以形容皮膚等有光澤的樣子，但『てらてら』與『てかてか』相比，『てかてか』只是形容有光澤、發亮。而『てらてら』不但有光澤發亮，而且帶有油亮的感覺。另外，『てかてか』還可以形容衣服等被磨得發亮，『てらてら』則沒有這種用法。

182 てんてんと（転々と） ⓪ (擬態) ／咕嚕；輾轉。

用法 ①形容圓形物體滾動的樣子。②形容因工作調動等輾轉各地的樣子。

例句

- ボールが<u>転々と</u>転_{ころ}がっていった／球咕嚕地向前滾去。

- 転勤_{てんきん}が多く日本中_{にほんじゅう}を<u>転々と</u>している／工作地點多變動，輾轉日本各地。

- 職を求めて<u>転々と</u>移動しつづけた／為了求職輾轉地不斷搬遷。

183 てんてんと（点点と） ⓪③（擬態）／點點；一滴一滴地。

用法 ①形容東西散落各處的樣子。②形容液體一滴一滴地落下的樣子。

例句
1. 暗い海に火が<u>点点と</u>見える／在黑暗的海面上，漁火點點。
2. 空に星が<u>点点と</u>して輝いている／天空中，點點星光閃爍。
3. 怪我の傷口から<u>点点と</u>血が滴り落ちた／從受傷傷口點點滴滴地滴血。
4. 油が<u>点点と</u>床の上に滴っている／油一滴、一滴地滴在地板上。

184 でんと ①（擬態）／沉甸甸地；穩穩地。

用法 ①形容又大又重的物體坐落在那裡的樣子。②形容人穩坐不動的樣子。

例句
1. 部屋の中央に、大きなテーブルが<u>でんと</u>置いてある／在屋子的中間，一張桌子沉甸甸地擺放在那裡。
2. 門の両側に、大きな石像の獅子がいっこずづ<u>でんと</u>据えてある／大門的兩側各有一隻大的石獅子，沉甸甸地坐落在那裡。
3. リビンクルームにテレビが<u>でんと</u>置いてある／電視機沉甸甸地放在客廳。
4. 彼は社長室の椅子に<u>でんと</u>座っている／他穩穩地坐在社長室的椅子上。

185 どうと ① (擬聲、擬態) ／轟然、咕咚一聲；嘩嘩地。

用法 ①形容沉重物體掉落或倒下時的聲音及樣子。②形容液體或氣體一下子流動的聲音及樣子。

例句
- 地震でビールがどうと倒れてしまった／由於地震，大樓轟然倒下。
- 足が踏み外れて二階からどうと落ちてきた／一腳踏空，咕咚地一聲從二樓掉了下來。
- 波が防波堤にどうとあてっている／海浪嘩嘩地拍打著防波堤。

186 とうとうと ⓪ (擬態) ／滔滔。

用法 形容河水奔流及人口若懸河的樣子。

例句
- 大河がとうとうと流れている／大河之水，滔滔奔流。
- とうとうと述べている／滔滔不絕地講述。
- とうとうとまくしたてる／滔滔不絕地說。

187 どうどうと ① (擬聲) ／嘩嘩地、轟然。

用法 形容急流之下或海浪衝擊時發出的轟鳴聲。

例句
- 豪雨による激流はどうどうと響きあげ、橋げたをこっぱみじんに流してしまった／暴雨造成的急流轟然而下，把橋桁沖得七零八落。
- 大きな波がどうどうと岸に打ち寄せる音が絶え間なく聞こえてくる／耳邊傳來大浪嘩嘩拍打岸邊的聲音。

188 どかっと ②（擬態）／嘩啦地；猛然、一下子。

用法 ①形容重物一下子掉落的樣子。②形容事物一下子增加或減少的樣子。

例句
- 屋根（やね）から雪がどかっと落ちてきた／雪從屋頂嘩啦地掉落下來。
- 株価（かぶか）がどかっと下がった／股票價格猛然下跌。
- 注文（ちゅうもん）がどかっと来た／訂單一下子來了很多。

189 どかんと ②（擬聲）／轟的一聲、咚；一下子。

用法 ①形容炸彈、大炮等的爆炸聲。②形容重物激烈的撞擊聲。③形容情況發生驟然變化。

例句
- 時限爆弾（じげんばくだん）みたいなもんさ、時間が来ればどかんと爆発（ばくはつ）する／定時炸彈這樣的東西，時間一到，轟的一聲就炸了。
- その建物（たてもの）を出てすこし歩いたところで、どかんという爆発音（ばくはつおん）を聞いてびっくりした／從那座建築物出來剛走幾步，就聽到轟的一聲爆炸聲，嚇了一跳。
- 船（ふね）が誤（あやま）って岸壁（がんぺき）にどかんとぶつけた／船駛錯了方向，轟的一聲撞在碼頭上了。
- 拳骨（げんこつ）で胸元（むなもと）をどかんとやられた／胸口被拳頭咚的一聲打了一下。
- 父の入院（にゅういん）で今月はどかんとお金が出ていった／由於父親住院，這個月一下子花了很多錢。

190 とくとく ①（擬聲、擬態）／咕嘟咕嘟、嘩嘩地。

用法 形容液體從小口容器中流出時的聲音及樣子。當流量較大時，可用「どくどく」。

例句
- 酒はとくりからコップに<u>とくとく</u>と明けていた／把酒從酒壺裡咕嘟咕嘟地倒入杯中。
- 急須から<u>とくとく</u>と茶をついている／從茶壺中咕嘟咕嘟地往外倒茶。
- 傷口から血が<u>どくどく</u>と流れ出る／血從傷口嘩嘩地往外流。

191 どさくさ ①（擬態）／忙亂、匆忙。

用法 形容由於突發事情而造成的忙亂的樣子。

例句
- 引っ越しの<u>どさくさ</u>にまぎれて、大事な本をなくしてしまった／在搬家的忙亂之中，把很重要的書弄丟了。
- 出発の<u>どさくさ</u>で、挨拶もせずに家を出てしまった／出發時很匆忙，連招呼都沒打就離開家了。
- <u>どさくさ</u>していて、家を出るのが遅くなった／因為很忙亂，從家裡出來晚了。

192 どさりと ②③（擬聲、擬態）／噗通一聲、啪的一聲；一下子。

用法 ①形容重物落下或拋出重物時所發出的聲響及樣子。
②形容郵件等一下子到來的樣子。

例句
- 棚から荷物が<u>どさりと</u>落ちてきた／行李從貨架上噗通一聲掉了下來。

② 屋根<ruby>屋根<rt>や ね</rt></ruby>からどさりと雪<ruby>塊<rt>かたまり</rt></ruby>の塊が落ちた/從屋頂上「啪」的一聲掉下來一大塊雪。

③ どさりと<ruby>年賀状<rt>ねんがじょう</rt></ruby>が来た/一下子寄來了很多賀年卡。

---

193 どさんと ②（擬聲、擬態）/咚的一聲、嗖地一下子。

用法　形容重物急驟落下或用力拋出什麼的時候，所發出的聲響及樣子。

例句　① 高い木のうえから、<ruby>突然<rt>とつぜん</rt></ruby>どさんと大きな鳥が落ちてきた/從一棵高高的樹上，咚的一聲落下一隻大鳥。

　　② どさんと<ruby>石<rt>いし</rt></ruby>をを投げ出した/嗖地一下子扔出一塊石頭。

---

194 どしゃどしゃ ①（擬聲、擬態）/嘩嘩；一齊。

用法　①形容下大雨時的聲音或樣子。②形容很多人一起行走時的腳步聲及其樣子。

例句　① <ruby>晴<rt>は</rt></ruby>れ<ruby>空<rt>そら</rt></ruby>から<ruby>一転<rt>いってん</rt></ruby>してどしゃどしゃ雨が降り出した/晴空突然轉陰，嘩嘩地下起了大雨。

　　② ふすまはガット開けられ、<ruby>仲居<rt>なかい</rt></ruby>さんがどしゃどしゃと入ってきた/嘎地一聲，房間的拉門打開了，女服務員們一齊走了進來。

---

195 どすん ②（擬聲、擬態）/咕咚、咚（的一聲）。

用法　形容重物落下來時的聲音及樣子。

例句　① どすんと大きなものが落ちる音が<ruby>響<rt>ひび</rt></ruby>いた。<ruby>段<rt>だん</rt></ruby>ボール<ruby>箱<rt>ばこ</rt></ruby>がひっくり<ruby>返<rt>かえ</rt></ruby>ったのだ/咕咚一聲，一個大的東西掉下來的聲音。原來是一個紙箱子倒了。

本棚の上の物をとろうとしたとき、つかみ損なってどすんと床に落としてしまった／要取書架上的東西時，沒有拿穩，咚地一聲掉在地板上了。

196 **どたんと** ② (擬聲、擬態) ／啪（的一聲）、咚（的一聲）。

用法　形容重物倒下或碰撞時發出的聲響或樣子。

例句　書斎の戸がどたんと閉まる音がして後は静かになった／書房的門「啪」的一聲關上，之後就沒動靜了。

地震で庭に飛び出したとき、わたしの背後で、柱がどたんと倒れた／發生地震當我跑到院子裡時，身後的柱子就咚地一聲倒下了。

197 **どっさり** ③ (擬聲、擬態) ／啪嗒一聲、撲通一聲；很多。

用法　①形容沉重物掉落下來時的聲音。②形容數量很多的樣子。意思與用法基本上與「どさり」相同。

例句　棚においてあった辞書がどっさりと落ちた／放在架子上的辭典，啪嗒一聲掉下來了。

肩の荷物をどっさりと下ろした／把肩上的行李撲通一聲放下了。

息子一家が帰省するときには、お菓子をどっさり買い込んで、孫娘二人を迎える／在兒子一家回來探親時，（我）買了很多點心來歡迎兩個孫女。

バラの花に黄褐色の汚らしい斑点がどっさり出てきてしまった／玫瑰花上出現了很多黃褐色的斑點。

198 どっしり ③（擬態）／沉甸甸的。

用法 形容東西沉重、有分量的樣子。

例句
① 財布はどっしりと重い／錢包沉甸甸的。
さいふ

② 日本の大半の土地にはまだ古い考えがどっしりと根を下
たいはん　とち　　　　　　　　　　　　　　　　　　　　ね　お
ろしている／在日本大部分的地方，舊的想法還很根
深蒂固。

③ 本書は近世の女性語の研究の中に、どっしりとした位置
ほんしょ　きんせい　じょせいご　けんきゅう　　　　　　　　　　　　　いち
を占める労作である／本書在研究近代女性方面，是
ろうさく
一本佔有舉足輕重地位的力作。

解析

『どっさり』與『どっしり』之差異

在古語中，兩者都有形容數量多的用法，但在現代
語中，『どっさり』用於形容數量多，而『どっし
り』則用於形容有重量或分量。

199 とっぷり ③（擬態）／完全、全部。

用法 ①形容天黑下來的樣子。②形容浸沒在液體之中的情
形。

例句
① 日がとっぷり暮れた／天已經完全黑了。
く

② ふとわれに返ると日がとっぷり落ちていた／當我回過
神一看，太陽早已下山了。

③ 洪水で田も畑もとっぷりと水につかってだいなしになっ
こうずい　た　はたけ
てしまった／因為發洪水，水田、旱田全部浸泡在水
裡，沒指望了。

④ とっぷりと湯船につかっていて気持ちがいい／全身都
ゆぶね
浸泡在浴池中，很舒服。

357

200 どどん ② (擬聲) ／轟隆、咚咚。

用法 形容槍炮的連續聲、敲鼓聲，以及海浪的拍擊聲等。

例句
- はるかにどどんと砲声が聞こえる／遠處傳來轟隆的炮聲。
- ただ防波堤にあたって砕ける波の音のみが、どどん、どどんといつまでも響いた／只有海浪拍擊防波堤的轟鳴聲在一直響著。
- どどんと太鼓を打っている／正咚咚地打著大鼓。

201 どぶどぶ ① (擬聲、擬態) ／嘩嘩地；噗噗地。

用法 ①形容大量液體晃動時產生的聲音及其樣子。②形容深陷泥濘的樣子。

例句
- 雪解けの水がどぶどぶとただよっている／融化的雪水嘩嘩地流著。
- そのあたりの土地は雨の降った後歩くと、どぶどぶと靴がもぐる／那一帶的土地，下雨後走上去，鞋子會噗噗地下陷。

202 どぶん ② (擬聲) ／撲通（一聲）。

用法 形容重物落水時發出的聲音。

例句
- どぶんと重いものが水中に落ち込んだ／撲通一聲，一個重物落入水中。
- どぶんとさかさまにふちへ飛び込んだ／撲通一聲頭朝下跳進了深淵。

203 とろとろ ① (擬態) / 黏糊；微弱。

用法 ①形容固體物液化後變成黏糊的樣子。②形容火勢微弱的樣子。此外，還可以形容人進入半睡眠的狀態或對某事物如醉如癡的狀態（詳見《人的行為》篇）。

例句 ❶お米はとろとろになるまで煮込まなければなりません／必須把米煮到黏稠的程度。

❷とろとろした飴が好きです／喜歡吃那種黏糊的飴糖。

❸かまどの火がとろとろと燃えている／爐灶的火微弱地燃燒著。

204 どろどろ ① (擬態) / 黏糊糊的、泥濘。

用法 ①與「とろとろ」的用法①的意思相同，但要比「とろとろ」的黏稠程度高。②形容黏滿泥土的樣子。此外，還可以形容人際關係複雜，糾纏在一起的樣子（詳見《人的行為》篇）。

例句 ❶高い熱で鉄をどろどろに溶かした／用高溫把鐵熔化了。

❷どろどろしたシロップをパンケーキにかける／把化成黏稠狀的糖汁澆到餅乾上。

❸雨のあと畑の中を歩いて、靴がどろどろになった／走在雨後的田地裡，鞋子上黏滿了泥土。

❹雨で道がどろどろになった／因為下雨，道路泥濘不堪。

205 **とろりと** ②③（擬態）／融化、發黏。

用法 形容固體物融化了的樣子和液體物帶有一些黏性的樣子。

例句 ➊ チーズは口に入れると、とろりと溶ける／乳酪一放進嘴裡就融化了。

➋ とろりと静止して、まるで水本来の流動性を忘れたような湖面である／湖面平靜無波，就像忘卻了水本來所具有的流動性似的。

➌ 油がとろりと滴っている／油一滴、一滴地往下滴。

206 **どろりと** ②③（擬態）／黏糊糊的。

用法 形容固體物溶化的樣子，但比「とろりと」的黏稠程度還大。還可以形容液體混濁發黏的樣子。

例句 ➊ 片栗粉を入れてどろりとさせる／加入太白粉調成糊狀。

➋ どぶ川にはどろりとした汚水がよどんでいる／黏糊糊的污水淤積在髒水溝裡。

解析

『とろりと』與『どろりと』的差異

『とろりと』與『どろりと』都可以形容固體物溶化的樣子，但『とろりと』給人一種滑潤的感覺，而『どろりと』則形容很黏稠，不透明的樣子。此外，在形容液體時『とろりと』多用於形容給人一種好的感覺的場合，如巧克力、乳酪融化的樣子。而『どろりと』則多用於形容污泥濁水或污濁的空氣等場合。

207 **どんと** ① (擬聲、擬態) ／轟（的一聲）、咚（的一聲）、咯噹（一聲）；很多。

用法 ①形容槍炮的射擊聲。②形容敲打東西或重物落下、碰撞時發出的聲響。③形容東西有很多的樣子。

例句 🔹敵陣に向かってどんと一発大砲をぶっはなした／向敵人陣地轟地一聲開了一炮。

🔹テーブルをどんと敲いた／咚地一聲敲了一下桌子。

🔹椅子をいきなりどんと蹴っ飛ばされた／突然間咚的一聲把椅子踢倒了。

🔹ボーナスをどんとやっていい／可以多給他點獎金。

解析

> ### 『どんと』與『どどん』的差異
> 兩者都有形容槍炮聲及敲擊聲的用法，但『どどん』是形容連續聲，而『どんと』則是單發的聲音。

208 **とんとん** ①⓪ (擬聲、擬態) ／咚咚、噔噔；順利；收支平衡；差不多。

用法 ①形容輕輕地敲門等聲音。②形容事物順利進展的樣子。③形容收支平衡，不虧不賺的樣子。④形容兩者不差上下，差不多的樣子。

例句 🔹ドアをとんとんとたたいている／正在咚咚地敲門。

🔹階段をとんとんとのぼる音がする／有噔噔地上樓的腳步聲。

🔹商売の話がとんとんと進んでいる／生意的洽談正順利地進行。

🔹縁談がとんとんとまとまった／親事很順利地談妥了。

⑤ この前はもうけたが、今度は損_{そん}をしたので、収支_{しゅうし}はとんとんだ／之前賺了錢，但這次虧了，正好不賠不賺。

⑥ 兄_{あに}と弟_{おとうと}の実力_{じつりょく}はとんとんだ／哥哥和弟弟的實力不相上下。

209 **どんどん** ① (擬聲、擬態) ／咚咚；順利；一個接一個、一個勁地。

用法 ①形容聲音較大的敲擊聲。②形容工作一帆風順或事物發展非常迅速的樣子。③形容接二連三地出現什麼或做什麼的樣子。

例句 ① ドアをどんどんと乱暴_{らんぼう}にたたく／使勁地咚咚地敲門。

② どんどんと太鼓_{たいこ}の音_{ひび}が響く／鼓聲咚咚地響。

③ 仕事_{しごと}はどんどんはかどる／工作進行得很順利。

④ 病気_{びょうき}がどんどん悪くなっていく／病情一個勁地惡化。

⑤ このあたりには家がどんどん建っていく／這一帶房子一棟接一棟地建起來。

⑥ ガス管_{かん}に穴_{あな}が開_{ひら}いて、どんどんガスが漏_もれ出_だした／瓦斯管裂開了，瓦斯一個勁地往外漏出來。

210 **どんより** ③ (擬態) ／陰暗、混濁。

用法 形容陰暗的天色或水污濁等的樣子。此外，還可以形容因病精神不佳，人的臉色暗淡、目光混濁、頭腦不清等樣子（詳見《人的情感》與《人的行為》篇）。大多都是以「どんよりした」或「どんよりとした」的形式作為修飾語。

例句 ① 空_{そら}はどんよりと曇_{くも}り、今にも雨が降り出しそうだ／天空烏雲密布，眼看就要下雨了。

- 部屋の空気がどんよりとよどんでいる／屋裡的空氣混濁。
- 鉛色の水がどんよりと流れている／淡灰色的水混濁地流著。
- 冬になってからどんよりした日が多くなってくる／入冬以後，陰暗的天氣多了起來。

211 なみなみ ③（擬態）／滿滿的。

用法 形容盛滿液體的樣子。

例句
- グラスにビールをなみなみと注いで乾杯した／斟了滿滿的一杯啤酒乾杯。
- あちらの田には水がなみなみとあるのに、こちらの田には水がすこしもない／那邊的稻田裡水滿欲溢，而這邊的稻田裡卻滴水不見。

212 にちゃにちゃ ①（擬態、擬聲）／嘎吱嘎吱、黏糊糊。

用法 形容東西發黏的樣子。多用於咀嚼口香糖之類的東西時所發出的聲音及樣子。

例句
- ガムをにちゃにちゃと噛んでいる／在嘎吱嘎吱地嚼著口香糖。
- このあめはおいしいが、歯ににちゃにちゃくっつくのがいやです／這種糖很好吃，但會黏在牙上，黏糊糊的，不舒服。
- 鳥もちが服についてにちゃにちゃする／黏鳥膠黏在衣服上，黏糊糊的。

213 にゅっと ◐◑（擬態）／突然（伸出、露出）。

用法 形容細長的東西突然出現的樣子。

例句
- 湖面ににゅっと杭がつき出してきた／湖面上突然露出了一根木樁。
- 窓からにゅっと首を出した／突然從窗戶探出頭來。

214 にょきにょき ◐（擬態）／一個接一個地（出現）。

用法 形容多根細長的東西不斷地長出來的樣子。

例句
- いたるところから腕ぐらいの太さの幹がにょきにょきと5メートルほどの高さまで伸びている／到處都長出了高5公尺多的樹幹，每棵都有手腕那麼粗。
- 竹の子がにょきにょき生えてくる／竹筍一個接一個地長了出來。

215 にょっきり ◐（擬態）／拔地而起、突然（伸出）。

用法 形容細長的東西拔地而起，或猛然出現的樣子。

例句
- この町では二十階建てのビルがにょっきりそびえているのが目立つ／在這個城鎮裡，二十層的大樓拔地而起，引人注目。
- にょっきりとそのしなしなした二本の腕をまっすぐに伸びた／突然伸直兩隻柔軟細長的胳臂。
- 駅の前に高層ビルがにょっきりと建つ／車站前高層大樓聳然而立。

216 ぬくぬく ①（擬態）／熱呼呼；暖烘烘、舒舒服服。

用法 ①形容食物剛剛做好，熱呼呼的樣子。②形容身體暖暖的，很舒服的樣子。

例句 ▸ ぬくぬくのご飯を食べながら、テレビを見ている／一邊吃著熱呼呼的飯，一邊看電視。

▸ 寒い朝、いつまでも布団の中でぬくぬくと温まっている／在寒冷的早晨，總是躲在被窩裡，覺得暖烘烘的。

▸ 彼は父から譲り受けた社長の椅子にぬくぬくと納まっている／他坐在從父親那裡繼承下來的社長的位子上，舒舒服服，心滿意足。

217 ぬるぬる ①⓪（擬態）／滑溜溜的。

用法 形容物體表面或鰻魚之類，體表黏滑的樣子。

例句 ▸ 油の付いた瓶を持つとぬるぬるする／拿著沾到油的瓶子，感到滑溜溜的。

▸ 石に苔が生えて、ぬるぬるとしている／石頭上長出了苔蘚，滑溜溜的。

▸ 鰻はぬるぬるしていて捕まえにくい／鰻魚滑溜溜的，很難抓住。

218 ぬるり ②③（擬態）／滑溜溜、滑軟。

用法 形容觸摸黏滑物的感覺。

例句 ▸ うなぎは触るとぬるりとする／鰻魚用手一摸，滑溜溜的。

酢なまこのうまい季節、ぬるりとしているのに、硬いので、歯のない人も歯のある人も噛むのがたいへんだ／在醋拌海參上市的季節，這種海參雖然表面滑軟，但質地很硬，有牙沒牙的人吃起來都很辛苦。

219 ねちねち ①（擬態）／黏糊糊；絮絮叨叨。

用法 ①形容東西黏糊糊的，令人不快的樣子。②形容人說話做事不乾脆，絮絮叨叨的樣子。

例句 ◦ 手に蜂蜜が付いてねちねちする／手上沾上蜂蜜，黏糊糊的。

◦ 船の中の淡水では洗ってもねちねちと垢が取りきれなかった／用船上的淡水洗的話，怎麼洗油垢也是黏糊糊的，洗不掉。

◦ 一時間もねちねちと弁解を聞かされ、いやになった／一個多小時都在聽他絮絮叨叨地辯解，真讓人厭煩。

220 ねとねと ①（擬態）／黏糊糊。

用法 形容東西發黏，不易去掉的樣子。與其用法相同的還有「ねっとり」。

例句 ◦ 汗ばんでシャツがねとねとと肌に付く／被汗水滲濕了的襯衫，黏糊糊的，貼在身上。

◦ 飴が溶けてねとねととしている／糖化了之後黏糊糊的。

◦ 栗を食べると口いっぱいねっとりとしている／吃了栗子，滿嘴都黏糊糊的。

解析

『ねちねち』與『ねとねと』之差異

兩者的用法基本上相同，但與『ねとねと』相比
『ねちねち』的黏稠度要更大些。

221 ねばねば ① (擬態) ／黏糊糊。

用法 形容東西發黏沾在一起黏糊糊的樣子。同時也指那些
發黏的東西。

例句 ● いたるところに大きな蜘蛛がねばねばとした巣をはって
いて、それが顔や手にまとわり付いた／到處都有大蜘
蛛築的黏糊糊的網，沾黏在臉上、手上。

● 口がねばねばして気持ちが悪い／口裡黏糊糊的，很不
舒服。

● 手にねばねばとのりだらけにしてしまった／手上黏糊
糊的，全是漿糊。

● わたしは納豆のねばねばが嫌い／我不喜歡納豆的那種
黏糊感。

222 のっぺり ③ (擬態) ／平坦、平板、扁平。

用法 形容物體表面平坦，沒有凹凸的樣子。或者形容人的
臉平扁，沒有表情的樣子。

例句 ● このあたりはのっぺりした草原であった／這一帶是平
坦的草原。

● 自分の描いたものはまるで千代紙細工のようにのっぺり
している／自己畫的東西就像千代紙上的花鳥樹木一
樣平板（沒有立體感）。

❸若い男は<u>のっぺり</u>していて、表情（ひょうじょう）がない。何も考えていないように見える／那個年輕人臉龐扁平，面無表情，像是什麼都沒想似的。

---

223 **のびのび** ③（擬態）／伸展；拖拖拉拉；順暢、流暢。

用法 ①形容植物生長茂盛的樣子。②形容辦事不爽快，拖拖拉拉的樣子。③形容文字或文章流暢的樣子。

例句 ❶竹（たけ）の子（こ）が<u>のびのび</u>と伸（の）びている／竹筍在節節長高。

❷松（まつ）の木（き）は<u>のびのび</u>と枝（えだ）を広（ひろ）げている／松樹枝葉舒展開來。

❸借金（しゃっきん）の返還（へんかん）が<u>のびのび</u>になっている／欠債遲遲不還。

❹そう<u>のびのび</u>にされては誰だって怒（おこ）るさ／老是那麼拖拖拉拉，無論是誰都會生氣的。

❺<u>のびのび</u>としていた文章を書きたい／想寫出流暢的文章。

---

224 **ぱさぱさ** ⓪（擬態）乾澀、乾燥、乾透。

用法 ①形容頭髮等，失去水分或油脂變得乾澀的樣子，多用於過於乾燥、感覺不好的場合。②形容食物失去水分變得乾巴巴的樣子。

例句 ❶髪が<u>ぱさぱさ</u>になった／頭髮變得乾澀。

❷洗濯物（せんたくもの）がすぐに<u>ぱさぱさ</u>に乾（かわ）いた／洗的衣服馬上就乾透了。

❸古（ふる）いパンは<u>ぱさぱさ</u>（と）していて、まずい／放久的麵包乾乾了，不好吃。

225 ばさばさ　①（擬聲、擬態）／沙沙、嘩啦嘩啦；亂蓬蓬的。

用法　①形容乾燥物相互摩擦時發出的聲響。②形容頭髮等被風吹得零亂的樣子。

例句
- 芭蕉の葉が風にばさばさしている／芭蕉葉被風吹得沙沙作響。
- 洗濯物が風にばさばさとひるがえっている／洗的衣服被風吹得嘩啦、嘩啦地響。
- 強風のため髪がばさばさになった／大風吹得頭髮散亂。
- 髪の毛がばさばさしている／頭髮亂蓬蓬的。

226 ばたばた　①（擬聲、擬態）／嘩啦啦、啪噠啪噠；一個接一個；忙亂。

用法　①形容布片等東西被風吹得嘩啦啦的聲響。②形容公司等一個接一個地倒閉的樣子。③形容由於忙亂、著急而行動慌張的樣子。

例句
- 強い風に吹かれて旗がばたばた（と）音を立てている／旗子被強風颳得嘩啦、嘩啦地響。
- 廊下をばたばたと走っていく／從走廊啪噠、啪噠地跑了過去。
- 景気が悪くなり、小さな会社がばたばたと倒産した／因為經濟不景氣，小公司紛紛倒閉。
- 明日引っ越しで、うち中がばたばたしている／因為明天要搬家，家裡非常忙亂。

369

227 ぱたりと ②③（擬聲、擬態）／啪噠；突然。

用法 ①形容物體輕輕掉落的聲音，或開門時的聲音。②形容事物突然停止時的狀態。

例句 ◆ノートをぱたりと落とした／啪噠一聲，把筆記本弄掉了。

◆戸をぱたりと閉めた／啪噠一聲，把門關上了。

228 ばたん ②③（擬聲）／砰、啪噠；突然。

用法 ①形容物體強烈碰觸聲。②形容物體猛烈倒下時的聲音。當聲音較輕時，可用「ぱたん」。③形容突然停止或中斷的樣子。

例句 ◆ばたんと戸を閉めた／砰的一聲，關上了門。

◆辞書がばたんと落ちた／啪噠一聲，辭典掉下來了。

◆ぱたんと本を閉じた／啪地一聲，合上了書。

◆風がぱたんと止んだ／風突然停了。

◆ぱたんと消息がたった／消息突然斷絕了。

229 ぱちぱち ①（擬聲、擬態）／劈里啪啦、劈劈啪啪；眨眼。

用法 ①形容東西加熱後或火燃燒時，火花等連續的聲音及樣子。②形容小而硬的東西連續相互撞擊時發出的聲音及樣子。③形容連續眨眼的樣子。

例句 ◆熱い油に水が入り、ぱちぱち（と）飛んだ／往熱油裡倒入水，劈里啪啦地往外濺。

木がぱちぱちと燃えている／樹木劈里啪啦地燃燒著。

拍手の音がぱちぱちと聞こえた／傳來了劈劈啪啪的掌聲。

ごみが入ったので、目をぱちぱちさせている／因為沙子進入眼睛裡，而直眨眼。

230 はっきり ③(擬態) ／清晰、明確、清楚；明朗。

用法 ①形容東西或事物清晰、明確的樣子。②形容態度或事物狀態明朗的樣子。

例句 遠くの山がはっきり見える／遠處的山清晰可見。

金のことは友達の間でもはっきりさせておくほうがいい／金錢上的事情，即使是朋友之間，也以弄清楚為好。

今日はぜひはっきりした返事を聞かせてください／今天務必得給個明確的答覆。

天気がはっきりしない／天氣變化無常。

231 ばったり ③(擬態) ／突然、一下子。

用法 ①形容突然倒下的樣子。②形容突然相遇的樣子。③形容突然停止的樣子。

例句 貧血を起こしてばったりと倒れた／因貧血突然倒下了。

東京の町でばったり友達と会った／在東京的街上突然與朋友相遇。

夜になると人通りがばったりとだえた／已到了晚上，來往的行人就一下子沒有了。

彼はあれ以来ばったり姿を見せなくなった／他從那時候起，突然再也不露面了。

232 ばっちり ③（擬態）／完全、正好。

用法 形容事物在時間上、內容上十分吻合的樣子，或事情做得恰到好處的樣子。

例句
① 予想がばっちり（と）当たったから、今度のテストは100点だ／猜題完全準確，這次考試得了滿分。

② 洋子が起こって次郎を殴った瞬間をばっちり（と）カメラに収めた／洋子一生氣打了次郎，這一瞬間正好被相機拍了下來。

③ この本があれば試験なんてばっちりだ／只要有這本書，考試肯定沒有問題。

233 はらはら ①（擬態）／紛紛；撲簌簌；捏把汗。

用法 ①形容樹葉或花瓣等散落的樣子。②形容眼淚或水滴等不停地落下的樣子。③形容由於覺得會產生壞的結果而提心吊膽的樣子。

例句
① 紅葉した木の葉が、風ではらはら（と）散りました／紅葉隨風紛紛飄落。

② 彼は友の死を知り、はらはら（と）涙を落とした／他得知朋友的死訊，眼淚撲簌簌地落了下來。

③ デパートの火事で、お客がヘリコプターで救出されるのをはらはらしながら見た／看到直升機搶救因百貨公司失火困在裡面的顧客，真替他們捏把冷汗。

234 **ぱらぱら** ①（擬聲、擬態）／稀稀落落、嘩啦嘩啦。

用法 ①形容雨點等顆粒狀的物體不斷散落時的聲音及樣子。②形容翻書時的聲音。③形容人或東西稀稀落落的樣子。

例句
- 雨がぱらぱら（と）降ってきました／雨稀稀落落地下了起來。
- 辞書をぱらぱら（と）めくって、言葉の意味を調べている／嘩啦、嘩啦地翻著字典，在查閱單字的意思。
- 塩をぱらぱら（と）振りかける／稀稀落落地撒上鹽。
- 秋の海岸は人がぱらぱら（と）しかいない／秋天的海岸遊人寥寥無幾。

235 **ばらばら** ①（擬聲、擬態）／嘩啦啦；七零八落。

用法 ①形容顆粒狀的東西散落的聲音及樣子。②形容事物變得支離破碎的樣子。

例句
- 雨が突然ばらばら（と）降り出した／突然嘩啦啦地下起雨來。
- 大粒の雹がばらばらと降ってきた／大冰雹嘩啦啦地下起來了。
- 戦争で一家がばらばらになってしまった／戰爭使得一家人妻離子散。
- 意見がばらばらでいつまでも結論が出ない／意見各式各樣，怎麼也得不出結論。

236 ばりばり ①（擬聲、擬態）／咯吱咯吱；咔咔地；硬邦邦的。

用法 ①形容剝落木板或紙板時的聲音及樣子。②形容咬碎硬的東西時的聲音及樣子。③形容衣物漿得或凍得很硬的樣子。

例句
- 壁の板がばりばりとはがす／咯吱咯吱地拆掉牆上的木板。
- せんべいをばりばりと食べる／咔咔地嚼著仙貝。
- 洗濯物が凍ってばりばりになった／洗完的衣服凍得硬邦邦的。

237 ひえびえ ③（擬態）／冷颼颼的、冷森森的。

用法 ①形容很冷的樣子。②形容心裡感到冷冰冰、寂寞的樣子。

例句
- 朝窓を開けると、ひえびえした空気が入ってくる／早晨一打開窗戶，進來了冷颼颼的寒氣。
- 誰もいない学校の中はひえびえしている／空無一人的學校裡覺得冷森森的。
- ひえびえとした冬の夜／冷颼颼的冬天的夜晚。

238 ぴかぴか ②①（擬態）／一閃一閃；光亮。

用法 ①形容燈光等不斷閃爍的樣子。②形容有光澤又美麗的樣子。

例句
- 救急車の赤いランプがぴかぴかと光っている／救護車上的紅燈一閃、一閃地發光。

床を何度も布でこすってぴかぴかにする／用布把地板擦了很多遍，擦得很光亮。

ぴかぴかに磨かれた革靴／擦得亮晶晶的皮鞋。

ぴかぴかの一年生／一年級的新生。

239 ぴかりと ②③（擬態）／一閃。

用法 形容一次閃光的樣子，也比喻什麼東西閃現在眼前的樣子。

例句 稲妻がぴかりと光った／出現了一道閃電。

たちまち音楽の二字がぴかりと目に映った／突然音樂二字閃現在眼前。

240 ぴしゃりと ②（擬聲、擬態）／砰的一聲、啪的一聲。

用法 ①形容使勁地關門或關窗戶時的聲音及樣子。②形容使勁拍打肌肉時的聲音及樣子。

例句 道子は怒って戸をぴしゃりと閉めて出て行った／道子生氣了，砰的一聲把門關上出去了。

腕に止まった蚊を、ぴしゃりとたたきつぶした／啪的一聲，打死了停在手臂上的蚊子。

241 びしょびしょ ①⓪（擬態）／淋濕；連續不斷地。

用法 ①形容被雨水淋濕的樣子。②形容連續不斷地下雨的樣子。

例句 家に帰る途中で急に雨が降り出して、びしょびしょにぬれてしまった／回家的路上突然下起雨來，全身都被淋濕了。

雨がびしょびしょ（と）降っているので、長靴を履いて出かけた／雨下個不停，所以穿了長靴出去。

十月のごろから寒い雨がびしょびしょ降り続いた／從十月份開始，連續不斷地下起冰冷的雨。

242 ぴたっと ②（擬態）／突然、一下子；緊緊地；正好。

用法 ①形容突然停止的樣子。②形容緊密吻合的樣子。③形容正好言中的樣子。

例句 列車がホームにぴたっと止まった／火車突然停在月臺上。

風がぴたっと止んだ／風一下子停了。

戸口をぴたっと閉ざした／把門緊緊地關閉。

彼女の好みをぴたっと言い当てた／正好說中了她的愛好。

243 ひたひた ①②（擬聲、擬態）／嘩啦嘩啦；一步步地；剛淹過。

用法 ①形容波浪拍擊聲及樣子。②形容靜靜迫近的樣子。③形容水剛淹過的樣子。

例句 岸辺の小船に波がひたひた（と）寄せている／波浪嘩啦、嘩啦地拍打著岸邊的小船。

戦争の足音がひたひたと近付いてくる／戰爭的腳步聲一步一步地逼近。

ひたひたに水を入れ、その水がなくなるまで煮てください／把水加到剛淹過的程度，然後熬到水煮乾為止。

244 ぴたりと ②③(擬態、擬聲) ／啪；突然；緊緊地、完全。

用法 ①形容用手拍東西的聲音。②形容行爲、動作突然停止的樣子。③形容事物或東西之間十分吻合的樣子。

例句

思い切った調子で、ぴたりと平手で膝頭をたたいた／像是下定決心的樣子，啪地一聲，用巴掌拍了一下膝蓋。

機械がぴたりと止まった／機器突然停下了。

ビラをぴたりと壁に貼り付けた／把海報緊緊地貼在牆上。

答案をぴたりと当てる／答案完全正確。

245 ぴちゃぴちゃ ①②(擬聲、擬態) ／淋濕；吧唧吧唧。

用法 ①形容被水淋濕的樣子。②形容泥水飛濺的樣子。③形容吃喝東西時發出的聲音。

例句

服が雨でぴちゃぴちゃになった／衣服被雨淋濕了。

雨道をぴちゃぴちゃ歩いている／在下了雨的道路上吧唧、吧唧地走著。

舌をぴちゃぴちゃさせて食べる／吧唧、吧唧地吃東西。

246 びっしり ③(擬態) ／一個挨一個、滿滿的。

用法 形容東西擠得緊緊的，或事物安排得滿滿的樣子。

例句

この通りはびっしりと家が建ち並んでいる／這條街上房屋建的一棟挨著一棟。

- 箱の中には、本がびっしり詰まっている／箱子裡塞滿了書。

- 予定は来月までびっしり（と）詰まっている／預約滿滿的，一直排到下個月。

247 ひっそり ③（擬態）／靜悄悄、靜靜地。

用法　①形容沒有人的氣息和任何聲音，一片寂靜的樣子。②形容避免讓人知道、惹人注意，毫不聲張的樣子。

例句
- 日曜日のオフィス街は、一通りもなく、ひっそりしている／星期天辦公街區沒有行人，靜悄悄的。

- 家の中はひっそりと静まり返っている／家裡靜悄悄的。

- 庭の隅に、小さな白い花がひっそり咲いている／院子的角落裡，小白花靜靜地開著。

- 山の中でひっそりと暮らしている／在山裡隱居度日。

248 ぴったり ③（擬態）／嚴密；合適；一下子。

用法　①形容物與物之間嚴實合縫的樣子。②形容完全合適，相符的樣子。③形容事物突然停止的樣子。

例句
- 外からのぞかれないように、カーテンをぴったり（と）閉める／為了不讓從外面窺視，將窗簾拉得十分嚴密。

- 足にぴったりした靴なので、歩きやすい／這雙鞋正合腳，走起來很舒服。

- お金の計算が、一度でぴったり合ってよかった／錢的核對，一次就對了，太好了。

🔹 台風の中心が来たとき、風がぴったりと止んだ／颱風
中心到來時，風一下子就停了。

249 びゅうびゅう ①（擬聲）／呼呼、呼嘯。

用法 形容刮大風的聲音及風吹過細長物或薄物時的聲音。

例句
🔹 北風がびゅうびゅう吹きつける／北風呼呼地吹。

🔹 身支度ないところ、雪と風がびゅうびゅう顔にばばばと
当たる／沒有做好防寒準備，風雪迎面呼呼地撲來。

🔹 電線が風でびゅうびゅう鳴っている／電線被風刮得呼
呼直響。

🔹 このあたりは車が何台もびゅうびゅう通り過ぎて怖い／
這一帶很多車呼嘯而過，真可怕。

250 ひらひら ①（擬態）／紛紛、翩翩。

用法 ①形容花瓣等物隨風飄落的樣子。②形容旗幟等薄物
隨風擺動的樣子。

例句
🔹 桜の花びらがひらひらと舞い落ちる／櫻花的花瓣隨風
紛紛飄落。

🔹 雪がひらひらと舞い落ちている／雪花紛紛飄落下來。

🔹 蝶がひらひらと飛んでいる／蝴蝶翩翩飛舞。

🔹 旗が風にひらひらしている／旗幟隨風飄揚。

251 びりびり ①（擬聲、擬態）／（撕）碎；嘩嘩地；麻麻的。

用法 ①形容撕紙或布片的聲音及樣子。②形容東西震動時發出的聲音。③形容人觸電時的感覺。

例句 ❶書くそばから一枚一枚びりびりと紙を引き裂いた／一邊寫，一邊一張一張地把紙撕碎。

❷砲声で窓ガラスがびりびりする／炮聲震得窗戶玻璃嘩嘩作響。

❸うっかりして電線に触ったらびりびりとした／一不小心碰了電線，感到麻麻的。

252 ぴんと ⓪（擬態）／（繃得）緊；猛然、察覺到。

用法 ①形容用力拉緊、繃緊的樣子。②以「ぴんとくる」的形式，則是形容知覺的感覺。

例句 ❶高く上がったたこの糸がぴんと張っている／風箏的線拉得高高的，緊緊的抓住。

❷メータの針がぴんと上がった／碼錶的針突然上升。

❸もしもしという声を聞いただけで、母が怒っているとぴんときた／只是聽到「喂」這個聲音，母親就突然大發雷霆。

253 ひんやり ③（擬態）／涼冰冰地、涼的。

用法 形容涼絲絲的或清涼的感覺。

例句 ❶冷蔵庫から出したばかりのトマトはひんやりと冷えたくておいしかった／剛從冰箱裡拿出的番茄冰冰的，很好吃。

山の朝の空気^{くうき}はひんやりしてさわやかだ／早晨山裡的
空氣涼涼的，很清爽。

朝風^{あさかぜ}がひんやりとしている／晨風讓人感到涼意。

254 ぶうぶう ①（擬聲）／嗚嗚。

用法 ①形容車的警笛聲。②形容樂器或吹海螺的低沉聲。
此外，還可以形容動物或蟲子的叫聲，以及人因為不
滿發牢騷的樣子（詳見《人的行為》與《動物聲音》
篇）。

例句 車がぶうぶう汽笛^{きてき}を鳴^ならしながら走っていった／汽車
鳴著嗚嗚的警笛開過去了。

バイオリンなどをぶうぶう鳴^ならしたりするが、気^きの毒^{どく}な
ことに、どれもこれもものになっておらん／演奏著小
提琴等樂器，發出嗚嗚的聲音，可惜的是哪一個都
不好聽。

そうぶうぶう言うな／別那樣地發牢騷！

255 ふかふか ②①（擬態）／鬆軟、熱騰騰、軟蓬蓬。

用法 形容東西很鬆軟或熱騰騰的樣子。

例句 布団^{ふとん}を日に干^ほしたら、ふかふかになった／被子拿到太
陽底下曬了之後，變得鬆軟了。

その動物はリスのようなまるい身体とふかふかした尾^おを
していました／那個動物有著松鼠般圓圓的身體和膨
鬆的尾巴。

ふかふかとふかした饅頭^{まんじゅう}／蒸的熱騰騰的饅頭。

ふかふか（と）した羽布団^{はねふとん}／軟蓬蓬的羽絨被。

256 ぶかぶか ⓪① (擬態、擬聲) ／寬寬的；敲敲打打。

用法　①形容衣服、鞋帽等寬大的樣子。②形容金屬管樂器發出的低吟聲。

例句　●すこし大きな靴を買ったら、ぶかぶかして歩きにくい／買了雙尺碼稍大的鞋，寬寬的不好走。

　　　●やせたのでズボンがぶかぶかになった／因為瘦了，褲子顯得寬大。

　　　●チンドン屋が商店街をぶかぶかどんどんと、にぎやかに通っていった／（串街奏樂的）化妝廣告隊敲敲打打地走過了商店街，很熱鬧。

257 ぶくぶく ②① (擬聲、擬態) ／噗噗、咕嘟咕嘟。

用法　①形容產生氣泡時的聲音及樣子。②形容物體冒著氣泡沉入水中的樣子。

例句　●かにがぶくぶくと泡を吹く／螃蟹噗噗地吹著氣泡。

　　　●船はぶくぶくと沈んでいった／船冒著氣泡沉下去了。

　　　●人がぶくぶくと溺れて沈んでいった／人咕嘟咕嘟地沉到水裡去了。

258 ぶすっと ② (擬態) ／一下子、噗的一聲；繃著臉。

用法　①形容針、刀等利器刺入其他柔軟物時的聲音及其樣子。②形容人不高興時，繃著臉不說話的樣子。

例句　●注射針をぶすっと腕に刺した／注射針頭一下子扎進了手臂。

ぶすっと短い矢が足元の土に刺さった／一枝短箭噗的一聲扎進了腳下的土裡。

彼は機嫌を損ねてぶすっとしている／他不高興地繃著臉。

259 ぶすぶす ①（擬聲、擬態）／咕嘟咕嘟、噗哧噗哧。

用法 ①形容燃燒時冒煙的聲音及樣子。②形容東西陷入或刺入其他東西時產生的聲音及樣子。

例句
火事のあとがまだぶすぶすとくすぶっている／火災的現場還在噗哧噗哧地冒著煙。

生乾きの枝がぶすぶすとくすぶる／尚未乾透的樹枝噗哧噗哧地冒煙。

紙にぶすぶすと穴を開ける／在紙上噗哧噗哧地開孔。

足が泥にぶすぶす入る／腳噗嗤、噗嗤地陷進泥裡。

260 ふっくら ③（擬態）／柔軟膨鬆、鬆軟；胖乎乎。

用法 ①形容東西柔軟而蓬鬆的樣子。②形容人的臉或身體胖乎乎的樣子。

例句
買ってきたばかりの布団はふっくらしている／剛買來的棉被很柔軟。

ふっくらと見事に炊き上がったご飯を食べたい／想吃煮得很鬆軟可口的米飯。

ふっくらとしていた頰は、げっそりと肉が落ちた／原本胖乎乎的臉，消瘦了很多。

261 **ぷっつり** ③（擬聲、擬態）／噗哧一聲；一下子（停了）。

用法 ①形容線、繩等斷裂的聲音。②形容事物中斷或停止的樣子。

例句
❶たこの糸_{いと}がぷっつりと切れた／風箏的線噗哧一聲斷了。

❷紐_{ひも}を引いたらぷっつりと切れた／一拉那條帶子，噗哧一聲斷了。

❸肺_{はい}がんの話を聞いてから、ぷっつりとタバコをやめた／聽到有關肺癌的情況以後，斷然地把菸戒掉了。

❹あれ以来、音信_{おんしん}がぷっつり途絶_{とだ}えた／從那以後，突然就杳無音信了。

262 **ぶつぶつ** ⓪③（擬聲、擬態）／時斷時續；滿是（小孔或顆粒狀物）；咕嘟咕嘟。

用法 ①形容連續間斷的樣子。②形容物體表面出現多數顆粒狀物或小孔的樣子。③形容液體冒著氣泡沸騰時的聲音及樣子。

例句
❶ぶつぶつ切れて、こんな携帯電話_{けいたいでんわ}なんか使えない／時斷時續，這個破手機，不好用。

❷富士山からぶつぶつ穴だらけの石_{いし}を記念_{きねん}に持ち帰った／從富士山拿回一塊滿是小孔的石塊作為紀念。

❸皮膚_{ひふ}にぶつぶつが出てきた／皮膚上出現了不少小疙瘩。

❹ご飯がぶつぶつと煮_にえ始_{はじ}めた／已經開始咕嘟咕嘟地煮飯了。

263 ふにゃふにゃ ①（擬態）／軟乎乎、鬆軟；靠不住。

用法 ①形容東西變得柔軟無彈性的樣子。②形容人身體癱瘓無力，或人辦事不可靠的樣子。

例句 そのとき、冷蔵庫がなかったので、買ってきたトマトは二、三日すると、ふにゃふにゃになってしまった／那個時候沒有冰箱，買來的番茄放兩、三天後就變得軟乎乎的了。

見る間に大きくなる木は風にも弱く、材質もふにゃふにゃとやわらかい／生長迅速的樹木不抗風，而且木質也特別鬆軟。

あんなふにゃふにゃした人にこの仕事を頼むことができない／不能把這項工作託付給那種靠不住的人去做。

264 ぶよぶよ ①（擬態）／軟癱癱、軟綿綿；虛胖。

用法 ①形容東西變得軟癱的樣子。②形容人虛胖的樣子。

例句 梨が腐ってぶよぶよになった／梨腐爛了，變得軟綿綿的。

水に漬かった畳はぶよぶよに膨れ上がって使い物にならない／被水浸泡的榻榻米，漲的軟綿綿的不能用了。

運動もしないで食べてばかりいたので、ぶよぶよ（と）太ってしまった／光吃也不運動，變得虛胖起來。

265 ぶらりと ②（擬態）／垂掛著；隨便。

用法 ①形容東西懸垂的樣子。②形容人漫無目的地出行的樣子。

例句　隣の家の庭先にあっちこっち糸瓜がぶらりとぶら下がっている／鄰居家的院子裡，到處都垂掛著絲瓜。

普段着のままでぶらりと出かけた／穿著平時的衣服隨隨便便地就出去了。

266 ふわふわ ①（擬態）／輕飄飄地；鬆軟；遊蕩。

用法　①形容物體輕輕飄起的樣子。②形容被褥、衣服等鬆軟的樣子。③形容人居無定所、四處漂流的樣子。

例句　風船がふわふわ（と）飛んでいる／氣球輕飄飄地飄在空中。

白い雲がふわふわと浮かんでいる／白雲輕輕地飄浮著。

ふわふわの羽布団で寝ている／蓋著鬆軟的鴨絨被睡著。

決まった職業を持たず、ふわふわと暮らしている／沒有固定的職業，四處遊蕩。

267 ぶんぶん ①（擬聲）／嗡嗡；呼呼。

用法　①形容風箏、蚊蟲、飛機等飛行時的聲音。②形容用力揮舞棍棒時的聲音。

例句　空を飛行機がぶんぶんと飛びまわる／飛機在空中嗡嗡地盤旋。

蚊が耳元でぶんぶん言う／蚊子在耳邊嗡嗡地叫。

棒をぶんぶんと振り回している／把棒子揮動的呼呼直響。

268 ふんわり ③（擬態） ／微微、鬆軟；輕飄飄地。

用法 ①形容被褥、衣服等柔軟膨鬆的樣子。②形容很輕的東西飄浮或緩慢移動的樣子。

例句
- カーテンが風でふんわりと揺れる／窗簾被風吹得微微飄動。
- ふんわりしたセーターを着ている／穿著一件鬆軟的毛衣。
- 白い雲が空にふんわりと浮かんでいる／白雲輕飄飄地飄浮在空中。

269 べたべた ①（擬態） ／黏糊糊；貼滿。

用法 ①形容東西黏糊糊的，令人不快的樣子。②形容貼滿、黏滿的樣子。

例句
- アイスクリームをこぼしたところがべたべたする／沾到冰淇淋的地方，黏糊糊的。
- のりが付いて手がべたべただ／手上沾到了漿糊，黏糊糊的。
- 壁にポスターがべたべたと貼っている／牆上到處貼滿了宣傳海報。

270 ぺちゃんこ ②⓪（擬態） ／壓扁、塌了。

用法 形容東西被壓扁或壓碎的樣子，為「ぺしゃんこ」的口語形式。

例句
- 知らずに帽子の上に座って、ぺちゃんこにしてしまった／一不小心坐在帽子上，把帽子壓扁了。

387

かかとがぺちゃんこの靴を履いている／穿著一雙平底鞋。

山崩れで家がぺちゃんこになった／由於山崩的緣故，房子全塌了。

271 べったり ③（擬態）／貼牢；黏滿。

用法 ①形容黏得很牢固的樣子。②形容黏滿、寫滿等狀態。

例句 青いインクがべったりと洋服についてしまった／西裝上沾到了藍墨水。

べったり張り付いてはがれない／黏得太牢撕不下來。

細かい字で紙面いっぱいにべったり書いてある／紙上寫滿了密密麻麻的小字。

272 べっとり ③（擬態）／黏滿。

用法 形容黏滿什麼東西的意思，與「べったり」的意思相似。

例句 壁に血のりがべっとり付いている／牆上沾滿了血。

べっとりと脂汗をかいた／出了一身虛汗。

洋服に泥がべっとりと付いている／西裝上沾滿了泥土。

273 ぺらぺら ①（擬聲、擬態）／單薄；嘩啦嘩啦。

用法 ①形容紙張、衣料單薄易破的樣子。②形容連續翻看書、筆記本等時的聲音。

例句
1 <u>ぺらぺら</u>した<ruby>安物<rt>やすもの</rt></ruby>のコートを<ruby>買<rt>か</rt></ruby>った／買了一件價格便宜的外套。

2 <u>ぺらぺら</u>の<ruby>紙<rt>かみ</rt></ruby>はすぐ<ruby>破<rt>やぶ</rt></ruby>れる／薄紙很快就破。

3 <ruby>週刊誌<rt>しゅうかんし</rt></ruby>を<u>ぺらぺら</u>とめくって、<ruby>読<rt>よ</rt></ruby>みたい<ruby>記事<rt>きじ</rt></ruby>を<ruby>探<rt>さが</rt></ruby>す／嘩啦、嘩啦地翻著周刊雜誌，找想要看的內容。

274 ぼうっと ⓪（擬態）／猛然；模糊；頭昏腦脹。

用法 ①形容火苗上升、突然燃燒起來的樣子。②形容物體的輪廓看不清楚的樣子。③形容人的頭腦意識模糊不清的樣子。

例句
1 <ruby>焚<rt>た</rt></ruby>き<ruby>火<rt>び</rt></ruby>の<ruby>火<rt>ひ</rt></ruby>が<ruby>突然<rt>とつぜん</rt></ruby><u>ぼうっと</u><ruby>燃<rt>も</rt></ruby>え<ruby>上<rt>あ</rt></ruby>がった／營火突然「呼」地一聲燃燒起來。

2 <ruby>霧<rt>きり</rt></ruby>であたりの<ruby>景色<rt>けしき</rt></ruby>が<u>ぼうっと</u>している／因為有霧，周圍的景色一片模糊。

3 <ruby>暑<rt>あつ</rt></ruby>さで<ruby>頭<rt>あたま</rt></ruby>が<u>ぼうっと</u>なった／熱得頭昏腦脹。

275 ぼうぼう ①（擬態、擬聲）／熊熊；亂蓬蓬。

用法 ①形容火熊熊燃燒時的聲音及樣子。②形容人的鬍鬚、頭髮及雜草等長得亂蓬蓬的樣子。

例句
1 <ruby>空気<rt>くうき</rt></ruby>が<ruby>乾燥<rt>かんそう</rt></ruby>していたので、<ruby>火<rt>ひ</rt></ruby>は<u>ぼうぼう</u>と<ruby>燃<rt>も</rt></ruby>え<ruby>広<rt>ひろ</rt></ruby>がった／由於空氣乾燥，大火熊熊燃燒，蔓延開來。

2 <ruby>庭<rt>にわ</rt></ruby>はぜんぜん<ruby>手<rt>て</rt></ruby><ruby>入<rt>い</rt></ruby>れをしていないので、<ruby>草<rt>くさ</rt></ruby>が<u>ぼうぼう</u>と<ruby>生<rt>お</rt></ruby>い<ruby>茂<rt>しげ</rt></ruby>っている／院子沒有好好整理，長滿了亂蓬蓬的雜草。

3 <ruby>髪<rt>かみ</rt></ruby>は<u>ぼうぼう</u>と<ruby>伸<rt>の</rt></ruby>びている／頭髮長得亂蓬蓬的。

276 ほかほか ⓪（擬態）／暖烘烘、熱呼呼。

用法 形容暖烘烘及熱乎乎的樣子。可後加「と」作爲副詞，也可以加「する」構成動詞。

例句
❶ 日に干した布団がほかほかして、いい気持ちだ／曬過的被子，暖烘烘的。

❷ 焼きたててほかほかのパンだ／剛烤出來的熱呼呼的麵包。

❸ うちの店ではボリュームたっぷりほかほかお弁当を提供しています／我們這家店有供應分量多而且熱騰騰的便當。

277 ぼきぼき ②（擬聲、擬態）／嘎巴嘎巴。

用法 形容細長的硬物連續折斷時的聲音及樣子。當細長易斷的東西連續折斷時，可以用「ぼきぼき」。不是上述這類東西一次折斷時，可用「ぼきりと」和「ぽきりと」。

例句
❶ 鉛筆で小さな字を書こうとすると、芯がぼきぼき折れる／當用鉛筆寫小字時，筆芯嘎巴一聲折斷了。

❷ ツララをぽきぽき折って遊んでいる／喀嚓、喀嚓地折斷冰柱玩。

❸ 木製椅子を買って、三日もしないうちに、ぼきりと足が折れる／買了一個木製椅子，可是還用不到三天，椅腳就嘎巴一聲斷了。

❹ 小松菜の葉柄がぽきりと折れた／小松菜的莖喀嚓一聲就折斷了。

278 **ぼこぼこ** ①（擬聲、擬態）／咚咚；咕嘟咕嘟；凹凸不平。

用法 ①形容敲打中空的木製品時發出的聲音。②形容水溢出來的聲音。③形容物體表面凹凸不平的樣子。

例句
- 箱の中は空なのか、ぼこぼこと音がした／箱子裡可能是空的，發出咚咚的聲音。

- 水がぼこぼこと湧き出る／水咕嘟咕嘟地往外流。

- いたるところ穴を掘って工事しているので、道がぼこぼこになっている／到處都在挖坑施工，道路坑坑窪窪的。

279 **ぽたぽた** ①（擬聲）／啪嗒啪嗒、滴滴答答；紛紛。

用法 ①形容水等液體的滴落聲。②形容花或果實等連續落下時的聲音。

例句
- 天井からぽたぽた雨が漏る／從屋頂上啪嗒、啪嗒地漏雨。

- 汗が額からぽたぽたと流れ落ちる／汗水從額頭上滴滴答答地往下流。

- その花が今咲き切っているんです。風もないのにぽたぽたと散り零れています／那花現在已經開完了。雖然沒有風，但花瓣卻紛紛落下。

280 **ぽっかり** ③（擬態）／輕飄飄；突然（裂開）。

用法 ①形容物體在空中或水面輕輕飄拂的樣子。②形容突然裂開一個口或一個洞的樣子。

例句 🍃 青い空に白い雲がぽっかり（と）浮かんでいる／在藍藍的天空上飄著白色的雲。

🍂 工事現場に大きな穴がぽっかり（と）開いていた／在施工的工地突然裂開一個大坑洞。

🍃 母が死んで、心の中にぽっかり（と）穴が開いたような気がする／母親去世後，總覺得心裡空蕩蕩的。

281 ぽつぽつ ①（擬態）／滴滴答答地；陸續地；小疙瘩。

用法 ①形容下雨的聲音及樣子。②形容事物逐漸開始的狀態。③皮膚上長出的小疙瘩或小斑點。

例句 🍃 朝からあめがぽつぽつ降り始めた／從早晨就開始滴滴答答地下起雨來了。

🍂 会の始まる30分前になり、ぽつぽつ人が集まってきた／開會前30分鐘，人就陸續地匯集起來了。

🍃 皮膚にぽつぽつが出ている／皮膚上長出一些小疙瘩。

282 ぽつんと ②③（擬聲、擬態）啪嗒；孤零零。

用法 ①形容雨點掉在什麼地方時的聲音。②形容物體孤立存在的樣子。

例句 🍃 ぽつんと水滴が顔に当たった。冷たい夜の雨だった／啪嗒一聲一個水滴落到臉上，那是寒冷夜晚的雨滴。

🍂 雨垂れがぽつんと落ちる／屋簷滴下的雨水啪嗒一聲地落下。

🍃 村外れにぽつんと建っている一軒家／建在村外的一棟孤零零的房子。

283 ぽとりと ②③（擬聲、擬態）／吧嗒、啪嗒。

用法 形容輕物落下時的聲音及樣子。

例句
- 涙がぽとりと落ちた／流下一滴淚珠。
- ドングリの実がぽとりと地面に落ちた／一顆栗子吧嗒一聲落到地面上。
- ボールをつかんだと思ったが、ぽとりと落とした／我以為接住了球，可是啪嗒一聲滾掉了。

284 ぼやっと ②（擬態）／模糊不清、模模糊糊。

用法 形容東西或景物模糊不清的樣子。

例句
- めがねをはずすと、字がぼやっとする／摘下眼鏡後，字就變得模糊不清了。
- 涙であたりの景色がぼやっとしてきた／因為流淚，周圍的景色看得模模糊糊了。

285 ぼろぼろ ①（擬態）／破爛；紛紛；一個接一個。

用法 ①形容衣物破爛或心情疲憊的樣子。②形容顆粒狀或塊狀物體紛紛落下時的樣子。③形容隱瞞的壞事一個接一個地暴露出來的樣子。

例句
- ぼろぼろの服を着ている／穿著一件破爛的衣服。
- 箸の使い方が下手で、ご飯をぼろぼろとこぼす／因為不會用筷子，所以飯粒紛紛往下掉。
- 過去の悪事がぼろぼろと明るみに出る／過去做的壞事，一個接一個地暴露出來了。

393

286 ほんのり ③（擬態）／微微、淡淡的。

用法 形容顏色、光、味道及東西的影子等微微顯現的樣子。

例句
- 東の空がほんのり明るくなった／東方天空微微發亮了。
- ほんのりにおう梅の花／淡淡飄香的梅花。
- わたしはこの果物のほんのりとした甘みが好きです／我喜歡這種水果微甜的味道。
- 目のふちがほんのりと赤い／眼眶微微地發紅。

287 ぽんぽん ①（擬聲、擬態）／啪啪、砰砰；痛痛快快。

用法 ①形容連續敲打或破裂時發出的較輕度的聲音。②形容人直言不諱地連續說什麼或做什麼的樣子。

例句
- 神社の前で、手をぽんぽんと打つ／在神社前啪啪地連續拍手。
- 乾杯のため、シャンパンの栓をぽんぽんと抜く／砰砰地打開香檳酒，乾杯。
- 思ったことを何でもぽんぽんという／把心裡想的都痛痛快快地說出來。

288 みしみし ①（擬聲）／咯吱咯吱。

用法 ①形容木製品相摩擦時發出的聲音。②形容人的骨關節摩擦的聲音。

例句
- 歩くと床がみしみしなる／行走的時候，地板就咯吱咯吱地響。

階段<ruby>階段<rt>かいだん</rt></ruby>を上がってくると、階段<ruby>階段<rt>かいだん</rt></ruby>はみしみしと音を立てる／上樓的時候，樓梯發出咯吱咯吱的聲音。

少しでも体<ruby>体<rt>からだ</rt></ruby>を動<ruby>動<rt>うご</rt></ruby>かそうとすると、関節<ruby>関節<rt>かんせつ</rt></ruby>がみしみしと鳴<ruby>鳴<rt>な</rt></ruby>った／稍一活動身體，骨關節就咯吱咯吱地響。

---

289 むくむく ①（擬態）／密密、層層；隆起；油然而生。

用法 ①形容烏雲、濃煙等滾滾而來的樣子。②形容地面隆起時的樣子。③形容某種情感油然而生的樣子。

例句
夏<ruby>夏<rt>そら</rt></ruby>の空<ruby>空<rt>にゅうどうぐも</rt></ruby>に入道雲がむくむくと湧<ruby>湧<rt>わ</rt></ruby>く／夏日的天空中烏雲（積雨雲）密布。

地震<ruby>地震<rt>じしん</rt></ruby>と同時<ruby>同時<rt>どうじ</rt></ruby>に道路<ruby>道路<rt>どうろ</rt></ruby>の地面<ruby>地面<rt>じめん</rt></ruby>が突然<ruby>突然<rt>とつぜん</rt></ruby>むくむくと盛<ruby>盛<rt>も</rt></ruby>り上<ruby>上<rt>あ</rt></ruby>がった／大地震的同時，路面突然向上逐漸隆起。

変<ruby>変<rt>へん</rt></ruby>な考<ruby>考<rt>かんが</rt></ruby>えがむくむくと頭<ruby>頭<rt>あたま</rt></ruby>をもたげた／一個奇怪的想法油然而生。

入学<ruby>入学<rt>にゅうがく</rt></ruby>の期待<ruby>期待<rt>きたい</rt></ruby>がむくむくと沸<ruby>沸<rt>わ</rt></ruby>き起<ruby>起<rt>お</rt></ruby>こってきた／對升學的期待不禁油然而生。

---

290 むしむし ①（擬態）／悶熱。

用法 形容天氣濕度很大，氣溫高，悶熱的樣子。

例句
むしむしと暑<ruby>暑<rt>あつ</rt></ruby>くて、座<ruby>座<rt>すわ</rt></ruby>っているだけでも汗<ruby>汗<rt>あせ</rt></ruby>が出<ruby>出<rt>で</rt></ruby>る／十分悶熱，連坐著都出汗。

今日<ruby>今日<rt>きょう</rt></ruby>は朝<ruby>朝<rt>あさ</rt></ruby>からむしむしするが、あめでも降<ruby>降<rt>ふ</rt></ruby>るのだろうか／今天從早晨起就很悶熱，可能是要下雨了吧。

夕<ruby>夕<rt>ゆう</rt></ruby>べはむしむしして寝苦<ruby>寝苦<rt>ねぐる</rt></ruby>しかった／昨晚很悶熱沒睡好。

291 むらむら ① (擬態) ／錦簇；團團。

用法 ①形容花團錦簇的樣子。②形容雲或煙霧升騰的樣子。

例句 🍃 ノウゼンカズラの燃えるような花がむらむらと咲いている／開著像凌霄花般火紅的錦簇花朵。

🍃 北の空から黒雲がむらむらと沸きあがってきた／團團烏雲從北面天空翻滾而來。

🍃 雪まみれになって、口から白い息をむらむらと吐き出す／白雪披身，嘴裡呼出團團的白氣。

292 むんむん ① (擬態) ／憋悶、撲鼻。

用法 形容由於某種氣味、熱氣或污垢的空氣等原因，造成的憋悶的樣子。

例句 🍃 会場はショーを見に来たおおぜいの人たちの熱気でむんむんしていた／會場裡前來觀看表演的人很多，讓人喘不過氣來。

🍃 そこを通ると、腐った魚の臭いがむんむんと鼻をつく／走過那裡是一股爛魚的腥臭味刺鼻薰人。

293 めきめき ① (擬態) ／明顯、顯著。

用法 形容事物的進展非常顯著、迅速的樣子。

例句 🍃 手術後一週間もたったら、めきめき元気になってきた／手術後過了一周，身體明顯好轉了。

🍃 日本に留学して日本語がめきめき上達した／去日本留學，日語有了明顯的進步。

⑧ 彼は最近めきめき売り出した／他最近明顯地紅了起
來。

---

294 めちゃくちゃ ⓪（擬態）／雜亂無章、亂七八糟、一塌
糊塗；非常。

用法 ①形容東西、場所等雜亂無章的樣子。②形容東西或
場所遭到破壞，變得亂七八糟的樣子。③形容事物的
程度很甚，多用於貶義的場合。

例句 ① あの会社の経営はめちゃくちゃだ／那個公司的經營雜
亂無章。

② 子供が多いので、家の中はいつもめちゃくちゃだ／因為
孩子多，家裡老是亂七八糟的。

③ 台風で山小屋がめちゃくちゃになった／颱風把山上的
小屋刮得一塌糊塗。

④ 酔った人が騒ぎ出して、パーテイーがめちゃくちゃにな
った／喝醉酒的人鬧事，把宴會搞得一塌糊塗。

⑤ ひどいインフレで、物価がめちゃくちゃに上がった／由
於嚴重的通貨膨脹，物價飛漲。

---

295 めっきり ①（擬態）／明顯地、一下子。

用法 形容自然現象或情況變化、發展等十分顯著的樣子。

例句 ① 朝晩はめっきり涼しくなった／早晚一下子變得涼快多
了。

② 開発が進み、都会周辺の緑はめっきり少なくなった／由
於不斷開發，城市四周的綠化帶明顯地減少了。

③ 父は白髪がめっきり増えた／父親頭上的白髮明顯地增
多了。

解析 『めきめき』與『めっきり』之差異

兩者都是形容事物的變化非常顯著。但『めっきり』從其用例來看，用於事物不良變化時較多。而『めきめき』只用於事物向好的方面變化。

---

296 めらめら ①（擬態）／呼呼地。

用法 形容火舌順著什麼燃燒、蔓延的樣子。

例句 蛇の舌のような火がめらめらと障子を舐め、畳に広がっていく／火舌燒著了紙拉門，又向榻榻米蔓延。

炎はめらめらと燃え上がった／火焰呼呼地燃燒起來。

---

297 めりめり ①（擬聲）／嘩啦嘩啦、嘎喳嘎喳。

用法 形容物體折斷或坍塌時的聲音。

例句 地震で家がめりめりと壊れた／由於地震，房子嘩啦、嘩啦地坍塌了。

庭木の一本がめりめりと音を立てて折れてゆく／院子裡的一棵樹，嘎喳的一聲折斷了。

---

298 もくもく ①（擬態）／滾滾；暖洋洋；隆起。

用法 ①形容煙、雲翻滾的樣子。②形容陽光暖融融的樣子。③形容身體發胖或物體表面隆起的樣子。

例句 煙突から黒い煙がもくもくと立ち上がる／黑煙從煙囪裡滾滾而出。

入道雲がもくもくと湧き上がってきた／積雨雲翻滾而來。

⑬ 日向_{ひなた}がもくもくと部屋の中を暖_{あたた}めた／陽光照得屋子裡暖洋洋的。

⑭ 雨が降った後_{あと}の土_{つち}が、盛_もり上_あがる波_{なみ}のようにもくもくとしていた／雨後的土地，像波浪似地此起彼伏。

299 もやもや ①（擬態）／朦朦朧朧；密密麻麻；有心結。

用法 ①形容煙、霧、水蒸氣等彌漫籠罩、朦朦朧朧的樣子。②形容毛髮、草叢等濃密的樣子。③指人的心情煩悶、不悅、有隔閡等。

例句 ⑬ 湯気_{ゆげ}がもやもやと立_たち込_こめる／充滿水蒸氣，迷迷濛濛的。

⑭ 朝_{あさ}きりがもやもやと木立_{こだ}ちに立_たち込_こめている／晨霧彌漫在樹林中，一片朦朧。

⑮ 庭_{にわ}は薄暗_{うすぐら}く、草_{くさ}がもやもやと茂_{しげ}っている／院子裡有些昏暗，密密麻麻地長滿了雜草。

⑯ 二人の間_{あいだ}にもやもやが残_{のこ}っている／兩個人之間還有心結。

300 ゆさゆさ ①（擬態）／搖搖晃晃。

用法 形容大而重的東西搖晃的樣子。

例句 ⑬ 大きな枝_{えだ}も強風_{きょうふう}でゆさゆさと揺_ゆれている／就連大樹枝，也被大風刮得搖搖晃晃的。

⑭ 高いポプラがゆさゆさ風にそよいでいる／高大的楊樹隨風搖搖晃晃地晃動。

⑮ 木をゆさゆさと揺_ゆらして栗_{くり}を落とした／樹木搖搖晃晃地晃動，栗子因而掉落下來。

301 ゆらゆら ①（擬態）／顫悠悠、輕輕地、悠然地。

用法 形容物體緩慢、輕輕地搖晃的樣子。

例句
❶ つり橋を渡るとき、ゆらゆらして怖かった／過吊橋時顫顫悠悠地晃動，讓人害怕。

❷ 地震のとき、超高層ビルがゆらゆらと揺れている／地震時，超高層大廈輕輕地搖動。

❸ その玉のような白い花はゆらゆらうてなを動かしている／這些宛如玉石般潔白的花朵輕輕地擺動著花萼。

解析 『ゆさゆさ』與『ゆらゆら』之差異

『ゆさゆさ』是形容大而重的東西受到外力產生較大幅度搖動的樣子。而『ゆらゆら』則是形容物體在外力的作用下，輕輕地搖動的樣子，晃動的幅度比『ゆさゆさ』小。

302 ゆらり ②③（擬態）／輕輕搖晃（一下）。

用法 形容物體輕輕搖晃一次的樣子。

例句
❶ 船がゆらりと揺れた／船輕輕地晃動了一下。

❷ 電車が動き出して、ゆらりとしたとき、あわててつり革につかまった／電車開動時，搖晃了一下，我慌張地抓住了吊環。

❸ 桜の木がゆらりと揺れる／櫻花樹輕輕地搖晃了一下。

よれよれ（擬態）／皺皺巴巴、皺紋。

用法 形容衣服等變舊、走樣、滿是皺摺的樣子。

例句
1. 母はよれよれの着物を大切に着ている／媽媽十分愛惜地穿著皺皺巴巴的和服。

2. 父のコートがよれよれになったので、新しいのをプレゼントした／父親的外衣皺皺巴巴的，所以買了件新的送給了他。

3. この生地はじきによれよれになる／這種布料很容易起皺摺。

食物的滋味

四　食物的滋味

1 あっさり ③（擬態）／清淡。

用法 形容味道、顏色不濃、清淡的樣子。

例句
- 日本人は一般にあっさりした味の料理が好きである／日本人一般都喜歡吃清淡的菜。

- 年を取ってから、こってりした料理よりも、あっさりしたもののほうを好むようになった／有了歲數以後，比起重口味油膩的菜，更喜歡吃口味清淡的菜。

- 和食は一般にあっさりしている／日本料理一般都很清淡。

解析

> **『あっさり』與『さっぱり』之差異**
> 『あっさり』和『さっぱり』都用於形容味道，但是『あっさり』只是指味道清淡，而『さっぱり』是指飯菜清淡吃完後非常爽口的感覺，用於形容喝完果汁、飲料後的感覺。

2 がつがつ ①（擬態）／大口大口地。

用法 指由於餓得慌、拼命地乞食或張大嘴把食物往嘴裡塞。

例句
- 戦争中はね、いつも腹が減っていて、食えるものなら、何でもがつがつ食べたもんだ／戰爭期間總是感到饑餓，只要是能吃的東西無論什麼都大口大口地吃。

- 胃が悪いんでしょうか。いくら食べても腹が減った、腹が減ったって、がつがつしているんです／大概是胃出了毛病，無論吃多少都覺得餓餓的，因而狼吞虎嚥地吃著。

人的情感

人的行為

物的狀態

食物滋味

動物聲音

405

㉒ 戦争中の子供たちはいつでもがつがつしていた／戦爭期間的孩子們無論什麼時候都狼吞虎嚥地吃著東西。

3　がぶがぶ ①（擬聲、擬態）／大口大口地；咕嘟咕嘟地。

用法 ①形容一口氣咕嘟咕嘟喝大量的水或酒等液體的狀態或聲音。②指胃裡液體積得過多，咕嘟咕嘟直叫。

例句 ① 彼は水を飲むかのようにがぶがぶと酒を飲んでいる／他好像喝水似地大口大口地喝酒。

② あの人の酒は杯では間に合わないよ。茶碗でがぶがぶやるほうだ／他喝酒酒杯是不夠用的，而是用碗咕嘟咕嘟地喝。

③ 水をがぶがぶ飲んで渇きをいやした／咕嘟咕嘟地喝水很解渴。

解析

『がぶがぶ』與『ごくごく』之差異

『がぶがぶ』與『ごくごく』兩者都指一口氣大口大口地發出聲音喝酒或喝水的樣子，但是好喝的程度有所不同。『ごくごく』是形容非常好喝的樣子，別人看了也想喝；而『がぶがぶ』只是指大口大口地喝水或酒等。

4　ぎとぎと ①（擬態）／油膩膩、油光光。

用法 形容油很多，黏乎乎的、油膩膩的、油光光的樣子。

例句 ① ぎとぎととしたスープは好きじゃない／我不喜歡油膩膩的湯。

② こんなぎとぎととした料理はお年寄りには向かない／這種油膩膩的菜不適合老年人的胃口。

揚げ物ばかりしているから、どうしてもコンロの周りがぎとぎとしている／因為經常炸東西，所以爐子周圍黏乎乎的。

5　ぐいぐい　①（擬聲、擬態）／咕嘟咕嘟。

用法　指一個勁地大口大口喝酒時發出的聲音。

例句　大ジョッキをぐいぐい一息にあおって高笑い／咕嘟咕嘟一口氣喝了一大杯酒後，放聲大笑。

酒に強い男で、酌をされるままにぐいぐい飲み干して全然酔ったふうがない／他很有酒量，給他斟上酒便咕嘟咕嘟一飲而盡，毫無醉意。

何の集まりなのか、青年たちは大ジョッキをぐいぐいとあおって高話、高笑い／大概是什麼聚會吧，青年們咕嘟咕嘟地大杯喝酒，大聲說話，放聲大笑。

6　ぐいっ　①（擬聲、擬態）／咕嘟。

用法　形容喝酒等時發出的聲音。

例句　労働者はコップ酒をぐいっとあおった／工人咕嘟地喝下杯子裡的酒。

まあぐいっと一杯いきましょう／咱們先咕嘟喝一杯吧。

7　くしゃくしゃ　①（擬態）／吧唧吧唧。

用法　指咀嚼食物時發出的聲音。

例句　物を食べる時にはくしゃくしゃと音を立てないように、

親は子供が小さい時から、仕付けるべきだ／父母應該教育孩子從小吃東西時就不要吧唧吧唧地發出聲來。

💬 大人が道を歩きながらチューインガムをくしゃくしゃやっているのは見て感じのよいものではない／大人邊走路邊吧唧吧唧地嚼口香糖，看上去很不雅觀。

8 ぐびりぐびり ②（擬態）／津津有味地、一口一口地。

用法 形容津津有味地、一口一口地連續喝酒的樣子。

例句
💬 大きめの杯を手にして、度の強い酒をぐびりぐびりとうまそうにあおる／他手裡拿著大杯子，津津有味地喝著烈酒。

💬 酒瓶を傾けてぐびりぐびりラッパ飲みする／他將酒瓶子傾斜對著嘴津津有味地喝著。

💬 毎晩のように水割りを大きなグラスでぐびりぐびりとやっている／他幾乎每天晚上都津津有味地喝上一大杯兌過水的酒。

9 ごくごく ⓪（擬聲、擬態）／咕嘟咕嘟。

用法 形容大口大口地連續喝水、喝酒時喉嚨處發出的聲音及其狀態。

例句
💬 水道の蛇口に口をつけて水をごくごくと飲む／嘴對著自來水的水龍頭咕嘟咕嘟地喝水。

💬 喉が渇いていたらしく、手桶に口をつけてごくごくと水を飲んでいるのがいかにもうまそうだ／看樣子好像口很渴，嘴對著提桶咕嘟咕嘟地喝著水好像很好喝的樣子。

喉^{のど}をごくごく鳴らしてどんぶりについた酒をたちまちに飲み干す／他渴得要命，將斟滿的一大碗酒一會兒就喝完了。

10 ごくっ ②（擬聲、擬態）／咕嘟。

用法 形容一口吞下、嚥下、喝下時發出的聲音及其狀態。

例句

思わず生^{なま}つばをごくっと飲み込んだ／不由得咕嘟一下嚥了一口口水。

ご飯をかまずにごくっと飲み込んだら、喉^{のど}に刺^ささった魚^{さかな}の骨^{ほね}が取れた／不嚼飯咕嘟一吞，把扎在喉嚨裡的魚刺吞下去。

緑茶をごくっと飲んで乾^{かわ}きを潤^{うるお}し、声高らかに応援する／咕嘟地喝下綠茶滋潤乾渴的喉嚨後，再大聲地加油。

11 ごくり ②（擬聲、擬態）／咕嘟。

用法 形容一口吞下、喝下時發出的聲音及其狀態。

例句

私はくすりを飲むときにもお湯^ゆなどは要らない。そのままごくりと飲み込んでしまう／我吃藥時也不需要開水什麼的，就那樣咕嘟一下地吞下去。

かれは相手^{あいて}がグラスについでくれたブランデーを受け取って、一口ごくり／他接過對方為他斟滿的一杯白蘭地，咕嘟一口喝了下去。

誰かがごくりとつばを飲み込んだ音がはっきり聞こえるほど、手術室は静かだった／手術室靜得連誰吞口水的聲音都聽得清清楚楚的。

12 こくん ① (擬聲、擬態) ／咕嘟。

用法 形容一口吞下、嚥下、喝下時發出的聲音及其狀態。

例句 🍴 おいしそうなご馳走を目の前に差し出して、思わずこくんと生唾を飲み込んだ／美味佳肴放在眼前，不由得咕嘟一聲吞了一口口水。

🍴 あめ状の水薬を一さじ、口の中に入れてやると、赤ん坊はこくんと音を立てて飲み込む／給寶寶餵一匙甜甜的湯藥，咕嘟一聲，寶寶把它喝下去了。

13 こってり ③ (擬態) ／味道重、味道濃。

用法 形容食物的味道濃、口味重。

例句 🍴 弟はこってりした料理が好きだ／弟弟喜歡口味重的菜。

🍴 父は年をとってもこってりした味つけの料理を好んだ／父親雖然上了年紀，但卻喜歡口味調得重的料理。

🍴 この牧場の牛乳はこってりして甘く、これを飲んだらほかの牛乳は水みたいなものだ／這個牧場的牛奶甘甜濃醇，喝了這兒的牛奶，別處的牛奶簡直就像水一樣。

14 さっぱり ① (擬態) ／清淡、爽口。

用法 比喻味道清淡、爽口。

例句 🍴 シャワーを浴び、ひげをあたり、さっぱりした夕食の席につく／沖個澡，刮完鬍鬚，再吃爽口的晚餐。

🍴 夏はさっぱりした料理が食べたい／夏天想吃清淡的菜。

梅酒のさっぱりした口当たりがご婦人客に喜ばれる／梅酒口感爽口，受到女性顧客的歡迎。

15 しこしこ ②① (擬態) ／有彈性、有嚼勁。

用法 形容咀嚼食物時，有彈性、有咬勁的感覺。

例句 ワビとかタコとかしこしこしたものが好きだ／我喜歡鮑魚啦、章魚啦這類有嚼勁的東西。

この店の麺はしこしこしておいしい／這家店的麵條有彈性，很好吃。

あわびは大好きだ。あのしこしこした歯ざわりが何ともいえない／我非常喜歡吃鮑魚，那富有嚼勁的口感簡直無法形容。

16 しゃりしゃり（っ） ① (擬聲、擬態) ／脆脆的。

用法 形容咀嚼食物時的爽口且脆的感覺。

例句 酢ばすはしゃりしゃりっとしておいしい／糖醋藕脆脆的很好吃。

京菜は、さっと湯掻いてしゃりしゃりした歯ざわりを味わいます／水菜稍微燙一下就能體驗到一種脆脆的口感。

17 しゃりっ ② (擬聲、擬態) ／脆脆的；滑滑的。

用法 ①形容咀嚼食物等時發出的脆的聲音或脆的感覺。②形容衣料等手感滑爽的感覺。

人的情感　人的行為　物的狀態　食物滋味　動物聲音

411

例句 ▶アイスキャンデーは、ただ砂糖水（さとうみず）を凍（こお）らせただけのもの
だが、しゃりっと涼しいは歯ざわり（は）が好（この）まれる／冰棒
雖然只是用糖水冰凍成的，可是吃起來冰涼爽口，
頗受人喜愛。

▶この洋服（ようふく）はしゃりっとした生地（きじ）の持（も）ち味（あじ）をよく生（い）かして
いる／這件西服充分發揮了涼爽質地所具有的特點。

18　つるつる ①（擬聲、擬態）／哧溜哧溜、呼嚕呼嚕。

用法 ▶形容喝、吃麵條等表面滑溜的食品時發出的聲音及其
狀態。

例句 ▶店内（てんない）のあちこちから、つるつる、つるつるとそばやうど
んをすする音が聞こえる／店裡到處都能聽到呼嚕呼嚕
地吃蕎麥麵和吃烏龍麵的聲音。

▶生（なま）ガキにレモンをかけてつるつると食べる／生牡蠣拌
上檸檬後，哧溜哧溜地吃。

▶当地（とうち）ではお祝（いわ）いの膳（ぜん）にうどんを出します。つるつるかめ
かめ、ということで／據說當地祝賀活動的宴席上要
上烏龍麵，然後哧溜哧溜地吃著。

19　とろとろ ①（擬態）／黏糊糊、又軟又黏。

用法 ▶形容固體溶化後顯得黏糊的樣子。

例句 ▶焼（や）きたてのパンにのせたバターのかたまりが、とろとろ
溶けて、パンにしみていく／一塊奶油放在剛烤好的麵
包上，化得黏糊糊的滲到麵包裡了。

▶とろとろに溶かしたチーズを、パンや野菜（やさい）や肉（に）からま
せて食べる／將乳酪融化成糊狀，拌上麵包、蔬菜、
肉再吃。

20 ぱくぱく（っ） １（擬態）／大口大口地吃、狼吞虎嚥地。

用法 形容吃東西時大口大口地吃、狼吞虎嚥地的樣子。

例句 選手たちは出されたものを片っ端からぱくぱくと平らげ
る／運動員們將端上來的飯菜一個接一個地狼吞虎嚥
一掃而光。

その子はよほどおなかが減っていたと見えて、給食をぱ
くぱくっと平らげた／那個孩子看起來很餓，將供給
的飯菜狼吞虎嚥地一掃而光。

おいしそうな饅頭を見て、彼は食欲をそそられ、ぱくぱ
く食った／看到好吃的包子，引起了他的食欲便狼吞
虎嚥地吃了起來。

21 ぴりっ ２（擬聲、擬態）／辣乎乎、麻酥酥。

用法 比喻辣乎乎、麻酥酥的感覺。

例句 その酒を一口飲んだらぴりっとした／喝一口酒感覺辣
乎乎的。

ビールにはぴりっとしたおつまみが合う／喝啤酒就適
合吃辣辣的小菜。

22 ほくほく １（擬態）／柔軟可口、乾爽好吃。

用法 形容烤熟的馬鈴薯、紅薯、南瓜等澱粉食物的柔軟可
口、水分少且有甜味、乾爽好吃。

例句　❶この焼き芋はほくほくに焼きあがっている。焼き方が上手なんだね／這烤地瓜烤得真不錯，真是柔軟可口。

❷このかぼちゃは栗みたいにほくほくしていて、とてもおいしい／這南瓜像栗子一樣乾爽可口，好吃極了。

❸さすが北海道のお土産、このジャガイモほくほくね／不愧是北海道的特產，這馬鈴薯乾爽可口。

23　ぼそぼそ ①（擬聲、擬態）／乾巴巴。

用法　形容食物缺乏水分難以下嚥。

例句　❶冷蔵庫のご飯はがぼそぼそになっていた／冰箱裡的米飯乾巴巴的。

❷外米はぼそぼそしていて、日本人の口に合わない／進口米乾巴巴的，不合日本人的口味。

❸ぼそぼそに乾いたパンを噛みながら、山中をさまよった／啃著乾巴巴的麵包在山裡徘徊。

24　ぼりぼり ①（擬聲、擬態）／咯叽咯叽、咔啦咔啦。

用法　形容咬脆硬食物的聲音及其狀態。

例句　❶その外人は生のニンジンをぼりぼりとかじりながら、猛烈なディベートをした／那個外國人一邊咯叽咯叽地嚼著胡蘿蔔一邊熱烈地討論著。

❷隣の男、ピーナツをぼりぼりやりながら映画を見ていた／旁邊的男人邊看電影，邊咔滋咔滋地嚼著花生米。

❸たくあんをぼりぼりかじりながら、茶碗酒をあおる／一邊咔滋咔滋地嚼著醃蘿蔔，一邊喝酒。

25 むしゃむしゃ ① (擬聲、擬態) ／阿嗚阿嗚、大口嚼。

用法 形容嘴裡塞得滿滿的大口吃東西的樣子。

例句
- 若い娘がむしゃむしゃ食べるものではありません／年輕女孩不應該大口大口地吃東西。
- そのアイドルはメロンパンをむしゃむしゃ食べながら記者室に現れた／那位偶像大口嚼著香瓜麵包出現在記者室裡。
- よほど腹が減っていたらしく、菓子とパンを二つ三つ立て続けにむしゃむしゃむさぼり食っていた／看來似乎很餓，他三個兩個地大口嚼著點心、麵包貪婪地吃著。

26 もさもさ ① (擬態) ／乾巴巴、難以下嚥。

用法 形容食物乾巴巴、難以下嚥的樣子。

例句
- このカステラもさもさしていておいしくない／這個蛋糕乾巴巴的，不好吃。
- みんな押し黙ったまま、まずいご飯をもさもさと食べていた／大家默不作聲，把乾硬難吃的米飯勉強地吞進肚裡。

27 もりもり ① (擬態) ／津津有味、狼吞虎嚥、大口大口地。

用法 形容津津有味、狼吞虎嚥、大口大口地吃東西的樣子。

例句
- 男の子たちがもりもり食べている／男孩子們吃得津津有味的。

② 野菜がおいしくて、大皿一杯のサラダをもりもり平らげた／蔬菜很好吃，狼吞虎嚥地將一大盤沙拉一掃而光。

③ （子供に）もりもり食べて大きくなるのよ／大口大口地吃才會長大喔。

五 動物的聲音

五　動物的聲音

1 **うー** ① (擬聲) ／呻吟、嗚嗚。

用法　形容動物低聲呻吟的聲音。

例句
- 犬は<u>うー</u>とうなって室の中をくるくる回っていました／小狗嗚嗚地呻吟，在房間裡轉圈圈。

- うちの猫は怒られてもう<u>ー</u>とうなっている／我家的貓即使被惹火了也只是嗚嗚地叫著而已。

2 **うおーん** ③ (擬聲) ／汪汪、嚎叫。

用法　形容狼、獅、虎、大狗的嚎叫聲。

例句
- 犬が夜中に<u>うおーん</u>、<u>うおーん</u>とほえるように啼いた／狗在夜裡汪汪地叫。

- 夜キャンプしていると、狼が<u>うおーん</u>とほえる声が聞こえてくることがあります／晚上露營時，有時能聽到狼嚎叫的聲音。

3 **かあかあ** ① (擬聲) ／嘎嘎、啞啞。

用法　形容烏鴉的叫聲。

例句
- カラスが<u>かあかあ</u>と鳴く／烏鴉嘎嘎叫。

- カラスが火葬場のまわりを<u>かあかあ</u>と鳴きながら飛んでいる／烏鴉啞啞地鳴叫著，在火葬場的上空盤旋。

人的情感

人的行為

物的狀態

食物滋味

動物聲音

419

4 があがあ ① (擬聲) ／呱呱、嘎嘎。

用法 形容鴨子或烏鴉的叫聲。

例句
- かもががあがあ鳴きながらパンくずに群がる／野鴨嘎嘎地叫著聚集在麵包屑的周圍。
- あひるが池でがあがあ鳴いている／鴨子在池塘裡呱呱地叫。

5 きーきー ① (擬聲) ／吱吱。

用法 形容猴子或鼠類的尖叫聲。

例句
- 一番小さな野鼠までが尻尾で地面をたたき、きーきー叫んでいるのです／連最幼小的田鼠都用尾巴拍打著地面，吱吱地喊叫。
- おしまいには猿までできーきー鳴きわめいている／最後連猴子都吱吱地大聲嚎叫。

6 きゃっきゃっ ① (擬聲) ／吱吱。

用法 形容猴子等感到恐怖、憤怒時的叫聲。

例句
- 猿がきゃっきゃっと鳴いた／猴子吱吱地大叫。
- 高崎山の猿の群れに蛇を見せるときゃっきゃっと悲鳴を上げた／讓高崎山的猴群看到了蛇，吱吱地驚叫。

7 きゃんきゃん ① (擬聲) ／汪汪。

用法 形容小狗的叫聲。

例句
- 子犬がきゃんきゃん鳴く／小狗汪汪地叫。

犬がきゃんきゃん鳴いてうるさい／狗汪汪地叫，吵死人了。

8 ぐー ①（擬聲）／咕咕。

用法 形容鴿子的叫聲。

例句 神社のどばとがぐーと鳴く／神社的家鴿咕咕地叫。

公園でぐーと鳴く鳩の声を聞いた／在公園聽見鴿子咕咕叫的聲音。

9 くうくう ①（擬聲）／咕咕、啾啾。

用法 形容鳥的叫聲，多指鴿子的叫聲。

例句 鳩がくうくうと鳴く／鴿子咕咕地叫。

鳩がくうくうと鳴きながら歩き回っている／鴿子咕咕地叫著走來走去。

10 くくー ⓪（擬聲）／咕咕。

用法 形容鳥的叫聲。

例句 山鳩が、くくー、くくーと妙な声で鳴いている／山斑鳩咕咕地以奇怪的聲音啼叫著。

11 くくっ ⓪（擬聲）／咕咕、唧唧、咯咯。

用法 形容鴿子、雞等的叫聲。

例句 雌鶏がくくっと鳴いている／母雞在咯咯地叫。

12 くんくん ① (擬聲) ／哼哼、嗚嗚。

用法　形容狗聞味道或撒嬌的聲音。

例句　● 犬がくんくん匂いをかぎながら歩いている／狗哼哼地聞著味道走著。

● 犬は鼻をくんくんさせてパンの匂いを探している／狗正在哼著鼻子尋找麵包的味道。

13 けろけろ ① (擬聲) ／呱呱。

用法　形容青蛙的叫聲。

例句　● 遠くの田んぼからカエルのけろけろ鳴く声が聞こえる／從遠處的稻田裡傳來青蛙呱呱的叫聲。

● カエルはどうしてけろけろと鳴くのですか／青蛙為什麼呱呱地叫？

14 げろげろ ① (擬聲) ／呱呱。

用法　形容青蛙混濁的叫聲。

例句　● げろげろとカエルの声が聞こえた／聽到了青蛙呱呱的叫聲。

● ここの旧名はワワ谷と呼ばれていたが、日本語によると蛙の鳴くげろげろと響く谷と言う意味である／這裡舊名哇哇谷，是因為源自日文中蛙鳴呱呱聲響遍山谷之意。

15 こけこっこー ③（擬聲）／喔喔。

用法 形容公雞報曉的聲音。

例句
- おとりがこけこっこーと鳴いて朝を告げる／公雞喔喔喔地叫著報曉。
- 毎朝こけこっこーというおとりの声で目を覚ましている／每天早上都被公雞喔喔啼的聲音吵醒。

16 こっこっ ①（擬聲）／咯咯。

用法 形容雞的叫聲。

例句
- めんどりがこっこっという／母雞咯咯地叫。
- にわとりがこっこっと鳴いている／雞咯咯地叫著。

17 ころころ ①（擬聲）／呱呱、唧唧。

用法 形容青蛙和蟋蟀的叫聲。

例句
- こおろぎのころころと鳴く声が聞こえてきた／聽見了蟋蟀唧唧的叫聲。
- カエルのころころと喉を鳴らす声が聞こえてくる／聽到了青蛙發出的呱呱聲。

18 ごろごろ ①（擬聲）／咕嚕咕嚕、呼嚕呼嚕。

用法 形容貓的喉嚨裡發出的聲音。

例句
- 猫がごろごろ喉を鳴らす／貓的喉嚨發出呼嚕呼嚕的聲音。

19　こんこん ① (擬聲) ／吭吭。

用法　形容狐狸的叫聲。

例句　狐がこんこんと鳴く／狐狸吭吭地叫。

　　　山の中で狐がこんこん鳴いている／狐狸在山中吭吭地叫。

20　じーじー ① (擬聲) ／吱吱。

用法　形容蟬等昆蟲的叫聲。

例句　せみがじーじー鳴く／蟬吱吱地叫。

　　　どこからかじーじーというせみの声が伝わってきた／不知從何處傳來吱吱的蟬鳴聲。

21　じーっ ⓪ (擬聲) ／吱吱。

用法　形容蟬等昆蟲的叫聲。

例句　連日30度を越す酷暑の中で、せみだけがじーっと鳴いている／在連日超過30度的酷暑中，唯獨蟬在吱吱地鳴叫。

　　　どこからかじーっとせみの声が伝わってきた／不知從何處傳來知了吱吱的叫聲。

22　ちっ ① (擬聲) ／啾啾。

用法　形容小鳥的啼叫聲。

例句　あおじがやぶの中でちっと鳴く／黑臉鵐在草叢裡啾啾地啼叫。

どこからかちっという鳥の声がした／不知從哪裡發出啾啾的鳥叫聲。

23 ちゅーちゅー ① (擬聲) ／吱吱。

用法 形容老鼠的叫聲。

例句
- ねずみがちゅーちゅーと鳴く／老鼠吱吱地叫。
- ねずみが天井裏でちゅーちゅー鳴いている／老鼠在天花板上吱吱地叫。

24 ちゅちゅ (ちゅんちゅん) ① (擬聲) ／吱吱。

用法 形容麻雀的叫聲。

例句
- すずめはちゅちゅでカラスはかあかあとも言う／麻雀吱吱叫，烏鴉哇哇叫。
- すずめが屋根のうえでちゅんちゅん鳴く／麻雀在屋頂上吱吱叫。

25 ちゅっ ① (擬聲) ／吱吱、啾啾。

用法 形容老鼠或小鳥的叫聲。

例句
- 小鳥が木の枝でちゅっ、ちゅっと鳴いている／小鳥在樹枝上吱吱叫。
- 小鳥がちゅっと鳴いて飛び立った／小鳥啾地叫了一聲就飛走了。

26 ちんちろりん ④（擬聲）／金-金蟋蟀。

用法　形容金蟋鳴叫的聲音。

例句　ちんちろりん、ちんちろりんと松虫が鳴いています／金
蟋在金-金蟋蟀、金-金蟋蟀地鳴叫。

27 にゃーにゃー（にゃおにゃお） ①（擬聲）／喵、咪咪。

用法　形容貓的細弱的叫聲。

例句　猫がにゃーにゃーと鳴く／貓咪咪叫。
　　　捨て猫が薄暗いじめじめしたところでにゃーにゃー鳴
いていた／被人丟棄的貓在微暗、潮濕的地方喵喵地
叫。

28 にゃんにゃん ①（擬聲）／喵鳴、喵喵。

用法　形容貓較粗的鳴叫聲。

例句　にゃんにゃんという猫の鳴き声が今も聞こえてきます／
現在還能聽見喵喵的貓叫聲。

29 ぴーちく ①（擬聲）／唧唧喳喳地。

用法　形容小鳥唱歌的聲音。

例句　ひばりがぴーちくとさえずる／雲雀唧唧喳喳地啼叫。

30　ぴーぴー　①（擬聲）／喞喞、啾啾。

用法　形容雛雞、雛鳥的啼叫聲。

例句　● ひな鳥がぴーぴーと鳴く／雛鳥啾啾叫。

　　　● ひよこが朝からぴーぴーと鳴いている／小雞從早就喞喞地叫著。

31　ひひーん　③（擬聲）／瀟瀟、嘶嘶。

用法　形容馬嘶鳴的聲音。

例句　● 馬がひひーんといななく／馬瀟瀟地嘶鳴。

32　ひよひよ　①（擬聲）／喞喞、啾啾。

用法　形容雞雛或雛鳥微弱的叫聲。

例句　● 小鳥がひよひよと鳴く／小鳥喞喞叫。

　　　● 巣の中でひながひよひよと鳴く／巢中的雛鳥啾啾地叫。

33　ぴよぴよ　①（擬聲）／喞喞。

用法　形容雛雞或雛鳥的叫聲，但是其叫聲比「ひよひよ」更輕快些。

例句　● ひよこがにわとり小屋でぴよぴよ鳴いている／小雞在雞窩裡喞喞叫。

　　　● えさをねだってひよこがぴよぴよと鳴く／小雞喞喞地叫著索食。

34　ひんひん ①（擬聲）／嘶嘶、瀟瀟。

用法　形容馬嘶鳴的聲音。

例句　●馬がひんひんと一声高くいなないた／馬嘶嘶地高聲嘶鳴。

35　ぶーぶー ①③（擬聲）／噗噗。

用法　形容豬的叫聲。

例句　●豚はお腹がすくとぶーぶー鳴く／豬肚子餓了就噗噗地叫。

●おりのそばに近づくと、ぶたがぶーぶー鳴いていた／一靠近豬圈，豬就噗噗地叫。

36　ぶんぶん ①（擬聲）／嗡嗡、嗚嗚。

用法　形容蚊子或蜜蜂飛的聲音。

例句　●蚊が耳元でぶんぶんという／蚊子在耳邊嗡嗡地叫。

●蜂が花のまわりをぶんぶん飛ぶ／蜜蜂在花的周圍嗡嗡地飛著。

37　ほーほけきょ ④（擬聲）／噦噦。

用法　形容黃鶯的叫聲。

例句　●うぐいすがほーほけきょと鳴いている／黃鶯聲噦噦。

38 ぽっぽ ①（擬聲）／咕咕。

用法　形容鴿子的叫聲。

例句　はとがぽっぽと鳴きながら豆を食べている／鴿子咕咕地邊叫邊吃豆子。

39 ほろほろ ①（擬聲）／咕咕、啾啾。

用法　形容鳥鳴叫的聲音。

例句　ほろほろと山鳥が鳴く／長尾雉咕咕地啼叫。

40 みんみん ①（擬聲）／知了。

用法　形容蟬的叫聲。

例句　蟬がみんみんと鳴いている／蟬在「知了、知了」地叫著。

41 めーめー ①（擬聲）／咩咩。

用法　形容羊、山羊鳴叫的聲音。

例句　羊がめーめーと鳴く／羊咩咩叫。

42 もーもー ①（擬聲）／哞哞。

用法　形容牛鳴叫的聲音。

例句　牛が牧場でもーもーと鳴いている／牛在牧場裡哞哞地叫著。

43 りんりん ① (擬聲) ／唧唧。

用法 形容鐘蟋鳴叫的聲音。

例句
① 鈴虫がりんりんと鳴いている／鐘蟋唧唧叫。

② 鈴虫がりんりん鳴く声を聞くと、秋の到来を実感する／聽到鐘蟋唧唧叫的聲音，就能感受到秋天的到來。

44 わんわん ① (擬聲) ／汪汪。

用法 形容狗叫的聲音。

例句
① 犬がわんわんほえる／狗汪汪地叫。

② 人が来たのか、犬がわんわんほえている／大概是有人來了，狗汪汪地叫著。

索　引

主要參考資料

≪暮らしのことば擬音・擬態語辞典≫
山口仲美 編　　講談社

≪「擬音語・擬態語」使い分け帳≫
山口仲美・佐藤有紀 著　　山海堂

≪新日漢擬聲擬態詞詞典≫
郭華江 主編　　上海譯文出版社

≪日語擬聲、擬態詞辨析≫
朱麗穎・王春香 主編　　大連出版社

≪雙解日漢辭林≫
松村明・佐和隆光・養老孟司 監修
五南圖書出版（三省堂授權）

國家圖書館出版品預行編目資料

日語擬聲擬態語／姜英蘭、邵豔姝、劉富庚編
著.--初版--.--臺北市：書泉,2009.05
　面；　公分.
ISBN 978-986-121-474-0（平裝）
1.日語 2.語法
803.16　　　　　　　　　　98004326

3A82

日語擬聲擬態語

編　　著 — 姜英蘭、邵豔姝、劉富庚

發 行 人 — 楊榮川

總 編 輯 — 王翠華

封面設計 — 吳佳臻

出 版 者 — 書泉出版社

地　　　址：106台北市大安區和平東路二段339號4樓

電　　話：(02)2705-5066　　傳　　真：(02)2706-6100

網　　址：http://www.wunan.com.tw

電子郵件：shuchuan@shuchuan.com.tw

劃撥帳號：01303853

戶　　名：書泉出版社

經銷商：朝日文化

進退貨地址：新北市中和區橋安街15巷1號7樓

TEL：(02)2249-7714　　FAX：(02)2249-8715

法律顧問　林勝安律師事務所　林勝安律師

出版日期　2009年5月初版一刷
　　　　　2016年9月初版三刷

定　　價　新臺幣480元